# रक्त का
# कण-कण समर्पित

# रक्त का कण-कण समर्पित

## उत्तर प्रदेश के अनजाने स्वाधीनता सेनानियों की प्रेरक गाथाएँ

चिरंजीव सिन्हा

*प्रकाशक*
**प्रभात प्रकाशन प्रा. लि.**
4/19 आसफ अली रोड, नई दिल्ली–110002
फोन : 011–23289777 • हेल्पलाइन नं. : 7827007777
इ–मेल : prabhatbooks@gmail.com ❖ वेब ठिकाना : www.prabhatbooks.com

*संस्करण*
2026



*पेपरबैक मूल्य*
चार सौ पचास रुपए

*मुद्रक*
आर–टेक ऑफसेट प्रिंटर्स, दिल्ली

★

**RAKTA KA KAN-KAN SAMARPIT**
*by* Shri Chiranjeev Sinha

Published by **PRABHAT PRAKASHAN PVT. LTD.**
4/19 Asaf Ali Road, New Delhi-110002

ISBN 978-93-5521-366-2

₹ 450.00 (PB)

राजनाथ सिंह
RAJNATH SINGH

रक्षा मंत्री
भारत
DEFENCE MINISTER
INDIA

दिनांक : 23.05.2022

## संदेश

मुझे यह जानकर हार्दिक प्रसन्नता हुई है कि श्री चिरंजीव नाथ सिन्हा द्वारा स्वतंत्रता संग्राम में उत्तर प्रदेश के गुमनाम सितारों की अनसुनी कहानियों पर लिखित पुस्तक आजादी के अमृत महोत्सव पर्व के अवसर पर प्रकाशित की जा रही है।

मैं श्री चिरंजीव नाथ सिन्हाजी को उनकी रचित पुस्तक के लिए हार्दिक बधाई देता हूँ तथा इसके सफल प्रकाशन की कामना करता हूँ।

शुभकामनाओं सहित।

(राजनाथ सिंह)

Office : Room No. 104, Ministry of Defence, South Block, New Delhi-110011
Tel : +91 11 23012286, +91 11 23019030, Fax : +91 11 23015403
E-mail : rmo@mod.nic.in

**योगी आदित्यनाथ**

मुख्य मंत्री
उत्तर प्रदेश

संख्या-

लोक भवन,
लखनऊ - 226001

दिनांक : 23 जून, 2022

# संदेश

मुझे यह जानकर अत्यंत प्रसन्नता की अनुभूति हो रही है कि आजादी के अमृत महोत्सव के अवसर पर श्री चिरंजीव नाथ सिन्हा की पुस्तक **'रक्त का कण-कण समर्पित** : उत्तर प्रदेश के अनजाने स्वाधीनता सेनानियों की प्रेरक गाथाएँ' का प्रकाशन किया जा रहा है।

हम सभी का सौभाग्य है कि जिस स्वतंत्रता के लिए भारत ने सदियों इंतजार किया, उसके 75 वर्ष होने के हम साक्षी बन रहे हैं। आदरणीय प्रधानमंत्री श्री नरेंद्र मोदीजी के मार्गदर्शन में पूरा देश इस ऐतिहासिक अवसर पर आजादी का अमृत महोत्सव मना रहा है।

उत्तर प्रदेश को यह गौरव प्राप्त है कि उसकी धरती से ही सन् 1857 के स्वातंत्र्य समर की शुरुआत हुई थी। स्वतंत्रता आंदोलन एक राष्ट्रीय आंदोलन था, जिसमें देश के सभी वर्गों का योगदान रहा है। समाज के प्रत्येक वर्ग के लोगों ने ब्रिटिश साम्राज्य की दमनकारी नीतियों और गुलामी का प्रतिरोध करके भारतमाता को परतंत्रता की बेड़ियों से आजाद कराया। हमें आजादी का यह महोत्सव मनाने का सौभाग्य स्वतंत्रता के अमर सेनानियों के त्याग और बलिदान से प्राप्त हुआ है।

हम उन महान् क्रांतिकारियों के कृतज्ञ हैं, जो अपने जीवन की अंतिम साँस तक आजादी के लिए संघर्ष करते रहे और आजाद भारत की कल्पना की नींव रखी। इतिहास के पन्नों में आजादी के ऐसे भी नायक हैं, जिन्हें इतिहास के पन्नों में स्थान नहीं मिला है, परंतु उनके योगदान को कभी भुलाया नहीं जा सकता है।

**दूरभाष** : 0522-2236181/2239396 **फैक्स** : 0522-2239234 **इ-मेल** : cmup@nic.in

लेखक ने भारतवर्ष के 75 अनजाने स्वाधीनता सेनानियों की पुस्तक **'जरा याद उन्हें भी कर लो'** तथा उत्तर प्रदेश के 75 स्वातंत्र्य साधकों की पुस्तक **'रक्त का कण-कण समर्पित'** लिखकर अभिनंदनीय कार्य किया है। मुझे आशा है कि ये कृतियाँ इतिहासविदों एवं शोधार्थियों के साथ-साथ युवाओं के लिए विशेष रूप से उपयोगी सिद्ध होंगी।

पुस्तक के सफल प्रकाशन हेतु मेरी हार्दिक शुभकामनाएँ।

**( योगी आदित्यनाथ )**

**अवनीश कुमार अवस्थी**
आई.ए.एस.
**अपर मुख्य सचिव**

फोन : 0522-2289291, 0522-2226091
0522-2226092
अर्द्धशा. पत्र सं. 555/ए.सी.एस. डी.ओ./2022
इ-मेल : pshomelko@gmail.com
दिनांक : 31.05.2022
गृह, गोपन, वीजा, पासपोर्ट, सतर्कता, कारागार
एवं धर्मार्थ कार्य विभाग
लोक-भवन, उत्तर प्रदेश शासन

## संदेश

मुझे यह जानकर अत्यंत प्रसन्नता हुई कि उत्तर प्रदेश पुलिस सेवा के अपर पुलिस अधीक्षक, जो वर्तमान समय में लखनऊ पुलिस कमिश्नरेट में अपर पुलिस आयुक्त के रूप में कार्यरत हैं, के द्वारा आजादी के अमृत महोत्सव के अवसर पर इस महायज्ञ में अपना योगदान देनेवाले वीर स्वाधीनता सेनानियों के गौरवमयी इतिहास को कलमबद्ध कर वर्तमान में भावी पीढ़ी के लिए प्रेरणाबद्ध गाथाओं का संकलन किया है। इसके माध्यम से उत्तर प्रदेश के उन 75 स्वातंत्र्य साधकों के प्रति अत्यंत भावभीनी श्रद्धांजलि अर्पित की गई है।

आजादी के अमृत महोत्सव, 'रक्त का कण-कण समर्पित : उत्तर प्रदेश के अनजाने स्वाधीनता सेनानियों की प्रेरक गाथाएँ' शीर्षक से इनकी रचनाओं के संकलन का प्रकाशन समाज व जनमानस के लिए अत्यंत महत्त्वपूर्ण जानकारियों से भरपूर व प्रेरणादायक कृति है। इस संग्रह में वर्ष 1781 से 1947 तक, 166 वर्षों के दौरान चले स्वतंत्रता संग्राम के नायकों की वीरगाथाओं का जीवंत वर्णन किया गया है।

उत्तर प्रदेश के स्वाधीनता संग्राम में अपना अद्वितीय योगदान देनेवाले प्रसिद्ध व गुमनाम स्वाधीनता सेनानियों के कृतित्व का विवरण अत्यंत लगन, निष्ठा व परिश्रम से तैयार किया गय: है। पुलिस की प्रशासनिक सेवा में रहकर इस प्रकार का लेखन एक अत्यंत सराहनीय कदम है।

मुझे आशा ही नहीं अपितु विश्वास है कि श्री चिरंजीव सिन्हा द्वारा उत्तर प्रदेश के स्वतंत्रता सेनानियों के संबंध में ज्ञात व अज्ञात तथ्यों को विशेष प्रयास करके तैयार किया गया यह संकलन लोगों के ज्ञानवर्धन के साथ-साथ लंबे समय तक प्रेरणा भी प्रदान करेगा।

इस प्रकाशन की सफलता हेतु मेरी हार्दिक शुभकामनाएँ।

**( अवनीश कुमार अवस्थी )**

**श्री चिरंजीव सिन्हा**
अपर पुलिस आयुक्त
लखनऊ कमिश्नरेट

# प्रस्तावना

*"हम पंछी उन्मुक्त गगन के,*
*पिंजरबद्ध न हो पाएँगे।"*

कवि श्री शिवमंगल सिंह 'सुमन' की इन स्वर्ण पंक्तियों से यह सहज सिद्ध हो जाता है कि स्वतंत्रता जड़-चेतन—सभी की स्वाभाविक प्रकृति है। पुस्तकों के पन्ने हवा का स्पर्श पाकर फड़फड़ा उठते हैं, तारे भी आकाश में कहाँ स्थिर रहते हैं, तो नन्हे बीज माँ वसुंधरा के गर्भ से निकल पौधे की शक्ल लेने लगते हैं। जब सभी को स्वतंत्रता इतनी प्यारी लगती है तो इस सृष्टि के सबसे संवेदनशील प्राणी इनसान को परतंत्रता का बंधन भला किस प्रकार स्वीकार्य हो सकता है।

सन् 1757 आते-आते ईस्ट इंडिया कंपनी के क्रूर साम्राज्यवादी औपनिवेशिक चेहरे का रंग दिन-प्रति-दिन गहराता चला गया और इसी के साथ भारतमाता जंजीरों के साये में जकड़ती चली गई। अंग्रेजों के लोभ ने भारतीयों के रोंगटे खड़े कर देनेवाले ऐसे बेइंतहा जुल्मों को जन्म दिया, जिसकी मानवता ने कभी कल्पना भी नहीं की थी। लेकिन जिस प्रकार हर क्रिया की समान प्रतिक्रिया होती है, उसी प्रकार परतंत्रता की बेड़ियों को तोड़ने के लिए भारत का आम जनमानस, जिसे ब्रितानी हुकूमत पूरी तरह तुच्छ समझते थे, उनके भीषण अत्याचार के विरोध में कमर कसकर खड़ा हो गया; और इतिहास साक्षी है कि जब आम जनमानस किसी दूषित व्यवस्था को उखाड़ फेंकने के लिए सज्ज हो जाए तो प्रचलित पापमयी राक्षसी व्यवस्था चाहे कितनी भी ताकतवर क्यों न हो, उसका पतन निश्चित ही होता है।

इस पुस्तक के माध्यम से हमने भारतवर्ष के ऐसे ही वीरों एवं वीरांगनाओं को आपके सामने लाने का एक लघु प्रयास किया है, जिन्होंने बिना अपने जान की परवाह किए, अपार कष्टों को सहते हुए बिना किसी यश की अभिलाषा के मातृभूमि की सेवा में अपना सर्वस्व समर्पित कर दिया।

प्रयत्न चाहे बड़ा हो या छोटा, महत्त्वपूर्ण यह है कि उसके पीछे की नीयत कैसी

है? निष्ठा सच्ची है या नहीं? लंका-विजय के लिए निर्मित 'राम-सेतु' में उस नन्ही गिलहरी के प्रयास से भला कौन अनुप्राणित नहीं होगा, जिसने अपने सामर्थ्य के उच्चतम शिखर को छूते हुए गरजते समुद्र से बिना घबराए अथाह जलराशि में विशालकाय वानरों के मध्य अपना रास्ता खुद बनाते हुए नन्हे कंकड़ों के माध्यम से सेतु-निर्माण में अपना योगदान दिया और प्रभु श्रीराम के उन पावन हाथों का दुलार पाया, जिसके लिए पशु-पक्षी ही नहीं, देवता भी अभिलषित रहते हैं।

स्वतंत्रता आंदोलन के दौरान जनसामान्य जिन महान् विभूतियों से परिचित हुआ, उनके अलावा भी अन्यान्य ऐसे कर्मयोगी रहे हैं, जिन्होंने भारतमाता को अंग्रेजी बेड़ियों से मुक्त कराने में प्रत्यक्ष एवं अप्रत्यक्ष रूप से अपना सर्वश्रेष्ठ योगदान दिया। कभी भूखे रहकर, कभी बर्फ की सिल्ली पर लेटकर, हाथों में कील ठुके होने पर, सरेआम कोड़ों की मार खाकर तो कभी मैले-गंदे बरतनों में खाने को वे मजबूर हुए; लेकिन उस सपने को इन लोगों ने कभी मरने नहीं दिया, जो उन्होंने खुली आँखों से देखा था और वह सपना था—'भारतमाता को गुलामी से मुक्त करना।' इस पुनीत कार्य में हमारी माताओं एवं बहनों ने जो योगदान दिया, वह नित्य श्लाघनीय है। दुधमुँहे बच्चों की माता होते हुए भी आजादी का परचम लहराने के लिए उन्होंने कभी उफ्फ तक नहीं किया। इन सभी के लिए कवि श्री रामावतार त्यागी की निम्नलिखित पक्तियाँ बिल्कुल सटीक बैठती हैं—

*"मन समर्पित, तन समर्पित*
*और यह जीवन समर्पित,*
*चाहता हूँ देश की धरती, तुझे कुछ और भी दूँ।*
*माँ तुम्हारा ऋण बहुत है, मैं अकिंचन,*
*किंतु इतना कर रहा फिर भी निवेदन—*
*थाल में लाऊँ सजाकर भाल मैं जब भी,*
*कर दया स्वीकार लेना यह समर्पण।"*

ऐसे ही वीरों एवं वीरांगनाओं के कृतित्वों को इस संग्रह के माध्यम से आपके समक्ष प्रस्तुत कर उन्हें श्रद्धासुमन अर्पित करने का यह प्रयास आप सुधी पाठकों के आशीर्वाद का आकांक्षी है। इस संग्रह की प्रथम कड़ी में उत्तर प्रदेश के 75 महान् स्वातंत्र्य वीरों एवं वीरांगनाओं के कृतित्वों का वर्णन किया गया है एवं इसकी अगली कड़ी में संपूर्ण भारतवर्ष के 75 ऐसे ही वीर स्वतंत्रता संग्राम सेनानियों को दरशाया गया है। यह पुस्तक अलग से 'स्वतंत्रता संग्राम में भारतवर्ष के गुमनाम सितारों की अनसुनी कहानियाँ' के रूप में प्रकाशित हो रही है।

इस पुस्तक की रचना के लिए मैं सर्वप्रथम भारत के राष्ट्रपति महामहिम श्री रामनाथ कोविंद का विशेष रूप से आभारी हूँ, जिनकी एक सभा के दौरान कही गई

पक्तियाँ, "कानपुर में 1857 के स्वाधीनता संग्राम का नेतृत्व करनेवाले नानाजी पेशवा, तात्या टोपे और अजीमुल्लाह खान की वीरता की गाथा सभी ने सुनी होगी, लेकिन अजीजनबाई और मैनावती जैसों के योगदान से लोग अच्छी तरह परिचित नहीं हैं। वर्तमान और भावी पीढ़ियों के समक्ष स्वाधीनता संग्राम की इन वीरांगनाओं के त्याग व बलिदान की प्रेरक गाथा रखी जानी चाहिए," ने मुझे इस कार्य के लिए प्रेरणा दी। शिष्य एकलव्य (चिरंजीव) का गुरु द्रोणाचार्य (श्रीयुत रामनाथ कोविंदजी) को सादर प्रणाम।

भारत के उर्जावान रक्षामंत्री माननीय श्री राजनाथ सिंहजी को दिल से नमन, जिन्होंने इस पुस्तक के लिए न केवल अपनी शुभेच्छाएँ दीं वरन् इस पुस्तक के लेखन एवं प्रकाशन में अमूल्य सहयोग दिया।

मैं उत्तर प्रदेश के यशस्वी मुख्यमंत्री माननीय श्री योगी आदित्यनाथजी को हार्दिक नमन करता हूँ, जिनके सत्प्रयास से उत्तर प्रदेश में वृहद् स्तर पर मनाए जा रहे 'आजादी के अमृत महोत्सव' कार्यक्रम से मुझे इस अद्भुत संग्रह के रचनाकर्म की प्रेरणा मिली।

मैं इस रचनाकर्म में सतत उत्साहवर्धन एवं मार्गदर्शन हेतु श्री अवनीश कुमार अवस्थी, अपर मुख्य सचिव गृह विभाग (उ.प्र. शासन) का आभारी हूँ, जिन्होंने इसकी पांडुलिपि का गहन अध्ययन कर अनेक सारगर्भित सुझाव दिए, जिससे इसकी समृद्धि में कई गुणा वृद्धि हुई।

मैं पुलिस आयुक्त, लखनऊ श्री ध्रुवकांत ठाकुर एवं पुलिस उपायुक्त श्री सोमेन वर्मा का हार्दिक धन्यवाद ज्ञापित करता हूँ, जिनके आशीर्वाद से यह संग्रह आकर्षक एवं मनोहारी बन सका। श्री शिशिर (आई.ए.एस.) सूचना निदेशक (उ.प्र. सरकार) का हार्दिक आभार, जिन्होंने इस पुस्तक के प्रकाशन में अतुलनीय सहयोग प्रदान किया।

इस प्रेरणा को संकल्पना का स्वरूप देने के लिए दैनिक जागरण के श्री मनीष त्रिपाठी का दिल से आभार, जिन्होंने दीवाली-पूजन वाले दिन मुझे इसके लिए अभिप्रेरित किया। मेरी माँ श्रीमती तारा सिन्हा के श्रीचरणों को नमन, जिन्होंने इसके लिए बहुमूल्य सामग्री एकत्र कराई। पिता श्री दीनानाथ सिन्हा एवं पितातुल्य फादर-इन-लॉ श्री अशोक कुमार श्रीवास्तव के प्रेरणादायी शब्दों का आभारी हूँ, जिसके कारण यह रचनाकर्म निर्बाध रूप से संपन्न हो सका।

इस कार्य में लेखन योग्य तथ्यपरक सामग्री के संग्रहण और टीम-प्रबंधन हेतु आवश्यक संसाधनों की निरंतर जरूरत थी, जिसके लिए मैं अपने शुभेच्छुगणों— श्री दिवाकर त्रिपाठीजी पूर्व सूचना निदेशक (उ.प्र. सरकार), डॉ. राघवेंद्र कुमार शुक्ला, पी.आर.ओ. माननीय रक्षामंत्रीजी (भारत सरकार), श्री प्रभात श्रीवास्तव, सूचना अधिकारी मीडिया सेल (गृह विभाग उ.प्र.), श्री विपिन मिश्रा उप-सहायक निदेशक मीडिया सेल (गृह विभाग उ.प्र.), श्री कृष्ण कुमार साहू, निजी सचिव अपर मुख्य सचिव

(गृह विभाग उ.प्र.), श्री अतुल कुमार तिवारी, निरीक्षक/सी.एस.ओ. अपर मुख्य सचिव (गृह विभाग उ.प्र.), श्री टी.पी. हवेलिया, श्री पुरुषोत्तम गुप्ता, श्री मनोज सिंह चंदेल और श्री प्रमोद कुमार वर्माजी के सतत सहयोग के लिए आभार सहित निःशब्द हूँ।

श्री संदीप तिवारी का विशेष आभार, जिन्होंने अथक प्रयास कर उत्तर प्रदेश के कोने-कोने में जाकर सामग्री एकत्र की और स्वातंत्र्य वीरों एवं वीरांगनाओं के परिजनों के साक्षात्कार लिये।

इस कार्य हेतु विभिन्न पुस्तकालयों, राजकीय अभिलेखागारों, समाचार-पत्रों, फील्ड सर्वे करनेवाली टीम के सदस्यों सुश्री उपमा शुक्ल, श्री जितेंद्र निषाद, फोटोग्राफर एवं मेरे सहयोगी श्री राजेश कुमार दीक्षित, विनय मिश्रा, सुश्री भावना चौहान, सूर्यकांत तिवारी तथा श्री समीर का कोटि-कोटि आभार, जिन्होंने अन्यान्य स्रोतों से इस संग्रह को समृद्ध किया।

मेरी जीवन-सहचरी रश्मि का दिल से शुक्रिया, जिन्होंने प्रस्तुतीकरण को सजीव एवं रोचक बनाने में मेरा सहयोग किया। अपनी पुत्रियों दीपाली एवं रोशनी को मेरा स्नेहसिक्त धन्यवाद, जिन्होंने अपने हिस्से का अमूल्य समय मुझे इसे पूर्ण करने के लिए दिया।

आपका स्नेहकांक्षी

लखनऊ

**—चिरंजीव सिन्हा**

# अनुक्रम

# 1

# चेतसिंह

## ( 1781 में काशी ने बजाया स्वतंत्रता का पहला बिगुल )

आधुनिक भारत का प्रचलित इतिहास देखने के पश्चात् यह प्रतीत होता है कि भारत में स्वतंत्रता आंदोलन का प्रारंभ 1857 से हुआ। परंतु यह सच्चाई नहीं है। यह सच है कि यूरोपीय लोगों के भारत आगमन के पश्चात् पूरे भारत में जो सजगता चाहिए थी, वह दिखाई नहीं पड़ी। इसी कारण विदेशी व्यापारी इस देश का शासक बन बैठा। व्यापारी के शासक बनने से अंग्रेजी-शासन के दौरान इस देश की प्रतिरोधी शक्तियों ने भी प्रतिरोध का कार्य किया। लेकिन उस स्वप्रेरित प्रतिरोध एवं प्रतिकार का इतिहास अंग्रेजी शासकों के शासन में स्थान नहीं पा सका। यद्यपि प्रत्येक स्वप्रेरित प्रतिरोध एवं प्रतिकार का इतिहास अंग्रेजी शासकों के शासन में स्थान नहीं पा सका, तथापि प्रत्येक स्वप्रेरित प्रतिरोध ने लोककथाओं, लोकसाहित्य, लोकोक्ति और मुहावरों में अपना अस्तित्व अवश्य बना लिया एवं वर्तमान में भी ये प्रतिरोध इन लोककथाओं में जीवित हैं। इस स्वस्फूर्त संघर्ष में अनेक विद्रोह एवं संघर्ष हुए। इनमें संन्यासी विद्रोह (1763-1800), चुआड़ विद्रोह (झारखंड 1769) आदि प्रमुख प्रतिरोध स्वस्फूर्त थे। इसी प्रकार का स्वप्रेरित प्रतिरोध 1857 से 76 वर्ष पूर्व वाराणसी (काशी) में हुआ था। ऐतिहासिक तथ्यों के अवलोकन से स्पष्ट है कि यूरोपीय कंपनियों के द्वारा भारत पर अपना आधिपत्य प्रारंभ करने की तिथि से 15 अगस्त, 1681 के पूर्व स्वस्फूर्त, जो भी संघर्ष एवं प्रतिरोध भारतभूमि पर हुए, उनमें नया परिवर्तन 16 अगस्त, 1781 से प्रारंभ होता है। क्योंकि इसी तिथि को ईस्ट इंडिया कंपनी के शासक एवं प्रथम गवर्नर जनरल वारेन हेस्टिंग्स पर काशी के महाराजा चेतसिंह एवं काशी की जनता की विजय हुई। चूँकि पहली बार काशी में ब्रिटिश गवर्नर जनरल एवं उसकी फौज को भारत की जनता के हाथों पराजय मिली थी। इस कारण इसे 'बनारस विद्रोह' (प्रतिरोध) के स्थान पर स्वतंत्रता का प्रथम संग्राम कहा जाना चाहिए। इस संग्राम में प्रथम ब्रिटिश गवर्नर जनरल वारेन हेस्टिंग्स हारा था। इसी के बाद से बनारस में यह लोकोक्ति चली—'घोड़े पर हौदा,

हाथी पर जीन। काशी से भागा वारेन हेस्टिंग्स।'

काशी के भू स्वामी मनसाराम ने अपने को अवध के नवाब से स्वतंत्र घोषित कर लिया था। मनसाराम (1730-38) की मृत्यु के बाद वाराणसी की शासन व्यवस्था का संचालन बलवंत सिंह ने किया। बलवंत सिंह (1738-1770) की मृत्यु के पश्चात् बलवंत सिंह एवं पन्नारानी के पुत्र चेतसिंह (1770-1781) का काशी की गद्दी पर राज्याभिषेक हुआ। प्राप्त इतिहास के अनुसार चेतसिंह के राज्याभिषेक के पीछे कबीर चौरामठ की मुख्य भूमिका एवं स्वीकृति रही। पन्नारानी कबीरचौरा मठ मूलगादी की शिष्या थी। कहा जाता है कि चेतसिंह के समय में कबीरचौरा मठ काशी में शक्ति का मुख्य केंद्र था।

सन् 1771 में अवध के नवाब आसफुद्दौला और ब्रिटिश गवर्नर जनरल के मध्य हुई बनारस की संधि द्वारा चेतसिंह को बनारस का राजा मानते हुए उनके राज्य की स्वीकृति मिली। बदले में बनारस राज्य की ओर से 23,40,249 रुपए की सालाना रकम मासिक किस्तबंदी के रूप में कंपनी के खजाने में जमा करने का करार हुआ। बात बिगड़ी जुलाई 1778 में, जब फ्रांस व इंग्लैंड के बीच युद्ध छिड़ा। कंपनी ने इसी बहाने राजा पर बार-बार अतिरिक्त राशि की वसूली का दबाव बनाना शुरू किया। एक-दो बार तो उन्होंने माँग पूरी की, पर बाद में रुपया देने से साफ इनकार कर दिया।

उक्त के अतिरिक्त मद्रास में हैदर अली के विरुद्ध युद्ध के लिए चेतसिंह से वारेन हेस्टिंग्स ने 1778-1779 में अतिरिक्त धन की माँग की। इसी के साथ 2,000 सैनिकों की भी माँग की गई। लेकिन चेतसिंह जानते थे कि ये विदेशी एक हिंदुस्तानी को दूसरे के विरुद्ध खड़ा करने की चाल चल रहे हैं, इसलिए उन्होंने कोई जवाब नहीं दिया। उनके द्वारा कोई उत्तर न देने के बाद तत्कालीन प्रथम ब्रिटिश गवर्नर जनरल वारेन हेस्टिंग्स ने महाराज चेतसिंह से 50 लाख रुपया जुरमाना वसूलना चाहा, जिसे उन्होंने अस्वीकार कर दिया। इससे नाराज होकर वारेन हेस्टिंग्स 4 कंपनी सेना सहित गंगा नदी के रास्ते 5 जुलाई, 1781 को कलकत्ता से चला और 14 अगस्त, 1781 को काशी पहुँचा।

बनारस (काशी) पहुँचने के बाद प्रथम ब्रिटिश गवर्नर जनरल वारेन हेस्टिंग्स ने महाराजा चेतसिंह के किले शिवाला महल की ओर न जाकर कबीरचौरा के निकट माधोदास की बगीची (वर्तमान राधास्वामी बाग, कबीरचौरा) में ही डेरा जमाया। चूँकि उसे पता था कि काशी की जनता पर वास्तविक प्रभाव कबीर मठ का है। इस कारण उसने कबीर मठ के समीप ही डेरा डाला। विशेषज्ञों के अनुसार यह कदम सुरक्षा की दृष्टि से उठाया गया था। उसके साथ कुल 500 सैनिक थे। उस समय कबीरचौरा मूलगादी पर महंत आचार्य शरण साहब विराजमान थे।

उस स्थान पर वर्तमान में विद्यमान शिलापट्ट पर अंकित अभिलेख आज भी वारेन

हेस्टिंग्स के बनारस आगमन का गवाह बनकर विद्यमान है। बनारस पहुँचने पर वारेन हेस्टिंग्स ने महाराजा चेतसिंह को गिरफ्तार करने की साजिश रची। रविवार 15 अगस्त, 1781 को सुबह वारेन हेस्टिंग्स ने अपने विश्वस्त अधिकारी मार्कहम को एक पत्र देकर चेतसिंह से 50 लाख की माँग की। इस पत्र में महाराजा चेतसिंह पर अनेक आरोप भी लगाए गए थे। उन पर षड्यंत्र का भी आरोप था। महाराजा चेतसिंह ने षड्यंत्र से अनभिज्ञता प्रकट की। 15 अगस्त, 1781 को दोनों पक्षों के बीच दिन भर पत्राचार चला। दूसरे दिन 16 अगस्त को सावन का अंतिम सोमवार था। तत्कालीन रेजिडेंट मार्कहम को वारेन हेस्टिंग्स ने आदेश दिया कि 16 अगस्त, 1781 को शिवाला किला (राजा चेतसिंह का नगर आवास) पहुँचकर उन्हें गिरफ्तार कर लिया जाए। बात कानोकान बनारस वालों तक पहुँच गई। फिर क्या था? 16 अगस्त की आधी रात से लाठी और तलवारों से लैस नागरिकों व राजकीय सैनिकों की भीड़ शिवाला किले की गलियों में उमड़ पड़ी। योजना के मुताबिक, रेजिडेंट मार्कहम भोर में मेजर फोफम के नेतृत्व में सेना की टुकड़ियाँ लेकर शिवाला किला पहुँचा तो देसी अस्त्र-शस्त्र से लैस बनारसवासियों व हजारों की संख्या में राजा के कारिंदों की कमर कसकर खड़ी सेना को देखकर वह हक्का-बक्का रह गया।

गवर्नर का संदेश लेकर किले में पहुँचे कंपनी के सूबेदार केतराम ने जैसे ही अभद्र भाषा में राजा चेतसिंह को गवर्नर का पैगाम सुनाया तो बनारस की तलवारें चमक उठीं और लोगों ने केतराम का कटा हुआ सिर किले के पथरीले आँगन में भू-लुंठित पाया। बाबू मनियार सिंह, बाबू नन्हकू सिंह ने गिरफ्तारी की मंशा से राजा की ओर बढ़ रहे लेफ्टिनेंट स्टाकर और साइम्स के सिर को भी तलवार की धार पर लिया और देखते-ही-देखते दोनों खेत रहे। उधर बाहर तो गजब का संग्राम था। बनारसियों व राजसैनिकों ने पलक झपकते कंपनी की सेना के 200 से भी अधिक सिपाही मार गिराए। इस बीच लोगों ने पगड़ियों को जोड़कर रस्सी बनाई और राजा चेतसिंह को किले के पीछे गंगा घाट की ओर उतार दिया। पहले से तैयार बैठे नाविकों ने पतवार सँभाली और तीर की तरह छूटी नौका ने कुछ ही क्षणों में राजा को सुरक्षित गंगा पार रामनगर दुर्ग तक पहुँचा दिया।

काशी के शिवाला घाट पर किले के बाहर लगे शिलापट्ट पर अंग्रेजों द्वारा यह अंकित कराया गया है कि इसी जगह पर तीन अंग्रेज अधिकारियों—लेफ्टिनेंट स्टाकर, लेफ्टिनेंट स्कांट और लेफ्टिनेंट जॉर्ज साइम्स सहित दो सौ सैनिक मारे गए थे। उक्त शिलापट्ट आज भी बनारस विद्रोह/प्रतिरोध के विजय के गवाह के रूप में विद्यमान है।

उधर वारेन हेस्टिंग्स ने अपने पकड़े जाने के भय से 'माधवदास बाग' के मालिक पं. बेनी राम से चुनार जाने के लिए सहायता माँगी। इसी बीच उसे पता चला कि राजा

साहब की फौज उसे गिरफ्तार कर सकती है। इसी डर से वारेन हेस्टिंग्स उसी माधवदास बाग के भीतर एक कुएँ में कूद गया और रात में स्त्री का वेश धारण कर चुनार की ओर कूच कर गया।

उसके चुनार भागने की घटना की जनश्रुति इस प्रकार है। कबीरचौरा मठ के इशारे पर काशी के लोग हथियारों के साथ सड़क पर उतर आए। उस समय कबीर मठ में आचार्य शरण साहब गादी पर विद्यमान थे। काशी की आजादी की रक्षा के लिए काशीवासियों ने अंग्रेज फौज को खदेड़ दिया। देर रात जब काशीवासी घरों में लौटे तो उस समय वारेन हेस्टिंग्स अपनी कोट-पैंट और टोपर फेंककर स्त्री वेश में एक परदेवाली पालकी में जा बैठा। पालकी ढोनेवालों को कहा गया कि बीबीजी देवी दर्शन के लिए विंध्याचल जा रही हैं। इस प्रकार छलपूर्वक महिला वेश में वह चुनार आ गया और वहाँ से कलकत्ता के लिए कूच कर गया।

इस प्रकार महाराजा चेतसिंह कबीरमठ, कबीरचौरा एवं काशी की जनता की सहायता से अंग्रेजों पर भारी पड़े। इस ऐतिहासिक विजय (16 अगस्त, 1781) की स्मृति में काशीवासी ये पंक्ति कहते हुए विजय का जश्न मनाने लगे—

*"घोड़े पर हौदा, हाथी पर जीन।*
*काशी से भागा, वारेन हेस्टिंग्स॥"*

अर्थात् वारेन हेस्टिंग्स काशी से भागते समय इतना डरा था कि हाथी का हौदा घोड़े पर और घोड़े की जीन हाथी पर कसवाई तथा काशी से भागा।

16 अगस्त, 1781 से 15 अगस्त, 1947 तक चले स्वतंत्रता आंदोलन के पूरे कालखंड में आंदोलनकारियों को इस घटना ने यह प्रेरणा दी कि अंग्रेजी फौज भारतीय जनबल के लिए अपराजेय नहीं है, वरन् संगठित होकर इसे कभी भी पराजित किया जा सकता है। उक्त घटना से स्पष्ट है कि 1857 के स्वतंत्रता संग्राम से 76 वर्ष पूर्व वाराणसी (काशी) में 1781 में स्वतंत्रता संग्राम हुआ था। इसने बाद के स्वतंत्रता आंदोलनों को प्रेरित किया एवं भारतीयों का साहस बढ़ाया। इस प्रकार चेतसिंह के नेतृत्व में संपन्न 1781 का काशी का मुक्ति संग्राम अत्यंत महत्त्वपूर्ण है। भारत रत्न डॉ. भगवानदास ने इसे वाराणसी के प्रथम स्वतंत्रता संग्राम की संज्ञा दी है।

□

# 2

# राजा उदय प्रताप नारायण सिंह

भारतवर्ष में अंग्रेजों ने तकरीबन 200 वर्ष तक राज किया। इसके पीछे जयचंद जैसे अपने बीच के ही कुछ गद्दारों ने अपनों का गला कटवाने में कोई कसर नहीं छोड़ी। यही कारण था कि भारत जैसे शक्तिशाली देश में अंग्रेजों ने आपसी फूट डालकर इतने लंबे समय तक भारत में अंग्रेजी परचम लहराया। भारत के अनेक राजा-महाराजाओं ने अंग्रेजी हुकूमत के विरुद्ध बहुत संघर्ष किए। बहादुरी से अंग्रेजों का सामना किया और अंत में लड़ते-लड़ते अपने प्राण देश के लिए न्योछावर कर दिए। ऐसे ही जिला बस्ती के एक राजा थे—राजा उदय प्रताप नारायण सिंह।

राजा उदय प्रताप नारायण सिंह ने सन् 1857 में अंग्रेजी हुकूमत के विरुद्ध बगावत का बिगुल बजाकर अंग्रेजों को लोहे के चने चबवा दिए, पर अंग्रेजों ने अपनी कूटनीति से उन्हें बंदी बना लिया। उन्होंने अंग्रेजों के हाथों मरने के बजाय खुद को खत्म करना ज्यादा मुनासिब समझा और कैदखाने में ही एक संतरी की कटार को अपने पेट में भोंककर अपनी जीवन-लीला समाप्त कर ली। इस वीर महापुरुष को शत-शत नमन! ऐसे वीर और महान् देशभक्त कहीं जाते नहीं। वे आनेवाली नई पीढ़ियों के लिए एक नए आदर्श स्थापित करते हैं और लोगों के दिलों में हमेशा विद्यमान रहते हैं।

अलाउद्दीन खिलजी के शासनकाल में फतेहपुर जिले की बिंदकी तहसील से महाराजा गजपत राव बस्ती आए, जिन्होंने नगर में अपने राज्य की स्थापना की। राजा उदय प्रताप नारायण सिंहजी महाराजा गजपत राव वंश की 45वीं पीढ़ी के थे, जिनका जन्म बस्ती के नगर राज्य के राजघराने में सन् 1812 में हुआ।

राजघराने के उत्तराधिकारी होने के नाते आगे चलकर उन्हें ही राजगद्दी पर विराजमान होकर अपना राज्य सँभालना था। इसलिए उन्होंने शिक्षा के साथ-साथ युद्ध कला में निपुणता बड़े ही लगन और मेहनत के साथ हासिल की। तलवारबाजी, भालाबाजी और घुड़सवारी जैसी युद्धक्षेत्र की तमाम उत्तम कलाएँ कम उम्र में ही उन्होंने प्राप्त कर ली थीं, जिसके बाद वे एक वीर-योद्धा व कुशल राजा बने।

उनका विवाह एक सुशील राजकुमारी के साथ हुआ। उस समय देश पर अंग्रेजों का शासन था और यह उन राज्यों में से एक था, जिसने अंग्रेजों की गुलामी स्वीकार नहीं की थी और न ही अंग्रेजी शासन के आगे घुटने टेके थे। यही कारण था कि अंग्रेजी हुकूमत की आँखों में वे गड़ते थे। अंग्रेज मन-ही-मन उनके राज्य को हथियाने के बारे में कूटनीतिक योजनाएँ बनाने लगे।

उधर झाँसी की रानी भी 1857 में अंग्रेजी हुकूमत के खिलाफ बगावत कर अंग्रेजों से लोहा ले रही थीं। तभी उनके पास एक गोपनीय पत्र आया, जिसमें झाँसी की रानी द्वारा उनसे मदद की गुजारिश की गई। झाँसी की रानी को अपने गुप्तचरों द्वारा खबर मिली थी कि जब झाँसी की सेना अंग्रेजों से युद्ध करेगी, तब अंग्रेजों की अतिरिक्त सेनाएँ अमोढ़ा और नगर राज्य होते हुए घाघरा नदी के जल मार्ग द्वारा बुलाई जाएँगी। चूँकि उस समय घाघरा नदी आने-जाने का सबसे बड़ा जलमार्ग था। यही कारण था कि अंग्रेजों ने जलमार्ग के माध्यम से अतिरिक्त सेना बुलाने की नीति बनाई, जिससे झाँसी की रानी को परास्त कर झाँसी पर कब्जा कर सकें। लेकिन अमोढ़ा के राजा जालिम सिंह ने झाँसी की रानी की मदद कर अंग्रेजों के मनसूबों पर पानी फेर दिया। दोनों राज्यों की सेनाओं ने अपनी-अपनी सीमाओं के जलमार्ग की ओर से अंग्रेजों को आगे बढ़ने नहीं दिया और सबको मार गिराया। उनमें से 1-2 अंग्रेज बचकर भाग निकले और अंग्रेजी शासन को जाकर पूरी घटना की सूचना दी।

अब क्या था, बौखलाए अंग्रेजों ने अपनी सेनाएँ नगर राज्य की ओर कूच कर दीं। उधर बस्ती शहर में पहले से ही अंग्रेज कैप्टन फ्रेंक और नेपाल नरेश जंगबहादुर थापा की सेना नगर राज्य के निकट कंपनी बाग में आ चुकी थीं। लेकिन नगर राज्य के घुड़सवार सैनिकों ने अंग्रेजी सेना को कुआनो नदी पार करने का महीनों तक मौका नहीं दिया। बाद में जब कर्नल रोक्राफ्ट अतिरिक्त सेना के साथ बस्ती पहुँचा, तब अंग्रेजी सेना कुआनो नदी को पार करने में सफल हो पाई।

अंग्रेजी सेना तीव्र गति से नगर की ओर बढ़ रही थी। जिसके बाद 29 अप्रैल, 1858 को अंग्रेजी सेना खौदिया पहुँची, तब वहीं उन्होंने वीरता और बहादुरी का परिचय देते हुए फिरंगियों का जबरदस्त सामना किया। अनेक फिरंगी और गोरखा सैनिकों के सिर अपनी तलवार से उन्होंने कलम कर दिए। राजा उदय प्रताप सिंह के सैनिकों के पास तलवार, बरछी और भाला जैसे स्वदेशी हथियार ही थे, वहीं अंग्रेजी सेनाएँ गोला-बारूद, तोपें तथा बंदूकें आदि हथियारों से सुसज्जित थीं। यही कारण था कि धीरे-धीरे अंग्रेजी सेनाएँ उनकी सेना पर भारी पड़ने लगीं। अंत में वे अंग्रेज सैनिकों से घिर गए। तभी राजा उदय प्रताप सिंह के कुछ खास सैनिकों ने उनको मशविरा दिया कि महाराज, आप युद्धक्षेत्र से निकल जाइए, जीवित रहेंगे तो फिर युद्ध लड़ेंगे। तब उन्होंने बुद्धि और विवेक का परिचय

देते हुए बड़ी ही चतुराई से अंग्रेजों को चकमा देकर अपनी सैनिक छावनी से मझियावाँ जंगल की एक गोपनीय सुरंग से निकलने में सफल रहे, जिसके बाद कचौड़िया जंगल में जाकर छिप गए। उधर उनके नगर महल को अंग्रेजों ने तोपों से उड़ाकर खँडहर में तब्दील कर दिया था।

उनके पीछे रानी भी आ रही थीं, लेकिन वे रास्ते में बिछड़ गईं। उनकी रानी साहिबा उस समय गर्भ से थीं और उनकी हालत ठीक नहीं थी। जंगल से निकलने के बाद रानी साहिबा ने कई लोगों से छुपने के लिए शरण माँगी, लेकिन अंग्रेजों के डर से सभी ने शरण देने से इनकार कर दिया। तभी अदगमा गाँव के एक मुराऊ जाति के व्यक्ति ने रानी को पहचान लिया और उनको अपने घर में शरण दी, जिसके बाद वे अंग्रेजों से छिप-छिपकर इसी गाँव में रहने लगीं।

कुछ समय बाद अंग्रेजों ने कूटनीति अपनाते हुए राजा के ही खास जाननेवालों के द्वारा उनको कई बार गोपनीय संदेश भिजवाया कि वे अंग्रेजों के सामने गोरखपुर में जाकर उनसे समझौता कर लें, फिर उनका राज्य उन्हें पुनः वापस दे दिया जाएगा। पहले तो वे नहीं माने, लेकिन बार-बार संदेश मिलने पर वे अंग्रेजों के पास जाने के लिए तैयार हो गए। लेकिन फिरंगी कहाँ अपनी बात के पक्के थे। जैसे ही वे बात करने के लिए अंग्रेजों के सामने गए, अंग्रेजों ने उनको चारों ओर से घेरकर गिरफ्तार कर लिया और उन्हें गोरखपुर की जेल में कैद कर दिया। लेकिन जेल से भी वे अंग्रेजों के विरुद्ध रणनीति बनाकर काररवाई करते रहे।

जेल में कैद करने के बाद अंग्रेजों द्वारा उनको अनेक प्रकार की असहनीय यातनाएँ जाने लगीं। जिससे अंग्रेजों के हाथों तिल-तिल कर मरने के बजाय कैदखाने में ही 18 दिसंबर, 1858 को एक संतरी की कटार को अपने पेट में भोंककर उन्होंने अपनी जीवन-लीला समाप्त कर ली। कोटि-कोटि नमन उनको, जिन्होंने अपनी मातृभूमि के लिए अपने प्राणों का बलिदान कर दिया।

उधर उनके इस बलिदान के बाद उनकी पत्नी ने एक पुत्र को जन्म दिया, जिसका नाम रानी साहिबा ने विश्वनाथ प्रताप सिंह रखा। उनके पुत्र ने धीरे-धीरे बड़े होकर पुनः अपने राज्य की स्थापना की।

*स्रोत : साभार राजा वीरेंद्र प्रताप सिंह (राजा उदय प्रताप नारायण सिंहजी की पाँचवीं पीढ़ी),*
*प्रो. वीरेंद्र श्रीवास्तव (प्रधानाचार्य एस.आर. पी.जी. कॉलेज बस्ती/इतिहासकार)*

□

# 3

# अजीजनबाई

## ( घुंघरू की खनक में गूँजते आजादी के तराने )

तबले की थाप पर घुंघरुओं की छन-छन, मधुर स्वर और खुशबू की लहरियाँ जब खिड़की-दरवाजों की ओट से बाहर निकलकर आती थीं तो अंग्रेज यही सोचते थे कि कोठे कहलाए जानेवाले इन ठिकानों पर जानेवाला हिंदुस्तानी शराब और शबाब में घायल हो रहा होगा। उन्हें कहाँ पता था कि यहाँ आजादी के गीत गाए जा रहे हैं और संघर्ष की रणनीतियाँ बन रही हैं।

एक ऐसी ही वीरांगना योद्धा थीं अजीजनबाई, जो पेशे से तवायफ थीं। उन्होंने खतरा मोल लेकर अंग्रेजों के खिलाफ खड़े हिंदुस्तानी देशभक्तों को सहयोग दिया। उनके जैसी कई तवायफ वीरांगनाएँ ऐसी हुई हैं, जिन्होंने अपने गायन, आर्थिक सहयोग और मुश्किल कोशिशों से आजादी के आंदोलन में बढ़-चढ़कर भाग लिया। उन्हें कोठेवालियाँ कहा गया। उनके मिशन में लाख कठिनाइयाँ आईं, लेकिन न तो वे रुकीं और न ही पीछे हटीं। समाज का भेदभावपूर्ण रवैया और हेय नजरें भी उन्होंने झेलीं, लेकिन वे सभी बाधाएँ उन्हें उनके मकसद से दूर न कर सकीं। स्वाधीनता के अमृत महोत्सव के इस वर्ष में भारत गणराज्य के राष्ट्रपति महोदय श्री रामनाथ कोविंद ने उनके योगदान की सराहना करते हुए कहा, "कानपुर में 1857 के स्वाधीनता संग्राम का नेतृत्व करनेवाले नानाजी पेशवा, तात्या टोपे और अजीमुल्लाह खान की वीरता की गाथा सबने सुनी होगी, लेकिन अजीजनबाई और मैनावती जैसों के योगदान से लोग अच्छी तरह परिचित नहीं हैं। वर्तमान और भावी पीढ़ियों के समक्ष स्वाधीनता संग्राम की इन वीरांगनाओं के त्याग और बलिदान की प्रेरक गाथा रखी जानी चाहिए।"

अजीजनबाई मूलत: एक पेशेवर नर्तकी थीं, जो देशभक्ति की भावना से भरपूर थीं। गुलामी की बेड़ियाँ तोड़ने के लिए उन्होंने घुंघरू के साथ-साथ तलवार को अपना औजार बना लिया। रसिकों की महफिलें सजानेवाली अजीजन क्रांतिकारियों के साथ बैठकें कर रणनीतियाँ बनाने लगी थीं। कानपुर में नाना साहेब के आह्वान पर अजीजन

ने फिरंगियों से टक्कर लेने के लिए स्त्रियों का सशस्त्र दल गठित किया और उसकी कमान सँभाली।

एक महिला पुरुष वेश में, सीने पर मैडल से आभूषित, घोड़े की पीठ पर सवार, पिस्तौल लिये मैदान-ए-जंग में उतर गई और ब्रिटिश सैनिकों से खूब बहादुरी से लड़ी। अजीजनबाई एक ऐसी तवायफ थीं, जो देश की आजादी के लिए बहादुरी से लड़ीं, कभी परदे में रहकर तो कभी बिना परदे के। अजीजनबाई एक जासूस खबरी और योद्धा थीं। उनका जन्म लखनऊ में हुआ था। उनकी माँ तवायफ थी, लेकिन देश के प्रति प्रेम अजीजन को लखनऊ से कानपुर ले आया। अजीजनबाई के यहाँ हिंदुस्तानी सिपाहियों की बैठकें हुआ करती थीं। अजीजनबाई ब्रिटिश इंडियन आर्मी के सैनिकों के काफी नजदीक थीं। उनके कोठे में स्वतंत्रता संघर्ष की रणनीति बनाई जाती थी। 1 जून, 1857 को क्रांतिकारियों ने कानपुर में एक बैठक की। इसमें नाना साहेब, तात्या टोपे के साथ सूबेदार टीका सिंह, शमसुद्दीन खान और अजीमुल्लाह खान के अलावा अजीजनबाई ने भी शिरकत की थी। इन सबने अंग्रेजों की हुकूमत को जड़ से उखाड़ फेंकने का संकल्प लिया था। 1857 की क्रांति में कानपुर की अजीजनबाई ने महिलाओं का एक ऐसा समूह बनाया था, जो स्वतंत्रता सेनानियों का साथ देने, हथियारों से लैस सिपाहियों का मनोबल बढ़ाने, उनके घावों की मरहम-पट्टी करने और हथियारों को वितरित करने को तैयार रहता था।

अजीजनबाई कानपुर के मूलगंज मोहल्ले में रहती थीं। यहाँ पर अंग्रेज फौज के अफसर अकसर मुजरा देखने के लिए आते थे। उसी दौरान तात्या टोपे और उनके सैनिकों ने भी उन गोरों पर नजर रखने के लिए यहीं पर अपना ठिकाना बना लिया। होली के दहन के दो दिन पहले तात्या ने अंग्रेज फौज के अफसरों पर हमला बोल दिया। अंग्रेज अजीजनबाई को आगे कर भाग खड़े हुए। तभी तात्या की नजर अजीजनबाई पर पड़ी तो उन्होंने होली दहन पर बिठूर आने का न्योता दे दिया। अजीजनबाई ने उनका आमंत्रण स्वीकार कर लिया, होलिका दहन के दिन बिठूर पहुँच गई तो वहाँ नृत्य पेश किया। तात्या जब इनाम स्वरूप पैसे देने लगे तो अजीजनबाई ने लेने से इनकार कर दिया। तात्या ने वजह पूछी तो उसने कहा कि अगर कुछ देना है तो अपनी सेना की वरदी दे दो। फिर क्या था, तात्या ने अजीजन को अपना मुखबिर बना लिया। होलिका दहन के बाद अजीजनबाई ने मूलगंज में अंग्रेजों को बुलाया, जहाँ पहले से घात लगाए बैठे क्रांतिकारियों ने उन पर हमला बोल दिया। होली के दिन मूलगंज की गलियाँ रंग के बजाय गोरों के खून से लाल हो गईं। इस प्रकार घुँघरू की झनक से क्रांति की इबारत लिखनेवाली अजीजनबाई प्रथम पंक्ति की नेता बनीं।

1 जून, 1857 को क्रांतिकारियों ने कानपुर में एक बैठक की, इसमें नाना साहेब,

तात्या टोपे के साथ सूबेदार टीका सिंह, शमसुद्दीन खान और अजीमुल्लाह खान के अलावा अजीजनबाई ने भी हिस्सा लिया। यहाँ गंगाजल को साक्षी मानकर उन सबने अंग्रेजों की हुकूमत को जड़ से उखाड़ फेंकने का संकल्प लिया।

जून 1857 में ही उन लोगों ने अंग्रेजों को जोरदार टक्कर देते हुए विजय प्राप्त की और नाना साहेब को बिठूर का स्वतंत्र शासक घोषित कर दिया। परंतु यह खुशी ज्यादा दिनों तक नहीं टिक पाई। 16 अगस्त को बिठूर में अंग्रेजों के साथ पुनः भीषण युद्ध हुआ, जिसमें क्रांतिकारी परास्त हो गए।

इन दोनों ही युद्धों में अजीजन की भूमिका बेहद महत्त्वपूर्ण थी। उसने युवतियों की एक टोली बनाई, जोकि मर्दाना वेश में रहती थी। वे सभी घोड़ों पर सवार होकर हाथ में तलवार लेकर नौजवानों को आजादी के इस युद्ध में हिस्सा लेने के लिए आमंत्रित करती थीं। वे घायल सैनिकों का इलाज करतीं, उनके घावों की मरहम-पट्टी करतीं। फल, मिष्टान्न, भोजन बाँटतीं और मोहक अपनत्व भरी अपनी मुसकान से उनकी पीड़ा हरने की कोशिश करतीं।

देशभक्तों के लिए वे जितनी मृदु होतीं, युद्ध विमुख होकर भागनेवालों से उतनी ही कठोरता से पेश आतीं। वीरों को प्रेम का पुरस्कार मिलता, जबकि कायरों को धिक्कार-तिरस्कार। ऐसी सन्गापी के तीखे शब्द-बाणों और उपेक्षित निगाहों की कटारों से अपमानित होने की अपेक्षा सैनिकगण रणभूमि में लड़ते-लड़ते प्राण गँवा देना ज्यादा बेहतर समझते थे।

अजीजन के सुंदर मुख की मुसकराहट भरी चितवन युद्धरत सिपाहियों को प्रेरणा से भर देती थी। उनके मुख पर भृकुटी का तनाव युद्ध से भागकर आए हुए कायर सिपाहियों को पुनः रणक्षेत्र की ओर भेज देता था। युद्ध के दौरान अजीजन ने सिद्ध कर दिया कि वे अबला नर्तकी नहीं, अपितु देश पर जान न्योछावर करनेवाली वीरांगना हैं।

तात्या टोपे के साथ ही अन्य क्रांतिकारियों की प्रेरणा से अजीजन ने 'मस्तानी टोली' के नाम से 400 महिलाओं की एक टोली बनाई, जो मर्दाना वेश में रहती थीं। एक तरफ वे अंग्रेजों से अपने हुस्न के दम पर राज उगलवातीं, वहीं नौजवानों को क्रांति में भाग लेने के लिए प्रेरित करतीं। लेकिन अंग्रेजों से दुश्मनी होने के बावजूद उनमें मानवता कूट-कूटकर भरी थी। सतीचौरा घाट से बचकर बीबीघर में रखी गई 125 अंग्रेज महिलाओं और बच्चों की रखवाली कर अजीजनबाई ने इसे चरितार्थ कर दिया। बिठूर के युद्ध में पराजित होने पर नाना साहेब और तात्या टोपे तो पलायन कर गए, लेकिन अजीजन पकड़ी गईं। इस दौरान अजीजन ने तलवार की जगह फिर से घुँघरू का कमाल दिखाया और अपने नृत्य से अंग्रेज अफसर जनरल हैवलॉक को फिदा कर लिया।

वीरांगना के नृत्य और सौंदर्य पर जनरल हैवलॉक फिदा हो गया और उनके समक्ष

यह प्रस्ताव रखा कि यदि वह अपनी गलतियों को स्वीकार कर क्षमा माँग ले, साथ ही तात्या टोपे का पता बता दे तो उसे माफ कर दिया जाएगा। किंतु अजीजन ने एक वीरांगना की भाँति उसका प्रस्ताव ठुकरा दिया और पलटकर कहा कि माफी तो अंग्रेजों को माँगनी चाहिए, जिन्होंने इतने जुल्म ढाए।

स्वाधीनता सेनानी वीर सावरकर ने अपने राष्ट्रवादी लेखों में अजीजनबाई के बारे में लिखा है—"इस नाचनेवाली को सिपाही बहुत प्यार करते हैं। वह बाजार में पैसों के लिए अपना प्यार नहीं बेचती है। उसका प्यार देश से प्यार करनेवालों के लिए है।"

इतना ही नहीं, उस शेरनी ने हुंकारकर यह भी कहा कि माफी तो अंग्रेजों को माँगनी चाहिए, जिन्होंने भारतवासियों पर इतने जुल्म किए हैं। उनके इस अमानवीय कृत्य के लिए वह जीते-जी उन्हें कभी माफ नहीं करेगी। वैसे यह कहने का अंजाम भी उसे पक्के तौर पर मालूम था, पर आजादी की उस दीवानी ने इसकी परवाह नहीं की।

इस पर आग-बबूला हो हैवलॉक ने अजीजन को गोली मारने के आदेश दे दिए। जनरल हैवलॉक ने उसी रात जेल का लॉकअप खुलवाया और अजीजन से मिला। उसने अजीजन को धन-दौलत के साथ पत्नी का दर्जा देने को कहा, पर अजीजन ने उस जनरल से कहा कि अगर दे सकते हो तो हमें आजादी दे दो। जब वीरांगना अजीजन ने जनरल की बात नहीं मानी तो उसे बिठूर और मैनावती मार्ग पर ले जाकर खुद हैवलॉक ने उनके शरीर पर कई गोलियाँ दाग दीं। क्षण भर में ही अजीजन का अंग-प्रत्यंग धरती माँ की गोद में सो गया। इतिहास में दर्ज है—

*"बगावत की सजा हँसकर सह ली अजीजन ने, लहू देकर वतन को।"*

□

# 4

# मैना देवी

मैना देवी नाना साहेब की वह बहादुर बेटी थी, जिसने 13 साल की उम्र में देश के लिए अपनी जान को निछावर कर दिया था।

देश की आजादी के लिए कई क्रांतिकारियों ने बलिदान दिया। इस दौरान हर क्रांतिकारी अपने-अपने तरीके से देश को आजाद कराना चाहता था। उन्हीं में से एक क्रांतिकारी नाना साहेब पेशवा द्वितीय भी थे। वे सन् 1857 के प्रथम भारतीय स्वतंत्रता संग्राम के प्रमुख शिल्पकार थे। इस दौरान नाना साहेब ने कानपुर में अंग्रेजों के विरुद्ध 'स्वतंत्रता संग्राम' का नेतृत्व किया था।

सन् 1857 के स्वाधीनता संग्राम के प्रारंभ में भारतीय क्रांतिकारियों ने जीत हासिल कर ली थी, लेकिन कुछ ही समय बाद अंग्रेजों का पलड़ा भारी होने लगा। इस दौरान भारतीय सेनानियों का नेतृत्व नाना साहेब पेशवा कर रहे थे। ऐसे में उन्होंने अपने सहयोगियों के आग्रह पर बिठूर का महल छोड़ने का निर्णय कर लिया। इसके पीछे उनकी योजना थी कि किसी सुरक्षित स्थान पर जाकर फिर से सेना एकत्र करें और अंग्रेजों से नए सिरे से मोर्चा लें।

अंग्रेजों से जंग के लिए जब नाना साहेब महल छोड़कर जाने लगे तो उनकी 13 साल की दत्तक पुत्री मैना कुमारी ने पिता के साथ जाने से इनकार कर दिया। बेटी के इस निर्णय से नाना साहेब बड़े असमंजस में थे। मैना का मानना था कि उसकी सुरक्षा के चलते कहीं पिता को देश-सेवा में कोई समस्या पैदा न हो, इसलिए उन्होंने बिठूर के महल में ही रहना उचित समझा।

नाना साहेब ने जाने से पहले बेटी को बहुत समझाया कि अंग्रेज अपने बंदियों के साथ दुष्टता का व्यवहार करते हैं। लेकिन मैना पिता की तरह ही साहसी थी, उसे अच्छी तरह से अस्त्र-शस्त्र चलाने भी आते थे। इसलिए उसने पिता से कहा, 'मैं क्रांतिकारी की पुत्री हूँ, मुझे अपने शरीर और नारी धर्म की रक्षा करना अच्छे से आता है। आप निश्चिंत रहें, मैं अपनी रक्षा करने की हरसंभव कोशिश करूँगी।'

नाना साहेब बेटी की इन बातों से निश्चिंत होकर महल छोड़ जंग के लिए निकल पड़े।

ब्रिटिश सरकार नाना साहेब पर पहले ही एक लाख रुपए का इनाम घोषित कर चुकी थी। इस बीच ब्रिटिश सैनिकों को पता चला कि नाना साहेब महल से बाहर हैं तो उन्होंने महल को अपने कब्जे में ले लिया। मैना को महल के सभी गुप्त रास्तों और तहखानों की जानकारी थी। जब ब्रिटिश सैनिक उसे पकड़ने के लिए आगे बढ़े तो वह वहाँ से गायब हो गई। इसके बाद सेनापति के आदेश पर महल पर तोपें आग उगलने लगीं और कुछ ही घंटों में महल ध्वस्त हो गया। सेनापति को लगा कि मैना भी महल में दबकर मर गई होगी, इसलिए वह वापस लौट आया, लेकिन मैना जीवित थी।

यह सोचकर कि अब काफी रात हो गई है, बाहर कोई नहीं होगा, मैना देर रात अपने गुप्त ठिकाने से बाहर निकलनी। लेकिन उसे मालूम नहीं था कि महल ध्वस्त होने के बाद भी कुछ सैनिक वहाँ तैनात हैं। ऐसे में दो सैनिकों ने उसे पकड़कर जनरल आउटरम के सामने प्रस्तुत कर दिया। इस दौरान जनरल आउटरम को लगा कि नाना साहेब पर एक लाख रुपए का इनाम घोषित है। ऐसे में अगर वह उन्हें पकड़कर आंदोलन को पूरी तरह कुचल दे तो ब्रिटिश हुक्मरानों से उसे शाबाशी मिलेगी। इसलिए उसने मैना कुमारी को छोटी बच्ची समझ पहले उसे प्यार से समझाया, लेकिन मैना चुप रही। यह देखकर उसे जिंदा जला देने की धमकी भी दी गई, पर मैना इससे भी विचलित नहीं हुई। इस दौरान मैना कुमारी की इस जिद से आग-बबूला आउटरम ने पहले उसे एक पेड़ से बाँधा, फिर उससे नाना साहेब के बारे में और क्रांतिकारियों की गुप्त जानकारी जाननी चाही, लेकिन मैना ने जरा भी मुँह नहीं खोला। इस दौरान उसने जनरल को साफ-साफ कह दिया कि वह एक क्रांतिकारी की बेटी है, मृत्यु से नहीं डरती। मैना की यह बात सुन जनरल तिलमिला गया और उसने मैना कुमारी को जिंदा जलाने का आदेश दे दिया।

मैना एवं जल्लाद जनरल के बीच हुआ वार्त्तालाप निम्नवत् है—

**जनरल आउटरम :** पकड़ लिया! वाह! वैरीगुड!…मैनाबाई तुम अभी बहुत छोटी हो…तुम्हारे सामने लंबी जिंदगी है…अगर तुम हमें बागियों के सारे राज बता दो तो हम तुम्हें इनाम देंगे!

**मैना :** (निर्भीकता से) …और तुम अगर हिंदुस्तान छोड़कर अपने देश चले जाओ तो हम तुम्हारी जान बख्श देंगे!

**जनरल आउटरम :** (धमकाते हुए) सोच लो! तुम अगर हमें बागियों के राज नहीं बताओगी तो हम तुम्हें इतना टॉर्चर करेंगे कि तुम्हारी रूह भी काँप उठेगी!

**मैना :** (निर्भीकता से) तुम हमारी आत्मा को डरा नहीं सकते हो, जितना चाहे उतना प्रताड़ित कर लो!

**जनरल आउटरम :** (क्रोधित स्वर में आदेश देता है) सिपाही! इसे पेड़ से बाँधकर कोड़े मारो और अगर ये पानी माँगे तो एक बूँद पानी नहीं देना!

**मैना की सहेली कुंती :** (घबराकर) नहीं! मैना दीदी को छोड़ दो! बदले में चाहे मुझे कोड़े मार लो!

**मैना :** (निर्भीकता से) नहीं कुंती, नहीं। इन हैवानों के आगे मत गिड़गिड़ाओ!

(कोड़े की सटकार की ध्वनि और मैना के चीखने की आवाजें वातावरण को भयाक्रांत बना रही हैं।)

**कुंती :** (घबराकर) मैना दीदी बेहोश हो गई हैं; बेहोशी में वे पानी माँग रही हैं··· कोई उन्हें पानी दो!

**जनरल आउटरम :** खबरदार! कोई इसे पानी नहीं देगा (क्रूरता भरे स्वर में) यह ऐसे नहीं मानेगी, इसे पानी नहीं आग में डाल दो···जब इसका नाजुक शरीर जलेगा तो इसकी जुबान अपने आप सबकुछ बताने लगेगी!

**मैना :** (लड़खड़ाते स्वर में) कुंती···न···हीं···इन···लो···गों से···रहम···की··· भी···ख···नहीं···माँगो···ये चाहें···कुछ···भी···कर···लें···लेकिन···मेरा मुँह···नहीं··· खुलवा···स···क···ते···हैं···

**जनरल आउटरम :** सिपाहियो! कर दो इसे आग के हवाले!

**कुंती :** (चीखती है) नहीं!

**जनरल आउटरम :** निकाल लो इसे आग से···आधी जलने पर इसकी अक्ल ठिकाने आ गई होगी··· (मैना से) लड़की! तू अभी भी बता दे, तेरी जान बख्श दी जाएगी! वरना दोबारा तुझे आग में भून दिया जाएगा।

**मैना :** (क्षीण स्वर में) तेरे लिए मेरा यही जवाब है···आक्क्थू कहकर उसने कैप्टन के सामने थूक दिया।

**जनरल आउटरम :** (बौखलाकर चीखता है) फिर से डाल दो इसे आग में, जला डालो, भून के रख दो··· खाक कर दो!

**कुंती :** (रोती है) नहीं··· नहीं···ऐसा मत करो···नहीं···

लेकिन जालिम अंग्रेज जनरल ने उसे जिंदा आग में भुनवा दिया।

···मैना को आग में जीवित जलाने के बाद कैप्टन रस्किन को लगा कि जैसे उस नन्ही सी, कोमल सी लड़की ने अपनी जान देकर उसके गाल पर भरपूर तमाचा मार दिया हो। उस चौदह वर्ष की लड़की ने क्रूरता की मर्मांतक पीड़ा हँसते-हँसते झेली, किंतु अपने स्वतंत्रता-प्रेमी पिता एवं अन्य क्रांतिकारी साथियों का भेद नहीं खोला। यह पूरी

घटना भारत पर अंग्रेजी सत्ता के इतिहास का एक ऐसा काला दाग बन गई, जिसे छिपाने का भरपूर प्रयास किया गया, किंतु मैना के बलिदान की गाथा किसी के छिपाने से नहीं छिप सकती थी। सन् 1857 के प्रथम स्वातंत्र्य समर की यह चिनगारी एक ऐसा शोला बनकर चमकी, जिसकी चमक के आगे तलवारों की चमक भी फीकी पड़ गई। इस देश को अपनी इस बलिदानी बेटी पर हमेशा गर्व रहेगा!

इस प्रकार, 3 सितंबर, 1857 को उत्तर प्रदेश के एक छोटे से कस्बे बिठूर में ब्रिटिश सेना ने 13 साल की मैना कुमारी को एक पेड़ से बाँधकर जिंदा जला दिया। मैना कुमारी बिना प्रतिरोध के आग में जल गई, ताकि क्रांति की मशाल कभी न बुझे।

□

# 5

# पं. रामचरण लाल शर्मा

पं. रामचरण लाल शर्मा उत्तर प्रदेश के उन देशभक्तों में से थे, जो देश के लिए जेल जाने के लिए सबसे आगे रहते थे। उनका जन्म 27 सितंबर, 1885 को एटा जनपद (उत्तर प्रदेश) में नगला डरू स्थान पर पिता पं. गंगाराम शर्मा के घर हुआ था। उनकी शिक्षा एटा और अलीगढ़ में हुई। क्रांतिकारी युवकों के संपर्क में आकर वे क्रांतिकारी बन गए। 1907-08 में कलकत्ता से प्रकाशित क्रांतिकारी पत्र 'जुगांतर' के वे वालंटियर प्रिंटर थे। इसका संपादन स्वामी विवेकानंद के अनुज भूपेंद्र दत्त करते थे। उन्होंने वहाँ अनेक क्रांतिकारी गतिविधियों में भाग लिया। 3 मार्च, 1909 में एटा के सेशन जज ने तीन धाराओं में 30 साल के कठोर कारावास की सजा उन्हें दी थी। लेकिन तीनों सजाएँ साथ-साथ चलनी थीं, इसलिए उनकी सजा 10 साल के भीतर ही पूरी हो जानी थी। उन पर चलाया गया, मुकदमा एकदम नाटकीय था। पहले की दोनों धाराओं को सिद्ध करने के लिए 4-5 फर्जी गवाह पेश किए गए थे। उन गवाहों में एक जमींदार था और तीन उनके नौकर थे। एटा जेल में कुछ समय तक रखने के बाद श्री शर्माजी को कुछ दिन के लिए फतेहगढ़ जेल में रखा गया, फिर अलीपुर की जेल में भेज दिया गया। वहाँ से अन्य क्रांतिकारी राज बंदियों के साथ उन्हें अंडमान भेजा गया। राजबंदियों की यह पहली टुकड़ी थी, जो अंडमान जेल भेजी गई थी।

अंडमान जेल के जेलर तथा जेल अधीक्षक द्वारा बंदियों पर मनमाने अत्याचार किए जाते थे, वहाँ की शिकायत न हो जाए, इसलिए वहाँ से भेजी जानेवाली सारी डाक को देखा जाता था। शर्माजी ने जेल वार्डन को राजी कर लिया कि वह पत्र लेकर कलकत्ता चला जाए और वहाँ 'अमृत बाजार पत्रिका' के संपादक श्री मोती लाल घोष को जाकर यह पत्र दे। वार्डन छुट्टी लेकर कलकत्ता गया और पत्र घोष बाबू को दे दिया। दूसरे ही दिन मोटी हेडिंग के साथ अंडमान जेल की सच्चाई छप गई, जिससे देश में ही नहीं, सारे सरकारी क्षेत्र में सनसनी फैल गई। अंडमान वापस जाने पर वार्डन को नौकरी से निकाल दिया गया।

अंडमान जेल में कई वर्ष रहने के बाद शर्माजी को कुछ राजबंदियों के साथ भारत वापस भेजा गया। उनकी कैद का अधिकांश भाग नागपुर जेल में बीता। अंडमान में जेल अधिकारियों से समय-समय पर उनके जो झगड़े हुए थे, उन सबका संक्षिप्त विवरण उनकी 'हिस्टरी टिकट' पर लिखा था, जिसे पढ़कर सेंट्रल जेल के जेलर, जेल अधीक्षक और भड़क गए तथा शर्माजी साथ उनकी तीखी झड़प होने लगी। इस संघर्ष में उन्हें हथकड़ी बेड़ी तथा बेंत तक की सजाएँ कई बार दी गईं और काम न करने का आरोप लगाकर अदालत भेज दिया, जहाँ उन्हें 6 मास के कठोर कारावास की सजा और मिली।

सन् 1918 के अंत में नागपुर से जेल से रिहा होने के बाद वे कुछ दिन मथुरा में रहे और फिर दिल्ली से निकलने वाले उर्दू के दैनिक पत्र 'फतह' के संपादक हो गए। इसके बाद लाला शंकरलालजी ने 'कांग्रेस' नाम का एक दैनिक पत्र निकाला था। उसके वे संपादक नियुक्त हो गए और फिर जबलपुर में 'तिलक' नाम के हिंदी दैनिक के संपादक हो गए। कुछ समय पश्चात् पंजाब की पुलिस उन्हें गिरफ्तार करने के लिए पहुँच गई, क्योंकि उन्होंने दिल्ली में रहते हुए बहादुरगढ़ और रोहतक की सार्वजनिक सभाओं में अंग्रेजों के विरुद्ध जोशीले भाषण दिए थे। यह समय पंजाब में मार्शल लॉ युग के कुछ ही दिन बाद का था। वहाँ अंग्रेजी राज के विरुद्ध भाषण देनेवालों को 6-6 और 10-10 वर्ष की सजाएँ दी जा रही थीं। जबलपुर के मित्रों ने उनकी इच्छा के विरुद्ध पुलिस को आत्मसमर्पण करने के बजाय उन्हें नागपुर भेज दिया। वहाँ से डॉ. मुंजे ने उन्हें पांडिचेरी भेज दिया। इसी बीच अंग्रेजी सरकार ने कानपुर और मेरठ में हुए षड्यंत्रों में उनका हाथ माना।

अंग्रेजी सरकार ने उनकी देश-विरोधी गतिविधियों के कारण फ्रांसीसी सरकार को इस बात के लिए राजी कर दिया था कि वह उन्हें पांडिचेरी से देश निकाला दे दे। अत: उन्हें इंडोचायना चले जाने का आदेश दिया गया। उन्होंने वहाँ जाने की तैयारी भी कर ली थी। उनके मित्रों ने उनको समझाकर वहाँ की काउंसिल के अध्यक्ष श्री गोबरे के पास भेजा। श्री शर्माजी ने गोबरेजी को सब बात समझा दी, जिसके बाद पांडिचेरी को छोड़ने का आदेश निरस्त कर दिया गया।

इसके कुछ दिन बाद दुर्भाग्यवश उनके पैर में जूते की कील लग गई, जोकि गैंग्रीन का रूप धारण कर गई, क्योंकि उन्हें मधुमेह का रोग था। अत: वे पांडिचेरी के अस्पताल में दाखिल हो गए, यहाँ जब बीमारी काबू में नहीं पाई तो डॉक्टर ने मद्रास के बड़े अस्पताल में जाने की सलाह दी। लेकिन मद्रास आने का मतलब था कि गिरफ्तार हो जाना और जेल चले जाना। शर्माजी ने मद्रास के गवर्नर को तार दिया कि मैं इलाज के लिए मद्रास के अस्पताल आना चाहता हूँ, अत: मेरा इलाज होने दिया जाए और उसके बाद ही मुझे जेल भेजा जाए।

मद्रास के गर्वनर ने इसे स्वर्णिम अवसर मानते हुए शर्माजी को तुरंत ही तार कर दिया कि पुलिस को आदेश दे दिया गया है कि पांडिचेरी की सीमा से निकलते ही आपको सीधा मद्रास के सदर अस्पताल ले जाया जाएगा। पांडिचेरी की सीमा से निकलते ही अंग्रेजी पुलिस ने उन्हें घेर लिया और मद्रास के अस्पताल ले आई। उस हॉस्पिटल में षड्यंत्र के तहत उन्हें ऐसी चिकित्सा दी गई कि शर्माजी को ऑपरेशन के बाद कभी होश नहीं आया। जनवरी 1930 को सदा के लिए वे नश्वर शरीर को छोड़कर चले गए।

**स्रोत :** साभार स्व. रामचरण शर्मा के भतीजे श्री सरल कुमार शर्मा से प्राप्त साक्षात्कार

□

# 6

# रामनारायण आजाद

अविरल और निर्मल बहती गंगा चंद्राकार बनी फर्रुखाबाद–फतेहगढ़ 'युग्म नगरी' को अपनी गोद में बैठाए देखती है, मानो माँ यशोदा कृष्ण और बलराम को स्नेह से गोद में बिठाकर पुचकार रही हैं। इसी फर्रुखाबाद के मोहल्ले साहबगंज चौराहे पर एक घर है, जहाँ 2 सितंबर, 1897 को रामनारायण आजाद का जन्म हुआ था। उनके पिता का नाम पं. ज्वाला प्रसाद दूबे और माता का नाम बादामो देवी था। माता–पिता दोनों में देशभक्ति रग–रग में भरी थी, जिसके कारण देशभक्ति का यह गुण उन्हें जन्मजात प्राप्त हुआ था। वे गलत बात न तो करते थे और न ही बर्दाश्त करते थे। गरीबों पर कोई जुल्म करे तो अत्याचारी को छोड़ते नहीं थे।

रामनारायण आजाद वह नाम था, जिसको सुनकर अंग्रेजों को साँप सूँघ जाता था। अंग्रेजों को उखाड़ फेंकने के लिए उन्होंने अपना सर्वस्व न्योछावर कर दिया। बचपन से ही उन्होंने अपने तेवर दिखाने शुरू कर दिए थे। बालपन में एक अंग्रेज पुलिस अधिकारी को उन्होंने पत्थर मार दिया, उसने आजाद को पकड़ लिया। मोहल्ले के लोगों ने आकर बच्चा समझकर छोड़ने की अफसर से विनती की, तब हिदायत देकर अंग्रेज ने रामनारायण आजाद को छोड़ दिया। तभी से आजाद के अंग्रेजों के विरुद्ध उनके तेवर नजर आने लगे थे।

स्कूल शिक्षा लेते–लेते उन्होंने रिवॉल्वर का जुगाड़ कर लिया और कोतवाली पर फायरिंग करके भाग गए, तब उनकी उम्र करीब 15 वर्ष थी। वे बहुत अच्छे तैराक थे, इसलिए वे गंगाजी पार करके उस पार चले गए, जहाँ एक राजेपुर थाना था, वहाँ का दरोगा बहुत अत्याचारी था, जिसके बारे में उन्होंने कुछ सुन रखा था। उसको सबक सिखाने के लिए आजाद ने गोली मारकर उसकी हत्या कर दी। इस दृश्य को राजेपुर के पड़ोसी गाँव भुडिया भेड़ा के रामशरन लाल शुक्ला ने अपनी आँखों से देखा, किंतु वे वहाँ से चुपचाप निकल गए और इस घटना का जिक्र कभी किसी से नहीं किया।

दरोगा की हत्या के बाद पुलिस हाथ–पैर मारती रही, लेकिन कहीं कुछ नहीं पता

चला। चश्मदीद रामशरन लाल शुक्ला ने इस घटना को आजादी के बाद बहुत लोगों को बताया। इस घटना में तो वे बच गए, लेकिन कोतवाली पर फायर करने के जुर्म में उनको 1912 में तीन माह का कारावास हुआ। आजाद के मन में आजादी का जुनून सवार हो चुका था। धीरे-धीरे उन्होंने संगठन बनाना शुरू किया। लोगों को वे जोड़ने लगे और अपने घर से क्रांतिकारी आंदोलन ठीक से न चला पाने की सूरत में वे गंगाजी के किनारे विश्रांत घाट पर रहने लगे, जहाँ से क्रांतिकारी आंदोलन का बड़ा आगाज हुआ। क्रांतिकारी कविता है—

*"सरफरोशी दिल में है तो और सर पैदा करो,*
*नौजवानो हिंद में फिर से गदर पैदा करो।*
*फूँक दो बरबाद कर दो, आशियाँ अंग्रेज का,*
*जिसने बेड़ा गर्क कर डाला अपने देश का।*
*अब तो दिल में हूक उठी है कुछ करो या फिर मरो,*
*नौजवानो हिंद में फिर से गदर पैदा करो॥"*

इस क्रांतिकारी कविता को उन्होंने सार्वजनिक रूप से गाया, जिसके कारण उनको कठोर कारावास हुआ। उन्हें पहले मैनपुरी जेल, उसके बाद लखनऊ जेल भेज दिया गया। जेलयात्रा के दौरान शचींद्रनाथ सान्याल और रामप्रसाद 'बिस्मिल' उनके संपर्क में आ चुके थे। विश्रांत घाट पर उनके पास दो नावें थीं। देश के क्रांतिकारियों को गंगा पार हरदोई, शाहजहाँपुर आदि कहीं भी जाना होता था, वे आजाद के पास ही आते थे। आजाद के पास चार नावें थीं और उन्हें चलानेवाले नाविक भी थे। उन्होंने गंगा पार करने के अलावा क्रांतिकारियों के ठहरने, खाने-पीने की व्यवस्था भी कर रखी थी। हथियार और पैसों की व्यवस्था तथा गोला-बारूद भी वे क्रांतिकारियों को उपलब्ध कराते थे, जरूरत पड़ने पर अपने लोग भी क्रांतिकारियों को दिया करते थे। बम निर्माण, बम विस्फोट आदि की पूरी रूप-रेखा उन्हीं के यहाँ बनती थी। रामप्रसाद 'बिस्मिल', शचींद्रनाथ सान्याल के सबसे निकट संबंध रामनारायण आजाद से थे।

रामनारायण आजाद का घर अवैध हथियार, बमों के निर्माण आदि तथा क्रांतिकारियों के अड्डे के रूप में प्रसिद्ध हो गया था। बम बनाने एवं ले जाने का कार्य जगदीश शुक्ला, अनंतराम, बैजनाथ, गंगा सिंह आदि को दिया गया था। पत्रों के आदान-प्रदान का काम बंसी करते थे। बंगाल के योगेश चटर्जी, उन्नाव के दयाशंकर सैलानी, उत्तरीपुरा के के.पी. अग्नि, फतेहपुर के संतकुमार पांडे, चंद्रशेखर आजाद, रामप्रसाद 'बिस्मिल', गेंदालाल दीक्षित आदि क्रांतिकारियों का आश्रय तथा परामर्श-स्थल रामनारायण आजाद का घर ही था।

फर्रुखाबाद में अनंत राम, जगदीश, बैजनाथ और चंद्रशेखर, फतेहपुर के संतकुमार

पांडेय के साथ उन्होंने एक संगठन बनाया, जिसका नाम 'रामनारायण आजाद रिवोल्यूशन ग्रुप' रखा और उसमें करीब 200 से ऊपर लोग जुड़ गए। पैसों के लिए रामनारायण आजाद ने अपनी 21 दुकानें और 9 मकान बेच दिए। उन पैसों से इंदौर, ग्वालियर से हथियार मँगाए गए और गोला-बारूद आदि इकट्ठा किया गया था। आगे पैसों की आवश्यकता पड़ने पर उन्होंने अपने लोगों से अंग्रेजों के पिट्ठुओं के यहाँ डकैती डलवाई। उनसे पैसों की वसूली भी की जाने लगी। इसी कड़ी में अंग्रेज के वफादार सेठ हजारीलाल व दो अन्य की हत्या की गई।

रामनारायण आजाद के इन कृत्यों से अंग्रेजी हुकूमत हिल गई। उनका नाम ब्रिटिश खुफिया रिपोर्ट में दर्ज किया गया और लंदन भेज दिया गया। जिसमें फर्रुखाबाद कोतवाली व अन्य जगहों पर बम कांडों का जिक्र किया गया तथा इस संगठन द्वारा अन्य जिलों में भी क्रांतिकारी गतिविधियों को भी अंजाम दिए जाने का जिक्र है। नेताजी सुभाष चंद्र बोस की फर्रुखाबाद में जनसभा कराने का श्रेय भी उन्हें ही जाता है, जिन्होंने अपने छोटे भाई पं. नित्यानंद को भेजकर उन्हें यहाँ बुलवाया था।

आजाद को अंतिम बार दरोगा फेरू सिंह ने गिरफ्तार किया था। गिरफ्तार होने के कुछ दिन पहले उनकी दरोगा फेरू सिंह से गोलीबाजी हुई थी। दरोगा फेरू सिंह ने रामनारायण आजाद को बम कांड, हत्या आदि क्रांतिकारी गतिविधियों व संगठन के रिंग लीडर होने के लिए गिरफ्तार किया था। संगठन कोई व्यक्ति न चला पाए, इसलिए तुरंत उनके छोटे भाई नित्यानंद को भी गिरफ्तार कर लिया गया, धीरे-धीरे करीब 40 लोग गिरफ्तार कर लिये गए और 170 लोग फरार घोषित कर दिए गए। उन्होंने जेल से फेरू सिंह को जूते मारने के लिए अपनी पत्नी को पत्र लिखा। आजाद के घर करीब 150 लोग इकट्ठा हुए और यह जिम्मेदारी इतवारीलाल ने ली तथा फेरू सिंह को भरी कचहरी में जूते मारे गए। इतवारी ने कहा, "यह आजाद का बदला है।"

आजादी मिलने से कुछ दिन पहले आजाद जेल से रिहा हुए थे। आजादी के 4 दिन पहले वे अपने घर पर सो रहे थे, घर पर कोई नहीं था, तभी किसी षड्यंत्रकारी ने सोते समय 38 बोर की दो गोलियाँ दाग दीं। आजाद आजादी का सूरज नहीं देख सके और 11 अगस्त, 1947 को वे शहीद हो गए। कहते हैं कि यह हत्या फेरू सिंह ने करवाई थी, लेकिन कोई सुराग नहीं मिल सका कि इस घटना को किसने अंजाम दिया।

रामनारायण आजाद की जेलयात्रा का विवरण निम्न है—

1. 1912 में 3 माह की जेल
2. 1921 में 18 माह की जेल
3. 1925 में 1 वर्ष की जेल
4. 1930 में 2 वर्ष की जेल

5. 1932 में 6 माह की जेल
6. 1942 में 5 वर्ष की जेल

उनकी जेलयात्रा की गवाह फर्रुखाबाद, नैनी, आगरा, लखनऊ, मेरठ, बरेली, कानपुर और उन्नाव की जेलें हैं। आजाद ऐसे क्रांतिकारियों में शामिल थे, जिनका विवरण ब्रिटिश खुफिया रिपोर्ट में मिलता है और जिनका नाम लंदन तक चला गया था। जिससे एक बात तो साफ है कि अंग्रेज रामनारायण आजाद से कितना भयभीत थे। भारत माँ का यह अमर सपूत आज हमारे बीच नहीं है, किंतु फर्रुखाबाद में आज भी लोग उन्हें याद करते हैं और उनके क्रांतिकारी इरादों की दास्तान सुनाते हैं।

*स्रोत : साभार बाबी दुबे पौत्र स्व. रामनारायण आजाद शहीद भगत सिंह ब्रिग्रेड समाज सुधारक समिति (राष्ट्रीय संरक्षक), फर्रुखाबाद*

□

# 7

# गणेश शंकर विद्यार्थी

गणेश शंकर विद्यार्थी न सिर्फ महान् स्वातंत्र्य-वीर थे, वरन् लेखन और राष्ट्र-सेवा में जिस ईमानदारी, त्याग और बलिदान की आवश्यकता होती है, वे उसकी मिसाल थे। अंग्रेज अधिकारियों एवं देशी नरेशों की निरंकुशता, शोषण एवं दमनकारी नीतियों के विरुद्ध उनकी लेखनी ने अद्वितीय जनजागरण का कार्य किया था।

निर्धनों, किसानों व मजदूरों की समस्याओं को उजागर करने तथा सामाजिक जड़ताओं, अंध-परंपराओं एवं कुरीतियों के विरुद्ध सामाजिक जागृति का उद्देश्य लिये पत्रकार गणेश शंकर विद्यार्थी का लेखन अपने आप में ही महान् है। साहित्य के माध्यम से राष्ट्रीयता की अलख जगाना वे बखूबी जानते थे। अहर्निश राष्ट्र-सेवा को समर्पित एक ऐसा व्यक्ति, जो स्वातंत्र्य-समर, समाज-सेवा, सामाजिक, राजनीतिक संगठन और पत्रकारिता में एक साथ सक्रिय रहा हो। उन सबके साथ, जिसने कोर्ट-कचहरी और जेल-जीवन का भी सहर्ष वरण किया हो, यह विलक्षण प्रतिभा, अदम्य साहस और अटूट लगन को ही दरशाता है।

26 अक्तूबर, 1890 को प्रयागराज (इलाहाबाद) के अतरसुइया मोहल्ले (ननिहाल) में जनमे विद्यार्थीजी का आरंभिक जीवन शिक्षा व धर्म ज्ञान के बीच शुरू हुआ। विद्यार्थीजी की प्रारंभिक शिक्षा विदिशा एवं साँची के सांस्कृतिक वातावरण में हुई। आगे की शिक्षा उन्होंने कानपुर और प्रयागराज में प्राप्त की। प्रयागराज प्रवास उनके जीवन का एक ऐसा मोड़ था, जो उनके व्यक्तित्व की निर्मिति का आधार बना। 'कर्मयोगी' के संपादक पं. सुंदरलालजी पत्रकारिता के क्षेत्र में उनके प्रारंभिक गुरु बने। 'स्वराज्य' में भी विद्यार्थीजी की टिप्पणियाँ प्रकाशित होती थीं, जो उन दिनों क्रांतिकारी विचारों का संवाहक था। उन्हीं दिनों 'सरस्वती' के यशस्वी संपादक आचार्य महावीर प्रसाद द्विवेदी को एक युवा और उत्साही सहयोगी की आवश्यकता थी, अतः 2 नवंबर, 1911 को वे उनके सहायक संपादक नियुक्त हुए। यह विशुद्ध साहित्यिक पत्रिका थी, जबकि विद्यार्थीजी पत्रकारिता के माध्यम से स्वातंत्र्य समर में भी योगदान करना चाहते

थे, अत: दिसंबर 1912 में वे पं. मदनमोहन मालवीय के पत्र 'अभ्युदय' से जुड़ गए। यहाँ भी उनका मन नहीं लगा, तब उन्होंने कानपुर से हिंदी साप्ताहिक 'प्रताप' का प्रकाशन (9 नवंबर, 1913) प्रारंभ किया।

'प्रताप' को अनेक कठिनाइयों का सामना करना पड़ा। कई बार अंग्रेज सरकार द्वारा छापेमारी की गई। प्रताप प्रेस द्वारा प्रकाशित लक्ष्मण सिंह के नाटक 'कुली प्रथा', नानक सिंह 'हमदम' की क्रांतिकारी कविता 'सौदा-ए-वतन' जैसी रचनाएँ जब्त की गईं। उन पर राजद्रोह की कारंरवाई हुई, हजारों रुपए का जुरमाना व जेल की सजा मिली। बावजूद इसके विद्यार्थीजी विचलित नहीं हुए। 'प्रताप' ऐसा पत्र था, जिसमें समाज के हर वर्ग के दु:ख और उनकी तकलीफों को वाणी मिलती थी। संघर्ष करने की ताकत और अन्यायी, अत्याचारी का सशक्त प्रतिकार करने की सामर्थ्य भी। विद्यार्थीजी ने 1916 से 1919 के दौरान कानपुर में लगभग 25 हजार मजदूरों के संगठन 'मजदूर सभा' का नेतृत्व किया तथा उनके पत्र 'मजदूर' के प्रकाशन में सहयोग भी। इसी प्रकार अवध के किसान आंदोलन को उन्होंने 'प्रताप' में इतनी प्रमुखता से प्रकाशित किया कि उसकी आँच इंग्लैंड तक पहुँची, जिसके कारण वहाँ की सरकार ने लंदन स्थित भारतीय सचिवालय के माध्यम से तत्कालीन वायसराय से रिपोर्ट माँगी। यहाँ पर यह तथ्य भी उल्लेखनीय है कि चंपारण में नील की खेती करने को विवश पीड़ित, प्रताड़ित किसानों के प्रतिनिधि राजकुमार शुक्ल की भेंट गांधीजी से विद्यार्थीजी ने ही कराई थी, फलस्वरूप चंपारण आंदोलन अस्तित्व में आया, जिसके माध्यम से भारत में सर्वप्रथम गांधीजी के नायकत्व ने उभार पाया। 'प्रताप' के अनेक विशोषांक भी आजादी की लड़ाई के संवाहक बने, जिसमें 'राष्ट्रीय अंक' और 'स्वराज्य अंक' विशेष चर्चित रहे।

'प्रताप' का कार्यालय राष्ट्रवादियों और क्रांतिकारियों के साथ साहित्यकारों का भी केंद्र था। रामप्रसाद 'बिस्मिल', अशफाकउल्लाह खान, ठाकुर रोशन सिंह, चंद्रशेखर आजाद, बटुकेश्वर दत्त, शिव वर्मा तथा छैलबिहारी दीक्षित 'कंटक' आदि का उन्होंने समय-समय पर सहयोग और मार्गदर्शन किया। सरदार भगत सिंह अपनी फरारी के दिनों में वेश बदलकर 'प्रताप' कार्यालय में रहे तथा बलवंत सिंह छद्दा नाम से उन्होंने वहाँ कार्य किया एवं लेख लिखे। श्यामलाल गुप्त 'पार्षद' से झंडा गीत की रचना कराने में विद्यार्थीजी का बहुत बड़ा योगदान है।

स्वाधीनता और राष्ट्र की नवनिर्मिति के लिए उनका लेखनीय योगदान अत्यंत महत्त्वपूर्ण है, जिसकी चर्चा सामान्यत: कम होती है। उनका संस्मरण 'जेल-जीवन की झलक' आज के प्रत्येक विद्यार्थी को अवश्य पढ़ना चाहिए, ताकि वे समझ सकें कि हमारी आजादी कितने कष्टों और बलिदानों का प्रतिफल है।

□

# 8

# क्रांतिकारी कवि हितैषी

*शहीदों की चिताओं पर लगेंगे हर बरस मेले,*
*वतन पर मरने वालों का यही बाकी निशां होगा।*

इन कालजयी पंक्तियों के रचयिता हैं, कानपुर के क्रांतिकारी और कीर्तिजयी कवि 'हितैषी'। उनका पूरा नाम पं. जगदंबा प्रसाद मिश्र 'हितैषी' था। वे पं. गयाप्रसाद शुक्ल 'सनेही' जी, जो त्रिशूल उपनाम से राष्ट्रीय कविताएँ लिखते थे, के प्रिय शिष्य और उनके मंडल के शीर्ष कवि थे। उनके काव्य की भावभूमि अत्यंत व्यापक हैं। शृंगार, प्रेम, भक्ति, प्रकृति-सौंदर्य, दर्शन, व्यंग्य तथा राष्ट्रीय आदि विषय उनके काव्य के मूल प्रतिपाद्य हैं, जिस पर उन्होंने ब्रजभाषा तथा खड़ीबोली में सुमधुर छंदों की रचना की है। सवैया छंद लिखने में उन्हें महारत हासिल थी, जिसके कारण उन्हें 'सवैयों का बादशाह' भी कहा गया। उन्हें कवि-केसरी, महामनीषी आदि उपाधियों से सम्मानित किया गया। वे उर्दू के प्रतिभाशाली शायर भी रहे हैं। उर्दू भाषा में भी उन्होंने अनेक गजलें और रुबाइयाँ लिखी हैं। उनकी रचनाएँ तत्कालीन साहित्यिक पत्र-पत्रिकाओं में प्रकाशित हुआ करती थीं, जिनमें सरस्वती, माधुरी, सुकवि, प्रभा, सुधा व अन्य पत्र-पत्रिकाएँ प्रमुख हैं।

पं. जगदंबप्रसाद मिश्र 'हितैषी' का जन्म उत्तर प्रदेश स्थित उन्नाव जिले के गंजमुरादाबाद नामक स्थान में 30 नवंबर, 1895 को हुआ। उनके पिता पं. रामचंद्र मिश्र थे। 1857 के स्वाधीनता संग्राम में हितैषीजी के पूर्वजों ने सक्रिय रूप से भाग लिया था। उनके पूर्वज पं. बाजीलालजी मिश्र ने अंग्रेजों के विरुद्ध युद्ध करते हुए स्वतंत्रता संग्राम में अपना बलिदान दिया था। इसका उल्लेख हितैषीजी ने 'मातृगीता' में किया है—

*बैठे थे नाना घुंघपंत, अब्दुल्ला और तातिया धीर।*
*दु:खिता रानी लक्ष्मीबाई, मंगल पांडे थे अति अधीर।*
*थे पंडित बाजीलाल मिश्र, बेनीगाघव औ' कुँवर वीर।*
*अवरुद्ध कंठ कह सकें यही—(आँखों से झर झर झर नीर)*

*"था नहीं राष्ट्र का एक तंत्र,*
*था नहीं राष्ट्र का एक मंत्र,*
*प्राणों की आहुति देकर भी, हम हो न सके इससे स्वतंत्र!"*

1857 के बाद भी हितैषीजी का परिवार देश की स्वाधीनता के लिए प्रत्यक्ष-परोक्ष रूप से संघर्ष करता रहा।

हितैषीजी की प्रारंभिक शिक्षा गंजमुरादाबाद में उर्दू और फारसी में हुई। उसके बाद उनका परिवार कानपुर में आकर बस गया और वहीं के गुरुनारायण खत्री विद्यालय में उन्होंने आगे की शिक्षा ग्रहण की। स्वाध्याय से उन्होंने संस्कृत, उर्दू, बँगला और गुजराती भाषाओं का ज्ञान अर्जित किया।

देशभक्ति की भावना हितैषीजी को विरासत में प्राप्त हुई थी। देश की आजादी के लिए उन्होंने किशोरावस्था से ही राष्ट्रीय आंदोलन में भाग लेना प्रारंभ किया। आजादी के आंदोलन में भाग लेने के साथ-साथ उन्होंने अपनी लेखनी के माध्यम से भी राष्ट्रीय जनजागरण का उद्घोष करना शुरू किया। 'भारतीय भावनाएँ' नामक काव्य-संग्रह की 1908 में लिखित 'सूली पर' शीर्षक कविता इसका प्रमाण है, जिसकी अंतिम दो पंक्तियाँ उदाहरणार्थ प्रस्तुत हैं—

*देशद्रोही नरेन के मारिलैम गूली कोरे,*
*शूली पै चढ़न 'हित' छाती उमगति है।*

देशद्रोही (मुखबिर) नरेन गोसाई को कन्हाईलाल दत्त ने गोली मार दी थी, जिसके कारण उन्हें सन् 1908 में फाँसी दी गई थी।

आजादी के आंदोलन को संगठित रूप से संचालित करने के उद्देश्य से हितैषीजी सन् 1913 ई. में अपनी युवावस्था में ही मैनपुरी में गेंदालाल दीक्षित की संस्था 'मातृवेदी' के सदस्य बन गए। पं. गेंदालालजी दीक्षित इस संस्था के माध्यम से देश के युवाओं को संगठित कर स्वाधीनता के लिए संघर्षरत थे। इस संस्था के सदस्य क्रांतिकारी आंदोलन का संचालन किया करते थे। हितैषीजी जब इसके सदस्य बने तो वे भी अनेक क्रांतिकारियों के संपर्क में आए, जिनमें श्री रामप्रसाद 'बिस्मिल' प्रमुख हैं। बिस्मिलजी ने अपनी माताजी से रुपए लेकर 'अमेरिका को स्वाधीनता कैसे मिली' पुस्तक सन् 1916 में प्रकाशित की थी। संपूर्ण पुस्तक लोकमान्य बाल गंगाधर तिलक को समर्पित की गई थी। इस पुस्तक के मुखपृष्ठ पर लेखक के स्थान पर बिस्मिलजी का ही नाम लिखा था, पर आवरण पृष्ठ के पीछे हितैषीजी की एक गजल छपी थी, जिसमें हितैषी नाम लिखा था। राष्ट्रीय आंदोलन के समय इस गजल की दो पंक्तियाँ 'शहीदों की चिताओं पर जुड़ेंगे हर बरस मेले। वतन पर मरनेवालों का यही बाकी निशां होगा', क्रांतिकारियों के साथ-साथ जन-जन में व्याप्त हो गईं। यह पुस्तक अंग्रेज सरकार द्वारा जब्त कर ली गई थी, पर

उसके पूर्व इसकी बहुत सी प्रतियाँ देश के विभिन्न स्थानों में पहुँचा दी गई थीं।

इस गजल की उक्त दो पंक्तियाँ प्रसिद्ध क्रांतिकारी रामप्रसाद 'बिस्मिल' सदैव गाया करते थे। इस कारण यह धारणा बनी हुई है कि इसे श्री रामप्रसाद 'बिस्मिल' ने लिखा है। जबकि इसके मूल रचयिता बिस्मिलजी नहीं, अपितु क्रांतिकारी कवि पं. जगदंबा प्रसाद मिश्र 'हितैषी' हैं। श्री रामधारी सिंह 'दिनकर', पं. श्रीनारायण चतुर्वेदी, श्री सत्यव्रत शर्मा अजेय के अनुसार भी हितैषीजी ही इसके रचनाकार हैं। ये वे पंक्तियाँ हैं, जिन्होंने बिस्मिल को 'बिस्मिल' बना दिया। विडंबना यह है कि हितैषीजी की ये पंक्तियाँ स्वाधीनता आंदोलन में देश के कोने-कोने में फैल गईं, किंतु इसके रचयिता हितैषीजी अल्पज्ञात ही रह गए। ये पंक्तियाँ जितनी उस समय प्रसिद्ध थीं, उतनी आज भी हैं। हितैषीजी की यह संपूर्ण गजल प्रस्तुत है—

*उरूजे कामयाबी पर कभी हिंदोस्ता होगा,*
*रिहा सैयाद के हाथों से अपना आशियां होगा*
*चखाएँगे मजा बर्बादिए गुलशन का गुलची को,*
*बहार आ जाएगी उस दम जब अपना बागवां होगा।*
*ये आए दिन की छेड़ अच्छी नहीं ऐ खंजरे कातिल,*
*पता कब फैसला उनके हमारे दरमियां होगा।*

*स्रोत : साभार डॉ. हरिनारायण चौरसिया, गोंदिया-441614 (महाराष्ट्र)*
*(1) क्रांतिकारी आंदोलन का वैचारिक इतिहास मन्मथनाथ गुप्त*
*(2) स्थापना डॉ. रामेश्वर शर्मा*

□

# 9

# क्रांतिवीर सेनानी मुकुंदलाल

क्रांतिवीर सेनानी मुकुंदलाल ने जीवनपर्यंत भारतमाता की आजादी के लिए जो किया, सुनकर हर देशभक्त का सिर उनके प्रति श्रद्धा से झुक जाएगा। वे एक संपन्न परिवार में जनमे, लेकिन उन्होंने देश को आजाद कराने के लिए सशस्त्र क्रांति के प्रयासों में भाग लिया और किसी भी तरह की सजा उन्हें आजीवन अपने पथ से डिगा नहीं सकी।

मुकुंदीलालजी का जन्म इटावा जिले की औरैया तहसील में एक संपन्न वैश्य परिवार में 1891 में हुआ था। इस तहसील में उनके परिवार की गिनती प्रतिष्ठित लोगों में होती थी। कई गाँवों में उनकी जमींदारी थी तथा खेती और व्यापार का भी बड़ा काम था। तहसील के उच्च अधिकारी उनके घर पर आते तथा उन्हें सम्मान देते थे। बचपन में ही उनके पिता का स्वर्गवास हो गया था। घर में किसी प्रकार की कमी नहीं थी, अत: उन्होंने अपनी पढ़ाई पर विशेष ध्यान नहीं दिया। खूब खाना, मुगदर फिराना और कुश्ती लड़ना, इन्हीं सब कामों में दिन बीत रहे थे। वे ऐसे दिन थे, जब ब्रिटिश पुलिस लोगों को अकारण परेशान किया करती थी। यह अन्याय मुकुंदीलालजी से सहन नहीं होता था। फलस्वरूप उनकी मुठभेड़ पुलिसवालों से होने लगी। पुलिस हमेशा उन्हें किसी-न-किसी मामले में फँसाने का प्रयास करती रही।

एक बार उन्हें एक बारात में जाने का मौका मिला। प्रभुदयाल पांडे नामक एक सज्जन उनके साथ थे। 1915 का जमाना था। प्रथम विश्वयुद्ध का दौर था। जर्मनी की विजय के समाचारों का प्रभाव भारत में दिखाई देता था। उन्हें सुनकर युवकों का उत्साह बढ़ता था। रास्ते में उनके मुँह से अंग्रेजों के प्रति रोष भरे शब्द निकले। पांडेजी ने उनका उत्साह देखा और औरैया में एक अंग्रेज विरोधी संगठन बनाने की सलाह दी। पांडेजी ने पं. गेंदालाल दीक्षित से संपर्क करने की भी सलाह दी। गेंदालालजी उन दिनों औरैया में ही एक स्कूल में अध्यापक थे। मुकुंदीलालजी बारात से लौटकर तुरंत दीक्षितजी से मिले और उनके दल में शामिल हो गए। संगठन को सुदृढ़ बनाने हेतु धन की समस्या थी। उसे

हल करने के लिए उन्होंने दीक्षितजी के साथ मिलकर कई डकैतियों में भाग लिया। अब उनका घर क्रांतिकारियों का अड्डा बन गया। बाहर से जो भी लोग आते थे, वे उनके यहाँ ही ठहरते थे।

इसी समय एक डकैती की योजना बनी। उन दिनों अंग्रेज कंपनियाँ औरैया से रुई आदि खरीदती थीं, इसके लिए रोज ही हजारों रुपए रेल से आते थे। अतः क्रांतिकारियों ने रेलगाड़ी लूटने का फैसला किया। लेकिन यह कार्य पूरा नहीं हुआ। हुआ यह कि उस दिन रुपया आया ही नहीं। तब औरैया के एक सर्राफ के यहाँ डाका डालने का निश्चय किया गया, जो अंग्रेजों का पिट्ठू था। धन की समस्या को इस तरह हल करने के साथ-साथ उनका दल समय-समय पर परचे आदि भी बाँटता था। इन परचों में अंग्रेजों के विरुद्ध संघर्ष में कूद पड़ने के लिए नौजवानों का आह्वान किया जाता था।

पं. गेंदालाल दीक्षित ने एक योजना बनाई कि उत्तर प्रदेश के बारह जिलों के कलेक्टर तथा सुपरिंटेंडेंट आदि अधिकारियों को एक ही दिन मार डाला जाए। उनका कहना था कि इससे देश-विदेश में तहलका मच जाएगा। यह योजना पूरी होने के पहले ही दल का एक सदस्य दलपतिसिंह सरकारी गवाह बन गया और उसके बयानों के आधार पर कई साथी गिरफ्तार कर लिये गए। गेंदालालजी ग्वालियर में पकड़े गए। उन्हें ग्वालियर से मैनपुरी ले जाया गया। वहाँ उन पर मैनपुरी षड्यंत्र के तहत केस चलाया गया। दीक्षितजी रामनारायण नामक एक मुखबिर को जेल से अपने साथ भगाकर ले गए। इस तरह केस बिल्कुल कमजोर हो गया। काफी समय तक तकलीफें झेलने के बाद गेंदालालजी का देहांत दिल्ली के एक अस्पताल में 21 दिसंबर, 1920 को हो गया।

दीक्षितजी की गिरफ्तारी के साथ ही दम्मीलाल, गोपीनाथ, चंद्रधर जौहरी, फतह सिंह, राजाराम शिवचरनलाल शर्मा तथा मुकुंदीलाल भी गिरफ्तार कर लिये गए। राम प्रसाद 'बिस्मिल' के नाम भी वारंट जारी कर दिया गया। वे फरार हो गए। इस केस में मुकुंदीलाल को पूरे सात साल की सजा मिली। जेल के भीतर उन्होंने असंख्य यातनाएँ झेलीं। वे इस संबंध में लिखते हैं—"जेल से कुछ साथी भाग निकले। इसके बाद हम लोगों को बेड़ियों और हथकड़ियों में बाँध दिया गया। रात के बारह बजे गिनती होती थी। उसी समय भंगी आता था, जो कनस्तरों में पेशाब आदि करा ले जाता था। इसके अतिरिक्त यदि रात को पेशाब लगे तो तसलों में ही करना पड़ता था। सुबह को उन्हीं तसलों में खाना दिया जाता था।"

13 अप्रैल, 1922 को दिल्ली में गोली चली। उस समय मुकुंदीलालजी नैनी जेल में थे। गोलीकांड के खिलाफ उन्होंने जेल में अनशन करवाया, इसके लिए उनकी खूब पिटाई की गई। एकांत कोठरी में बंद कर दिया गया तथा चक्की डबल कर दी गई। रिहा होने के बाद वे अपने गाँव आए। देखा, उनकी दुनिया वीरान हो चुकी थी। दिन तो

काटने ही थे। उन्होंने आढ़त की एक कच्ची दुकान कर ली। लेकिन दिल कहीं और था। भारत को आजाद देखने की तमन्ना थी। वे शांत कैसे बैठ सकते थे, जब तक कि उनका कार्य पूरा न हो जाए। अत: वे आढ़त की दुकान दूसरे को सौंपकर बुंदेलखंड चले गए। वहाँ वे शचींद्रनाथ बख्शी से मिले और पुन: पिस्तौल तथा कारतूसों से खेलने लगे। फिर बुंदेलखंड को छोड़कर बनारस गए। वहाँ से बख्शीजी की सलाह पर कलकत्ता चले गए। कुछ दिन बाद ही बनारस लौट आए। इसी समय एक जमींदार के यहाँ डाका डाला गया।

9 अगस्त, 1925 को काकोरी नामक स्थान पर ट्रेन को रोककर सरकारी खजाना लूटा गया। इस डकैती के बाद उनका फिर वारंट निकला। आजाद तो झाँसी चले गए और वे बनारस में ही रह गए। काकोरी की डकैती अंग्रेजों के मुँह पर करारा तमाचा था। डकैती के कई महीने बाद पूरे देश में पकड़-थकड़ शुरू हो गई। काकोरी षड्यंत्र केस में इन पर भी मुकदमा चला। मुकुंदीलालजी किसी प्रकार बचते हुए कभी अजमेर, कभी कानपुर में रहते थे। परंतु अंत में बनारस में एक पुस्तकालय में उन्हें पकड़ लिया गया था। काकोरी षड्यंत्र केस के संबंध में उन्हें आजन्म कालेपानी की सजा मिली। बरेली सेंट्रल जेल में उन्हें बहुत कष्ट उठाने पड़े। किंतु बिना घबराए समय-समय पर संघर्षों में भाग लेकर क्रांति की आवाज वे बुलंद करते रहे। लंबी सजा काटने के बाद 1942 में वे रिहा हो गए। लेकिन ब्रिटिश शासन ने उन्हें फिर पकड़ लिया और सात साल नौ महीने की सजा सुनाकर फिर जेल भेज दिया। इसके बाद तो देश आजाद होने पर ही वे जेल से मुक्त हो सके।

□

# 10

# गेंदालाल दीक्षित

देश को आजाद कराने के लिए क्रांतिकारियों ने अपना अमूल्य योगदान दिया। यद्यपि देश भर में क्रांतिकारी आंदोलन की व्यापक लहर फैली हुई थी, जिसमें एक तरफ इसके नेता लोकमान्य तिलक, सावरकर आदि थे, तो दूसरी तरफ अरविंद घोष, वारींद्र घोष आदि। 'गदर' दल का अलग ही आंदोलन चल रहा था, जिसे रासबिहारी बोस ने भारत में प्रचलित अन्य आंदोलन के साथ संयुक्त करने की कोशिश की, फिर भी कुछ छिटपुट आंदोलन ऐसे चल रहे थे, जिनका इनमें से किसी आंदोलन से प्रत्यक्ष संबंध नहीं था। लेकिन अंग्रेजी राज की चूलें हिलाने में उसने कोई कोर-कसर नहीं छोड़ी थी।

ऐसे ही एक आंदोलन का नेतृत्व करने का उत्तरदायित्व पं. गेंदालाल दीक्षित ने लिया, जिन्होंने बचपन से क्रांतिकारी पथ पर चलने का संकल्प ले लिया था। उन्हें कोई रास्ता दिखानेवाला नहीं था, पर मन की बात को आत्मा की चिनगारी से जलाकर वे निरंतर आगे बढ़ते रहे। उनका जन्म आगरा जिले के एक गाँव में 1886 में हुआ था। किसी तरह उन्होंने एंट्रेंस पास किया। वे और आगे पढ़ना चाहते थे, पर गरीबी के कारण नहीं पढ़ सके। किसी तरह जीविकोपार्जन के लिए उन्हें अध्यापन का कार्य मिल गया।

डी.ए.वी. स्कूल में कार्य करते हुए उनके मन में क्रांति की उमंगें निरंतर उठती रहीं। उनको अपने देश की नाजुक स्थिति पर बड़ा दुःख होता था।

गेंदालाल दीक्षित बंगाल और महाराष्ट्र के क्रांतिकारी संगठन के संपर्क में धीरे-धीरे आ तो गए, पर उनका मन व्याकुल था कि किसी भी प्रकार इन क्रांतिकारियों से संपर्क कर आगरा में क्रांति की अलख जगाई जाए। इस उद्देश्य से उन्होंने एक समिति बनाई, जिसका नाम उन्होंने छत्रपति शिवाजी के नाम पर 'शिवाजी समिति' रखा। इस समिति का उद्देश्य देश को स्वतंत्र कराना था, उन्हीं उपायों से, जिनसे शिवाजी ने महाराष्ट्र को मुगलों की जंजीरों से छुड़ाया था। उन्होंने देखा कि चंबल और जमुना के बीच बहुत से लोग डाकू बने हुए हैं और वे बड़े साहसी हैं। उन्हें अपने प्राणों की कोई परवाह नहीं है। वे शस्त्र चलाना भी जानते हैं, सजा से नहीं डरते हैं, उनका ध्यान स्वार्थी कार्यों की ओर

से हटकर देश-सेवा की ओर लग जाए तो बहुत लाभ हो सकता है। इसलिए वे बड़ी आशा के साथ डाकुओं की ओर बढ़े और उन्हीं दिनों उन्हें ब्रह्मचारी नामक एक व्यक्ति मिल गया, जो डाकुओं का सरदार था।

गेंदालाल दीक्षित को यह लगा कि अब उन्होंने वह व्यक्ति पा लिया है, जिसके जरिए वे भारत को स्वतंत्र करा सकते हैं। यदि भारत के सारे डाकू संगठित हो जाएँ और देश का कार्य करने पर तुल जाएँ तो वे देश को स्वतंत्र करा सकेंगे। इसके अलावा धन की भी किल्लत नहीं रहेगी, क्योंकि जब धन की जरूरत होगी तो कहीं डाका डाल लिया जाएगा।

गेंदालाल दीक्षित डाकुओं का संगठन करने के साथ-साथ कुछ छात्रों को भी संगठित करने लगे। इस टोली का नाम 'मातृवेदी' रखा गया और इसमें बहुत से शिक्षित घरों के लोग शामिल हुए, जिनमें रामप्रसाद 'बिस्मिल' का नाम सबसे प्रमुख है। उनके अतिरिक्त औरैया के मुकुंदीलाल भी इस दल में शामिल हुए। इस प्रकार एक दल खड़ा हो गया, जिसमें केवल शिक्षित लोग ही थे। बाद में इस दल के लोगों पर 'मैनपुरी षड्यंत्र' के नाम से मुकदमा भी चला।

इस प्रकार गेंदालाल दीक्षित एक तरफ तो डाकुओं का संगठन करते रहे। इसमें उनका दाहिना हाथ ब्रह्मचारी रहा। ब्रह्मचारी बहुत ही साहसी व्यक्ति था और हर समय जान हथेली पर लिये घूमता था। वह डाकू तो था ही, पर अब नैतिक बल मिल जाने के कारण बहुत ही भयंकर हो गया, यहाँ तक कि ग्वालियर राज्य बुरी तरह चिंतित हो गया कि किसी तरह ब्रह्मचारी को पकड़ लिया जाए। यद्यपि उस समय तक किसी को पता नहीं था कि ब्रह्मचारी इस प्रकार एक क्रांतिकारी नेता की देखरेख में कार्य कर रहा है। चारों तरफ खुफिया दौड़ने लगे और लोगों से कहा गया कि ब्रह्मचारी को गिरफ्तार करा दो तो बड़ा इनाम मिलेगा।

ब्रह्मचारी पकड़ में नहीं आया और अपना काम साहस के साथ करने लगा। यह अस्सी आदमियों का एक गिरोह बन गया और इस गिरोह के साथ ब्रह्मचारी तथा गेंदालाल एक महाजन के यहाँ डाका डालने के लिए रवाना हुए। धनी का घर बहुत दूर था, इसलिए पैदल चलते हुए रास्ते में एक जगह पड़ाव डालना जरूरी था। वहीं पर खाने-पीने की व्यवस्था हुई और सब लोग विश्राम करने लगे। उनके साथ में एक ऐसा आदमी भी था, जो पुलिस से मिला हुआ था। उसने सोचा कि अच्छा मौका है, किसी तरह ब्रह्मचारी को जहर खिला दूँ तो काम बन जाए। इसलिए वह सबकी सेवा करने के लिए बड़े उत्साह से आगे बढ़ा। उसने पूड़ियाँ बनवाईं और जहर डाली हुई पूड़ियाँ ब्रह्मचारी के सामने रख दीं। जब ब्रह्मचारी ने पूड़ियाँ खाईं तो उसकी जीभ ऐंठने लगी। पर वह बहुत तगड़ा आदमी था, मरा नहीं। इसके विपरीत वह सावधान हो गया और उसने चारों तरफ नजरें दौड़ाकर समझ लिया कि कौन इसके लिए दोषी है। मुखबिर ने

भी समझ लिया कि उसका पता लग गया है तो वह जल्दी से पानी लेने के बहाने जाने लगा। इस पर ब्रह्मचारी ने पास रखी हुई बंदूक उठाई और उसे वहीं पर गोली मार दी। गोली चलते ही चारों तरफ हलचल मच गई और पास ही कहीं पुलिस थी, वह भी आ गई। मुखबिर ने पुलिसवालों को आसपास ही रखा था। पुलिस और ब्रह्मचारी के दल में डटकर लड़ाई हुई और दल के पैंतीस आदमी मुठभेड़ में मारे गए। घटनास्थल पर ही ब्रह्मचारी और गेंदालाल गिरफ्तार हो गए।

गेंदालाल तो गिरफ्तार हो गए, पर उनके युवक काम करते रहे। यह तय हुआ कि एक टुकड़ी ग्वालियर जाए और जेल तोड़कर गेंदालाल को निकाल लाए, पर यह काम अभी हो नहीं पाया था कि इसकी जानकारी पुलिस को लग गई और गिरफ्तारियाँ हुईं। इस प्रकार वह षड्यंत्र चला, जिसका नाम मैनपुरी षड्यंत्र पड़ा। सोमदेव नाम का एक युवक मुखबिर बन; और उसने सारी बात बता दी कि किस प्रकार गेंदालाल के नेतृत्व में यह षड्यंत्र हुआ था और इस समय गेंदालाल ग्वालियर की जेल में बंद है। तब सरकारी मुलाजिम दौड़े और गेंदालाल के विषय में उन्हें और भी बहुत सी बातों का पता लगा।

ग्वालियर जेल में रहते समय गेंदालाल का स्वास्थ्य बहुत बिगड़ गया था। उसी हालत में वे मैनपुरी जेल में लाए गए, ताकि उन पर मैनपुरी षड्यंत्र का मुकदमा चले। जब गेंदालाल मैनपुरी आए तो उन्हें पता लगा कि क्षय रोग हो चुका है। बचने का कोई उपाय नहीं है, इसलिए उन्होंने एक जबरदस्त दाँव खेला। उन्होंने पुलिसवालों से कहा कि इस लड़के सोमदेव को कुछ नहीं मालूम। मैं सारी बातें जानता हूँ। मैं चाहता हूँ कि मैं सरकार की मदद करूँ। मैनपुरी की तो यह छोटी-मोटी शाखा है, असली धाकड़ क्रांतिकारी तो बंबई और बंगाल में बैठे हैं। मुझे भी मुखबिर बना लिया जाए।

पुलिसवाले इससे बहुत खुश हुए कि बैठे-बिठाए सारा खजाना हाथ लग रहा है और यही कहा जाएगा कि मैनपुरी की पुलिस के कारण सारे भारत के क्रांतिकारी गिरफ्तार हुए। वे फूले नहीं समाए। गेंदालाल को रामनारायण नामक एक मुखबिर के साथ रखा गया। उन्होंने रात भर में रामनारायण को समझा लिया कि चलो, हम लोग जेल से भाग चलें।

इस प्रकार गेंदालाल जेल से भाग निकले और साथ में मुखबिर रामनारायण को भी लेते गए। पर गेंदालाल ने बाहर निकलते ही रामनारायण को अलग करना चाहा, पर वह शायद समझ गया था कि गुरुजी मुझे साथ में नहीं रखनेवाले हैं, इसलिए वह गेंदालाल का सारा सामान लेकर चलता बना। जाते समय उसने कमरे में बाहर से कुंडी चढ़ा दी, ताकि गेंदालाल उसका पीछा न करें।

गेंदालाल उसी कोठरी में कई दिनों तक बंद रहे। न कुछ खाने को मिला, न कुछ पीने को। किसी को कुछ कह भी नहीं सकते थे। कई दिनों तक बंद रहने के बाद वे कोठरी से निकल पाए और वहाँ से वे पैदल चलकर आगरा पहुँचे, किंतु जिन लोगों से

आशा थी कि वे आश्रय देंगे, उन लोगों ने मुँह फेर लिया और तब वे अपने घर की ओर रवाना हुए। पुलिसवाले उनके घर पर पहले ही पहुँचे हुए थे, रोज थाने बुलाकर उनके घरवालों को तंग करते थे।

इसलिए जब गेंदालाल दीक्षित घर पहुँचे तो उनके घरवाले उन्हें देखकर खुश होने के बजाय बहुत डर गए और ऐसा लगा कि वे उन्हें पकड़वाना चाहते हैं। गेंदालाल दीक्षित बहुत दुःखी हुए, पर साथ ही वे अपने घरवालों से नाराज नहीं हुए, क्योंकि वे समझ गए कि पुलिसवालों ने जो आतंक फैला रखा है, उसी का यह नतीजा है, उसमें उनका कोई दोष नहीं है। उन्होंने घरवालों से कहा कि फिक्र मत करो, मैं जल्दी ही घर छोड़ दूँगा, मैं रहने के लिए नहीं आया हूँ। जरा दम लेना चाहता हूँ।

उन्हें जल्दी ही घर छोड़ देना पड़ा और वे किसी तरह दिल्ली पहुँचे। शरीर जवाब दे चुका था। ग्वालियर जेल में जो अत्याचार हुए थे, उससे वे टूट चुके थे। मन भी विशेष सुखी नहीं था, क्योंकि जिस लक्ष्य के लिए इतना त्याग किया गया था, वह लक्ष्य भी निकट नहीं मालूम होता था। चारों तरफ विश्वासघात-ही-विश्वासघात था।

उन्होंने जीविका के लिए अपने को लगभग अनपढ़ बताकर प्याऊ में नौकरी कर ली। यदि शरीर ठीक होता तो जैसी भी नौकरी मिली थी, उससे शांति रहती और धीरे-धीरे बिखरे हुए सूत्रों को बटोर सकते थे, पर स्थिति यह रही कि रोग बढ़ता गया। उन्होंने देखा कि अब बचना मुश्किल है, फिर भी अंतिम चेष्टा के रूप में उन्होंने एक मित्र को पत्र लिखा। इस मित्र पर उन्हें पूरा भरोसा था कि वह न तो धोखा देगा और न पकड़वाएगा। सौभाग्य से वे मित्र सच्चे मित्र निकले और दीक्षितजी की धर्मपत्नी को साथ लेकर उनकी सहायता के लिए पहुँच गए। यह रोग शायद इलाज से परे हो चुका था। रोग इतना बढ़ गया था कि उन्हें रह-रहकर बेहोशी आती थी। भला जेल से भागे हुए सब साधनों से हीन एक क्रांतिकारी नेता के लिए यह रोग कितना खराब था, फिर भी उनकी पत्नी ने उनकी बड़ी सेवा की और उनके मित्र ने अपने सीमित साधन के उनकी सहायता की। फिर भी रोग कब्जे में नहीं आया। ऐसा लगा कि अब तो मृत्यु करीब है, उससे किसी प्रकार बच नहीं सकते। यह हालत देखकर उनकी धर्मपत्नी से अब रहा नहीं गया और वह रोने लगी। गेंदालाल दीक्षित थोड़ी देर तक अपनी पत्नी को रोते हुए देखते रहे, फिर उन्होंने कहा, "तुम रोती हो तो रोओ, किंतु आखिर इस रोने से क्या हासिल? दुःख तो मुझे भी है। मैंने किस बात का बीड़ा उठाया था और उसे कितना सिद्ध कर पाया। मर तो मैं रहा ही हूँ, पर जिस कारण मैं मर रहा हूँ, वह पूरा कहाँ हुआ! मैं यह देखकर मर रहा हूँ कि मैंने जो कुछ भी किया, वह छिन्न-भिन्न हो गया। मुझे दुःख है कि माता पर अत्याचार करनेवालों से बदला नहीं ले सका, जो मन की बात थी, वह मन ही में रह गई। मेरा यह शरीर नष्ट हो जाएगा, किंतु मैं मोक्ष नहीं चाहता। मैं तो चाहता हूँ कि बार-बार इसी भूमि में जन्म

लूँ और बार-बार इसी के लिए मरूँ। ऐसा तब तक करता रहूँ, जब तक कि देश गुलामी की जंजीरों से छूट न जाए।"

मृत्यु के साथ पूरी रस्साकशी चल रही थी। वे बार-बार होश में आते और बार-बार बेहोश होते। जब भी होश में आते, उक्त ढंग की बातें करते। उन्हें इस बात का बड़ा दुःख था कि कम उम्र के छात्रों पर मुकदमा चल रहा है और उन्हें भी उसी प्रकार से यातनाएँ भोगनी पड़ेंगी, जैसी उन्होंने भोगी थीं; शायद उनका भी वैसा ही अंत होगा, जैसा उनका हो रहा है।

उनके इलाज के लिए मित्र और पत्नी, दोनों इस नतीजे पर पहुँचे कि गेंदालाल दीक्षित को नाम बदलकर सरकारी अस्पताल में भर्ती करा दिया जाए, जिससे इलाज तो होगा और वहीं, जो कुछ होना है, सो हो। यह बहुत निष्ठुर निर्णय था, पर क्रांतिकारी का जीवन ऐसा ही होता है, जिसमें ममत्व के लिए कोई स्थान नहीं रहता। ममता के लिए स्थान तब हो, जब कहीं से कोई आस दिखाई पड़े। गेंदालाल दीक्षित को सरकारी अस्पताल में भरती करा दिया गया।

जब 21 दिसंबर, 1920 को गेंदालाल दीक्षित की मृत्यु सरकारी अस्पताल में हुई तो उनके पास न तो कोई मित्र था, न शिष्य था, न पत्नी, न रिश्तेदार। कवि की भाषा में सचमुच गेंदालाल दीक्षित की मृत्यु बिल्कुल उस प्रकार से हुई कि न तो किसी ने आँसू बहाए और न किसी ने गीत गाए, जैसाकि शहीदों की मृत्यु पर गाया जाना चाहिए।

गेंदालाल दीक्षित के संबंध में किसी को कुछ भी पता न लगता, यदि उनके शिष्यों में रामप्रसाद 'बिस्मिल' और मुकुंदीलाल न होते, जिन्हें आगे चलकर काकोरी षड्यंत्र केस में सजा हुई। रामप्रसाद 'बिस्मिल' ने ही गणेश शंकर विद्यार्थी संपादित 'प्रभा' नामक मासिक पत्रिका में गेंदालाल दीक्षित पर कुछ लेख लिखे थे, उन्हीं के आधार पर और रामप्रसाद 'बिस्मिल' से सुनकर ही उनकी जीवनी का यह ब्योरा 1938 में मन्मथनाथ गुप्त ने प्रस्तुत किया था। तब से बहुतों ने इस पर लिखा है, पर मूल आधार रामप्रसाद 'बिस्मिल' के वे लेख ही रहे हैं। यह एक अजीब बात है कि गेंदालाल दीक्षित को अब भी लोग नहीं जानते हैं।

यद्यपि गेंदालाल दीक्षित उन क्रांतिवीरों में हैं, जिनका नाम ज्यादा उजागर नहीं हुआ, पर इसमें संदेह नहीं कि भारत के स्वतंत्रता संग्राम योद्धाओं में उनका नाम स्वर्णाक्षरों में लिखा रहेगा।

*स्रोत : साभार क्रांतिकारी मन्मथनाथ गुप्त द्वारा लिखित पुस्तक भारत के क्रांतिकारी*

□

# 11

# शिवचरण लाल शर्मा

शिवचरण लाल शर्मा अमर शहीद क्रांतिकारी श्री रामचरण लाल शर्मा के अनुज थे। फलत: उन पर भी क्रांतिकारी विचारधारा का प्रभाव पड़ना स्वाभाविक था। वे प्रसिद्ध क्रांतिकारी श्री रामप्रसाद 'बिस्मिल', श्री गेंदालाल दीक्षित, पं. देवनारायण भारतीय आदि क्रांतिकारियों के संपर्क में आए और क्रांतिकारी संगठन 'शिवाजी समिति' तथा 'मातृवेदी' के सदस्य बन गए। उनके पूर्वज भी स्वतंत्रता संग्राम सेनानी थे, वे 1857 के प्रथम स्वातंत्र्य समर में शहीद हुए थे।

शिवचरण शर्मा का जन्म 19 मार्च, 1898 को नगला डरू (जिला एटा, उत्तर प्रदेश) में हुआ था। उनके पिता का नाम पं. गंगाराम शर्मा था। प्रारंभिक शिक्षा पास के स्कूल में हुई। बड़े होने पर उनकी नौकरी रेलवे में लग गई, परंतु क्रांतिकारी गतिविधियों में भाग लेने के लिए उन्होंने सरकारी नौकरी छोड़ दी। वे 'राम' और 'रघुवीर' गुप्त नाम से भी क्रांतिकारी गतिविधियों में भाग लेते थे। उन्हें मुख्यत: संगठन, प्रसार और धन-संग्रह का कार्य सौंपा गया था। सन् 1917 में बृंदावन गुरुकुल में क्लर्क हो गए। गुरुकुल से अपनी सेवा के बदले में वे कुछ भी नहीं लेते थे। वे गुरुकुल के छात्रों के मध्य रहकर उनमें देश-प्रेम की भावनाएँ भरने तथा उन्हें राष्ट्र-सेवा के लिए प्रेरित करने लगे। वे संगठन द्वारा तैयार की गई पुस्तक 'अमेरिका को स्वाधीनता कैसे मिली' के प्रचार-प्रसार और बिक्री के कार्य में लग गए। यह पुस्तकमहल के सहयोग से श्री देवनरायन भारतीय द्वारा संकलित की गई थी। इस पुस्तक में भारतीयों का अमेरिका के स्वतंत्रता संघर्ष से प्रेरणा लेकर अंग्रेजों को मारकर स्वतंत्र हो जाने का आह्वान किया गया था।

तत्कालीन संयुक्त प्रांत सरकार ने इस पुस्तक को 24 सितंबर, 1918 को जब्त कर लिया। दिल्ली में इस पुस्तक पर पाबंदी नहीं थी, इसलिए सर्वश्री रामप्रसाद 'बिस्मिल', देवनरायन भारतीय आदि समिति के सदस्यगण दिल्ली कांग्रेस के अधिवेशन के अवसर पर उस पुस्तक की बिक्री करने के लिए दिल्ली पहुँच गए। ये क्रांतिकारी नवयुवक कांग्रेस पंडाल के बाहर स्टाल लगाकर, पुस्तक की विशेषता बतानेवाले नारे लगाते हुए

पुस्तक की बिक्री किया करते थे। दिल्ली पुलिस इस पुस्तक की विस्फोटक सामग्री को देखकर भड़क गई और उसने 3 अक्तूबर, 1918 को इस पुस्तक की जब्ती का आदेश करा दिया। पुस्तक बेचने के जुर्म में पुलिस ने श्रीशर्मा सहित बुक स्टाल को चारों ओर से घेरकर उन्हें गिरफ्तार कर लिया। 3 अक्तूबर, 1918 को उन्हें दिल्ली में गिरफ्तार करके जेल भेज दिया गया।

जिस समय शिवचरण शर्मा दिल्ली जेल में थे, उसी समय मैनपुरी केंद्र के नेता श्री शिवकृष्ण ने दल के एक अन्य सदस्य दलपतसिंह को आदेश दिया कि वह अपने अमुक रिश्तेदार के घर डाका डलवाए। दलपतसिंह ने मैनपुरी के डी.एम. के पास जाकर दल का सारा भेद खोल दिया। इसके बाद दल के सदस्यों की गिरफ्तारियाँ शुरू हो गईं। कुछ समय बाद जब वे दिल्ली जेल से रिहा होकर आ गए तो दल के नेता श्री देव नारायण भारतीय ने शिवचरण शर्मा को मैनपुरी जाकर साथियों की मदद करने तथा समस्त घटनाक्रम से अवगत कराते रहने का दायित्व सौंपा। उस समय वे श्रीयुत गणेश शंकर विद्यार्थी के राष्ट्रीय पत्र 'प्रताप' के रिपोर्टर भी थे, अत: उन्होंने विद्यार्थीजी से 'प्रताप' के रिपोर्टर होने का एक अधिकार-पत्र सेशन जज मैनपुरी के नाम ले लिया, जिससे मैनपुरी में कार्य करते समय उनकी गतिविधियों पर पुलिस को कोई संदेह न हो और वे मैनपुरी एवं वहाँ की अदालत में अपनी उपस्थिति का औचित्य भी बता सकें। मैनपुरी आकर उन्होंने अपने साथियों की मदद करने और उनकी गिरफ्तारी एवं अदालत की काररवाई की सूचना अपने नेताओं को प्रेषित करना प्रारंभ कर दिया। वे नेताओं की चिट्ठियाँ कालीचरन नाम के एक क्रांतिकारी के हाथ भेजते थे। उसी दौरान उन्होंने सांकेतिक भाषा का प्रयोग करते हुए कालीचरन को एक पत्र लिखा, जिसमें कुछ वस्तुएँ लेकर मैनपुरी आने को लिखा था, तभी कालीचरन गिरफ्तार हो गया। उसकी गिरफ्तारी के समय उक्त पत्र खुफिया पुलिस के हाथ पड़ गया और उस पत्र में दिए गए पते पर पुलिस ने छापा मारा और 25 जनवरी, 1919 को उन्हें भी गिरफ्तार करके मैनपुरी जेल में डाल दिया। मैनपुरी सेशन जज ने 1 सितंबर, 1919 को धारा-121ए, ब्रिटिश सम्राट् का तख्ता पलटने के षड्यंत्र के आरोप में शिवचरम शर्मा समेत 4 लोगों को पाँच-पाँच वर्ष के कठोर कारावास की सजा सुनाई। 8 सितंबर, 1919 को मैनपुरी जेल से उन्हें बनारस सेंट्रल जेल भेज दिया गया। जेल में उन्हें अमानवीय यातनाएँ दी गईं।

1919 में प्रथम विश्वयुद्ध समाप्त हो गया, मित्र राष्ट्रों की विजय हुई, जिसके चलते ब्रिटिश शासन के विरुद्ध सशस्त्र संघर्ष न करने की शर्त पर आम रिहाई हुई, जिसमें फरवरी 1920 को उन्हें भी रिहा कर दिया गया। रिहा होने के बाद वे पहले से अधिक सक्रिय हो गए और हुकूमत के विरुद्ध भाषण दिया। शर्त का उल्लंघन करने के कारण जनवरी 1921 को गिरफ्तार करके उन्हें लखनऊ सेंट्रल जेल भेज दिया गया। पाँच वर्ष

की सजा पूरी करके 4 अक्तूबर, 1924 को वे रिहा हो गए। 'काकोरी षड्यंत्र' केस से भी उनका नाता रहा।

वे विजयसिंह पथिक, हरिभाऊ उपाध्याय आदि प्रमुख नेताओं के संपर्क में भी रहे। पत्रकारिता से भी उनका संबंध रहा। देश के प्रमुख पत्रों के वे संवाददाता भी रहे। 1924-25 में गणेश शंकर विद्यार्थी के 'प्रताप' में संपादन-कार्य किया। 1925 में दैनिक 'सैनिक' के प्रकाशक और उप-संपादक रहे। वर्ष 1926 को उनका विवाह मनोरमा देवी से हो गया। 1926-30 में हरिभाऊजी की पत्रिका 'त्यागभूमि' के उप-संपादक रहे। 1930 में पथिकजी के 'राजस्थान संदेश' के उप-संपादक के रूप में कार्य किया। वहाँ कुछ समय ही कार्य कर सके, उन्हें गिरफ्तार करके जेल में डाल दिया गया, फिर 1931 में रिहाई हुई। जेल से रिहा होने के बाद वे संयुक्त प्रांत के आंदोलनों में सक्रिय हो गए, जिसके कारण 4 फरवरी, 1932 को उन्हें पुनः गिरफ्तार कर लिया गया।

जेल से रिहा होने के बाद वे फिर से पत्रकारिता के साथ-साथ देश-सेवा और समाज-सेवा के कार्यों में व्यस्त रहे। वे 1947 में साप्ताहिक 'हितकारी' के प्रमुख संपादक रहे। 'ब्रजभूमि संदेश' का भी संपादन किया। 'अमर उजाला', 'नवभारत टाइम्स', पी.टी.आई. आदि के वे विशेष संवाददाता रहे। उन्होंने बड़ी संख्या में लेख भी लिखे। भारत सेवक समाज, ब्रज साहित्य मंडल, मथुरा जिला पत्रकार संघ, आर्य समाज आदि संस्थाओं के माध्यम से उन्होंने समाज का कार्य किया। 7 जून, 1969 को मथुरा में उनका निधन हो गया।

*स्रोत : साभार श्री सरल कुमार शर्मा पुत्र स्व. शिवचरण लाल शर्मा से साक्षात्कार,*
*निवास : कृष्णापुरी, मथुरा*

□

# 12

# शहीद अब्दुल्ला उर्फ सुकई

*एक और जंजीर तड़कती है, भारत माँ की जय बोलो।*
*जय बोलो उस धीर व्रती की, जिसने सोता देश जगाया,*
*जिसने मिट्टी के पुतलों को वीरों का बाना पहनाया,*
*जिसने आजादी लेने की एक निराली राह निकाली,*
*और स्वयं उस पर चलने में जिसने अपना शीश चढ़ाया,*
*घृणा मिटाने को दुनिया से लिखा लहू से जिसने अपने,*
*'जो कि तुम्हारे हित विष घोले, तुम उसके हित अमृत घोलो।'*
*एक और जंजीर तड़कती है, भारत माँ की जय बोलो।*

हरिवंशराय बच्चनजी द्वारा रचित ये कुछ पंक्तियाँ शहीद अब्दुल्लाजी पर बिल्कुल सटीक उतरती हैं। स्वतंत्र भारत का हर एक व्यक्ति आज उन वीरों और महापुरुषों का ऋणी है, जिन्होंने अपना सर्वस्व देश की आजादी के लिए न्योछावर कर दिया। भारतमाता के वे महान् सपूत आज हर एक हिंदुस्तानी के लिए प्रेरणास्रोत हैं। उनकी जीवन-गाथा हम सभी को उनके संघर्षों की बार-बार याद दिलाती है, साथ ही प्रेरणा देती है, जिन्होंने कठोर और दमनकारी 'अंग्रेजी हुकूमत' से लड़कर देश की आजादी के लिए अपने गले में हँसते-हँसते फाँसी के फंदे को गले से लगा लिया। जब तक वे फाँसी के फंदे से झूल न गए, तब तक उनके मुँह से 'इनकलाब जिंदाबाद' के साथ 'भारतमाता की जय' के नारे निकलते रहे। ऐसे बहादुर देशभक्त दीवाने को शत-शत नमन। ये आनेवाली नई पीढ़ी को देशभक्ति की मिशाल रहेंगे। ऐसे ही एक निडर देशभक्त का नाम है—शहीद अब्दुल्ला उर्फ सुकई।

अब्दुल्ला का जन्म गोबर अली के घर ग्राम राजधानी, थाना झंगहा, तहसील चौरा-चौरी, जिला गोरखपुर में सन् 1888 में हुआ था। उनके पिता एक खेतिहर मजदूर थे। खेतों में मजदूरी करके वे अपना और अपने परिवार का पालन-पोषण करते थे। परिवार में गरीबी ज्यादा थी, इसलिए अब्दुल्ला को ज्यादा शिक्षा-दीक्षा नहीं मिल पाई। पिता ने

बेटे को किसानी के काम में हाथ बँटाने को बोला। लेकिन उनका मन न लगा, क्योंकि उनके अंदर तो देशभक्ति की लहर करवटें ले रही थी।

वे बचपन से ही अंग्रेजी हुकूमत का जुर्म और सितम लोगों पर होते देख रहे थे। यही कारण था कि उन्हें अंग्रेजी हुकूमत बिल्कुल भी रास नहीं आ रही थी। कुछ समय बाद पास के गाँव की एक सुशील कन्या से उनका विवाह हो गया। विवाह के बाद भी उनकी देशभक्ति कम नहीं हुई। इस युवा स्वतंत्रता संग्राम सेनानी की नसें फड़क रही थीं अंग्रेजी हुकूमत को जड़ से उखाड़ने के लिए। सन् 1920 में महात्मा गांधी तथा भारतीय राष्ट्रीय कांग्रेस के नेतृत्व में असहयोग आंदोलन चलाया गया था। इस आंदोलन ने भारतीय स्वतंत्रता आंदोलन को एक नई जागृति प्रदान की। गांधीजी का मानना था कि ब्रिटिश राज में एक न्याय मिलना असंभव है, इसलिए उन्होंने ब्रिटिश सरकार से राष्ट्र के सहयोग को वापस लेने की योजना बनाई और इस प्रकार असहयोग आंदोलन की शुरुआत की गई। जब गांधीजी असहयोग आंदोलन के दौरान गोरखपुर आए तो अब्दुल्लाजी उनसे काफी प्रभावित हुए।

चौरी-चौरा कांड के बारे में यदि बात करें तो गोरखपुर का चौरी-चौरा कस्बा उस जमाने में विदेशी कपड़े और गाँजा-भाँग के मामले में बड़ा मशहूर था। वहाँ से विदेशी कपड़े व नशे का बड़े स्तर पर व्यापार चलता था। जब देश के क्रांतिकारियों ने विदेशी वस्त्रों और नशे के चल रहे कारोबार का विरोध किया, पर अंग्रेज नहीं माने। तब क्रांतिकारियों द्वारा हर चौराहे पर विदेशी वस्त्रों की होली जलाई जाने लगी और जगह-जगह धरना-प्रदर्शन किया जाने लगा। अंग्रेजों ने धरना-प्रदर्शन कर रहे स्वतंत्रता सेनानियों पर कोड़े बरसना शुरू कर दिया। 4 फरवरी, 1922 को स्वतंत्रता संग्राम सेनानियों ने एक जुलूस निकाला, जो चौरी-चौरा थाने से होकर गुजर रहा था। अंग्रेजी पुलिस ने उस जुलूस को रोकने के लिए थाने के सामने सड़क पर पुलिस फोर्स लगाकर उन्हें रोकना चाहा तो क्रांतिकारी भड़क उठे। तभी अंग्रेजी पुलिस हवाई फायर करते हुए उन सब पर लाठी व कोड़े बसराने लगी। इससे क्रांतिकारी और ज्यादा भड़क गए, अंग्रेजी पुलिस ने हवाई फायर के साथ ही सीधे लोगों पर गोलियाँ बरसानी शुरू कर दीं। जब अंग्रेजों की गोलियाँ खत्म हो गईं तो पुलिसवाले थाने की ओर भागे और थाने के अंदर जाकर छिप गए। उधर न क्रांतिकारियों की भीड़ में अब्दुल्ला भी अपने साथियों के साथ एक सक्रिय क्रांतिकारी की भूमिका निभाते हुए उस प्रदर्शन में सबसे आगे थे, जिसमें वे भी काफी जख्मी हो चुके थे और जब उन्होंने देखा कि पुलिस द्वारा फायरिंग से उनके 3 साथी मार दिए गए तो उनका खून खौल उठा और थाने के पास एक दुकान से कैरोसिन निकालकर उन्होंने अपने साथियों के साथ पूरे थाने में कैरोसीन छिड़ककर आग लगा दी। इस चौरी-चौरा कांड में 23 पुलिसकर्मी थाने में ही जलकर राख हो गए और 3 क्रांतिकारी अंग्रेजों की

गोलियों से शहीद हो गए। चौरी-चौरा कांड द्वारा जहाँ क्रांतिकारियों ने अंग्रेजी हुकूमत को हिलाकर रख दिया, वहीं दूसरी ओर पुलिस ने प्रदर्शकारियों की पहचान कर उनके खिलाफ मुकदमा दर्ज कर उन्हें पकड़ने लगी।

जिस समय चौरी-चौरा कांड हुआ, उस वक्त अब्दुल्लाजी की उम्र लगभग 35 वर्ष थी। चूँकि अब्दुल्ला की चौरी-चौरा कांड में एक सक्रिय भूमिका रही, इसलिए पुलिस ने बाकी साथियों के साथ उनको भी गिरफ्तार कर मुकदमा लिखा और कोर्ट में किंग एंपरर बनाम अब्दुल्ला ऐंड अदर्स के नाम से केस चलाया गया, जिसमें सुफई उर्फ अब्दुल्ला के साथ 19 देशभक्तों को फाँसी की सजा सुनाई गई। जब उनको सजा सुनाई गई, उसी समय वे गोरखपुर की जेल से भाग निकलने में सफल रहे। किंतु वे एक बार फिर पकड़ लिये गए और नैनी जेल में उन्हें रखा गया। सन् 1923 में 2 से 11 जुलाई के बीच सभी 19 क्रांतिकारियों को अलग-अलग जेल में रखकर फाँसी दे दी गई, जिसमें अब्दुल्ला को 2 जुलाई, 1923 को फाँसी दी गई।

*स्रोत : साभार गोरखपुर के चौरी-चौरा संग्रहालय में कार्यरत रवि त्रिपाठी,*
*दैनिक जागरण के वरिष्ठ पत्रकार दुर्गा सिंह,*
*शहीद अब्दुल्ला की तीसरी पीढ़ी के वंशज स्व. सबतून निशा के पति श्री शहादत*

□

# 13

# द्वारिका प्रसाद पांडे

देश की आजादी के लिए संपूर्ण भारत ने अपना सबकुछ समर्पित कर दिया तो उत्तर प्रदेश का गोरखपुर जनपद भला इससे कैसे अछूता रहता। यहाँ की धरती ने एक से बढ़कर एक जाँबाजों को जन्म दिया, जिन्होंने देश की आजादी में अपना महत्त्वपूर्ण योगदान दिया। यही नहीं, समाज की बुराइयों को मिटाने के लिए भी वे हमेशा तत्पर रहे। ऐसे ही एक स्वतंत्रता संग्राम सेनानी का नाम लिये बिना यह सफर अधूरा सा लगता है, जिसका नाम है द्वारिका प्रसाद पांडेय।

द्वारिका प्रसाद पांडेजी का जन्म ग्राम चार पान, जिला गोरखपुर में एक किसान नेपाल पांडेजी के घर 5 जुलाई, 1898 को हुआ। वे अपने माता-पिता की इकलौती संतान थे। जब वे 8-10 वर्ष के थे, तभी उनका पूरा परिवार गोरखपुर के ही ग्राम जिंदापुर में आकर रहने लगा और वहीं उनका पालन-पोषण व शिक्षा-दीक्षा हुई। उस जमाने में उन्होंने हाई स्कूल तक शिक्षा प्राप्त की थी। अपनी शिक्षा के दौरान ही ब्रिटिश हुकूमत की ज्यादतियों की कहानी सुनकर अंग्रेजों के विरुद्ध प्रतिशोध की ज्वाला उनके अंदर सुलगने लगी।

सन् 1920 में महात्मा गांधी तथा भारतीय राष्ट्रीय कांग्रेस के नेतृत्व में असहयोग आंदोलन चलाया गया था। इस आंदोलन ने भारतीय स्वतंत्रता आंदोलन को एक नई जागृति प्रदान की। गांधीजी का मानना था कि ब्रिटिश हाथों में न्याय मिलना असंभव है, इसलिए उन्होंने ब्रिटिश सरकार से राष्ट्र के सहयोग को वापस लेने की योजना बनाई और इस प्रकार असहयोग आंदोलन की शुरुआत की गई। जब गांधीजी असहयोग आंदोलन के दौरान गोरखपुर आए तो द्वारिका प्रसाद पांडेजी उनसे काफी प्रभावित हुए, जिसके बाद उन्होंने कांग्रेस पार्टी में एक सक्रिय कार्यकर्ता के रूप में सदस्यता ग्रहण की।

सन् 1922 में जब गांधीजी के नेतृत्व में असहयोग आंदोलन जगह-जगह चल रहा था, तभी पार्टी की तरफ से बताया गया कि आपको अपने क्षेत्र के तमाम क्रांतिकारियों को इकट्ठा करके चौरी-चौरा बाजार में आंदोलन करना है। चूँकि इस आंदोलन में पूरे

गोरखपुर में वे 23 वर्षीय युवा थे, इसलिए आंदोलन में उन्हें एक प्रमुख भूमिका दी गई।

4 फरवरी, 1922 को स्वतंत्रता संग्राम सैनानियों ने एक जुलूस निकाला, जो चौरी-चौरा थाने से होकर गुजर रहा था। अंग्रेजी पुलिस ने उस जुलूस को रोकने के लिए थाने के सामने सड़क पर पुलिस फोर्स लगा दी। उसी दौरान थाना इनचार्ज गुप्तेश्वर सिंह ने भगवानदास नाम के कार्यकर्ता को थप्पड़ मार दिया, साथ ही उनके हाथ से तिरंगा झंडा छीन लिया और उसे तोड़कर जमीन पर फेंक दिया। इससे क्रांतिकारियों का खून खौल उठा। अंग्रेजी पुलिस हवाई फायर करते हुए लाठीचार्ज व कोड़े बसराने लगी, किंतु क्रांतिकारियों की दीवानगी थमने का नाम नहीं ले रही थी, तब अंग्रेजी पुलिस ने उपस्थित भीड़ पर सीधा हवाई फायर कर गोलियाँ बरसानी शुरू कर दीं।

इस घटना में तीन स्वतंत्रता संग्राम सेनानी मौके पर ही शहीद हो गए और 50 से ज्यादा लोग जख्मी हो गए। उसी दौरान उनके बाएँ पैर में 3 गोलियाँ लग गईं और वे बहुत बुरी तरह से जख्मी हो चुके थे। उधर अंग्रेजों की गोलियाँ जब खत्म हो गईं तो वे थाने की ओर भागे और अंदर जाकर छिप गए। गुस्साए क्रांतिकारियों ने मिट्टी का तेल छिड़ककर थाने में आग गया दी। लेकिन जब द्वारिका प्रसाद पांडेय का पता चला कि थाना इनचार्ज गुप्तेश्वर सिंह की गर्भवती पत्नी भी थाने के अंदर ही फँस गई है तो मानवता का परिचय देते हुए उन्होंने अपने सहयोगियों से कहकर उसे बाहर निकलवाकर उसकी जान बचा ली। इतने में थाना धू-धू कर जलने लगा और 23 पुलिसकर्मी जलकर राख हो गए।

पैर में 3 गोलियाँ लगने के बाद वे बुरी तरह से जख्मी हो चुके थे, इसके बावजूद उनके अंदर देशभक्ति का ऐसा जुनून सवार था कि वहाँ से घिसटते हुए वे अपने साथियों के साथ चौरी-चौरा रेलवे स्टेशन पहुँचे और वहाँ तिरंगा झंडा फहराने का जज्बा दिखाया, इतना ही नहीं, चौरी-चौरा पोस्ट ऑफिस पर भी तिरंगा फहराकर ब्रिटिश हुकूमत को उन्होंने मुँहतोड़ जवाब दिया। चौरी-चौरा कांड द्वारा जहाँ क्रांतिकारियों ने अंग्रेजी हुकूमत को हिलाकर रख दिया, वहीं दूसरी ओर पुलिस प्रदर्शकारियों की पहचान कर उनके खिलाफ ताबड़तोड़ मुकदमे दर्ज कर उन्हें पकड़ने लगी। कुछ मुखबिरों की सूचना पर द्वारिका प्रसाद पांडेय को भी गिरफ्तार कर लिया गया। इस पूरे कांड में सबसे पहली गिरफ्तारी उन्हीं की हुई और गिरफ्तार होनेवालों में वे सबसे कम उम्र के क्रांतिकारी थे। इसके बाद पुलिस ने कुल 231 लोगों के खिलाफ आरोप-पत्र तैयार किया, जिसमें 228 लोगों को गिरफ्तार कर उनके खिलाफ मुकदमा चलाया गया। 9 जनवरी, 1923 को कुल 172 लोगों को फाँसी की सजा सुनाई गई, जिसमें ज्यादातर लोगों को मदनमोहन मालवीयजी ने वकालत कर उन्हें फाँसी की सजा होने से बचा लिया। लेकिन सन् 1923 में 2 से 11 जुलाई के बीच 19 क्रांतिकारियों को अलग-अलग जेलों में रखकर फाँसी दे दी गई।

उधर फाँसी की सजा की सूची में उनका भी नाम शामिल था, चूँकि चौरी-चौरा कांड के वक्त उनके पैर में 3 गोलियाँ लगी हुई थीं और उसी दौरान थाना इनचार्ज की गर्भवती पत्नी की जान बचवाकर उन्होंने एक मानवता का परिचय दिया था। इन्हीं बातों को संज्ञान में लेते हुए मालवीयजी ने उनकी अपील इलाहाबाद हाईकोर्ट में दाखिल की, जिसके दौरान उनका ट्रायल सेशन कोर्ट में चलने लगा।

करीब 6 साल का लंबा ट्रायल चला। उस दौरान उन्हें 18 महीने गोरखपुर जेल, 18 महीने जौनपुर जेल तथा 3 साल नैनी सेंट्रल जेल 'इलाहाबाद' में रखा गया। चूँकि वे अंग्रेजी कानून के खिलाफ थे, इसलिए जेल के अंदर भी वे अंग्रेजी कानून का पालन नहीं करते थे। यही कारण था कि नैनी सेंट्रल जेल में उन्हें 3 साल तक नजरबंद कर छोटी सी अँधेरी कोठरी में बंद रखा गया, जहाँ केवल खाना अंदर देने की ही थोड़ी सी जगह हुआ करती थी।

जेल में हर रोज अनेक प्रकार की असहनीय यातनाएँ उनको दी जाती थीं। उस समय जेल के कैदियों के लिए जिस आटे से रोटियाँ बनाई जाती थीं, उसे पैरों से गूँधा जाता था। उन्होंने उसका विरोध किया और 52 दिन तक अनशन पर बैठ गए, जिसके बाद अंग्रेजी हुकूमत को उनकी बात माननी पड़ी और तभी से देश की अन्य जेलों में भी पैर से आटा गूँधने के नियम को बदला गया।

छह साल जेल में सजा काटने के बाद कोर्ट ने उनको फाँसी की सजा के बजाय 16 साल कालेपानी की सजा सुनाई, जिसके बाद उनको उत्तर प्रदेश से अंडमान-निकोबार की राजधानी पोर्ट ब्लेयर स्थित सेल्युलर जेल में भेजा गया। यहाँ से कैदियों का जिंदा वापस आना बड़ा ही मुश्किल होता था। सेलूलर जेल में भी उन्हें तरह-तरह की यातनाएँ झेलनी पड़ीं। इसी जेल में रहकर उन्होंने 'सेवा सदन' दातव्य औषधालय (होम्यो) से डॉक्टरी की डिग्री हासिल की। इसके बाद सन् 1943 में कालापानी की सजा पूरी होने बाद उन्हें रिहा कर दिया गया।

बाईस साल की कड़ी सजा काटने के बाद जब वे जेल से वापस घर आ रहे थे तो यह खबर सुनकर आसपास क्षेत्र के लोग उन्हें देखने के लिए मानीराम रेलवे स्टेशन पर सैकड़ों की संख्या में जमा हो गए। जैसे ही वे स्टेशन पर उतरे, लोगों ने उन्हें अपने कंधों पर उठा लिया और नारे लगाने लगे। उधर थोड़ी दूरी पर कुछ लोग एक बुजुर्ग महिला की लाश को अपने कंधे पर रखकर अंतिम संस्कार करने के लिए ले जा रहे थे। तभी किसी ने बताया कि आप इतने सालों बाद घर वापस आए हैं और सामने किसी लाश का गुजरना शुभ माना जाता है। उनको यह पता नहीं था कि किसके घर की महिला की लाश है। जब उन्होंने पूछा तो पता चला कि वह लाश किसी और की नहीं, बल्कि उनकी माताजी की ही थी। उनकी आँखों से आँसू रुकने का नाम नहीं ले रहे थे, क्योंकि वे अपनी

माँ के इकलौते पुत्र थे। लेकिन ईश्वर ने भारतमाता के इस वीर सपूत को अपनी माँ का अंतिम संस्कार करने का सौभाग्य प्राप्त करा दिया।

सन् 1945 में श्रीमती दर्शन देवी से उनकी शादी हुई। उस समय देश में 'भारत छोड़ो आंदोलन' चल रहा था। अंग्रेजी हुकूमत को पूरी तरह से उखाड़ फेंकने के लिए जगह-जगह मुहिम चलाई जा रही थी। धीरे-धीरे वह दिन आ ही गया, जब अंग्रेजों को भारत छोड़कर जाना पड़ा और 15 अगस्त, 1947 को हमारा देश आजाद हो गया।

पांडेजी को जमीन-जायदाद से कोई मोह नहीं था, इसलिए सन् 1950 में भारत सरकार द्वारा उनको नैनीताल में 60 एकड़ जमीन खेती के लिए दी जाने लगी तो उन्होंने यह कहते हुए लेने से इनकार कर दिया कि किसी जरूरतमंद को वह जमीन दे दी जाए। इतना ही नहीं, अपनी खुद की 7 एकड़ खेती योग्य जमीन विनोबा भावे को उन्होंने दान कर दी।

15 अगस्त, 1972 को प्रधानमंत्री श्रीमती इंदिरा गांधीजी ने उन्हें दिल्ली आमंत्रित किया और ताम्रपत्र देकर सम्मानित किया। सन् 1977 में जब मोरारजी देसाईजी की सरकार बनी तो अंडमान-निकोबार की सेल्युलर जेल, जहाँ उन्हें 16 साल कालापानी की सजा हुई थी, उसे शहीद स्मारक घोषित कर दिया गया। चूँकि उन्होंने जेल में ही रहकर डॉक्टरी की डिग्री हासिल कर रखी थी, अत: अपने घर पर ही दवाखाना खोलकर वे जीवन की अंतिम साँस तक गरीबों का नि:शुल्क इलाज करते रहे।

27 दिसंबर, 1981 को सुबह 9:29 बजे अपने निवास स्थान ग्राम जिंदापुर में उन्होंने अंतिम साँस ली। उनकी मृत्यु की खबर जब इंदिराजी को मिली तो उन्होंने शोकसभा में ही चौरी-चौरा को शहीद स्मारक बनाने की घोषणा कर दी।

**स्रोत :** साभार श्री एस.पी. पांडेजी पुत्र स्व. द्वारिका प्रसाद पांडे एवं श्री ज्ञान पांडेजी पौत्र स्व. द्वारिका प्रसाद पांडे से प्राप्त साक्षात्कार

□

# 14

# श्री रंजीत सिंह उर्फ बाबाजी

*"लाए हैं तूफान से कश्ती निकाल के।*
*इस देश को रखना मेरे बच्चों सँभाल के।"*

यह केवल किसी गीत के बोल ही नहीं, अपितु राष्ट्र की अस्मिता और उसके लिए संघर्ष करनेवाले महान् सेनानियों के सिद्धांतों एवं सरोकारों से जुड़ाव का अहसास भी है। यही अहसास अपनी मातृभूमि और उसके स्वाभिमान के लिए हमेशा से देश-प्रेमियों और राष्ट्रनायकों को अमर बलिदान के लिए प्रेरित करता रहा है। भारत मनीषियों, विद्वानों तथा सत्य एवं न्याय के लिए लड़नेवाले सत्याग्रही सपूतों का देश है। भारतीय स्वतंत्रता के अमर सेनानी रंजीत (रणजीत) सिंह 'बाबाजी' भी उन्हीं में से एक थे।

श्री रंजीत सिंह उर्फ बाबाजी का जन्म 15 अगस्त, 1890 को ग्राम भट्ठी, पोस्ट लोहता, जनपद वाराणसी में पिता लक्ष्मी नारायण सिंह और माता पद्मावती देवी के घर हुआ था। उनकी प्रारंभिक शिक्षा घर और प्राथमिक विद्यालय में हुई थी। उस समय अंग्रेजों का राज था। उनकी ज्यादतियाँ बरदाश्त के बाहर हो रही थीं। जैसे-जैसे वे बड़े होने लगे, महात्मा गांधीजी के बारे में सुन-सुनकर उनसे गहरे तक प्रभावित होते चले गए। तोपों और तलवारों से नहीं, बल्कि 'सत्य और अहिंसा' जैसे हथियारों के साथ गांधीजी के आह्वान पर नौकरी छोड़कर वे आजादी की लड़ाई में कूद पड़े। सन् 1922, 1930, 1932, 1941, 1942 के आंदोलनों में वे कुल पाँच बार जेल गए।

आजादी की लड़ाई में पाँच बार की अविस्मरणीय जेल यात्राओं में उन्हें भारी यातनाओं के साथ 3 वर्ष 9 माह का सश्रम कारावास और 75 रुपए जुरमाने का भी भुगतान करना पड़ा था। जेल के अंदर डॉ. संपूर्णानंद, लोकबंधु राजनारायण, पं. कमलापति त्रिपाठी, निहाला सिंह जैसे सेनानियों के आदर के पात्र रहे 'बाबाजी' तबले की जगह तसले की थाप पर प्रतिदिन संध्या आरती और कीर्तन की अलख जगाते थे। भजन-कीर्तन और देशभक्ति के अमर गायक के रूप में सेंट्रल जेल में बंद कैदियों के साथ जेल स्टाफ भी उनका मुरीद हो गया था। इसी कारण जहाँ अन्य कैदियों को सुबह

काम पर लगना पड़ता था, वहीं 'बाबाजी' को जेल स्थित मंदिर में पूजा का कार्य दिया गया था। यहीं से उन्हें उप-नाम 'बाबाजी' मिला। 'बाबाजी' की गायकी 'गाइए गणपति जगवंदन' से प्रारंभ होती थी।

कठिन से कठिन दौर में भी कभी उन्हें क्रोधित और असहज होते नहीं देखा गया। लोग उनके सामने से ही उनका सामान उठा ले जाते और वे 'श्री राम धुन में जब तक मन तू मगन न होगा' गाने में विभोर रहते थे। उनके इस स्वभाव से उनके सेनानी साथी भलीभाँति परचित थे। 'सत्य और निष्ठा' की इस प्रतिमूर्ति को राष्ट्रीयता के प्रचार-प्रसार में लगी संस्थाओं ने भी अपने-अपने तरीके से आजीवन सम्मान दिया। जिसमें खादी ग्रामोद्योग संस्थान सेवापुरी द्वारा प्रत्येक छमाही बाबाजी के लिए खादी के वस्त्रों को सम्मान-पत्र के साथ ताउम्र भेजना एक प्रेरणदायी उदाहरण है।

सन् 1922 से आजीवन खादी धारण करने एवं 1930 (नमक सत्याग्रह) से नमक न खाने की प्रतिज्ञा उनके सत्याग्रही होने के उदाहरण हैं। उनका अनुसरण कर सैकड़ों लोग सत्याग्रही हो गए। उनके प्रतिदिन के धार्मिक अनुष्ठानों एवं राष्ट्रीयता के भाव से पूर्ण प्रेरणादायी संकल्पों ने उनके जीवन को मानवता का महायज्ञ बना दिया था। कहा जाता है कि कर्म ही पूजा है, पर पल-पल, छिन-छिन के धर्मनिष्ठ जीवन को 'बाबाजी' ने ऐसे जिया कि उनके दैनिक कार्यों में यह तय करना मुश्किल कि वे कर्म कर रहे हैं या पूजन। सोते वंदना, जागते वंदना, चारपाई से उतरते वंदना, धरती पैर रखते वंदना, नहाते वंदना, खाते वंदना, घर से निकलते और बाहर से आते वंदना, सबकुछ समयबद्ध और लयबद्ध। समस्याएँ और संघर्ष उनके जीवन के अंग थे, पर वे इससे बेखबर तो नहीं, बेपरवाह जरूर थे, क्योंकि 'होइहिं सोई जो राम रचि राखा' तथा 'एक भरोसो एक बल, एक आस, विश्वास' कहकर वे सभी के सिर का बोझ हलका कर दिया करते थे।

वे बिना घड़ी देखें पल, क्षण, घड़ी, मिनट, घंटा की गणना अँधेरी रात में भी बिल्कुल सटीक करते थे, जैसे उनके दिमाग में कोई घड़ी समाई हो, उनके भगवद्भक्ति, राष्ट्र-भक्ति, मस्ती और स्मरणशक्ति का कोई सानी नहीं था। जिसे एक बार देख लेते, कभी नहीं भूलते। उनके जीवन को संक्षेप में पढ़ना-सुनना हो तो निम्नांकित सार सूत्रों को पैमाना बनाया जा सकता है—

(1) अडिग राष्ट्रधर्मी,
(2) भगवद् भक्त एवं धर्म में अचल आस्था,
(3) सत्य व अहिंसा का आचरण,
(4) सर्व मंगल की कामना,
(5) निश्छलता एवं निर्भीकतापूर्ण सहजता।

वे आजादी में सत्य और अहिंसा के मार्ग को 'वसुधैव कुटुम्बकम्' के लक्ष्य तक

पहुँचानेवाला मार्ग बताते थे। उनका मानना था कि आक्रामकता दुश्मन को दबा देता है, पर बदले की भावना को सौ गुना बढ़ा देता है। हिंसा कुछ समय के लिए कृतिम शांति ला देती है, पर स्थायी शांति का स्रोत अहिंसा ही है। अहिंसा की ताकत हिंसा से करोड़ गुना अधिक है, जो धैर्य और अडिग विश्वास के बिना संभव नहीं है। वृहद अनुकूलता व बहुमुखी अवसरों के इस युग में प्रतिकूल परिस्थिति में इस महामानव का जीवन-दर्शन आज भी पथ के द्वीप की तरह हमारा मार्गदर्शन कर रहा है।

काशी विद्यापीठ ब्लॉक मुख्यालय परिसर स्थित 'कीर्ति स्तंभ' में बाबाजी के बारे में अंकित है। सन् 1972 में तत्कालीन प्रधानमंत्री इंदिरा गांधी द्वारा पच्चीसवें स्वतंत्रता दिवस पर ताम्रपत्र देकर किया गया सम्मान स्वतंत्रता संग्राम में उनके योगदान को रेखांकित करता है।

उन्होंने अपने जीवन में महात्मा गांधी के आदर्शों को उतार लिया था। बाबाजी का हर एक कर्म दूसरों को शिक्षा देता था। जीवन भर लोगों के लिए आदर्शों का स्तंभ बनाते हुए बाबाजी 24 नवंबर, 1986 को सांसारिक लीला पर पूर्ण विराम लगाकर अपनी अनंत की यात्रा की ओर अग्रसर हो गए।

*स्रोत : साभार श्री अरविंद कुमार सिंह पौत्र स्व. रंजीत सिंह उर्फ बाबाजी*
*निवासी : ग्राम भट्ठी, पोस्ट लोहता जनपद वाराणसी*

□

# 15

# राजनारायण मिश्र

लंबी छरहरी काया, गेहुँआ रंग, अधखुली आँखें, पतली मूँछें और चौड़ी छाती। 9 दिसंबर, 1944 को लखनऊ में 'इनकलाब जिंदाबाद' का उद्‍घोष करते हुए शहादत का वरण करनेवाले क्रांतिकारी राजनारायण मिश्र का हुलिया कुछ ऐसा ही था।

शहीद राजनारायण मिश्र का जन्म लखीमपुर खीरी जिले में कठिना नदी के किनारे स्थित भीषमपुर गाँव में संवत् 1976 के माघ महीने की पंचमी को हुआ था, जिसे 'बसंत पंचमी' भी कहा जाता है।

वे बलदेव प्रसाद मिश्र के पुत्र थे और दो साल के होते-होते उन्होंने अपनी माँ तुलसी देवी को खो दिया था। उनकी माँ यों तो खासी जीवटता की धनी वीरांगना थीं।

बड़ी बहन के लालन-पालन में होश सँभालते ही राजनारायण ने पाया कि उनके गाँव के लोगों का जीवन उसके बगल से बहती नदी के नाम जैसा ही कठिन है। उनके पिता के पास जो थोड़ी सी कृषिभूमि थी, उसकी आय से परिवार का निर्वाह मुश्किल था।

थोड़े और समझदार हुए तो उन्होंने देखा कि जो दुर्दशा उनके गाँव की है, वही सारे देश की है और इसका सबसे बड़ा कारण हर किसी की छाती पर सवार अंग्रेजी साम्राज्य है। उनके ही शब्दों में कहें तो 'इसी गरीबी से परेशान होकर मैंने अपनी जान की बाजी लगाई, ताकि देश आजाद हो, हम भी आनंद से रहें।'

उन दिनों चल रहे आजादी के अनेकानेक आंदोलनों में सहभागिता की बेचैनी उन्हें कई स्थलों पर ले गई, लेकिन उनके भीतर के जोश और जज्बे ने जल्दी ही उन्हें समझा दिया कि इस साम्राज्य से सशस्त्र प्रतिरोध के बिना बात कतई बननेवाली नहीं है।

23 मार्च, 1931 को शहीद-ए-आजम सरदार भगत सिंह की शहादत के बाद उन्होंने उनको अपना आदर्श मानकर साम्राज्य-विरोधी सशस्त्र प्रतिरोध को संगठित करने के जो प्रयत्न शुरू किए तो 9 दिसंबर, 1944 को सुबह छह बजे अपने गले में फाँसी का फंदा कसने तक उसमें प्राणपण से लगे रहे, बिना थके और बिना पराजित हुए।

भगत सिंह के अलावा उत्तर भारत में क्रांतिकारी दल के नेता योगेशचंद्र चटर्जी और

झारखंडे राय भी उनकी प्रेरणा के स्रोत थे, जो उनके साथ ही लखनऊ जेल में सजा काट रहे थे। इन दोनों से जेल के अंदर-ही-अंदर उनका पत्र-व्यवहार हुआ करता था।

राजनारायण मिश्र 'रिवोल्यूशनरी सोशलिस्ट पार्टी' के सिद्धांतनिष्ठ सिपाही थे और उसके भविष्य में उनका अगाध विश्वास था। उन्होंने छुटपन में ही अपने गाँव में 40 बच्चों की अंग्रेज विरोधी 'वानर सेना' बना ली थी, जिसके कई सदस्य बाद में सशस्त्र अभियानों तक उनके साथ रहे।

आगे चलकर उन्होंने 'मातृवेदी' नाम की पार्टी भी बनाई। शुरू में जिसके पाँच ही सदस्य थे और उन्होंने खुद को 14 नियमों व तीन प्रतिज्ञाओं में बाँध रखा था। 'बम पार्टी' की सदस्यता पाने के लिए वे 184 रुपए में उपलब्ध हो रहा रिवॉल्वर नहीं खरीद सके तो 23 दिसंबर, 1940 को उन्नाव में थानेदार के पद पर तैनात अपने मामा के बेटे का सरकारी रिवॉल्वर उठा लाए।

रिवॉल्वर कांड में फँसने से बचने के लिए वे उसकी चोरी की रिपोर्ट दर्ज होने से पहले ही 6 जनवरी, 1941 को भड़काऊ भाषण देकर जेल चले गए थे। तब उन्हें डी.आई.आर. में एक साल की सजा हुई, जिसे सीतापुर व बदायूँ आदि जेलों में काटकर वे 1 दिसंबर, 1941 को छूटे थे।

1942 के आंदोलन में उन्होंने पाया कि आंदोलन के कार्यक्रमों को जनता के बीच ले जाना अति महत्त्वपूर्ण है तो उन्होंने और उनके भाई ने अपने तरीके से इसका बीड़ा उठाया तथा जनता से खुले विद्रोह का आह्वान किया।

चूँकि वे अरसे से किसानों के बीच रहकर उन्हें सशस्त्र प्रतिरोध के लिए संगठित कर रहे थे, इसलिए उनका विश्वास था कि अपने संचित समर्थन की शक्ति से सरकारी प्रतिष्ठानों पर कब्जा करके कम-से-कम अपने जिले से तो ब्रिटिश साम्राज्यवाद को उखाड़ ही देंगे।

इसके लिए तय योजना के तहत राजनारायण को हथियार एकत्र करने की जिम्मेदारी मिली तो 14 अगस्त, 1942 को वे अपने आठ सदस्यीय दल के साथ बंदूकें इकट्ठी करने निकल पड़े। उनके पास सोलह बंदूकधारियों की सूची थी और उन सबसे उसी दिन उनकी बंदूकें ले लेने का उन्होंने लक्ष्य निर्धारित कर रखा था।

पत्नी विद्यावती से उन्होंने कहा कि मैं औपचारिक गिरफ्तारी देकर देश के प्रति अपने वास्तविक फर्ज से मुँह नहीं मोड़ना चाहता, इसलिए असली मोर्चे पर जा रहा हूँ तो विद्यावती ने उनकी आरती उतारी और कहा, 'निश्चिंत होकर जाइए। अपने अभियान में देश के काम आ गए तो वह भी मेरा सौभाग्य ही होगा।'

उनके दल ने चार बंदूकें बिना प्रतिरोध हासिल कर लीं, लेकिन महमूदाबाद रियासत की तहसील के कोठार पर कब्जा करके उसके जिलेदार की बंदूक हथियाने और रिकॉर्ड

जलाने के ऑपरेशन में गलती से चली गोली से जिलेदार के मारे जाने के बाद कार्यक्रम बीच में स्थगित हो गया।

पुलिस द्वारा जिंदा या मुर्दा पकड़ने की कवायदों के बीच भूमिगत राजनारायण कुछ दिनों बाद छिपते-छिपाते दिल्ली चले गए और हाल व हुलिया बदलकर वहाँ के स्वतंत्रता संघर्ष में भूमिका निभाने लगे। वहीं उन्हें खबर मिली कि अंग्रेजों ने उनके पूरे गाँव को फुँकवा दिया और सोलह घरों को खुदवाकर वहाँ नमक छिड़कवा दिया। इन सोलह घरों में एक घर उनका खुद का भी था। सारे गाँववालों की गृहस्थियाँ और खेत जब्त कर लिये गए।

महमूदाबाद कांड में सोलह लोगों पर मुकदमा चला, जिनमें राजनारायण समेत छह तो पकड़े ही नहीं जा सके, लेकिन दस को विशेष अदालत से 38-38 साल की सजा हुई।

दूसरी ओर राजनारायण नकली नाम व परिचय के साथ 28 सितंबर, 1942 को नागपुर में दफा 129 में पकड़े गए और दो महीने जेल में रहे। छूटे तो दिल्ली चले आए और आर्य समाज में शामिल हो गए।

दिल्ली वापस लौटने और पुलिस द्वारा पकड़ लिए जाने पर उन्हें दफा 188 में अगले छह महीने दिल्ली व फिरोजपुर की जेलों में काटने पड़े। लेकिन उनके जीवन नाटक की असल पटकथा लिखी जानी अभी बाकी थी। 15 अक्तूबर, 1943 को वे मेरठ के गांधी आश्रम से जुड़ाव की इच्छा लेकर उसके खादी भंडार के प्रबंधक श्यामवीर सिंह से मिले और उन पर विश्वास करके उन्हें अपना असली नाम-पता व काम बता बैठे।

इस विश्वास के साथ छल हुआ और अंग्रेज खुफिया पुलिस ने उन्हें पकड़ लिया। उन जालिमों ने उन्हें इतनी यातनाएँ दीं कि मरना जीने से बेहतर लगने लगा। तीन दिन और तीन रात उन्हें सोने नहीं दिया गया, बर्फ की सिल्लियों पर लिटाया गया और गुप्तांगों में मिर्च ठूँस दी गईं तथा 26 नवंबर को चालान काटकर लखीमपुर भेज दिया गया।

वहाँ लोअर कोर्ट ने 27 जून को अपराह्न तीन बजे उन्हें फाँसी की सजा सुनाई तो उन्होंने 'इनकलाब जिंदाबाद' का नारा लगाया। पहली जुलाई को उन्हें लखनऊ जेल में स्थानांतरित कर दिया गया। बाद में चीफ कोर्ट ने भी उनकी सजा पर मुहर लगा दी, अलबत्ता प्रिवी काउंसिल में अपील की मोहलत दी गई। लेकिन मोहलत रहते अपील हो ही नहीं पाई, क्योंकि इसके लिए पर्याप्त धन नहीं था। उनकी पत्नी विद्यावती ने जेवर बेचकर दो सौ रुपए जुटाए, लेकिन अपील के लिए उस वक्त चौर सौ रुपए की जरूरत थी।

राजनारायण मिश्र क्षमायाचना कर लेते तो उनकी फाँसी टल सकती थी। पर वे इसके लिए तैयार नहीं हुए, जबकि उनकी पत्नी विद्यावती और बच्चों की दुर्दशा उन्हें

फाँसी लगने से पहले ही शुरू हो गई थी। न मायके वाले उन्हें शरण देने को तैयार थे, न ससुराल वाले हक देने को। वे समझ नहीं पा रही थीं कि अपने बच्चों के साथ कहाँ जाएँ और क्या करें?

राजनारायण के पास इसका एक व्यावहारिक समाधान था कि विद्यावती आर्य समाज की रीति से पुनर्विवाह कर लें। पर एक क्रांतिकारी के तौर पर वे उन पर अपनी मर्जी कैसे थोप सकते थे? तब झारखंडे राय ने विद्यावती और बच्चों को वर्धा के महिला आश्रम भेजने का सुझाव दिया और किसी तरह उनके गुजर-बसर का इंतजाम हो पाया।

फाँसी के एक दिन पहले विद्यावती जेल जाकर अपने पति से मिली थीं। थोड़ी ही देर बाद योगेशचंद्र चटर्जी, झारखंडे राय और दो अन्य साथी उनसे भेंट करने काल-कोठरी में गए, तो सबने उन्हें बलिदानी धुन में मगन, प्रसन्न और गौरव से भरा हुआ पाया, मृत्यु के भय से पूरी तरह मुक्त, निश्चिंत, लापरवाह और खिलखिलाते।

अरसा पहले से वे सपना देखते आ रहे थे कि जेल के सारे साथी प्रेम के फूल चुनकर उन्हें उनके हार पहना रहे हैं। वे फाँसी की गारद से बिना हथकड़ी के निकाले जाते तो जो भी उन्हें देखता, देखता रह जाता।

आर.एस.पी. को वे एकमात्र क्रांतिकारी पार्टी मानते थे। उनके मुताबिक हिंदुस्तान सोशलिस्ट रिपब्लिकन एसोसिएशन का चंद्रशेखर आजाद की शहादत के बाद 22 जनवरी, 1939 को आर.एस.पी. में विलय हो गया था।

वे हिंदुस्तान सोशलिस्ट रिपब्लिकन एसोसिएशन के विघटन से पैदा हुए शून्य को आर.एस.पी. के माध्यम से भरना चाहते थे और उसके वैचारिक व सैद्धांतिक आधारों को लेकर अपने अंतिम दिनों तक प्रश्नाकुल थे।

राजनारायण ने अपने जिले के उत्कट क्रांतिकारी बाबूराम चोटइया, जिनकी क्रांतिकारी गतिविधियों के लिए, जिनका नाम लखीमपुर खीरी के बच्चे-बच्चे की जुबान पर रहता था और जिन्होंने 38 साल की सजा भुगतकर उसकी कीमत चुकाई थी, को एक पत्र लिखा था—'मेरी समाधि बनवाना। वहाँ से आपको हृदय से सुनने में 'इनकलाब जिंदाबाद', 'सशस्त्र क्रांति जिंदाबाद' की सदाएँ हमेशा आएँगी।'

फाँसी चढ़ने से पहले उन्होंने योगेशचंद्र चटर्जी को दिए हुए खद्दर के वस्त्र और नारे लगाए—'इनकलाब जिंदाबाद', 'पंचायती हिंदोस्तान जिंदाबाद', 'अंग्रेजी साम्राज्यवाद का नाश हो।' उन्होंने एक क्रांतिकारी तराना भी गाया था।

सजा सुनाए जाने के बाद उन्होंने जेलर से अपनी एक ही इच्छा जताई थी कि लटका दिए जाने पर मृत्यु के बाद उनका पार्थिव शरीर भारतमाता की आजादी के लिए जेल में बंद राजबंदी ही उतारें।

इन पत्रों में से एक में राजनारायण मिश्र ने लिखा है—"हमें ऐसा उपाय करना

चाहिए कि प्रतिक्रियावादी हमारे बलिदान का प्रयोग न कर सकें। हमें ऐसे दस आदमी ही चाहिए, जो त्यागी हों और देश की खातिर अपनी जान की बाजी लगा सकें। वे कई सौ आदमी नहीं चाहिए, जो लंबी-चौड़ी हाँकते हों और अवसरवादी हों। हर देशवासी का फर्ज है कि वह अपने सामर्थ्य के अनुसार देश की आजादी की लड़ाई में भाग ले। मैंने वही किया। पूँजीपति चाहे जिस जगह पर हों, कांग्रेस में हों या और कहीं, उन्हें मिटाने में कोई कोर-कसर न रखें।"

रिवोल्यूशनरी सोशलिस्ट पार्टी के इस सिद्धांतनिष्ठ सिपाही राजनारायण मिश्र, जिसे जिला जेल में फाँसी दी गई थी, ने उसी दौरान जेल से अपने मित्र झारखंडे राय को यह पत्र लिखा, जो आज भी इस देश के नौजवानों के लिए पथ-प्रदर्शक है—

"आपका समाचार मिला। मेरे घर से पत्र आया था। नियमों (प्रिवी काउंसिल संबंधी) के कागज वहाँ पहुँच गए, परंतु काफी समय बाद पहुँचे। मेरी अपील का प्रबंध कुँवर खुशबख्त राय कर रहे हैं। पत्र में लिखा है—हमारे ससुर को बुलाया है। अगर पैसे के बारे में तय हो गया तो अपील हो जाएगी। पैसा जमा होने की नौबत नहीं मालूम होती। 400 रुपए मुझसे माँगते हैं, बाकी पैसा अपने पास से लगाने को कहते हैं। हमसे 400 रुपए तो दूर, 100 रुपए का भी प्रबंध नहीं हो सकता है। हम न तो 400 रुपए का प्रबंध कर पाएँगे और न अपील होगी। मेरी स्त्री के भाई मुलाकात करने आए थे। उनका कहना था कि कुँवर जो हमसे 400 रुपए माँगते हैं, हमारे पास इतना रुपया कहाँ से आए। उन्होंने मेरी स्त्री के जेवर बेचकर 200 रुपए उनके हवाले किए थे। कुँवरजी ने उसी में से 40 रुपए देकर चीफ कोर्ट फैसले की नकल के लिए लखनऊ भेजा था। एक वकील अर्जुन सिंह हैं। उन्हीं के पास जमा कर गए थे। कुँवरजी ने उनके नाम पत्र भी दिया था। न मुलाकात को कोई आया और न रुपया जमा हुआ। अब क्या होगा। 11 अक्तूबर तक मियाद थी। अब केवल एक दिन शेष है।

"मेरी समझ में नहीं आता, जबकि लोगों को मेरी दशा मालूम है, किसी से छिपी नहीं, फिर भी हमसे पैसों के लिए कहते हैं। हमने उन्हें साफ लिख दिया है—आप अपील न करें। मुझे इसी में आनंद है। माँ हमें बुलाती है। शीघ्र जाना है। हमारे साथी मिलने की बाट देख रहे हैं। माँ को जब तक मेरी सेवा लेनी थी, ली। अब मुझे अपने पास बुला रही है तो मुझे हँसते-हँसते जाना चाहिए। शीघ्र ही आप लोगों के बीच से जा रहा हूँ। मेरे हृदय में किसी प्रकार का दुःख नहीं है। आजादी के लिए मरनेवाले किसी के प्रति द्वेष-भाव नहीं रखते हैं। हँसते-हँसते बलिवेदी पर चढ़ जाते हैं। किसी के प्रति कोई कटु वाक्य नहीं कहते हैं। जानेवाले का कौन साथ देता है? आप लोग किसी तरह की चिंता न करें। माँ ने मुझे हँसने के लिए ही पैदा किया था। अंतिम समय में भी हँसता ही रहूँगा। यदि अगले सप्ताह तक रह गए तो फतेहगढ़ को पत्र लिखूँगा। भाई साहब (राम शिरोमणि) ने

सुपरिंटेंडेंट से आपसे मिलने के लिए कहा था। किसी से मिलने की आज्ञा नहीं है, अत: उन्होंने आपको भाई कहा था, अपनी बुआ का लड़का। सुपरिंटेंडेंट काफी देर तक पूछता रहा। आज्ञा तो दे दी है, किंतु जेलर ने कहा है—यदि राय की मुलाकात ड्यू होती तो मैं करा दूँगा। अब जेलर के हाथ में है। चाहेगा तो हम लोगों को आपके दर्शन हो जाएँगे।

"हम चाहते तो यही हैं कि आप सभी लोगों के दर्शन मुझे एक बार अंतिम समय में हो जाएँ तो अच्छा था। भाई राम तो इलाहाबाद चले गए। अच्छा है, उनके साथी भी वही हैं। हमें अपनों से बिछुड़ने का दु:ख भी है, साथ ही खुशी भी है। अपने घर के करीब पहुँच गए। वाह री मानवता! एक साथी दिया था, उसे भी मुझसे अलग कर दिया। साथी जा रहे हैं, जाएँ। मैं भी जा रहा हूँ। चंद दिनों का ही तो साथ रहता। मुझे अब आशा नहीं है कि आप लोगों के दर्शन भी हो पाएँगे। मेरी उत्कट इच्छा थी आपसे मिलने की, परंतु निरंकुश शासन जालिम सरकार के कारण आपके दर्शन न हो सकेंगे।

"देश आजाद हो, हम भी आनंद से रहें। मैं तो जा ही रहा हूँ। मेरा अंतिम संदेश देश के युवकों से यही है कि चाहे जिस जगह पर वे हों, कांग्रेस में हों या कहीं और, मर-मिटने में कसर न रखें।

"भाईसाहब, आजकल आपकी ही तरह मैं भी अपने को आप ही के पास पाता हूँ। सोता हूँ तो यही देखता हूँ कि आप सभी साथी प्रेम के फूल चुन-चुनकर मुझे हार पहना रहे हैं। आपने सफेद कपड़े भेंट किए हैं। सभी साथी मुझे हृदय से लगा रहे हैं। मेरे माथे पर रोचना लगा रहे हैं। मुझे बलिवेदी पर चढ़ने को विदा कर रहे हैं। मैं एक बहुत ही शांत पथिक के रूप में नजर आता हूँ। सामने एक नदी है और आप सभी मुझे नाव पर चढ़ा देते हैं। देखते-ही-देखते मैं आपके सामने से ओझल हो गया। मैं एक नवीन स्थान में पहुँच गया हूँ। मैं चारों ओर आश्चर्य से देख रहा हूँ। यकायक देखता हूँ कि हजारों नौजवान साथी हँसते-हँसते चले आ रहे हैं। वे मुझे घेर लेते हैं। उन सभी लोगों ने देश का हाल तथा शहीद वृक्ष के बारे में पूछा। मैंने आप सभी साथियों का संदेशा कहा और कहा कि आप लोगों का लगाया पेड़ बराबर बढ़ रहा है। वीर साथी अपने खून से उसे सींचते जा रहे हैं। आशा है कि आपके पेड़ में बहुत शीघ्र ही मधुर फल लगेंगे। उनको खाकर देशवासी बहुत आनंद मनाएँगे और आपको आशीर्वाद देंगे।

"मैं तो आजकल यही देखता रहता हूँ। जागता हूँ तो इसी भावी आनंद से गुजरता हूँ। शहीदों के नारे कानों में गूँजा करते हैं। यहाँ पर जो साथी (राम शिरोमणि) हैं, उनसे कई बार मैंने अपने स्वप्न की बातें कही हैं। मुझे 18 तारीख के अंदर किसी-न-किसी दिन फाँसी लग जाएगी। हम उनका संदेशा अमर शहीदों के पास लेकर जा रहे हैं।"

□

# 16

# श्रीमती कुसुम लता

देश के प्रति कर्तव्यनिष्ठ श्रीमती कुसुम लता का जन्म 17 सितंबर, 1904 को हुआ था। उनके पिता का नाम श्री कस्तूरी देवी था। उनका पालन-पोषण पाश्चात्य सभ्यता के बीच हुआ, क्योंकि उन दिनों उनके पिता मिलिटरी के ठेकेदार थे। उन्होंने मिशन स्कूल से पाँचवीं कक्षा तक शिक्षा प्राप्त की। विवाह के पश्चात् व्यक्तिगत परीक्षार्थी के रूप में प्रभाकर एवं साहित्य रत्न की परीक्षा उत्तीर्ण की।

सन् 1917 में उनका विवाह राधामोहनजी के साथ हुआ, जोकि उस समय मेरठ कॉलेज में पढ़ रहे थे। 1920 में उन्होंने असहयोग आंदोलन में भाग लेने के लिए अपनी पढ़ाई छोड़ दी। पति की प्रेरणा से श्रीमती कुसुम लता भी आंदोलन में भाग लेने आगे आईं। सन् 1930-32 के सविनय अवज्ञा आंदोलन में उन्होंने सक्रिय रूप से भाग लिया। वे महिला सत्याग्रह समिति की अध्यक्ष चुनी गईं। उन्होंने विदेशी वस्त्रों की दुकानों पर धरना देकर महिला सत्याग्रह समिति की मोहर लगाई और उनसे यह प्रतिज्ञा करवाई कि वे भविष्य में न तो विदेशी वस्त्र मँगाएँगे और न ही बेचेंगे। महिलाओं के साथ घर-घर जाकर उन्होंने विदेशी वस्त्र एकत्र कर विदेशी वस्त्रों की होली जलाई।

आंदोलन के दूसरे दौर में दफा 144 के अंतर्गत सभाओं और जुलूसों पर प्रतिबंध लगा दिया गया। इस पर भी मेरठ में महिलाओं द्वारा कई जुलूस निकाले गए। इन जुलूसों में भाग लेने के कारण श्रीमती कुसुम लता को जुरमाने सहित 6 माह कैद की सजा मिली। उन्होंने जुरमाना न देकर अतिरिक्त सजा भुगतना स्वीकार किया। उन पर लगाए गए जुरमाने की वसूली के लिए पुलिस उनके घर से जेवर आदि उठा ले गई।

कारावास की अवधि में वे लखनऊ जेल में रहीं। उनके साथ आंदोलन में भाग लेनेवाली अग्रणी महिलाएँ थीं—श्रीमती उर्मिला शास्त्री, कमला चौधरी, प्रकाशवती सूद, सत्यवती, शांता, गिरिनार, दुलारी आदि। सन् 1941 में गांधीजी के नेतृत्व में व्यक्तिगत सत्याग्रह प्रारंभ हुआ। इस बार भी वे पीछे नहीं रहीं। युद्ध विरोधी नारे लगाकर सत्याग्रह

करने के कारण उन्हें जुरमाने सहित कैद की सजा मिली। उनकी पुत्री कुमारी वीर बाला एवं पुत्र वीरेंद्र कुमार भी सन् 1942 के भारत छोड़ो आंदोलन में जेल गए।

स्वतंत्रता आंदोलन में भाग लेने के साथ-ही-साथ उन्होंने परदा प्रथा, दहेज प्रथा, स्त्री शिक्षा, महिलाओं के अधिकार, हरिजनोद्धार और छुआछूत के विरुद्ध आवाज उठाई। जब उन्होंने स्वयं परदा त्यागा तो उनके ससुर यह कहकर अपना मुँह ढक लेते थे कि यदि बहू मुझसे परदा नहीं करेगी तो मैं उससे परदा करूँगा। बाद में उनके ससुर को अपनी गलती का अहसास हुआ। उन्होंने जाति-पाँति के भेदभाव को दूर करने पर बल दिया। अपने पुत्र एवं पुत्रियों के अंतरजातीय और दहेज रहित विवाह किए। वे गांधीवादी विचारधारा की थीं। वेदांत, गीता और उपनिषद् का गहन अध्ययन और मनन किया। सन् 1947 में देश की स्वाधीनता प्राप्ति पर उन्हें अति प्रसन्नता हुई। शरणार्थियों के सहायतार्थ उन्होंने धन एकत्र किया। उनका घर कांग्रेस की गतिविधियों का केंद्र बना रहा। अत्यधिक कार्य भार के कारण उनका स्वास्थ्य क्षीण हो चला था। सन् 1956-1959 तक वे अस्वस्थ रहीं। कैंसर रोग से पीड़ित होने के कारण 8 दिसंबर, 1959 को उनका स्वर्गवास हो गया।

*स्रोत : साभार स्व. कुसुमलता के पुत्र श्री वीरेंद्र कुमार गर्ग, 206 ठठेरी बाजार, मेरठ से पत्रोत्तर द्वारा प्राप्त जानकारी के आधार पर; 'स्वतंत्रता संग्राम के सैनिक', मेरठ, पृ. 17; 'द लीडर', 27 फरवरी, 1932; 'आज', 10 अप्रैल, 1941*

□

# 17

# पं. मुरलीधर शर्मा

स्वतंत्र भारत का हरेक व्यक्ति आज उन वीरों और महापुरुषों का ऋणी है, जिन्होंने अपना सबकुछ त्यागकर संपूर्ण जीवन देश की आजादी के लिए समर्पित कर दिया। भारतमाता के ये महान् सपूत आज हम सबके लिए प्रेरणा के स्रोत हैं। उनकी जीवन-गाथा हम सभी को उनके संघर्षों की बार-बार याद दिलाती है और प्रेरणा देती है। ऐसे ही महान् सपूतों में एक थे पं. मुरलीधर शर्मा।

उन्नाव जिले के दुबौली ग्राम में 1899 ई. में आषाढ़ बदी पंचमी दिन शनिवार को मुरलीधर शर्मा का जन्म पं. बच्चूलाल द्विवेदी व माता जानकी देवी के घर में हुआ था। उनके घर का माहौल काफी धार्मिक था, जिसके कारण सात वर्ष की अवस्था तक बाबा पं. अयोध्या प्रसाद द्विवेदी से उन्हें मौखिक रूप से धार्मिक शिक्षा बराबर मिलती रही। कुशाग्र बुद्धि के होने के कारण बाबा द्वारा बताई गई छोटी-छोटी बातें भी उन्हें याद रहीं।

सन् 1910 में उनके माता-पिता महामारी के कारण काल-कवलित हो गए। अनाथ हो जाने पर वे टेनई ग्राम में रहनेवाले चाचा पं. सालिग रामजी के पास चले गए और वहाँ से संस्कृत की शिक्षा प्राप्त किया। पं. देव नारायनजी द्वारा उनको 'सत्यार्थ प्रकाश' पुस्तक पढ़ने हेतु दी गई, जिसको पढ़कर उन्हें इस सत्य का अहसास हुआ कि मातृभूमि की सेवा करना ही सच्चा धर्म है। समय बीतता गया, आजादी के मतवालों की बातें एवं कहानियाँ सुन-सुनकर उनके अंदर भी देशप्रेम की भावना उफान लेने लगी।

अब उनके मन में देश के प्रति कुछ भी कर-गुजरने का जुनून जाग्रत् हो उठा। देशभक्ति की भावना से ओतप्रोत सन् 1921 में वे कांग्रेस के सदस्य बनकर असहयोग आंदोलन के प्रचार-प्रसार में जुट गए।

अंग्रेज हुक्मरानों की बढ़ती ज्यादतियों का विरोध करने के लिए महात्मा गांधी ने 1920 में एक अगस्त को असहयोग आंदोलन का आगाज किया था। आंदोलन के दौरान विद्यार्थियों ने सरकारी स्कूलों और कॉलेजों में जाना छोड़ दिया। वकीलों ने अदालत में जाने से मना कर दिया। कई कस्बों और नगरों में मजदूर हड़ताल पर चले

गए। शहरों से लेकर गाँव-देहात में इस आंदोलन का असर दिखाई देने लगा। सन् 1857 के स्वतंत्रता संग्राम के बाद असहयोग आंदोलन से पहली बार अंग्रेजी राज की नींव बुरी तरह हिल गई।

सन् 1925 में मुरलीधर शर्मा अखिल भारतीय कांग्रेस अधिवेशन में उन्नाव से प्रतिनिधि चुनकर भाग लेने के लिए कानपुर गए, जहाँ सुप्रसिद्ध स्वतंत्रता सेनानी पं. विश्वंभर दयाल त्रिपाठी के संपर्क में आने पर सन् 1930 से स्वतंत्रता-प्राप्ति के आंदोलनों में उनकी सक्रियता चरम पर पहुँच गई। विभिन्न आंदोलन में सक्रिय भूमिका निभाने के कारण वे अंग्रेजी हुकूमत की नजरों में आ गए, जिसके परिणामस्वरूप पहली बार उन्हें 6 माह की कैद तथा 75 रुपए का जुरमाना हुआ, जुरमाना अदा न करने पर उन्हें 24 बेंतों की सजा सुनाई गई तथा उनके घर का सामान भी कुर्क कर लिया गया। कारावास के दौरान उन्हें घोर यातनाओं का सामना करना पड़ा।

सन् 1932 में एक बार फिर लगान बंदी अभियान में प्रदर्शन का नेतृत्व करने के कारण पुलिस ने उन्हें गिरफ्तार कर जेल भेज दिया। उन्हें लखनऊ जेल में रखा गया। लखनऊ जेल से उन्हें बरेली जेल भेज दिया गया। 6 माह का कठोर कारावास झेलने के बाद भी उनके तेवरों में कोई कमी नहीं आई, उलटा तपकर सोने के समान और निखरने लगे। कारावास की यातनाओं को सहकर भी वे अडिग रहे। तन्हाई की सजा भी उन्होंने हँसते-हँसते काटी।

सन् 1936 में उन्नाव जिले में किसान आंदोलन शुरू हुआ, जिसमें शर्माजी ने एक बार फिर अपनी भागीदारी सुनिश्चित की, जिसके कारण उन्हें जेल जाना पड़ा। सन् 1939-40 में गांधीजी ने व्यक्तिगत सत्याग्रह छेड़ा, जिसमें वे उन्नाव जनपद के सभापति बनाए गए और आंदोलन का नेतृत्व करने के कारण 21 अक्तूबर, 1940 को उन्हें गिरफ्तार करके रायबरेली जेल भेज दिया गया तथा 6 माह की सजा और 40 रुपए का जुरमाना भी हुआ। जेल की सजा काटने के बाद वे पुनः सक्रिय हो गए।

भारत में ब्रिटिश शासन को समाप्त करने के लिए 8 अगस्त, 1942 को अखिल भारतीय कांग्रेस कमेटी के बंबई सत्र में महात्मा गांधी ने 'अंग्रेजो, भारत छोड़ो' आंदोलन शुरू किया। भारत छोड़ो आंदोलन में स्वराज्य प्राप्ति का झंडा ऊँचा करते हुए 22 अक्तूबर, 1942 को प्रदर्शन का नेतृत्व करते हुए अंग्रेजों ने उन्हें मंजर अली सोख्ता के साथ पुनः पकड़ लिया। इस बार 18 माह तक उन्नाव जेल में उन्हें नजरबंद रखा गया। गांधी-इरविन समझौता होने पर वे जेल से मुक्त हुए।

देश के आजाद होने पर उन्होंने दीन-दुःखियों की सेवा में अपना सर्वस्व समर्पित कर दिया। आजादी की प्राप्ति के बाद खादी प्रचार, चरखा आंदोलन, सर्वोदय मंडल, भूदान यज्ञ एवं बहुत सी सामाजिक संस्थाओं से जुड़कर देश-सेवा करते रहे। उन्होंने

कई पुस्तकालय, कन्या पाठशाला, माध्यमिक विद्यालयों की स्थापना की और जिला कांग्रेस कमेटी उन्नाव के वे पाँच बार अध्यक्ष रहे तथा स्वतंत्रता संग्राम सेनानी परिषद् के आजीवन अध्यक्ष रहे।

25 दिसंबर, 1991 को 93 वर्ष की अवस्था में उनका निधन हो गया। उन्नाव में स्वतंत्रता संग्राम सेनानी भवन बनवाने का श्रेय भी उन्हीं को जाता है।

*स्रोत : साभार श्री विनोद कृष्ण शर्मा पुत्र स्व. मुरलीधर शर्मा*

□

# 18

# श्री नवल किशोर गुरुदेव

श्री नवल किशोर गुरुदेव का जन्म 1 जनवरी, 1912 को ग्राम गहरौली जिला हमीरपुर, उत्तर प्रदेश में हुआ था। उनके पिता का नाम श्री प्रागदत्त गुरुदेव था। वे एक जमींदार परिवार से ताल्लुक रखते थे, किंतु इतना होने के बावजूद वे जमीन से जुड़े हुए थे। उनका पूरा जीवन साधारण एवं समाज के प्रति समर्पित था।

उनके परिवार में पढ़ाई को महत्त्व उतना नहीं दिया जाता था, बल्कि जमींदारी कार्य को अत्यधिक महत्त्व दिया जाता था। अत: उनके परिजन चाहते थे कि वे जमींदारी कार्य में अधिक सहयोग दिया करें, किंतु उन्होंने पढ़ाई को अधिक महत्त्व दिया। यही कारण था कि उन्होंने घर से दूर जाकर पी.पी.एन. विद्यालय कानपुर में हाई स्कूल तक पढ़ाई की। उसी विद्यालय में पढ़ते हुए वे देशभक्तों पर अंग्रेजों के जुल्म और सितम से रूबरू हुए और इसे दूर करने के लिए राजनीति में आ गए।

श्री नवल किशोर गुरुदेव के मुख्य साथियों में नारायन दत्त तिवारी, कमला प्रसाद त्रिपाठी, बानू बनारसी दास, शत्रोघ्न सिंह, बद्रीसेठ हमीरपुर, चंद्रभानु गुप्त (मौदहा), बाबूलाल तिवारी (महोबा), प्रताप नारायण दुबे आदि थे। वे महात्मा गांधी से अत्यधिक प्रभावित थे। जिसके चलते अपने साथियों के साथ मिलकर उन्होंने 1922 में असहयोग आंदोलन में भाग लिया, इसके बाद 1930 में सत्याग्रह कर इरविन समझौता में भाग लिया। सन् 1932 में सविनय अवज्ञा आंदोलन में उन्होंने जनपद स्तर पर अपना दायित्व निभाया। सन् 1940 के सत्याग्रह को सफल बनाने में मगरौठ व गहरौली में अहम भूमिका निभाई।

देश को आजाद कराने के लिए उनकी सक्रिय भागीदारी को देखते हुए वे अंग्रेजों की आँखों में खटकने लगे, जिसके कारण उन्हें कई बार जेल जाना पड़ा, जिसमें सन् 1941 में 38/121 धारा के तहत एक वर्ष का कठोर कारावास और 300 रुपए का जुरमाना हुआ। उन्होंने जुरमाना भरने से मना कर दिया। जुरमाना न भरने के कारण उन्हें 3 माह की सख्त सजा मिली। जेल से बाहर निकलने के लिए उन्होंने काल-कोठरी की

खिड़की की सरिया को काटने का प्रयास किया, जिसके कारण उन्हें नैनी जेल भेज दिया। अंग्रेजों ने उनसे अपने किए की माफी माँगने का दबाव बनाया, किंतु उन्होंने माफी नहीं माँगी, जिसके कारण सजा के रूप में उनके ऊपर से घोड़े दौड़ाए गए, टापों से कुचला गया। दूसरी बार 10 अगस्त, 1942 के आंदोलन में गिरफ्तार हुए और नवंबर 1943 को रिहा किए गए। अपने जनपद हमीरपुर में आजादी के आंदोलन में अहम भूमिका निभाने के कारण मौदहा हमीरपुर में आए दिन आजादी की लड़ाई में उन्हें जेल में बंद कर दिया जाता था।

उन्होंने जीवनपर्यंत समाज की सेवा की और सभी की मदद करने के लिए वे हमेशा तत्पर रहते थे। 21 अगस्त, 1994 में ग्राम गहरौली में उन्होंने जीवन की अंतिम साँस लेकर इस संसार से विदा ली। श्री नवल किशोर जैसे महापुरुष कहीं जाते नहीं हैं, वे अपने जीवन के आदर्श नई पीढ़ी को सौंपकर उनका मार्गदर्शन करते रहते हैं।

*स्रोत : साभार श्रीमती प्रकाश पुत्री स्व. नवल किशोर गुरुदेव*

□

# 19

# मुंशी चंद्रिका प्रसाद 'गुरुजी'

किसी ने उसे सच्चा दिशा-दर्शक कहा तो किसी ने समाज-सेवी कहा। किसी ने लौह पुरुष, किसी ने श्रम देवता तो किसी ने साधू बाबा और किसी ने कुँआरा बाप कहा। धुन का धनी, क्षेत्र का वरदान, महान् कर्मयोगी, तपस्वी, सिद्ध सायक, जननेता, आदि न जाने कितनी उपाधियों से विभूषित किया उन्हें लोगों ने। साधना के बल पर वह बीसवीं सदी का अकबर महान् हो गया और कभी मिनी गांधी। सच्चाई तो यह है कि उसके तेजपुंज और कर्तव्य के आगे सारे अलंकरण फीके पड़ गए। ऐसी महान् विभूति का नाम था—मुंशी चंद्रिका प्रसाद 'गुरुजी', जिसके सृजन का सदैव ऋणी रहेगा रायबरेली का बछरावाँ क्षेत्र।

मुंशी चंद्रिका प्रसाद किसी व्यक्ति का नहीं, बल्कि नाम है एक संस्था का और ऐसी संस्था, जिसने 'परमारथ के कारने साधुन धरा शरीर' कहावत को आजीवन साकार किया। उनका जन्म रायबरेली जनपद के राजामऊ नामक कस्बे में श्री बाँके बिहारी लाल के पुत्र के रूप में 6 मार्च, 1904 ई. को एक कायस्थ परिवार में हुआ था। बालक चंद्रिका प्रसाद की जीवन-यात्रा बाल्यावस्था की यथा नाम तथा गुण के अनुरूप विकसित होती गई। किशोरावस्था से ही राष्ट्रीय पत्र-पत्रिकाओं के माध्यम से जो देशभक्ति का अंकुरण चंद्रिका प्रसाद के हृदय में हुआ, वह उत्तरोत्तर पल्लवित होने के कारण उन्हें सामाजिक और राजनैतिक चेतना के व्यावहारिक धरातल की ओर ले गया। इसलिए चंद्रिका प्रसाद ने मिडिल परीक्षा उत्तीर्ण करने के बाद महात्मा गांधी के असहयोग आंदोलन से प्रभावित होकर सन् 1921 में अपनी पढ़ाई को तिलांजलि दे दी।

यद्यपि सन् 1922 में पुन: अध्ययन के लिए चंद्रिका प्रसाद इलाहाबाद गए तथापि देश-सेवा के आगे सबकुछ फीका लगा। सन् 1923 में 'अछूतोद्धार' तथा 'शुद्धि आंदोलन' जैसे समाज-सेवा कार्यक्रमों में संलग्न होकर उन्होंने सन् 1924 में 'श्री बजरंग समिति' का गठन कर दंगल लगाने की परंपरा का सूत्रपात किया, तब से चंद्रिका प्रसाद 'गुरुजी' के रूप में प्रसिद्ध हो गए। सन् 1925 में राजामऊ कन्या पाठशाला का गठन

करने के पश्चात् गुरुजी ने 1928 से 1930 तक हरिजन पाठशाला में शिक्षण कार्य किया। उन्होंने गांधीजी के 'नमक सत्याग्रह' से प्रभावित होकर आजीवन नमक न खाने का व्रत लिया। इसके साथ ही शिक्षण कार्य छोड़कर भारतीय राष्ट्रीय कांग्रेस के पूर्णकालिक कार्यकर्ता बने और सन् 1929 में जिला कांग्रेस के प्रतिनिधि बनकर लाहौर के ऐतिहासिक कांग्रेस अधिवेशन में भाग लिया। गुरुजी की गतिविधियों का सिलसिला शुरू हुआ तो उसने रुकने का नाम ही नहीं लिया। उनका जीवन 'बहुजन हिताय, बहुजन सुखाय' के उदात्त मूल्यों पर आधारित होता चला गया। सन् 1930 में गांधीजी जब यहाँ पधारे तो चंद्रिका प्रसाद ने उन्हें बछरावाँ में रोककर परिजन खादी फंड के लिए 130 रुपए की थैली भेंट की। इन्हीं सब गतिविधियों के चलते उन्हें लगान बंदी, व्यक्तिगत सत्याग्रह और भारत छोड़ो आंदोलन आदि कार्यक्रमों में संलग्न होने के कारण वर्ष 1930, 31, 32, 33, 34, 38, 40, 41, और 42 में कुल मिलाकर 9 बार जेल जाना पड़ा। इन सबके बावजूद वे राष्ट्र अभियान में संलग्न रहे और उन्हें नेहरू, सुभाष, टंडन, रफी अहमद किदवई, संपूर्णानंद, कमलापति त्रिपाठी, चंद्रभानु गुप्त एवं पं. विश्वंभर दयाल त्रिपाठी जैसे वरिष्ठ और जुझारु नेताओं का सहयोग मिलता रहा।

राष्ट्रीय आंदोलनों के दौर में ही चंद्रिका प्रसाद गुरुजी की सुदौली रियासत के विरुद्ध आमरण अनशन करना पड़ा, जिसमें नेताजी सुभाष चंद्र बोसजी का आगमन हुआ। सन् 1942 ई. में भूमिगत रहकर आंदोलन चलाने के कारण ब्रिटिश सरकार ने गुरुजी को गिरफ्तारी के लिए 2000 रुपए का पुरस्कार घोषित किया। राष्ट्रीय आंदोलनों से जुड़ने के बाद गुरुजी की इच्छा थी कि शिक्षा तथा अन्य क्षेत्रों में अपने जनपद के लिए कुछ करें। ताकि अंग्रेजी दासता को पछाड़ने में भारतीय युवा समर्थ हो सके। उन्होंने सन् 1936 में श्री गणेश शंकर विद्यार्थी सार्वजनिक पुस्तकालय बछरावाँ, 1938 में राजर्षि टंडन व्यायामशाला, 1948 में श्री गांधी विद्यालय इंटर कॉलेज बछरावाँ, 1949 में रफी अहमद किदवई पार्क, 1959 में बाँके बिहारी राजकीय आयुर्वैदिक चिकित्सालय राजामऊ, 1964 में कंजेश्वर धाम पस्तौर, 1970 में बाबा माधव दास, विद्यापीठ बछरावाँ, 1976 में दयानंद डिग्री कॉलेज बछरावाँ तथा 1977 में आदर्श विद्यापीठ राजामऊ की स्थापना एवं संचालन किया। ये सभी संस्थाएँ गुरुजी की ही तपश्चर्या का प्रतिफल हैं, जो आज ख्यातिलब्ध हैं।

उन्नत ललाट, ओजोदीप्त मुखमंडल और सुगठित देहयष्टि के महात्मा चंद्रिका प्रसाद बछरावाँ अंचल के विकास के लिए अनवरत तत्पर रहे। सार्वजनिक सेवा के क्षेत्र में भी उन्होंने विभिन्न पदों पर रहकर सफलतापूर्वक जनप्रतिनिधित्व किया। इस परिप्रेक्ष्य में प्रदेश कांग्रेस कमेटी के सदस्य 1935 से 1952 तक, जिला परिषद् रायबरेली के सदस्य 1948 से 1962 तक टाउन एरिया बछरावाँ के चेयरमैन, 1948 से 1953 तक

बछरावाँ से विधानसभा सदस्य 1957 से 1962 तक के विशेष रूप से उल्लेखनीय हैं। इसके अतिरिक्त फिरोज गांधी कॉलेज रायबरेली तथा तिलोई देदौर, सेमरी महराजगंज की उच्चतर शिक्षण संस्थाओं की स्थापना में भी चंद्रिका प्रसादजी का अविस्मरणीय योगदान रहा।

मुंशी चंद्रिका प्रसादजी का संपूर्ण जीवन परिश्रम का पर्याय है। अपने सामाजिक उद्देश्यों की पूर्ति के लिए गुरुजी चंदा भी माँगते रहे। एक बार वे अपने घर गए तो अपनी माँ से बिना चंदा लिये घर के अंदर प्रवेश नहीं किया। आजीवन अविवाहित रहने के बावजूद उनके सुकर्मों को देखकर ही जनमानस ने उन्हें 'फादर ऑफ बछरावाँ' कहा। गुरुजी ने जीवन के अंतिम क्षण बछरावाँ के दयानंद स्नातकोत्तर महाविद्यालय में गुजारा। वहीं 3 दिसंबर, 1990 को वे अपनी इस भौतिक देह को त्यागकर पंच तत्त्व में विलीन हो गए। उनकी शवयात्रा जब बछरावाँ में निकाली गई तो लाखों उनके चाहनेवालों के नेत्र सजल हो गए थे। आदर्श विद्यालय राजामऊ का भवन गुरुजी के स्वप्नों को साकार कर रहा है।

"अज्ञानी कौन कर सका, उनकी बराबरी, जो तन को इस वतन पर कर चलें गए।" कुल मिलाकर गुरुजी का संपूर्ण जीवन प्रेरणा एवं शोध का विषय है। लोकगीतकार अभय सिंह का एक अवधी गीत गुरुजी के जीवन को रेखांकित करने के लिए पर्याप्त है—

*बिरवा शिक्षा का लगाइन हैं मुंशी शिक्षा का घर-घर पहुँचाइन हैं मुंशी*
*मुंशी जी होइगे भगवान गरीबन की खातिर।*
*दु:खियन का गले लगाइन हैं, मुंशी प्रेम का पाठ पढ़ाइन हैं मुंशी*
*कपड़ी तक कर दिहिन दान गरीबन की खातिर। छक्के अंग्रेजन के छोड़ाइन हैं मुंशी*
*ज्योति आजादी के जलाइन हैं मुंशी*
*छोड़िन नमक का ध्यान गरीबन की खातिर*
*जीवन परमारथ मा बिताइन हैं मुंशी*
*लोक मा गुरुजी नाम पाइनि हैं मुंशी*
*जीवन किहिन आपन दान गरीबन की खातिर।*

*स्रोत : साभार डॉ. अशोक अज्ञानीजी प्रधानाध्यापक,*
*राजकीय हाई स्कूल सिंधरबा, मलीहाबाद, लखनऊ*

□

# 20

# श्री महानंद मिश्र

देश की आजादी के दौर में 1930 का दशक बहुत महत्त्वपूर्ण साबित हुआ। राजनीतिक उथल-पुथल बढ़ी तो ब्रिटिश सरकार का दमन भी बढ़ने लगा। 1928 में लाहौर में साइमन कमीशन के विरोध के दौरान लाठीचार्ज में लाला लाजपत राय की दुःखद मृत्यु हो गई। इसके बाद सरदार भगत सिंह और चंद्रशेखर आजाद के संगठन 'हिंदुस्तान सोशलिस्ट रिपब्लिकन आर्मी' ने सांडर्स को लालाजी की मौत का जिम्मेदार ठहराया और उसकी हत्या करने का निर्णय लिया। इसके बाद लाहौर के पुलिस दफ्तर में सांडर्स का वध चंद्रशेखर आजाद की गोली से हुआ। कुछ दिन बाद सरदार भगत सिंह ने बटुकेश्वर दत्त के साथ सेंट्रल असेंबली पर बम फेंका और गिरफ्तार हुए। उन्हें सांडर्स की हत्या के जुर्म में जेल हुई और फाँसी भी। इसी बीच 27 फरवरी, 1931 को चंद्रशेखर आजाद पुलिस से लड़ते हुए शहीद हो गए। इसका परिणाम यह हुआ कि एच.एस.आर.ए. नेतृत्व विहीन हो गई।

वैसे चंद्रशेखर आजाद ने 4 सितंबर, 1930 को ही इसे भंग कर दिया था और देश के नौजवानों को कहा कि वे अपने विवेक के अनुसार काम करें। इसी क्रम में संगठन पूर्वांचल में बना, जिसका केंद्र बना बलिया। संगठन का नाम था—'उत्थान संघ'। इसके नेता थे गोकुलदास शास्त्री। बलिया में इसकी शाखा स्थापित करनेवाले गोकुल शास्त्री।

महानंद मिश्र का जन्म सन् 1911 में बलिया शहर के पुरानी बस्ती में हुआ। पिता श्री पंचम मिश्र किसान थे और माँ का देहांत इनके चार वर्ष की उम्र में हो गया। 1916 में बलिया में भयंकर बाढ़ आई और शहर का काफी हिस्सा नदी में बह गया। उसमें मिसिर टोला भी बह गया, जिसके बाद 1917 में बलिया शहर में इन लोगों को जापलिन गंज नामक मोहल्ले में बसाया गया। माहानंद मिश्र के पिता शहर के बालेश्वर मंदिर में पूजा-पाठ कराने लगे। महानंदजी बचपन से ही मोहल्ले के बच्चों के साथ कुश्ती में शामिल हुए और मलंग हो गए। पढ़ाई में बहुत रुचि नहीं थी तो पिता ने प्राइमरी स्कूल में दाखिला दिला दिया। वहाँ उनकी शिक्षा कक्षा एक तक ही हो सकी, उसके बाद महानंद मिश्र ने

स्कूल जाना छोड़ दिया। यह वही वक्त था, जब 1921 का असहयोग आंदोलन समाप्त हो गया था, लेकिन राजनीतिक गतिविधियाँ तेज थीं। महानंद मिश्र भी इन गतिविधियों से अछूते नहीं थे। महानंद मिश्र पर जिले की एक घटना का बहुत असर पड़ा। हुआ यों कि सन् 1927 में बलिया के कांग्रेसी नेता श्री चित्तू पांडेय पर जिलाधिकारी श्री आर.टी. शिवदसानी के अदालत में राष्ट्रद्रोह का मुकदमा चला। जिलाधिकारी ने प्रश्न किया कि बलिया में तुमको जानता कौन है ? इसके जवाब में श्री चित्तू पांडेय ने कहा, "बलिया की नौ लाख की आबादी में कोई अभागा ही होगा, जो मुझे न पहचानता हो।" महानंद मिश्र उस दिन कोर्ट में मौजूद थे। इस वक्तव्य का महानद मिश्र पर बहुत गहरा असर पड़ा और उन्होंने आजादी की लड़ाई में हिस्सा लेने का मन बना लिया।

महानंद मिश्र जिले के आंदोलनों में आने-जाने लगे। सन् 1930 में महात्मा गांधी ने असहयोग की बात की और सरकारी कानूनों को तोड़ने तथा सरकारी आदेश न मानने के लिए दांडी मार्च किया। पूरे देश में नमक सत्याग्रह आरंभ हो गया। उस वक्त उनकी अवस्था 19 वर्ष की थी। वे सी.आई.डी. इंस्पेक्टर श्री माया सिंह के यहाँ खाना बनाने की नौकरी करते थे। उन्होंने नौकरी छोड़ दी। वे श्री हरवंश शास्त्री के साथ रेवती गाँव में नमक बनाने चले गए। इस आंदोलन का दूसरा चरण था—नशीले पदार्थ गाँजा, भाँग आदि की दुकानों की पिकेटिंग करना। श्री महानंद मिश्रजी पिकेटिंग करने लगे। इसमें गाँजा, भाँग, शराब का सेवन करनेवाले और खरीदने वालों के सामने लोटकर उनको रोका जाता था। महानंद मिश्र थोड़े उग्र स्वभाव के थे। एक शख्स को रोकने की कोशिश में जब वह नहीं माना तो मिश्रजी ने उसे पीट दिया। झगड़ा शुरू हुआ तो सारा माहौल सत्याग्रहियों के पक्ष में था। लेकिन अंग्रेजी हुकूमत को तो बहाना चाहिए था। अत: महानंद मिश्र को गिरफ्तार कर लिया गया। उन्हें 6 माह की सजा हुई। लखनऊ के कैंप जेल में रखने के बाद गांधी-इरविन पैक्ट के तहत उन्हें छोड़ा गया, लेकिन क्रांति के बीज तो अब मन में पड़ चुके थे। इसी बीच बलिया में 20 दिसंबर, 1931 को पूरण लाल मारवाड़ी के यहाँ डकैती पड़ी। पुलिसवालों ने महानंद मिश्र को गिरफ्तार कर लिया। मिश्रजी के साथ चित्तू पांडेय, जगन्नाथ सिंह आदि 13 व्यक्ति गिरफ्तार कर लिये गए। इसमें सभी की जमानत मंजूर कर ली गई, सिवाय महानंद मिश्र के। कारण दिया गया कि वे बाहर जाएँगे तो पुलिस को गवाह नहीं मिलेंगे। मामला हाई कोर्ट से होता हुआ पुन: लोअर कोर्ट और फिर सेशन कोर्ट के पास आ गया। सभी जमानतें रद्द कर दी गईं और पुन: चित्तू पांडेय समेत सभी को जेल हो गई। बाद में सबकी धीरे-धीरे जमानतें हुईं।

इसके बाद जब महानंद मिश्र घर आए तो घर की हालत दयनीय हो चुकी थी। खाने के लाले पड़े थे। महानंदजी ने घर के पास ही के एक महंत स्कूल में हलुआ बेचने का काम शुरू कर दिया। वे किसी भी तरह जुगाड़ करके पाँच-सात किलो हलुवा बनाते

और स्कूल के छात्रावास में बच्चों को बेच आते। जो पैसे मिले, उससे खर्च भी चलता और अगले दिन की सामग्री भी आती। उसके बाद स्थानीय स्तर पर क्रांतिकारियों की टोली वहीं जुटने लगी। रामलखन तिवारी, तारकेश्वर पांडेय समेत तमाम क्रांतिकारियों ने तय किया कि होटल खोला जाएगा। तीस रुपए में होटल खोला गया। चार साल तक चला यह होटल। क्रांतिकारियों के उत्थान संघी और कांग्रेस के कार्यकर्ताओं का अड्डा बन चुका था। 1938 में नंदकुमार देव वशिष्ठ के नेतृत्व में फैजाबाद में कौमी सेना का संगठन किया गया। इसमें महानंद मिश्रजी को विश्वनाथ चौबे के साथ नायब कप्तान बनाया गया। फैजाबाद में ट्रेनिंग हुई। जैसी ट्रेनिंग वहाँ हुई, उसी तरह से बलिया जिले में स्वयंसेवकों की भर्ती की गई। 500 ट्रेंड और लगभग 2,000 अनट्रेंड स्वयंसेवकों के सहारे कुछ समय बाद महानंद मिश्र को जिला कांग्रेस कमेटी का कप्तान भी बना दिया गया। 1941 का समय आया, जब जिले के एक सत्याग्रह के चलते मिश्र को चुनार जेल में भेज दिया गया था। एक साल की सजा के दौरान ही उन्हें वहाँ लकवा मार गया। वे आठ माह बाद जेल से छूटे। छूटते ही उन्हें नंदगंज ट्रेन डकैती में 4 जुलाई, 1942 को डी.आई.आर. धारा 129 में गिरफ्तार कर लिया गया। इसी बीच बलिया को राष्ट्रीय फलक पर ले जानेवाली घटना की तिथि पास आ गई।

तारीख 9 अगस्त, 1942 को देशव्यापी 'अंग्रेजो भारत छोड़ो' आंदोलन शुरू हो गया था, लेकिन बलिया से शीर्षस्थ नेता चित्तू पांडेय, विश्वनाथ चौबे आदि पहले से जेल में थे। यह विशेष दिन पूर्वांचल, खासकर बलिया में चल रहे अनवरत स्वतंत्रता संघर्ष का चरम दिन था। जिला जेल के आसपास जिले के 10 हजार से अधिक की संख्या में लोग आ गए। अंदर कलेक्टर ने आकर कहा, 'आप लोगों को छोड़ा गया तो क्या आप लोग इन्हें समझाएँगे? क्या भीड़ को संबोधित करके उन्हें यहाँ से ले जाएँगे?' इस सब में कमाल की बात यही थी कि भीतर के क्रांतिकारियों को पता भी नहीं था कि बाहर इतनी भीड़ है। खैर, भीड़ का दबाव इतना था कि क्रांतिकारियों के जवाब का इंतजार करना भी खतरे से खाली नहीं था। उग्र भीड़ का तेवर देखते हुए कलेक्टर ने जेल के फाटक खोल दिए। महानंद मिश्र एक इंटरव्यू में इसका जिक्र करते हुए बताते हैं—"मैं साफ बता देना चाहता हूँ कि इतनी बड़ी भीड़ जेल के फाटक पर आ गई है। हम लोग तो जेल से निकलकर भागने का प्रोग्राम बना रहे थे। लेकिन भीड़ ने हम लोगों को स्वयं जेल से निकाला। इस प्रकार हम लोगों ने जनता की आवाज बनकर एक-एक थाने, स्टेशन, सरकारी कार्यालय पर कब्जा करने की योजना बनाई।"

जेल से निकलते ही अपार जनसमूह ने शहर के हर मुख्य मार्ग पर कब्जा कर लिया था। भीड़ को टाउन हॉल में संबोधित करने के लिए बुलाया गया। यहाँ कुछ शीर्ष नेताओं ने कहा कि जिले को किसी और दिन कब्जे में लेने का काम किया जाएगा। लेकिन भीड़

कटिबद्ध थी और उसी दिन कार्यक्रम पूरा करना चाहती थी। इसके बाद भीड़ ने अपना काम शुरू कर दिया। इसके बाद 22 अगस्त तक बलिया ने अलग ही स्वाधीनता का स्वाद चखा। 19 अगस्त की मीटिंग के ठीक बाद जापलिनगंज पुलिस चौकी, ओक्टेनगंज पुलिस चौकी, बलिया रेलवे स्टेशन कार्यालय आदि पर कब्जा कर लिया गया। इसके बाद तीन दिनों तक थानों एवं लगभग सभी सरकारी भवनों पर कब्जा करने का कार्यक्रम शुरू हो गया। यह युद्धनुमा दृश्य इतना अप्रत्याशित था कि जिले में सेना बुलानी पड़ी। 23 अगस्त, 1942 को जिले में सेना आ गई। आंदोलनकारी भूमिगत हो गए, लेकिन अंग्रेजों के मनसूबे तो कुछ और ही थे। इस मोर्चे पर पूर्णतया सफल होने के बाद महानंद मिश्र ने फरारी के दिन काटे। लगभग तीन माह तक फरार रहने के बाद 10 दिसंबर, 1942 को महानंद मिश्र को गिरफ्तार कर लिया गया। बकौल महानंद मिश्र की गिरफ्तारी के बाद अंग्रेजों ने उन्हें अमानुषिक यातनाएँ दीं। अफसर शराब पीकर खूब मारते थे। महानंद मिश्र बताते हैं कि कुँवर सुंदर सिंह उर्फ सुल्ताना बैरिया का थाना इनचार्ज था। वह माँ-बहन की गालियों से बात शुरू करता और जब तक थकता नहीं, तब तक मारता था। उसने कई बार महानंद मिश्र को ढरका (जिससे जानवरों को दवा पिलाई जाती है) से पेशाब पिलवाया। महानंद मिश्र कहते थे कि आत्मबल ने उन्हें इतनी यातनाओं को सहने की ताकत दी। उन्होंने एक साक्षात्कार में कहा था—"गांधीजी का यह आशीर्वाद था। जब वे 21-21 दिन का अनशन करके जीवित रह गए तो मैं कुछ दिनों की मार कैसे नहीं झेल सकता हूँ।"

स्वतंत्रता संग्राम में इतनी यातनाओं को सहने के बाद देश की आजादी के एक साल पूर्व 11 मई, 1946 को महानंद मिश्र जेल से रिहा हुए। महानंद मिश्र हमारे देश के महान् क्रांतिवीरों में से एक थे। उनका देहावसान 9 अक्तूबर, 1972 को बलिया में हुआ।

*स्रोत : साभार कर्मयोगी महानंद मिश्र; व्यक्तित्व एवं कृतित्व : पारसनाथ मिश्र*
*भगत की विरासत : डॉ. अजय कुमार मिश्र*
*स्मारिका : पुष्पांजलि स्व. पारसनाथ मिश्र स्मारिका समिति गोमती नगर, लखनऊ साक्षात्कार—बृजेश शुक्ल के साथ*

□

# 21

# दुर्गा भाभी

भारतीय स्वतंत्रता संग्राम के इतिहास में क्रांतिमूर्ति दुर्गावती वोहरा का नाम प्रथम पंक्ति की महिला क्रांतिकारियों में शामिल है। आजादी की लड़ाई में उनके द्वारा उल्लेखनीय योगदान दिया गया। दुर्गावती वोहरा की जीवन-कथा भारतीय स्त्री के अदम्य शौर्य और उसकी अद्‌भुत इच्छाशक्ति की बेमिसाल कथा है।

आजादी से पूर्व जब भारतीय स्त्रियों की स्वतंत्रता चहारदीवारियों तक सीमित हुआ करती थी, उस समय दुर्गा अपने क्रांतिकारी पति श्री भगवती चरण वोहरा के साथ कंधे-से-कंधा मिलाते हुए 'नौजवान भारत सभा' की गतिविधियों का कुशल संचालन व नेतृत्व किया करती थीं। अपने पति भगवती चरण वोहरा के कारण दुर्गा को भी बम और पिस्तौल का प्रयोग बखूबी आता था। क्रांतिकारियों के लिए बम बनाने की सामग्री दुर्गा वेश बदलकर चोरी छुपे दूर-दराज से लाकर उन्हें उपलब्ध कराया करती थी। क्रांति दल के सभी सदस्य भगवती बाबू के कारण दुर्गा को 'दुर्गा भाभी' कहा करते थे।

दुर्गा भाभी का जन्म 7 अक्तूबर, 1907 को कौशांबी के निकट सिराथू तहसील के शहजादपुर गाँव में हुआ था। उनके पिता का नाम पं. बाँके बिहारी भट्ट और माता का नाम यमुना था। पं. बाँके बिहारी भट्ट इलाहाबाद (वर्तमान समय में प्रयागराज) की कचहरी में नाजिर हुआ करते थे। दुर्गा जब दस महीने की ही थी तो उनकी माता का स्वर्गवास हो गया था। पिता ने दूसरी शादी कर ली थी। विमाता का व्यवहार नन्ही दुर्गा के प्रति अच्छा नहीं था। गृहस्थी की इन सब विषम परिस्थितियों के कारण दुर्गा के पिता के मन में वैराग्य उत्पन्न हो गया। दुर्गा का पालन-पोषण उनकी एक रिश्तेदार ने किया था।

अभी दुर्गा ने कक्षा 5 तक की पढ़ाई ही की थी कि उनका विवाह लाहौर निवासी श्री शिवचरण वोहरा के दूसरे बेटे भगवती चरण वोहरा से कर दिया गया था। शिवचरण वोहरा रेलवे में उच्चाधिकारी थे, ब्रिटिश हुकूमत के प्रति उनकी वफादारी के कारण अंग्रेज सरकार ने उन्हें 'राय साब' का खिताब दिया था। भगवती चरण वोहरा को उनके पिता का अंग्रेजों द्वारा सम्मानित होना कतई पसंद नहीं था। संस्कारी पुत्र होने के कारण

भगवती बाबू ने पिता का कभी खुलकर विरोध नहीं किया, परंतु अपने देश के प्रति उनकी निष्ठा, कर्तव्यपरायणता और सच्ची भक्ति भावना ने उन्हें क्रांति दल प्रचार सचिव बना दिया।

उनकी गतिविधियों को दुर्गा भाभी ने सच्ची सहधर्मिणी बनकर पूर्ण सहयोग दिया। पति के सहयोग से दुर्गा ने विवाह के बाद भी अपनी पढ़ाई जारी रखी। विदुषी दुर्गा अध्ययन के साथ-साथ अध्यापन कार्य में भी रुचि रखती थीं। वर्ष 1925 में दुर्गा ने एक पुत्र को जन्म दिया, जिसका नाम क्रांतिकारी शचींद्रनाथ सान्याल से प्रभावित होकर शचींद्र रखा। जिसे दोनों पति-पत्नी प्यार से 'शची' कहा करते थे।

सन् 1928 में आजादी की लड़ाई के जोश में एक नया उबाल आया। 'साइमन कमीशन' की सिफारिशों से भारतीयों पर गुलामी और जुल्म का शिकंजा कसनेवाला था। इस कमीशन के बहिष्कार के लिए जगह-जगह विरोध-प्रदर्शन चल रहा था। ऐसे ही एक बहिष्कार जुलूस का लाहौर में पंजाब केसरी लाला लाजपत राय भी कर रहे थे। उस जुलूस पर वहाँ के सुपरिंटेंडेंट ऑफ पुलिस जेम्स स्कॉट ने बड़ी बर्बरतापूर्वक लाठीचार्ज करवाया, जिसमें लाला लाजपत राय गंभीर रूप से घायल हो गए और 17 नवंबर, 1928 को माँ भारती के आँचल में अपने नश्वर शरीर को सौंपकर वे वीरगति को प्राप्त हो गए।

लालाजी की शहादत से क्रांतिकारियों का खून खौल उठा। भगत सिंह, चंद्रशेखर आजाद, सुखदेव, राजगुरु सहित अन्य क्रांतिकारियों ने अंग्रेज सरकार से लालाजी की मौत का बदला लेने की योजना बनाई, जिसमें उन्होंने क्रूर, खूनी सुपरिंटेंडेंट ऑफ पुलिस जेम्स स्कॉट को गोली से उड़ाना तय किया गया। किंतु भूलवश स्कॉट की जगह असिस्टेंट सुपरिंटेंडेंट ऑफ पुलिस सांडर्स की हत्या हो जाती है। इस घटना से अंग्रेज सरकार बौखला जाती है। हमलावरों को पकड़ने के लिए शहर के चप्पे-चप्पे में मधुमक्खियों की तरह पुलिस फैल जाती है। सख्त पहरे और कड़ी चौकसी के बीच सुखदेव, राजगुरु, भगत सिंह वेश बदलकर मदद के लिए दुर्गा भाभी के घर पहुँचते। जिस समय ये सभी क्रांतिकारी दुर्गा भाभी के घर पहुँचते हैं। उस समय भगवती बाबू कलकत्ता के एक अधिवेशन में गए हुए थे। दुर्गा घर में अकेली थी। भगत सिंह को अंग्रेज पुलिस से बचाने के लिए दुर्गा ने तनिक भी देर नहीं की, वह तुरंत ही उन सभी की मदद के लिए तैयार हो गई। भगत सिंह ने सूटेड-बूटेड एक धनाढ्य युवा का वेश बनाया, राजगुरु ने नौकर का वेश और दुर्गा ने भगत की पत्नी बनकर उन सभी को लाहौर से सुरक्षित कलकता पहुँचाया। पराए पुरुष के साथ अकेले लाहौर से कलकत्ता का सफर एक युवा स्त्री के लिए बेहद मुश्किल और समाज की नजरों में बुरा समझे जानेवाला था, परंतु दुर्गा ने आरोपों और लांछनों की परवाह न करते हुए मौके की नजाकत को समझते हुए अपने क्रांतिकारी भाइयों को बचाना अपना पहला धर्म समझा।

क्रांतिकारियों की मदद के लिए कई बार दुर्गा ने अपने गहने बेचकर उनके लिए धन उपलब्ध करवाया। ससुराल से मिले चालीस हजार रुपए और उनके पिता ने उन्हें आपात समय में खर्च करने के लिए कुछ धनराशि दी थी, जोकि लगभग पाँच हजार रुपए थी, वे भी दुर्गा ने क्रांति दल की मदद के लिए खर्च कर दी।

असेंबली बम कांड में भगत सिंह और बटुकेश्वर दत्त की गिरफ्तारी के बाद सभी समसामयिक क्रांतिकारी घटनाओं को जोड़ते हुए उन पर मुकदमा चलाया गया, अपराधों और आरोपों का जाल बिछाया गया। भगत सिंह पर सांडर्स की हत्या में लिप्त होने का आरोप सिद्ध हो गया और उन्हें आजीवन कारावास सजा देकर लाहौर सेंट्रल जेल भेज दिया गया। उधर अन्य क्रांतिकारियों की, जिनकी गिरफ्तारियाँ हुई थीं, उन्हें बोर्स्टल जेल में रखा गया था। दुर्गा भाभी और उनके साथी क्रांतिकारियों ने एक बार फिर भगत सिंह को छुड़ाने की योजना बनाई, परंतु दुर्भाग्यवश वह योजना फलीभूत न हो पाई।

ये समय दुर्गा भाभी के जीवन का भी सबसे दुःखद समय था। 28 मई, 1930 रावी नदी के तट पर जंगलों में बम परीक्षण के दौरान उनके पति भगवती चरण वोहरा बम विस्फोट में शहीद हो गए। सभी भगवती चरण वोहरा के साथ हुए इस हादसे से सकते में आ गए थे। इस बम परीक्षण को पुलिस से छुपाने के लिए भगवती बाबू के सहयोगियों ने उनकी देह को आनन-फानन में रावी के किनारे अग्नि को सौंपकर दुर्गा भाभी को इस दुःखद घटना की सूचना दी। भगवती चरण वोहरा की असमय मृत्यु से दुर्गा पर दुःख पहाड़ टूट पड़ा था, परंतु वह हिम्मत नहीं हारी और अपने दृढ़ आत्मबल के साथ क्रांति की धारा में बहते हुए अपना आगे सफर तय करती रहीं। उधर अंग्रेज सरकार अपनी क्रूर चालों के चलते भगत सिंह, राजगुरु और सुखदेव को फाँसी की सजा सुना दी। दुर्गा भाभी इस फैसले से नाखुश थीं। उन्होंने अंग्रेज सरकार को मजा चखाने की ठानी और मुंबई की तरफ कूच कर दिया। वहाँ पंजाब प्रांत के गवर्नर रहे लार्ड हैली पर पिस्तौल से उन्होंने हमला कर दिया। अंग्रेज सरकार को इस घटना की छानबीन से पता चलता कि हमलावर काली साड़ी पहने एक महिला थी। गवाहों की निशानदेही पर दुर्गा भाभी को गिरफ्तार किया गया, पर साक्ष्यों के अभाव में उन्हें छोड़ दिया गया। लाहौर कांड के ऐतिहासिक वीरों के साथ हुए अन्याय को रोकने के लिए दुर्गा भाभी और सुशीला दीदी चंद्रशेखर आजाद के कहने पर गुप्त रूप से महात्मा गांधी से मिलने गई थीं। उधर आजाद भी भगत और साथियों की रिहाई के सिलसिले में इलाहाबाद पहुँचे। रिहाई के लिए किए जा रहे सभी प्रयास विफल होते जा रहे थे। उधर चंद्रशेखर आजाद ने एक पुलिस मुठभेड़ में इलाहाबाद के अल्फ्रेड पार्क में स्वयं को गोली मारकर अपने प्राणों का बलिदान कर दिया था। अपने आजाद भैया के जाने का दुःख दुर्गा के लिए बहुत पीड़ादायी था।

दुर्गा भाभी के लिए आजादी की लड़ाई में नित नए पीड़ा के अध्याय जुड़ते जा रहे

थे। उन्हीं अध्यायों में एक और जुड़ता है, जब समय से पूर्व ही अंग्रेज सरकार ने भगत सिंह, सुखदेव और राजगुरु को फाँसी देना तय किया। 23 मार्च, 1931 की बलिदानी शाम को आजादी के दीवानों ने हँसते-हँसते फाँसी के फंदे को चूमते हुए माँ भारती के आँचल में सदा के लिए शरण ले ली।

दुर्गा भाभी एक-एक करके अपने क्रांतिकारी भाइयों के जाने का आघात झेल रही थीं। उधर अंग्रेज सरकार आए दिन उनको तंग कर रही थी। उनकी पुश्तैनी संपत्ति को भी जब्त कर लिया गया था। दुर्गा पर मुसीबतों का पहाड़ टूट पड़ा है, जब उन्हें जिलाबदर करने का फरमान जारी कर दिया गया, किंतु दुर्गा हताश व निराश नहीं हुई। लाहौर छोड़ते समय दुर्गा अपने पति भगवती चरण वोहरा की प्रेरणादायी स्मृतियों और अपने चट्टान से मजबूत इरादों को लेकर गाजियाबाद आ गईं। गाजियाबाद में वे कुछ दिन एक कन्या विद्यालय में अध्यापन का कार्य करने लगी। 1939 में दुर्गा मद्रास गईं। वहाँ अपनी अध्यापन शैली को और निखारने के लिए मारिया मोंटेसरी से शिक्षण पद्धति की विधिवत् शिक्षा ली। मोंटेसरी ट्रेनिंग लेकर दुर्गा 1940 में लखनऊ आ गईं। यहाँ उन्होंने प्रदेश के पहले मोंटेसरी स्कूल की स्थापना की, जिसका नाम 'लखनऊ मोंटेसरी स्कूल' रखा है। आरंभ में दुर्गा भाभी ने इस स्कूल को एक किराए के भवन में चलाया था, बाद में स्कूल के लिए लखनऊ के पुराना किला इलाके में जमीन उपलब्ध करवाई गई, जिस पर दुर्गाभाभी ने अपनी पुश्तैनी संपत्ति और अपने पास बचे हुए जेवरों को बेचकर प्राप्त धन से एक सुंदर विद्यालय भवन बनवाया, जिसका शिलान्यास देश के पहले प्रधानमंत्री पं. जवाहरलाल नेहरूजी ने किया था। आज भी उनके द्वारा स्थापित विद्यालय में हजारों की संख्या में छात्र-छात्राएँ शिक्षा ग्रहण कर रहे हैं। 14 अक्तूबर, 1999 को गाजियाबाद में उन्होंने सबसे नाता तोड़ते हुए इस दुनिया को अलविदा कह दिया। वीरांगना दुर्गा भाभी का जीवन-चरित्र हम सभी भारतीयों के लिए प्रेरणादायी है। ऐसी साहसी वीर महिला को हम सबका शत-शत नमन।

*स्रोत : साभार श्रीमती वत्सला पांडेय—कवयित्री, लेखिका, शिक्षाविद्*

□

# 22

# डॉ. गया प्रसाद कटियार

*"पागल मत बनो, यह भावुक होने का समय नहीं है, मेरा क्या है, मैं तो कुछ दिनों का मेहमान हूँ, फाँसी पर झूलकर सारे झंझटों से छुटकारा पा जाऊँगा, लेकिन तुम लोगों को लंबा सफर तय करना है। मुझे यकीन है कि उत्तरदायित्व के भारी बोझ और लंबे अभियान के बाद भी तुम थकोगे नहीं, सुस्त नहीं होगे और हारकर रास्ते में बैठ नहीं जाओगे।"*

ये वे शब्द हैं, जो सरदार भगत सिंह ने फाँसी पर चढ़ने के कुछ दिन पूर्व जेल की सलाखों से अंतिम मुलाकात में अपने प्रिय साथी डॉ. गया प्रसाद कटियार की आँखों में आँसू देखकर कहे थे। यह वही डॉ. गया प्रसाद हैं, जिन्हें 7 अक्तूबर, 1930 को अंग्रेजी हुकूमत ने प्रसिद्ध 'लाहौर षड्यंत्र केस' में आजीवन कारावास (कालापानी) की सजा दी थी। इसी मुकदमे में सरदार भगत सिंह, सुखदेव, राजगुरु को फाँसी की सजा सुनाई गई थी।

20 जून, 1900 को कानपुर जिले की बिल्हौर तहसील के गाँव खजूरी खुर्द में पिता मौजीराम व माता नंदरानी के घर इस महान् क्रांतिकारी का जन्म हुआ। उनके दादा महादीनजी ने 1857 के प्रथम स्वतंत्रता संग्राम में बढ़-चढ़कर हिस्सा लिया था, जिसकी कहानियाँ सुनकर बचपन में ही गया प्रसाद के मन में अंग्रेजों के प्रति नफरत पैदा हो गई। गया प्रसाद ने हाई स्कूल परीक्षा उत्तीर्ण करके डॉक्टरी का कोर्स किया और आर्य समाज व कानपुर की मजदूर सभा में कार्य करना आरंभ कर दिया। यहीं पर गणेश शंकर विद्यार्थी, हरिहरनाथ शास्त्री आदि के साथ कार्य करते हुए उनका परिचय देश के शीर्षस्थ क्रांतिकारियों से हुआ।

क्रांतिकारी आंदोलन से जुड़ने में सबसे बड़ी बाधा उनका विवाहित होना था, जिसके चलते उन्होंने अपनी पत्नी रज्जो देवी से यह कहकर हमेशा के लिए विदा ले ली कि मैं क्रांतिकारी पार्टी 'हिंदुस्तान सोशलिस्ट रिपब्लिकन आर्मी' (एच.एस.आर.) का सदस्य बनकर मातृभूमि की सेवा में प्राणों की बाजी लगाने जा रहा हूँ। रज्जो देवी ने उन्हें

सहर्ष विदा किया और फिर पति-पत्नी की कभी मुलाकात न हो सकी। यह घटना हमारे स्वर्णिम स्वतंत्रता आंदोलन की एक दुर्लभ घटना है।

विभिन्न क्रांतिकारी पार्टी में कार्य करते हुए डॉ. साहब ने अपने डॉक्टरी ज्ञान का उपयोग करते हुए विभिन्न नामों से देश में आधा दर्जन से अधिक शहरों में दवाखाना खोले, जहाँ बाहर दवाखाना और अंदर बमों के कारखाने चलाए जाते थे। भगत सिंह व बटुकेश्वर दत्त ने जिन बमों को 8 अप्रैल 1929 को दिल्ली के 'संसद् भवन' में बहरी हो चुकी अंग्रेज सरकार के कान खोलने के लिए फेंके थे। उन बमों का निर्माण डॉ. गया प्रसाद की देखरेख में ही हुआ था।

सरदार भगत सिंह से नजदीकी तौर पर जुड़े रहे डॉ. कटियार ने पार्टी के केंद्रीय कार्यालयों का भी संचालन किया। आज हम 'इनकलाब जिंदाबाद' का जो नारा लगाते हैं, वह इसी पार्टी के क्रांतिकारी साथियों की ही देन है। जब देश के सम्मानित नेता लाला लाजपतराय की बर्बर हत्या के विरोध स्वरूप अंग्रेज डी.एस.पी. सांडर्स की हत्या के कार्य को भगत सिंह, राजगुरु व चंद्रशेखर आजाद ने बखूबी अंजाम दिया तो विश्व की सर्वाधिक शक्तिशाली अंग्रेज सरकार की चूलें हिल गईं। इस कार्य को अंजाम देने के लिए युवा सिख का भगत सिंह को अपने सिख धर्म के विरुद्ध केश व दाढ़ी कटानी पड़ी। केश व दाढ़ी काटने यह कार्य डॉ. गया प्रसाद ने अपने हाथों से फिरोजपुर में किया था, जहाँ वे डॉ. बी.एस. निगम के नाम से दवाखाना चलाते थे।

जब सांडर्स हत्याकांड के बाद अंग्रेजों ने क्रांतिकारियों की धर-पकड़ शुरू की तो डॉ. कटियार भी सहारनपुर में बम फैक्टरी का संचालन करते हुए शिव वर्मा व जयदेव कपूर के साथ 15 मई, 1929 को दर्जनों बम व पिस्तौलों के साथ गिरफ्तार कर लिये गए। डॉ. साहब को बमों के निर्माण की कला यतींद्रनाथ दास और पिस्तौल चलाने की ट्रेनिंग चंद्रशेखर आजाद ने दी थी। डॉ. साहब को गिरफ्तार कर जेल ले जाते समय डॉ. साहब ने जेब में पड़े चंद्रभानु गुप्त व मोहनलाल सक्सेना जैसे प्रसिद्ध कांग्रेसी नेताओं के जिक्र वाले लंबे पत्रों को जान हथेली पर रखकर सूखे मुँह निगल लिया, जिसमें चंद्रशेखर आजाद द्वारा प्रसिद्ध क्रांतिकारी जोगेश चटर्जी और उनके सहयोगियों को जेल को बम से उड़ाकर छुड़ाने की योजना का विस्तृत उल्लेख था।

गिरफ्तारी के बाद डॉ. गया प्रसाद पर अपने साथियों के राज उगलवाने के लिए पुलिस ने उन्हें कई अमानवीय व बर्बर यातनाएँ दीं, परंतु सरकार सफल न हो सकी। फिर क्या था! डॉ. साहब व उनके कई साथियों पर इकतरफा मुकदमा चलाकर उनकी अनुपस्थिति में ही 'लाहौर षड्यंत्र केस' में उन्हें आजीवन कारावास की सजा सुना दी। यह केस विश्व के सर्वाधिक चर्चित केसों में है, जिसमें सरकार ने न्याय के नाम पर कानून की धज्जियाँ उड़ा दी थीं। अभी कुछ समय पूर्व सुप्रीम कोर्ट ने इस

महत्त्वपूर्ण केस की फाइलों को प्रदर्शनी के माध्यम से आम जनता के अवलोकनार्थ रखा था।

15 मई, 1929 की गिरफ्तारी से लेकर 21 फरवरी, 1946 तक की रिहाई तक के लगभग 17 वर्षों (200 महीने से अधिक) के लंबे जेल-जीवन में डॉ. साहब से घबराई अंग्रेज सरकार ने उन्हें हिंदुस्तान के विभिन्न प्रांतों की जेलों में रखा, जिसमें लाहौर, रावलपिंडी, मुल्तान (अब सभी पाकिस्तान में), कलकत्ता बेलारी (कर्नाटक), राजमहेंद्री (आंध्र प्रदेश), सहारनपुर, नैनी, सुल्तानपुर, लखनऊ, कानपुर इत्यादि शामिल हैं। अंडमान-निकोबार द्वीप की सेल्यूलर जेल (कालापानी) में वे सात वर्षों से अधिक समय तक बंदी रहे, जहाँ उन्होंने कम्युनिस्ट कांसोलिडेशन की स्थापना करके अपने चार सौ बंदियों के साथ मिलकर 46 दिन की भूख हड़ताल की, जोकि उस समय यह एक विश्व रिकॉर्ड थीं। इसमें उनके साथी आजन्म कारावासी महावीर सिंह की मृत्यु हो गई थी। डॉ. साहब ने जेल जीवन के दौरान दर्जनों भूख हड़तालें कीं। दिनों के हिसाब से इसका योग डेढ़ वर्ष से अधिक होगा। इसमें जुलाई 1930 में लाहौर जेल में 63 दिन चली भूख हड़ताल उल्लेखनीय है, इसमें उनके अभियोग के साथी यतींद्रनाथ दास शहीद हो गए थे। यह बहुत कम लोगों को ज्ञात होगा कि इसी भूख हड़ताल के चलते जेलों में राजनैतिक बंदियों के लिए बी क्लास का निर्माण हुआ, जिससे कांग्रेस के बंदियों को तो यह सुविधा मिलने लगी, परंतु अंग्रेजों ने क्रांतिकारी बंदियों को यह सुविधा नहीं दी।

10 फरवरी, 1993 को आजाद और भगत सिंह के सपनों का निर्माण करते हुए यह योद्धा सदा-सदा के लिए चिरनिंद्रा में सो गया। आज डॉ. कटियार की पत्नी निर्मला देवी जीवित हैं, जिनका विवाह डॉ. साहब के साथ 1945 में हुआ था। अतीत में खोई वृद्ध निर्मला देवी बताती हैं कि साम्यवादी विचारों के होने के कारण आजादी के बाद भी डॉ. साहब हमेशा किसानों व मजदूरों की भलाई में जी-जान से लगे रहते थे।

भारत सरकार द्वारा सन् 2016 में स्वतंत्रता सेनानी एवं क्रांतिकारी डॉ. गया प्रसाद कटियार के नाम पर 5 रुपए का एक डाक टिकट जारी किया। वहीं उत्तर प्रदेश सरकार द्वारा वर्ष 2000 में शिवराजपुर ब्लॉक परिसर (जिला कानपुर) में उनकी प्रतिमा स्थापित की गई।

*स्रोत : साभार श्री क्रांति कुमार कटियार पुत्र स्व. गया प्रसाद कटियार से प्राप्त साक्षात्कार, इंदिरा नगर, कानपुर*

□

# 23

# बलभद्र प्रसाद शुक्ल

भारत को स्वतंत्र कराने के लिए लाखों देशवासियों ने ब्रिटिश शासन से लड़ने के लिए अपना खून-पसीना बहाया। सैकड़ों ने अंग्रेजी हुकूमत के खिलाफ प्राणों की आहुति दी। भारत को आजाद कराने में तमाम वीरों और वीरांगनाओं ने अपनी जान की बाजी लगा दी। उनकी वजह से ही हम आजाद सुबह का सूरज देख पाए। स्वतंत्रता दिवस की 75वीं वर्षगाँठ पर हम आपको एक ऐसे स्वतंत्रता सेनानी के बारे में बताते हैं, जिनका नाम है श्री बलभद्र प्रसाद शुक्ल। यह एक ऐसे स्वतंत्रता संग्राम सेनानी थे, जिन्हें देश की आजादी के लिए कई बार अंग्रेजों की लाठियाँ व कोड़े खाने पड़े, साथ ही अनेक बार जेल भी जाना पड़ा। अंग्रेजों की तमाम यातनाओं को सहने के बाद भी उनके हौसले में कोई कमी नहीं आई और देश की आजादी के लिए लगातार प्रयासरत रहे।

श्री बलभद्र प्रसाद शुक्ल का जन्म ग्राम देवराना, जिला बलरामपुर के ब्राह्मण परिवार पं. त्रिभुवन दत्त शुक्ला के घर सन् 1903 में हुआ था। उनके पिता त्रिभुवनजी बहुत ही सात्त्विक विचार के व्यक्ति थे। उनके घर के सदस्यों में संस्कार कूट-कूट कर भरा था। बलभद्रजी का पहला विवाह एक सुशील कन्या से बचपन में ही हो गया था। त्रिभुवनजी घर-घर कथा बाँचने एवं पुरोहित का कार्य करके अपने परिवार का भरण-पोषण करते थे। पुरोहिताई में ज्यादा कमाई नहीं होने के कारण परिवार में गरीबी ज्यादा थी, इसलिए मैट्रिक की परीक्षा पास करने के बाद पिता त्रिभुवनजी बलभद्र से बोले कि घर का गुजारा बड़ी मुश्किल से चल पाता है, अत: अब आगे पढ़ाई करना छोड़ दो और मेरे साथ कथा बाँचने चला करो, जिससे कुछ पैसा ही मिलेगा, घर चलाने में मदद भी हो जाएगी। पिता के वचनों को सुनकर उन्होंने पिता से कहा कि नहीं, मैं अभी और पढ़ाई करूँगा। बलभद्र एक दिन बिना किसी को कुछ बताए घर से वे पिलानी (राजस्थान) चले गए। यहाँ आकर उन्होंने बिरलाजी की चैरिटी संस्था के माध्यम से इंटरमीडिएट पास किया। इसी दौरान 1928 में उनकी पत्नी का देहांत हो गया, पढ़ाई पूरी करने के बाद वे अपने घर वापस आ गए।

बलभद्र प्रसाद शुक्ल बचपन से एक स्वतंत्रता संग्राम सेनानी थे। उस समय भारत पूरी तरह से अंग्रेजों का गुलाम था, जिसके चलते शिक्षा काल में उनके मन में देश को आजाद कराने के विचार आते थे। देशभक्तों की कहानियाँ व उनके विचार उनके मन-मस्तिष्क में छा गए और पिलानी में शिक्षा प्राप्त करने के दौरान उन्होंने आजादी की लड़ाई में कूदने का मन बना लिया था। आखिरकार वह समय आ गया और 1929 में भारतमाता का वह पुत्र देश की आजादी की जंग में कूद पड़ा। वे लोगों की भीड़ जुटाकर रैलियाँ करने लगे, अंग्रेजों के खिलाफ होनेवाले आंदोलनों में बलभद्र ने बढ़-चढ़कर हिस्सा लेना शुरू कर दिया। उस वक्त लोगों में शिक्षा का बहुत अभाव था, इसी वजह से उस वक्त बलरामपुर जिले के जितने भी स्वतंत्रता संग्राम सेनानी थे, उनमें से वे ज्यादा पढ़े-लिखे थे, इसलिए वे लोगों के नेता कहलाने लगे। यही कारण था कि अंग्रेजों की आँखों में वे काफी खटकने लगे थे।

उनका जीवन देश-सेवा की भावना से ओतप्रोत था और उसमें कभी कोई कमी नहीं आई। उन पर कितने संकट आए, परंतु वे अपने मार्ग से विचलित नहीं हुए।

अंग्रेजों के खिलाफ आंदोलन के दौरान उन्हें कई बार अंग्रेजों की लाठियाँ व कोड़े भी खाने पड़े, इसके साथ ही पाँच बार जेल भी जाना पड़ा। सन् 1929 में जब महात्मा गांधी बलरामपुर आए। उनसे मिलने के बाद वे उनसे काफी प्रभावित हुए। देश की आजादी के लिए वे 1931 में वे पहली बार गोंडा जेल में बंद हुए, जिसमें उनको ग्यारह महीने की सजा हुई।

बलभद्र जब अंग्रेजों द्वारा दिए गए कठोर कारावास से ग्यारह माह के बाद आजाद हुए, तो एक बार फिर वे अपनी पार्टी के साथ मिलकर नई योजनाओं को अमल करने के लिए जुट गए। एक बार फिर अंग्रेजों के खिलाफ भारत छोड़ो आंदोलन की शुरुआत सन् 1942 में हुई। उस वक्त बलरामपुर में जलहिया क्षेत्र में अंग्रेजों के खिलाफ आंदोलन करने के लिए जिले में आसपास के लोग वहाँ एकत्र होकर धरना-प्रदर्शन किया, तभी अंग्रेजों को खबर मिली और वहाँ मौजूद स्वतंत्रता संग्राम सैनानियों को गिरफ्तार कर लिया, जिसमें बलभद्र प्रसाद शुक्ल भागने में सफल रहे।

जब उनकी शादी 1942 में जगदंबा देवी से हुई, उसके दूसरे दिन ही अंग्रेजों को यह खबर मिली कि बलभद्र प्रसाद शुक्ल घर पर ही हैं, तब अंग्रेजों ने उनके पूरे गाँव को घेर लिया। उन्होंने वहाँ से भागने का प्रयास किया, किंतु वे सफल नहीं हो सके। पुलिस ने उन्हें घर से ही गिरफ्तार कर लिया। पत्नी जगदंबा देवी अंग्रेजों के सामने बहुत रोई और हाथ जोड़कर काफी मिन्नतें कीं कि पुलिस उनके पति को न ले जाए, लेकिन अंग्रेज पुलिस नहीं मानी और सन् 1942 में उन्हें तीन साल का कठोर कारावास देकर जेल भेज दिया।

आखिरकार वह समय भी आ गया, जिसका हर देश-प्रेमी दशकों से इंतजार कर रहे थे। 15 अगस्त, 1947 को देश आजाद हो गया। आजादी के बाद उत्तर प्रदेश में जब पहला विधानसभा चुनाव हुआ तो बलभद्र प्रसाद शुक्ल 1952 से 1957 तक अपने क्षेत्र के विधायक चुने गए। तब से लेकर जीवन के अंतिम दिनों तक उन्होंने समाज की खूब सेवा की, जिसको वहाँ की जनता आज भी याद करती है। 25 दिसंबर, 1983 में उनके मूल स्थान ग्राम देवराना, बलरामपुर में उनका निधन हुआ। ऐसे महान् महापुरुष कहीं जाते नहीं हैं, वे तो लोगों के दिलों में आज भी जीवित हैं। उनके आदर्श आनेवाली पीढ़ियों के लिए मार्गदर्शन का कार्य करते हैं।

*स्रोत : साभार पवन शुक्ला पुत्र स्व. बलभद्र प्रसाद शुक्ल,*
*ग्राम-देवराना, बलरामपुर*

□

# 24
# महावीर सिंह

महावीर सिंह के घर में देशभक्ति का माहौल रहा था। उनका जन्म उत्तर प्रदेश के एटा जिले के शाहपुर टहला नामक गाँव में हुआ था। उनके पिता कुँवर देवीसिंह अच्छे वैद्य थे। वे बाल्यकाल से ही क्रांतिकारी विचारों के थे। महावीर सिंहजी ने 1925 में डी.ए.वी. कॉलेज कानपुर में प्रवेश लिया। तभी चंद्रशेखर आजाद के संपर्क में आकर 'हिंदुस्तान सोशलिस्ट रिपब्लिक एसोसिएशन' के सक्रिय सदस्य बन गए। महावीर सिंह भगत सिंह के प्रिय साथी बन गए। उसी दौरान महावीर सिंहजी के पिताजी ने उनकी शादी तय करने के संबंध में पत्र भेजा, जिसे पाकर वे चिंतित हो गए। शिव वर्मा की सलाह से उन्होंने पिताजी को पत्र लिखकर अपने क्रांतिकारी पथ चुनने से अवगत कराया। कानपुर में क्रांतिकारियों के सान्निध्य से आजादी के लिए कुछ कर-गुजरने के जज्बे को नई राह मिली और वे पूरी तरह अंग्रेजों के विरुद्ध क्रांतिकारी संघर्ष में कूद पड़े। उनकी गतिविधियों की जानकारी जब उनके पिता देवी सिंह को मिली तो उन्होंने विरोध की जगह अपने पुत्र को देश के लिए बलिदान होने के लिए आशीर्वाद ही दिया।

गौरतलब है कि अनेक क्रांतिकारी उनके गाँव के घर में कई बार रुके थे। सरदार भगत सिंह स्वयं तीन दिन तक शाहपुर टहला स्थित उनके घर में छिपकर रहे थे।

काकोरी और सांडर्स कांड के बाद वे अंग्रेजों के लिए चुनौती बन गए थे। उन्होंने सांडर्स की हत्या के बाद भगत सिंह को लाहौर से निकालने में सक्रिय भूमिका निभाई थी। 1929 में उन्हें गिरफ्तार कर लिया गया और अन्य क्रांतिकारियों के साथ कालापानी की सजा सुनाई गई।

उस दौरान अंडमान जेल में क्रांतिकारियों को अनेक यातनाएँ दी जाती थीं। यातनाओं, बदसलूकी और बदइंतजामी के खिलाफ जेल में बंद क्रांतिकारियों ने भूख हड़ताल शुरू कर दी। अंग्रेजों ने उनकी भूख हड़ताल को तोड़ने की भरसक कोशिशें कीं, लेकिन वे नाकाम रहे। बंदियों को जबरदस्ती खाना खिलाने का भी प्रयास किया गया, लेकिन उसमें भी अंग्रेज नाकाम रहे। उन्होंने महावीर सिंह की भी भूख हड़ताल

तुड़वाने की बहुत कोशिशें कीं, उन्हें अनेक लालच भी दिए, यातनाएँ दीं, लेकिन वे अपने निर्णय से टस-से-मस नहीं हुए। लाख कोशिशों के बावजूद अंग्रेज महावीर सिंह की भूख हड़ताल नहीं तुड़वा सके। अंग्रेजों ने फिर जबरदस्ती करके उनके मुँह में खाना ठूँसने की कोशिशें कीं, इसमें भी वे सफल नहीं हो पाए।

इस बारे में अनेक किंवदंतियाँ हैं। कुछ के अनुसार इसके बाद अंग्रेजों ने नली के द्वारा नाक से उन्हें जबरदस्ती दूध पिलाने की कोशिश की। इस प्रक्रिया में उन्हें जमीन पर गिराकर 8 पुलिसवालों ने पकड़ रखा था। हठी महावीर सिंह राठौड़ ने पूरी जान लगाकर उनका विरोध किया, जिससे दूध उनके फेफड़ों में चला गया। नतीजतन 17 मई, 1933 को इससे उनकी मृत्यु हो गई।

कुछ बंदी क्रांतिकारी कैदियों के द्वारा बाद में दी गई जानकारी के अनुसार अंग्रेजों द्वारा उनका अनशन तुड़वाने की खातिर जबरन खाना खिलाए जाने से क्रुद्ध होकर बलिष्ठ शरीर के स्वामी महावीर सिंह ने पकड़े सिपाहियों को धक्का देकर जेलर को पकड़ लिया और उसे बीच से चीर दिया। इस घटना के बाद क्रुद्ध होकर बाद में उन्हें वहीं फाँसी दे दी गई और उनके शव को अंग्रेजी हुकूमत ने पत्थरों से बाँधकर समुद्र में फेंक दिया। यद्यपि उनकी मृत्यु की तारीख के बारे में भी विवाद है। कुछ जानकार उनकी मृत्यु 17 मई, 1933 बताते हैं तो कुछ 16 अगस्त, 1933।

□

# 25

# विशंभर दयाल अवस्थीजी

*सच है, विपत्ति जब आती है,*
*कायर को ही दहलाती है।*
*शूरमा नहीं विचलित होते,*
*बड़े नहीं धीरज खोते।*
*विघ्नों को गले लगाते हैं,*
*काँटों में राह बनाते हैं।*
*मुख से न कभी उफ कहते हैं,*
*संकट का चरण न गहते हैं।*

दिनकरजी की लिखी हुई ये पंक्तियाँ शहीद विशंभर दयाल अवस्थीजी पर बिल्कुल सटीक बैठती हैं।

भारतवर्ष की धरती पर ऐसे-ऐसे वीर सपूतों ने जन्म लिया, जिन्होंने देश को अंग्रेजों की गुलामी से आजादी दिलाने के लिए अपना पूरा जीवन भारतमाता के चरणों में समर्पित कर दिया। देश की आजादी के लिए अंग्रेजों द्वारा उनकी जेलों में दी गई यातनाओं को उन्होंने हँसते हुए सहा और हँसते-हँसते अपने प्राणों की आहुति भी देने में जरा सी देरी नहीं की। आज ऐसे महापुरुषों का नाम लेते हुए हमें गर्व होता है कि हम भी उसी मातृभूमि पर जनमे हैं, जहाँ पर ऐसे वीर देशभक्तों ने भारतमाता के लिए अपनी जान की कुरबानियाँ दीं। ऐसा ही एक वीर देशभक्त हैं विशंभर दयाल अवस्थी।

विशंभर दयाल अवस्थी का जन्म ग्राम काँहीपुर, पोस्ट विलोकपुर, तहसील हैदरगढ़, जिला बाराबंकी में पिताश्री शिव प्रसाद अवस्थी के घर सन् 1911 में हुआ। उनके पिता शिव प्रसाद अवस्थी एक किसान थे। लेकिन जैसाकि हर पिता अपने पुत्र के बारे में कुछ बेहतर सोचता है, ठीक वैसा ही उनके पिताजी की भी यह ख्वाहिश थी कि बेटा खूब पढ़-लिखकर उनका नाम रोशन करे। लेकिन परिवार की गरीबी और लाचारी के कारण उनकी शिक्षा-दीक्षा ज्यादा नहीं हो पाई, जिसके बाद बाल्यावस्था में उनका

विवाह गंगा देवी से हो गया। लेकिन मन में तो देशभक्ति की चिनगारी भड़क रही थी। वे कम पढ़े-लिखे थे, लेकिन उनके अंदर देशभक्ति की सेवा कूट- कूटकर भरी हुई थी। अंग्रेजी हुकूमत को जड़ से उखाड़ फेंकने का जज्बा और जुनून था। यही कारण था कि वे युवावस्था में ही सक्रिय स्वतंत्रता संग्राम सेनानी बन गए।

विशंभर दयाल अवस्थीजी महात्मा गांधीजी के आदर्शों से बहुत प्रभावित हुए। सन् 1930 में जब उनकी उम्र 19 वर्ष की थी, उस समय उन्होंने 'नमक सत्याग्रह' आंदोलन में अंग्रेजी हुकूमत के खिलाफ पूरे बाराबंकी जिले में आंदोलन में बढ़-चढ़कर हिस्सा लिया। उसमें उन्होंने वे अंग्रेजों की लाठियाँ खाईं, पकड़े गए और 5 माह की सजा हुई। जेल से रिहा होने के बाद भी देश की आजादी को लेकर उनका जोश दोगुना हो गया। वे पुनः लोगों को संगठित करके अंग्रेजी हुकूमत के खिलाफ सक्रिय हो गए और गाँव-गाँव जाकर जनसभाएँ व चौपाल लगाकर लोगों के अंदर देशभक्ति का दीया जलाने लगे। जब उन्होंने नमक सत्याग्रह आंदोलन में हिस्सा लिया, उस दिन के बाद से उन्होंने और उनकी पत्नी ने कभी भी अंग्रेजों के हाथ का बना हुआ नमक नहीं खाया। वे दोनों अपना नमक स्वयं बनाते थे, जिसे दोनों खाते थे। बाद में वे राजनैतिक पार्टी कांग्रेस के सक्रिय कार्यकर्ता बन गए तथा मंडल कांग्रेस कमेटी के अध्यक्ष हुए। 19 नवंबर, 1940 को भारत छोड़ो आंदोलन में वे एक क्रांतिकारी का दायित्व निभाते हुए आजादी के उस आंदोलन में एक बार फिर कूद पड़े, जिसमें उनकी गिरफ्तारी हुई और तीन माह की जेल हुई।

चूँकि वे उस समय कांग्रेस कमेटी के नेता और एक युवा स्वतंत्रता संग्राम सेनानी के साथ-साथ बहुत अच्छे वक्ता भी थे। यही कारण था कि उनकी एक आवाज पर हजारों देशभक्तों की भीड़ उमड़ पड़ती थी। शायद यही वजह थी कि अंग्रेजी शासन के अधिकारियों की आँख में वे गड़ने लगे। बाराबंकी जिले में जब वे अंग्रेजी हुकूमत के खिलाफ हजारों देशभक्तों के साथ भारत छोड़ो आंदोलन को हवा दे रहे थे, उसी समय अंग्रेजी पुलिस ने आंदोलन कर रहे लोगों पर लाठियाँ व कोड़े बरसाने शुरू कर दिए और आंदोलनकारियों को गिरफ्तार कर जेल भेजने लगे।

सन् 1942 में आजादी के लिए अंग्रेजों से लड़ रहे क्रांतिकारियों को कुछ धन और हथियारों की आवश्यकता पड़ी। तभी उन्होंने अपने अन्य सहयोगी क्रांतिकारियों के साथ मिलकर बाराबंकी की हैदरगढ़ तहसील के खजाने को लूटने की योजना बनाई और पूरा खजाना लूट लिया। खजाना लूटने के बाद वे और बाकी साथी वहाँ से भाग निकलने में सफल रहे। लेकिन एक साथी शिवभद्र मिश्रा गिरफ्तार हो गए थे। इस घटना के बाद में जब अंग्रेजों को यह खबर मिली कि विशंभर दयाल घर पर ही छुपे हुए हैं तो पुलिस ने पूरे घर को चारों तरफ से घेर लिया। चूँकि कोई अन्य पुरुष घर पर था नहीं, विशंभर दयालजी के पिताजी और दादाजी का पहले ही स्वर्गवास हो चुका था। पत्नी गंगा देवी

भी अंग्रेजी हुकूमत के खिलाफ थीं और अंग्रेजों से बहुत घृणा करती थीं। पति को बाहर न भेजकर स्वयं बाहर निकलीं। तब अंग्रेज अफसर ने पत्नी गंगा देवी से कहा, 'अपने पति विशंभर दयालजी को बाहर निकालो, उन्हें गिरफ्तार करना है, क्योंकि आपके पति ने भारत छोड़ो आंदोलन में अन्य लोगों के साथ आंदोलन करने का अपराध किया है।' इतना सुनकर गंगा देवी निडरतापूर्वक अंग्रेज अफसर से बोलीं, 'एक दिन आएगा, जब आपकी टोपी मेरे पैरों के नीचे होगी और तब देश आजाद होगा।' इतना सुनकर अंग्रेजी पुलिस ने घर में घुसकर विशंभर दयालजी को घर से गिरफ्तार कर लिया। भारतमाता का वह वीर सपूत 32 वर्ष की आयु में अपनी बुलंद आवाज से दोनों हाथ उठाकर 'भारतमाता की जय, भारतमाता की जय' और 'इनकलाब जिंदाबाद' के नारे लगाता रहा। वही उनका अंतिम दर्शन था। उसके बाद फिर कभी वे लौटकर घर वापस नहीं आए। चूँकि वे एक सक्रिय युवा सेनानी थे और जिन्होंने अपने साथियों के साथ मिलकर हैदरगढ़ तहसील के खजाने को लूटने के लिए योजना बनाई थी, इसलिए 14 दिसंबर, 1942 को धारा 394 आई.पी.सी. के अंतर्गत एस.डी.एम. हैदरगढ़ के कोर्ट द्वारा दो वर्ष के कठोर कारावास की सजा दी गई। जेल के अंदर खाने में उन्हें काँच पीसकर खिलाया जाने लगा, साथ ही तरह-तरह की अन्य यातनाएँ भी दी जाने लगीं, जिससे 18-19 जून, 1943 की मध्य रात्रि को जेल में ही उनकी मृत्यु हो गई। इस वीर सपूत को शत-शत नमन! उन्होंने जेल में तमाम असहनीय यातनाएँ सहीं। लेकिन दिल और दिमाग से देशभक्ति का जुनून तनिक भी कम न हुआ और मात्र 32 वर्ष की युवा अवस्था में ही वे देश के लिए शहीद हो गए।

शहीद विशंभर दयाल अवस्थीजी की पत्नी गंगा देवीजी का स्वर्गवास सन् 1992 में हुआ।

*स्रोत : साभार शहीद विशंभर दयाल अवस्थीजी के पौत्र*
*जय शंकर अवस्थीजी से साक्षात्कार*

□

# 26

# सूर्य नारायण विद्यार्थी

स्वतंत्रता सेनानियों के अंग्रेजों को बाहर करके देश को आजादी दिलाने के संघर्ष को भारत में कोई नहीं भूल पाएगा। क्योंकि भारत को अंग्रेजों के अत्याचारी शासन से मुक्त कराने के लिए जिन-जिन लोगों ने अपने जीवन का बलिदान कर दिया, उनमें कुछ के नाम इतिहास के चमकी ले पन्नों पर लिख गए तो कुछ अपनी ही मस्ती में मलंग बनकर अपने कार्यों में लगे रहे, पर पन्नों पर उतर नहीं सके। लेकिन आज हम उन स्वतंत्रता सेनानियों के प्रयासों को देखें तो उनके द्वारा किए गए बलिदानों के कारण ही आज हम स्वतंत्र हैं। ऐसे ही एक महान् सेनानी है सूर्य नारायण विद्यार्थी।

भारत की आजादी के अपराजेय योद्धा स्वतंत्रता संग्राम सेनानी सूर्य नारायण विद्यार्थी का जन्म 16 मार्च, 1911 को छोटी काशी, गोला गोकर्णनाथ, खीरी की धरती पर पिता श्री कन्हैया लाल के यहाँ पर हुआ था। वे अपने तीन भाइयों में सबसे छोटे थे। छोटे होने के कारण अपने माता-पिता के लाड़ले थे। उन्हें 'विद्यार्थी' कहकर पुकारा जाता था। आजादी के इस मतवाले ने अंग्रेजों के खिलाफ लड़ाई को वरीयता दी, फलतः उनकी शिक्षा हाई स्कूल तक ही हो सकी।

महात्मा गांधी द्वारा 12 मार्च, 1930 को दांडी मार्च की शुरुआत की गई थी। यह यात्रा अहमदाबाद के साबरमती आश्रम से समुद्र तटीय गाँव दांडी तक निकाली गई थी। इसका मुख्य उद्देश्य अंग्रेजों द्वारा लागू नमक कानून के विरुद्ध सविनय कानून को भंग करना था। दरअसल अंग्रेजी शासन में भारतीयों को नमक बनाने का अधिकार नहीं था। उन्हें इंग्लैंड से आनेवाला नमक ही इस्तेमाल करना पड़ता था। इतना ही नहीं, अंग्रेजों ने इस नमक पर कई गुना कर भी लगा दिया था। लेकिन नमक जीवन के लिए आवश्यक वस्तु है, इसलिए इस कर को हटाने के लिए गांधीजी ने यह आंदोलन चलाया था। यह आंदोलन तकरीबन एक साल तक चला, जिसमें 70,000 से भी ज्यादा भारतीयों को गिरफ्तार किया गया था। 1931 में गांधी और तत्कालीन वायसराय लॉर्ड इरविन के बीच हुए समझौते के साथ इस सत्याग्रह को खत्म किया

गया। किंतु तब तक चिनगारी भड़क चुकी थी और इसी आंदोलन से 'सविनय अवज्ञा आंदोलन' की शुरुआत हुई, जिसने संपूर्ण देश में अंग्रेजी हुकूमत के विरोध में व्यापक जन संघर्ष को जन्म दिया।

सूर्य नारायण विद्यार्थी ने नमक सत्याग्रह आंदोलन में महत्त्वपूर्ण भूमिका निभाई। अंग्रेजी हुकूमत के विरुद्ध उनका जबरदस्त प्रदर्शन उन्हें रास नहीं आया, जिसके कारण पुलिस ने उन्हें गिरफ्तार करके कोर्ट में पेश कर दिया, जहाँ से सूर्य नारायण विद्यार्थीजी को एक वर्ष कठोर कैद की सजा दी गई।

विद्यार्थीजी जनजागरण पर विशेष बल दिया करते थे, उनका मानना था कि अगर जनता जाग जाए तो फिरंगी एक दिन में अपना बोरिया बिस्तर बाँधकर ब्रिटेन भागने को मजबूर हो जाएँगे। इसी क्रम में दिसंबर 1931 को आठ कार्यकर्ताओं का दल कांग्रेस का प्रचार करने के लिए लखीमपुर खीरी से रवाना हुआ। यह दल अनेक ग्रामों में प्रचार करते हुए 22 दिसंबर को लौटा। इस दल में सूर्य नारायण विद्यार्थीजी ने कुशल नेतृत्व किया और अहम भूमिका निभाई थी।

अंग्रेजी सरकार द्वारा खीरी जिले में 4 जनवरी से 2 मार्च, 1932 तक के लिए धारा 144 लगाकर राजनीतिक कार्यकताओं की गिरफ्तारी के विरोध में की जानेवाली सभाओं और जुलूसों की मनाही कर दी गई। इसके लिए मुनादी पीटी गई कि कोई हड़ताल न करे, न सत्याग्रह करनेवालों को कोई अपने घर में जगह दे और न उनसे कोई बातचीत करे।

धारा 144 की घोषणा 4 जनवरी को रात में दस बजे की गई। जिसे 5 जनवरी के प्रातः लागू होना था, मगर उससे पहले 4 जनवरी को ही जिला कांग्रेस कमेटी भंग कर दी गई थी और पं. रामआसरे शुक्ल जिले के प्रथम डिक्टेटर नियुक्त किए गए। इधर अंग्रेजों ने महात्मा गांधी और सरदार पटेल को गिरफ्तार कर लिया, उनकी गिरफ्तारी के विरोधस्वरूप 6 जनवरी, 1932 लखीमपुर और गोला गोकर्णनाथ में हड़ताल कर दी गई। धारा 144 लागू होने के बावजूद 7 जनवरी को गोला में जुलूस निकाला तथा आंदोलन किया गया, जिसके कारण सूर्य नारायण विद्यार्थी और गोवर्धन लालजी को गिरफ्तार किया गया। उन्हें डेढ़ वर्ष कैद तथा 100 रुपए जुरमाना एवं 30 बेंत की सजा दी गई। जेल की कठोर यातनाओं को उन्होंने हँसते-हँसते झेला, किंतु झुकना स्वीकार नहीं किया। जेल की सजा काटने के बाद वे फिर जनजागरण के अभियान में जुट गए।

सूर्य नारायण विद्यार्थी भारत की आजादी के स्वप्न को साकार करने के लिए कई आंदोलनों में अपनी अहम भूमिका निभाते रहे। वे एक निडर व्यक्तित्व के धनी थे। पुनः व्यक्तिगत सत्याग्रह आंदोलन के दौरान सन् 1941 में अंग्रेजों ने उन्हें गिरफ्तार कर लिया। कोर्ट ने उन्हें एक वर्ष कैद तथा 20 रुपए जुरमाने की सजा सुनाई।

सूर्य नारायण विद्यार्थी का विवाह श्रीमती रामकली देवीजी से हुआ था। विद्यार्थीजी स्वतंत्रता संग्राम सेनानी के साथ-साथ एक कुशल पत्रकार भी थे। उन्होंने पत्रकारिता के क्षेत्र में भी महत्त्वपूर्ण योगदान दिया। इस महान् स्वतंत्रता संग्राम सेनानी का लखीमपुर खीरी गोला गोकर्णनाथ में 7 मार्च, 1962 को निधन हो गया।

*स्रोत : साभार करुणा रानी गुप्ता पुत्री स्व. सूर्य नारायण विद्यार्थी से प्राप्त साक्षात्कार,*
*जिला उपाध्यक्ष, स्वतंत्रता संग्राम सेनानी परिवार,*
*इटावा, पता-94, नरवासा, इटावा*

□

# 27

# स्वतंत्रता संग्राम सेनानी वैद्यनाथ गिरि

देश की आजादी में अपना महत्त्वपूर्ण योगदान देनेवाले स्वतंत्रता संग्राम सेनानी स्व. वैद्यनाथ गिरि का जन्म एक गरीब गोस्वामी (गिरि) परिवार में 29 जनवरी, 1916 को हुआ था। उनके पिता का नाम श्री पुरुषोत्तम गिरि था। वे तीन भाइयों में सबसे छोटे थे। लगभग 5 वर्ष की उम्र में ही उनकी माताजी की मृत्यु हो गई। तब पिताजी उन्हें अपने साथ लेकर विरासत में मिले विभिन्न ग्रामों में स्थित शिव मंदिरों में ले जाने लगे, जिससे परिवार का भरण-पोषण होता था। परिवार की कृषि भूमि से सिंचाई के अभाव में फसल नहीं हो पाती थी। उनका जीवन अभावों में ही बीत रहा था।

इसी बीच सन् 1929 में उनके पिताजी की मृत्यु हो गई, जिससे वे पूरी तरह से बेसहारा हो गए। वैद्यनाथ कोटि के दोनों भाई मजदूरी के लिए बनारस (वाराणसी) में रहते थे। उनकी कुशाग्रता एवं कक्षा में हमेशा प्रथम आने से विद्यालय के अध्यापक व विद्यार्थी उनसे प्रभावित थे। सन् 1930 में उन्होंने जूनियर हाई स्कूल की परीक्षा उच्च श्रेणी में उत्तीर्ण कर ली। शिक्षा काल में ही वे चंद्रशेखर आजाद की जीवनी से काफी प्रभावित हुए और उन्हीं की तरह देश की आजादी के लिए क्रांतिकारी बनना चाहते थे। इसलिए देश की आजादी का ताना-बाना भी बुनने लगे।

महात्मा गांधी का सन् 1930 के नमक सत्याग्रह का आंदोलन अन्य शहरों की भाँति चंदौली भी पहुँच गया। छात्रों एवं नौजवानों की टोली लेकर चंदौली बाजार में नमक सत्याग्रह आंदोलन के जुलूस का नेतृत्व करते हुए वे अंग्रेजों के विरुद्ध नारा बुलंद करने लगे। अंग्रेज सिपाहियों द्वारा जुलूस पर बल प्रयोग होने लगा, जिससे तमाम लोग भाग खड़े हुए। उनको पुलिस द्वारा पकड़कर जज के समक्ष प्रस्तुत किया गया। जज द्वारा उनका नाम पूछे जाने पर उन्होंने अपना नाम आजाद नं.-1 बताया। पिता का नाम स्वतंत्रता व माता का नाम भारतमाता बताया। उनकी निर्भीकता एवं उत्तर से चिढ़कर अल्पव्यस्क होते हुए भी जज द्वारा उन्हें छह माह की कैद व 50 रुपए की सजा सुनाई गई। जुरमाना अदा न करने पर उनकी सजा सश्रम कारावास में बदल दी गई। जेल में

उनकी मुलाकात क्रांतिकारियों एवं महात्मा गांधी से प्रेरित उदारवादी आंदोलनकारियों से हुई। उदारवादी आंदोलनकारियों में श्री जगत नारायण दूबे, श्री राजाराम शास्त्री, पं. कमलापति त्रिपाठी प्रमुख थे। अंग्रेजों के विरुद्ध चल रहे आंदोलन के विषय में जानकारी मिली। जेल के साथियों से प्रभावित होकर देश को आजाद कराने के लिए उन्होंने अपने आप को पूरी तरह राष्ट्र को समर्पित कर दिया। जेल की सजा पूरी करने के बाद जब वे घर वापस आए तो पता चला कि उनके दोनों बड़े भाई, जो मजदूरी करने के लिए बनारस गए थे, उन दोनों की अकाल मृत्यु हो चुकी है। ऐसी स्थिति में अब परिवार में किसी के भी नहीं होने के फलस्वरूप देश को आजाद कराने के लिए उन्होंने अपना पूरा समय राष्ट्र को समर्पित कर दिया। देश को अंग्रेजों के अत्याचार से मुक्त कराने के लिए उन्होंने आंदोलन की कहानी को जनता के बीच ले जाने का निश्चय किया। वे दूर-दूर के गाँव में जा-जाकर नौजवानों व किसानों को चंद्रशेखर आजाद की कहानी सुनाते व अपने जेल का संस्मरण सुनाकर अंग्रेजों के विरुद्ध आंदोलन करने के लिए तैयार करने लगे। जिस गाँव में रात हो जाती, उस दिन किसी के घर भोजन करके सो जाते तथा अगले दिन दूसरे गाँव के लिए निकल जाते थे।

सन् 1931 में अंग्रेजों के विरुद्ध पूरे देश में जबरदस्त असहयोग आंदोलन शुरू हो चुका था। वे भी अपने नौजवानों के समूह के साथ सकलडीहा बाजार में 'वंदे मातरम्', 'भारतमाता की जय', 'अंग्रेजो जुल्म करना बंद करो' का नारा लगाते हुए जोरदार जुलूस निकालकर भ्रमण कर रहे थे तथा सकलडीहा वासियों को जाग्रत् कर रहे थे। इसी बीच थाना बलुआ की चौकी सकलडीहा के अंग्रेज सिपाहियों द्वारा जुलूस पर लाठीचार्ज कर दिया गया तथा उनके साथ-साथ कुछ अन्य नौजवानों को गिरफ्तार कर लिया गया। सिपाहियों द्वारा उन्हें जज के समक्ष पेश किया गया। जज द्वारा उन्हें तीन माह की कारावास की सजा दी गई। संपूर्ण भारत में समस्त आंदोलनकारियों की रिहाई के फलस्वरूप उन्हें भी लगभग दो माह बाद ही जेल से रिहा कर दिया गया।

जेल से रिहा होने के बाद अंग्रेजों के अत्याचार का बदला लेने के लिए वे भिन्न-भिन्न क्षेत्रों में जाकर नौजवानों को नए जोश के साथ आंदोलन के लिए तैयार करने लगे। महात्मा गांधी द्वारा सन् 1932 में अंग्रेजों को लगान न देने का निर्णय लिया गया। फलस्वरूप पूरे देश में लगान बंदी आंदोलन तेजी के साथ फैल गया। उन्होंने भी नौजवान साथियों को लेकर सकलडीहा, बलुआ आदि क्षेत्रों में घूम-घूमकर किसानों को लगान देने से मना कर दिया। आंदोलन जोर पकड़ता गया। थाना बलुआ चौकी सकलडीहा की पुलिस द्वारा उन्हें जुलूस का नेतृत्व करते हुए पकड़ लिया गया। जज के समक्ष प्रस्तुत करने पर जज द्वारा उन्हें 6 माह कठोर कारावास व 50 रुपए की सजा सुनाकर उन्हें जेल भेज दिया गया। जेल में कैदियों पर पशुवत् व्यवहार किए जाने के

विरुद्ध उन्होंने भूख हड़ताल कर, जिसमें धीरे-धीरे अन्य आंदोलनकारी भी भूख हड़ताल पर बैठ गए। तीसरे दिन जेल अधिकारियों के आश्वासन पर भूख हड़ताल समाप्त हो गई। तब से कैदियों को पशुवत् प्रताड़ित किए जाने पर अंकुश लग सका। जेल में पूर्व के परिचितों के अतिरिक्त उनकी मुलाकात नेताजी सुभाष चंद्र बोस की विचारधारा से प्रभावित तथा उसे माननेवाले उग्र क्रांतिकारियों से हुई। क्रांतिकारियों के विचारों से वे काफी प्रभावित हुए तथा उग्र क्रांति के द्वारा देश को अंग्रेजों से मुक्त कराने की मुहिम की योजना बनाने में लग गए।

जेल की सजा पूरी करके बाहर आने पर वे सर्वप्रथम ऐसे नौजवानों की टोली बनाने में लग गए, जो देश के लिए अपनी जान की कुरबानी देने के लिए तत्पर हों। इस प्रकार उन्होंने कुछ नौजवानों की टोली तैयार कर ली। उनके द्वारा सर्वप्रथम उनकी पोशाक आजाद हिंद फौज की तर्ज पर हाफ पैंट व हॉफ शर्ट व हाथ में लाठी (डंडा) निश्चित किया गया। उस समय घने बाग-बगीचे बहुतायत में थे। वे नौजवानों को उन बाग-बगीचों में ले जाकर आजाद हिंद फौज की भाँति ट्रेनिंग देने लगे। शरीर को स्वस्थ रखने, छद्म गुरिल्ला युद्ध, लाठी से हमला व आत्मरक्षा का प्रशिक्षण देने लगे। जेल में उग्र क्रांतिकारियों द्वारा मिले ज्ञान व प्रशिक्षण से टीम को तैयार करने के पश्चात् सरकार के रेलकर्मियों की जानकारी जुटाने के लिए उन्होंने अपने नौजवान साथियों को लगा दिया। समस्त जानकारी प्राप्त हो जाने के पश्चात् रेलकर्मियों द्वारा रेल के किनारे गड्ढों में छुपाए गए औजारों को लेकर वे अपने साथियों के साथ रेल की पटरियों को उखाड़ने लगे। यह क्रम लगातार चलता रहा। रेल पटरियाँ उखाड़ने के पश्चात् कई दिनों तक अपने साथियों सहित वे भूमिगत हो जाते थे।

महात्मा गांधी द्वारा 8 अगस्त, 1942 को मुंबई के लोकमान्य तिलक मैदान में 'अंग्रेजों भारत छोड़ो' का नारा दिया तथा देशवासियों से 'करो या मरो' का आह्वान किया गया। महात्मा गांधी का यह संदेश पूरे देश में तेजी से फैल गया। बनारस जनपद भी इससे अछूता नहीं रहा। महात्मा गांधी का 'करो या मरो' का नारा सुनते ही वे और अधिक जोश से अपने दोस्तों के साथ पटरियों को उखाड़ने व डाकघरों को ध्वस्त करने लगे। इसी क्रम में अंग्रेजों के आवागमन को अवरुद्ध करने के लिए जगदीश सराय ग्राम के पश्चिमी छोर पर रात्रि में अपने साथियों के साथ मिलकर जी.टी. रोड को रेलवे के औजारों से लगभग तीन-चौथाई भाग को काट डाला। सुबह होने एवं बनारस की ओर से अंग्रेजों की गाड़ी की रोशनी देखकर औजारों को वहीं छोड़कर साथियों के साथ घने बागों की आड़ लेकर भाग निकले। दिल्ली से कलकत्ता तक जी.टी. रोड को काटने की एकमात्र घटना जगदीश सराय में ही घटित हुई थी। उक्त घटना के पश्चात् वे कई दिनों तक भूमिगत रहे। अंग्रेजों की खोजबीन बंद होने के पश्चात् रात्रि में कभी-कभी बरसात

के मौसम में अँधेरे का लाभ उठाकर घर पर रात्रि बिताने के लिए आ जाया करते थे। 23 अगस्त, 1942 को भी रात्रि में आकर वे घर पर सोए ही थे कि मुखबिर की सूचना पर थाना चंदौली से आकर भारी पुलिस ने रात्रि लगभग दो बजे घर को चारों तरफ से घेर लिया और उन्हें गिरफ्तार कर लिया। प्रातः 24 अगस्त को उन्हें चंदौली थाने पर लाया गया। इस बार घर से गिरफ्तार होने के फलस्वरूप उनका वास्तविक नाम-पता नहीं छिप सका। अतः 7 सितंबर, 1942 को उन्हें दो वर्ष का सश्रम कारावास एवं 15 बेंत की सजा सुनाई गई। प्रारंभ में उन्हें जनपद बनारस की जेल में रखा गया, जेल में भी वे शांत नहीं रह सके। उनका हमेशा यही कहना था कि जुल्म को जज्ब करना जालिम को जन्म देना है। जिसके कारण वे जेल के अंदर अन्य कैदियों पर हो रही ज्यादतियों को देखकर भूख हड़ताल पर कुछ कैदियों को लेकर बैठ गए तथा कैदियों से भारी-भरकम आटा चक्की से गेहूँ न पिसवाने की माँग करने लगे। धीरे-धीरे भूख हड़ताल में सभी कैदी सम्मलित होते गए। तीन दिन बाद जेलर द्वारा कैदियों से गेहूँ न पिसवाने, बाहर से गेहूँ पिसवाकर आटा लाने के आश्वासन पर उन्होंने भूख हड़ताल समाप्त कर दी। आए दिन की नई-नई माँगों एवं समस्या उत्पन्न करने से परेशान होकर जेल प्रशासन द्वारा उनका स्थानांतरण 12 सितंबर, 1942 को केंद्रीय कारागार बनारस में कर दिया गया। केंद्रीय करागार में भी कैदियों के साथ पशुवत् व्यवहार देखकर वे इस जुल्म के खिलाफ कैदियों को एकजुट करने लगे। जेल प्रशासन के समक्ष भी अपनी माँग निरंतर रखते रहे। अंत में परेशान जेल प्रशासन द्वारा उनका स्थानांतरण 7 जुलाई, 1943 को लखनऊ सेंट्रल जेल करवा दिया गया। जेल की सजा पूर्ण होने के बाद उन्हें रिहा किया गया।

जेल से रिहा होने के बाद सन् 1945 में ही श्री कुबेर गिरि की पुत्री केशरी देवी के साथ उनका विवाह हुआ। शादी के बाद भी देश की आजादी के लिए वे गुरिल्ला युद्ध की भाँति अंग्रेज सैनिकों के आवागमन को अपने साथियों के साथ अवरुद्ध करते रहे। वे अंग्रेजों की हिट लिस्ट और मोस्टवांटेड की सूची में थे। अतः दिन में भूमिगत रहते हुए अपना आंदोलन चलाते रहे।

सकलडीहा छावनी के लिए सकलडीहा बाजार के सँकरे रास्ते से होकर गुजरता था, जो सकलडीहा के पूरब स्थित था। अंग्रेज अफसर सँकरे रास्ते से गुजरते हुए रास्ते में जो कोई बूढ़ा, बच्चा, जवान, स्त्री-पुरुष पड़ता था, उन्हें कोड़ों की मार से अधमरा कर देते थे। सन् 1945 में एक दिन सकलडीहा के कुछ लोगों ने उन्हें सकलडीहा ले जाकर स्थिति से अवगत कराया। उनके द्वारा उन लोगों में से 7-8 ऐसे नौजवानों को तैयार कर उस अंग्रेज अफसर को मौत के घाट उतार दिया। इसकी सूचना सुबह बनारस भेजी गई। काफी खोजबीन के बाद भी अंग्रेज अफसर को मारने का कोई सुराग नहीं मिल सका। उनके व सकलडीहा के नौजवानों के साहस से सकलडीहावासियों

को अंग्रेज अफसर अत्याचार से काफी हद तक मुक्ति मिल गई। अंततः वह दिन भी आ गया, जिसका सभी को इंतजार था, 14–15 अगस्त, 1947 की रात्रि 12 बजे देश स्वतंत्र हुआ।

देश की आजादी के बाद परिवार के जीविकोपार्जन के लिए राज्य सरकार के अधीन सहायक विकास अधिकारी (पंचायत) के पद पर कार्य करते हुए विकास खंड भपकोट, जनपद जालौन में 10 अक्तूबर, 1968 को वे इस संसार को छोड़कर चले गए। वैद्यनाथ गिरिजी तो आज हमारे बीच नहीं हैं, किंतु उनके आदर्श आज भी नौजवानों को प्रोत्साहित कर रहे हैं।

*स्रोत : साभार श्री पारसनाथ गिरि (रिटा. इंजीनियर),*
*पुत्र स्वतंत्रता संग्राम सेनानी स्व. वैद्यनाथ गिरि,*
*ग्राम व पो. जगदीश सराय, जनपद–चंदौली*

□

# 28

# पं. नागेश्वर द्विवेदी

पं. नागेश्वर द्विवेदी लोकनायक थे, एक आदर्श की प्रतिमूर्ति थे, दार्शनिक व्यक्ति थे, आनेवाली पीढ़ी को उन्होंने अपना सार्वजनिक जीवन जीकर एक संदेश दिया है। उनका जीवन अत्यंत सादगीपूर्ण रहा, जीवन भर उन्होंने खादी वस्त्रों के अलावा कोई वस्त्र नहीं पहना, दिखावा और प्रदर्शन से दूर रहकर एक सामान्य कृषक का ही जीवन बिताया और यही संदेश जनता को दिया। उनके सरल, आदर्श एवं सात्त्विक जीवन तथा निष्काम, कर्तव्यपरायणता से ईश्वर की अहेतुकी कृपा एवं जनमानस का विश्वास सदैव उनके ऊपर बना रहा। उन्हें सभी स्पृहणीय पद-सम्मान प्राप्त होते रहे।

पं. नागेश्वर द्विवेदीजी का जन्म 16 अक्तूबर, 1916 को जौनपुर जनपद के ग्राम प्रेमकापूरा में पं. बृजमोहन दुबे तथा श्रीमती रामराजी देवी के घर हुआ था। माता-पिता के घर आँगन में उनका बचपन काफी अच्छी तरह से बीता। शिक्षा के लिए उन्हें प्राथमिक विद्यालय में भेज दिया गया। प्राथमिक शिक्षा के बाद से ही स्वाधीनता की अभीप्सा उनके हृदय-सरोवर में जीवन के निर्माण काल से ही तरंगित हो रही थी। पं. शिववर्ण शर्मा (इटहां) की प्रेरणा और महात्मा गांधी के आह्वान पर मिडिल स्कूल की परीक्षा पास कर देश के स्वाधीनता के महासमर में कूद पड़े और संस्कृत मध्यमा की परीक्षा छोड़ उन्होंने देश-सेवा का व्रत लिया। सन् 1930 में मात्र 14 वर्ष की अल्पायु में उन्होंने प्रथम बार नमक आंदोलन में भाग लिया। सन् 1933 में अंग्रेजी हुकूमत का समर्थन करनेवाले उम्मीदवार राय राम प्रसाद वकील को डिस्ट्रिक्ट बोर्ड के चुनाव में हराया और अथक परिश्रम करके उनके विरुद्ध कांग्रेस उम्मीदवार डॉ. राम नरेश सिंह चितौड़ी को विजयी बनवाया। सन् 1936-37 में प्रदेश की असेंबली का चुनाव हुआ तो उन्होंने श्री केशव देव मालवीय को उनके क्षेत्र से विजय दिलाई। उनके राजनैतिक जीवन की शुरुआत लगभग 1937 में हुई, जब उनकी जनसेवा, कर्मठता, देश-प्रेम की भावना को देखते हुए उन्हें बेलवार कांग्रेस कमेटी का मंत्री बनाया गया।

वर्ष 1941 में महात्मा गांधी द्वारा संचालित सत्याग्रह आंदोलन में बेलवार मंडल

से 30 सत्याग्रहियों के साथ वे स्वयं भी जेल गए। प्रथम बार उन्हें 5 वर्ष की कैद और 5 रुपए के जुरमाना का दंड मिला। जब सभी सत्याग्रही जेल से छूटे तो उन्होंने गहरपारा ग्राम में उनका स्वागत समारोह किया। इस सभा में अंग्रेजी हुकूमत के विरुद्ध उत्तेजक और ओजस्वी भाषण देने के कारण उन्हें पुनः गिरफ्तार कर लिया गया और 9 माह के घोर कारावास की सजा दी गई। 1942 के प्रारंभ में कारागार से मुक्त होने पर उन्हें कांग्रेस पार्टी को मछलीशहर तहसील का संचालक बनाया गया।

वर्ष 1942 में जब सुजानगंज थाने पर कब्जा किया गया तो उसमें उनकी सराहनीय भूमिका रही। उसी दिन इलाहाबाद से थाने की सुरक्षा के लिए गारद न आ सके, इसलिए रायपुर (बादशाहपुर रोड) का पुल उन्होंने तोड़ दिया, जिसके एवज में उन्हें गिरफ्तार कर लिया गया और 6 वर्ष की सजा सुनाकर नैनी जेल में भेज दिए गए, इसके साथ ही थाना कब्जा करने एवं उपद्रव फैलाने के आरोप में उनकी सजा 8 वर्ष और पचास रुपया का जुरमाना बढ़ा दिया गया। इस तरह से दोनों सजाएँ मिलाकर उन्हें 14 वर्ष की सजा तथा पचास रुपए का जुरमाना हुआ। जेल में भी वे कैदियों को देश-सेवा एवं बलिदान के लिए अनुप्राणित करते रहे, इस कारण ब्रिटिश हुकूमत ने उनको 'तन्हाई' में रखने का निर्णय किया, ताकि क्रांति की चिनगारी न फैले। वर्ष 1946 में जब भारत में अपनी अंतरिम सरकार बनी तो उन्हें जेल से रिहा किया गया। जेल की कठोर यातनाएँ, पारिवारिक समस्याएँ और आर्थिक विपन्नता भी उन्हें अपने संकल्प एवं देश-सेवा की भावना से विचलित न कर सकीं।

आखिर वह दिन भी आ गया, जिसका भारतवासी इंतजार कर रहे थे। 15 अगस्त, 1947 को देश आजाद हो गया।

मटियाही आश्रम के परिसर में 1 जनवरी, 2010 की ब्रह्मवेला में पं. नागेश्वरजी की आत्मा परमात्मा में विलीन हो गई। इसी के साथ ही देश ने एक सच्चे लोकनायक, सत्य और अहिंसा के व्रती को खो दिया। कर्मयोग से अनुप्राणित उनका जीवन भारतीय संस्कृति एवं मनीषा के संवाहक के रूप में हमारे लिए और आनेवाली पीढ़ियों के लिए प्रेरणादायी बना रहेगा।

*स्रोत : साभार गिरजापति द्विवेदी पुत्र पं. नागेश्वर द्विवेदी से साक्षात्कार*

□

# 29

# महेंद्र सिंह

देश को आजादी दिलाने के लिए जिन महापुरुषों ने अपना सर्वस्व न्योछावर कर दिया, उनमें मेरठ के स्वतंत्रता सेनानी महेंद्र सिंह का नाम भी श्रद्धा से लिया जाता है। उनका जन्म सन् 1917 को जिला मेरठ, तहसील मवाना के गंगा किनारे बसे गाँव अमरसिंह पुर में पिता श्री छज्जूसिंह और माता श्रीमती भगवती देवी के घर हुआ था। उनके पिता जमींदार होते हुए भी साधारण तथा उच्च विचारों के एक स्वभाव से सहनशील व्यक्ति थे, अत: उन्हें 'भगज्जी' के उपनाम से पुकारा जाता था।

उनकी शिक्षा प्राथमिक स्तर पर गाँव में ही हुई, महेंद्रजी के चाचा बाबू तेजसिंह गांधीजी के अनुयायी बन चुके थे, जिसके कारण बचपन से ही देशभक्ति व वीरता के गीत गाँव में प्रचारकों द्वारा बालक महेंद्र सुना करते थे। सन् 1929 में जब पुन: गांधीजी मेरठ आए तो उनके चाचाजी अपने साथ उन्हें भी ले गए और उन्हें गांधीजी से मिलवाया। गांधीजी से मिलकर वे भी उनके अनुयायी बन गए। इसके साथ ही वे आजादी के संघर्ष में सक्रिय हो गए।

सन् 1930 में गांधीजी द्वारा नमक सत्याग्रह आरंभ किया गया और सविनय अवज्ञा आंदोलन शुरू हो गया। मेरठ व गाजियाबाद में सत्याग्रह आश्रमों की स्थापना की गई। गुरुकुल डोरली आश्रम में उनकी पं. शिव दयालु तथा नारायन देव शास्त्री से भेंट हुई और गाजियाबाद चंडी देवी मंदिर में विचित्र नारायन शर्मा के साथ मिलकर हिंडन नदी के किनारे नमक बनाने में भाग लिया। शराब की दुकानों पर धरना दिया तथा परीक्षितगढ़ में विदेशी कपड़ों की होली जलाई। इस समय महिलाओं में उर्मिला शास्त्री, प्रकाशवती सूद, कमला चौधरी तथा विद्यावती कंसल आंदोलन का नेतृत्व कर रही थीं। मवाना तहसील में कैलाश प्रकाश, उमादत्त शर्मा, रामपाल सिंह त्यागी, दीवान दत्त उपाध्याय, बाबूराम शर्मा अनेक व्यक्ति सक्रिय थे। इन आंदोलनों में सक्रिय भूमिका निभाने के बावजूद उनको पुलिस नहीं पकड़ सकी।

महेंद्र सिंह के पिताजी ने उनकी शादी वर्तमान जिला गाजियाबाद के एक गाँव

खंजरपुर के एक संपन्न, शिक्षित परिवार में चौधरी शशिरामजी की पुत्री शांति देवी के साथ तय कर दी। सन् 1937 ई. में उनका विवाह हुआ। शांति देवी ने देश-सेवा के कार्य में उन्हें पूर्ण सहयोग दिया और आजादी में अहिंसात्मक आंदोलन के लिए प्रेरित किया। वे भूमिगत देशभक्तों को खाना बनाकर दिया करती थीं और अप्रत्यक्ष रूप से आजादी के आंदोलन में सहयोग करती थीं।

सन् 1940 में गांधीजी द्वारा 'व्यक्तिगत सत्याग्रह' आरंभ किया गया। दिसंबर 1940 में श्री विष्णु-शरण दुबलिश के नेतृत्व में आंदोलन करते हुए उनको गिरफ्तार कर लिया गया और लगभग चार मास तक वे जेल में रहे। इसी दौरान उनकी पत्नी ने एक पुत्री की जन्म दिया, लेकिन उनके जेल में रहते उचित देखभाल न होने के कारण वह बच्ची स्वर्ग सिधार गई।

8 अगस्त, 1942 को बंबई अधिवेशन में 'अंग्रेजो भारत छोड़ो' का प्रस्ताव पारित हुआ। गांधीजी द्वारा 'करो या मरो' नारे के साथ भारत छोड़ो आंदोलन शुरू किया गया। इस आंदोलन का संचालन मेरठ में कैलाश प्रकाश ने किया तथा मवाना में ठाकुर रुमाल सिंह ने इसका नेतृत्व किया। 9 अगस्त को मवाना टाउन स्कूल में जुलूस निकालकर एक बड़ी सभा हुई। इस सभा में पुलिस अधीक्षक ग्लैन तथा थाना इनचार्ज जुल्फीकार मौजूद थे। थाना इनचार्ज द्वारा गोलियाँ चलाई गईं और लाठियाँ बरसाई गईं। 10 अगस्त को पुनः जुलूस निकाला गया, परंतु नौजवानों के मन में पुलिस से बदला लेने की भावना थी। अतः 16 अगस्त को फिर जुलूस निकालकर सभा करने की घोषणा की गई।

इसी दौरान महेंद्रजी गाँव के लोगों के साथ घर के बाहर बैठकर भारत छोड़ो आंदोलन के विषय में बातचीत कर रहे थे। अचानक सिविल ड्रेस में एक व्यक्ति आया और उसने पूछा कि महेंद्र सिंह से मिलना है। साथ बैठे लोगों ने उनकी ओर इशारा किया और उस व्यक्ति ने उनको बातों में लगा लिया। तभी पुलिस की टीम आ गई और उन्होंने उनको पकड़कर हाथ बाँध दिए। महेंद्र सिंहजी के पिता एक सर्वमान्य सम्मानित व्यक्ति थे। इसलिए परिवार का अपमान करने के लिए पुलिस अधिकारी ने हथकड़ी लगवाकर उन्हें अपने ही घोड़े पर बैठाकर गाँव भर में घुमाया और फिर अपने साथ ले जाकर सीधे जेल में डाल दिया। आंदोलन में भाग लेने के कारण क्रांतिकारियों के साथ उन्हें बंदी गृह में रखा गया। जेल में उनको तरह-तरह से यातनाएँ दी जाती थीं, जिसमें बर्फ पर लिटाना, सारी रात खड़े रखना, जाड़े में ठंडे पानी का प्रयोग करना आदि। उनके जेल जाने के बाद उनकी पत्नी बीमार पड़ गईं और 50 वर्ष की उम्र में ही उनका देहांत हो गया।

महेंद्र सिंहजी को 28 अक्तूबर, 1943 तक साढ़े चौदह महीने नजरबंद कैदी के रूप में मेरठ जेल में रखा गया। सन् 1940 के व्यक्तिगत आंदोलन और 1942 के भारत छोड़ो आंदोलन में उन्हें चौधरी चरण सिंह, मास्टर सुंदर लाल, पं. रामस्वरूप, रघुकुल तिलक,

मेरठ कैलाश प्रकाश, ठाकुर दास, दीवान दत्त उपाध्याय, उमादत्त शर्मा, पं. बाबूराम शर्मा, अमर सिंह, हरिदत्त शास्त्री, रतनलाल गर्ग, रुमाल सिंह, मवाना से पं. शिव दयालु, शिवदयाल सिंह, मेरठ से बाबू तेजसिंह, टीकम सिंह, केवल सिंह, विजयपाल सिंह, चंद्रमान, अमर सिंह पुर इंद्रराज सिंह, मटौरा से नारायन सिंह खेडी आदि अनेक आजादी के दीवानों से जेल में मिलने का अवसर प्राप्त हुआ। श्रीमती शकुंतला गोयल के नेतृत्व में अनेक महिलाएँ भी जेल में थीं। इन सभी के साथ वे आंदोलन की रूपरेखा बनाते रहते थे।

जेल में क्रांतिकारियों को गटर के बीच में सुलाया जाता था, जिससे सारी रात सीधे लेटकर काटनी पड़ती थी। जिन लोगों को पूरा खाना नहीं मिलता था, उन्हें महेंद्रजी अपना खाना देकर आधी खुराक में ही गुजारा करते थे। उनके गाँव के लगभग 10 व्यक्ति पकड़े जा चुके थे। अत: उनके गाँव को बागी घोषित कर सामूहिक जुरमाना किया गया था। जेल से रिहा होने के बाद घर लौटकर वे समाज-सेवा के कार्यों में लग गए।

15 अगस्त, 1947 को देश आजाद हो गया। लेकिन देश-सेवा की भावना कम नहीं हुई। अत: अपने पैतृक कार्य खेतीबाड़ी की देखभाल के साथ-साथ वे बाबू तेजसिंहजी के साथ आचार्य विनोबा भावे, जयप्रकाश नारायणजी की संस्था 'सर्वोदय' के आजीवन सदस्य बन गए। महेंद्रजी ने अपना पूरा जीवन सात्त्विकता के साथ गुजारा। उन्होंने कभी स्वतंत्रता सेनानी के रूप में किसी आर्थिक या राजनैतिक लाभ का लालच नहीं किया और लोगों की मदद करते रहे। महेंद्रजी का 6 नवंबर, 2005 को मेरठ में ही स्वर्गवास हो गया।

उनकी अंतिम इच्छा थी कि स्वतंत्रता सेनानियों द्वारा विरासत के रूप में दी गई 'अमूल्य' भेंट 'आजादी' भविष्य की पीढ़ी के हाथों में सुरक्षित रहे।

*स्रोत : साभार श्री कृष्णपाल सिंह पुत्र स्व. महेंद्र सिंह, महामंत्री,*
*जिला स्वतंत्रता संग्राम सेनानी परिषद्*

□

# 30

# श्री शिव दयाल सिंह

भारत माँ को अंग्रेजों की गुलामी से मुक्त करानेवाले स्वतंत्रता संग्राम सेनानियों में एक नाम श्री शिव दयाल सिंहजी का भी है। उनका जन्म ग्राम फकरपुर मोहम्मद शाहपुर, जिला बागपत में 25 अक्तूबर, 1910 में हुआ था। उनके पिता का नाम श्री मुख्तार सिंह था। वे चार भाई-बहनों में सबसे बड़े थे। उनकी शिक्षा केवल माध्यमिक तक ही हो सकी थी। माता-पिता का साया बाल्यकाल में ही उनके सिर से उठ गया था। इसलिए वे माध्यमिक स्तर से ज्यादा नहीं पढ़ सके। उनका विवाह श्रीमती खुशहाली देवी (जिला बागपत, [तत्कालीन मेरठ जिला] के ग्राम बाजीदपुर निवासी शिव सहाय की पुत्री) के साथ 17 वर्ष की आयु में हुआ।

महात्मा गांधी ने जब सन् 1929 में मेरठ का दौरा किया था, तब 19 वर्षीय शिव दयाल सिंह अपने गाँव से 50 किलोमीटर की पैदल यात्रा कर, अपने कुछ साथियों के साथ गांधीजी को देखने मेरठ पहुँच गए। वे गांधीजी से इतने प्रभावित हुए कि स्वतंत्रता आंदोलन में जी-जान से जुट गए। जब परतंत्र देश के भोले-भाले ग्रामीण तत्कालीन परिवेश में उनसे पूछते कि स्वतंत्रता मिलने से उन्हें क्या लाभ होगा ? तो वे उन्हें प्रेमपूर्वक उत्तर देते—"अंग्रेज असुर समान हैं, भारतमाता के सुरों को कुचला जा रहा है। चूँकि अंग्रेजों ने 1857 के भारतीय विद्रोह को बेरहमी से कुचल दिया गया था, इसलिए कुछ लोगों के मन में आंदोलन को लेकर संदेह था, लेकिन उन्होंने गांधीजी के सत्य-अंहिसा के अस्त्र के प्रभाव से सबको परिचित कराया।

सन् 1930 में जब सविनय अवज्ञा आंदोलन की गूँज सारे देश में फैली, तब एक कुशल गुप्तचर की भाँति इस आंदोलन से जुड़ने के लिए उन्होंने असंख्य युवाओं को प्रेरित किया। उनकी प्रेरणा पाकर क्षेत्र के युवाओं का जोश इस आंदोलन के प्रति इतना बढ़ा कि शिव दयाल सिंहजी अंग्रेजी सरकार की गंभीर वांछित अपराधियों की सूची में आ गए। बलिष्ठ और फुर्तीला शरीर होने के कारण वे अंग्रेजी पुलिस को चकमा देकर फरार हो जाते और अमूमन रात्रि पेड़ों पर या अपने गाँव के पास से गुजरनेवाली

रेलगाड़ियों की छतों पर बिताते। इसी शृंखला में एक बार फरार होने के लिए रेलगाड़ी बदलते-बदलते नितांत अज्ञात रेल मार्ग से होकर वे भुवनेश्वर जा पहुँचे। सन् 1930 से 1931 तक उनका पता उनके परिजनों तक को नहीं था, यहाँ तक कि उनके जीवित होने तक की कोई सूचना नहीं थी। 1931 में एक वर्ष अज्ञातवास में रहने के पश्चात् वे अपने गाँव फकरपुर लौटे।

सन् 1931 में गाँव लौटकर अपने गाँव में स्वतंत्रता आंदोलन का उन्होंने पुनः शंखनाद किया। इसी शृंखला में 20 अक्तूबर, 1931 को दशहरा के दिन क्रांतिकारियों की सभा का आयोजन करने के लिए मुंशी सहजराम के आवास के निकट मंच तैयार किया गया। इसी मंच पर आकर उन्होंने 'वंदे मातरम्' और 'भारतमाता की जय' का उद्घोष किया और डंके की चोट पर कहा कि अंग्रेजी सरकार लुटेरी है, हमें इसे जड़ से उखाड़कर फेंकना होगा। बस फिर क्या था, श्रोता भी 'भारतमाता की जय' का नारा लगाने लगे और जोश से भर उठे। एक बुजुर्ग ने मंच पर आकर उन्हें सम्मान स्वरूप माला पहनाई। फलस्वरूप इस क्षेत्र का तत्कालीन युवा वर्ग देशभक्ति से ओतप्रोत हो गया। यह वह समय था, जब वे अंग्रेजी सरकार के गुप्तचर विभाग के रडार पर आ चुके थे। इसी के चलते मेरठ के तत्कालीन ब्रिटिश जिलाधिकारी सभा स्थल पर पुलिस बल के साथ आ धमके। ब्रिटिश कलेक्टर जब उन पर चिल्लाया—'सुनो! शिवदयाल, 21 साल की उम्र मरने की नहीं होती है। जिंदगी से क्यों खिलवाड़ कर रहे हो?' तब उन्होंने आत्मविश्वास से उत्तर दिया, 'श्रीमान कलेक्टर, आप मुझे व्यक्तिगत रूप से गिरफ्तार कर रहे हैं, वास्तव में 21 साल की छोटी उम्र में यह मेरे लिए एक उपलब्धि है। आपको अपना काम करना चाहिए, मैं अपना काम कर रहा हूँ।' उनके उत्तर ने कलेक्टर को इस हद तक क्रोधित कर दिया कि उसने अपने अधीनस्थ पुलिसबल को उनको मंच से घसीटते हुए गिरफ्तार कर लाने का आदेश दिया। यह उनकी पहली गिरफ्तारी थी। सिपाहियों द्वारा गिरफ्तारी हेतु घसीटे जाने पर भी उन्होंने 'वंदे मातरम्' का नारा लगाना बंद नहीं किया। इस बार भी पुलिस अभिरक्षा से वे फरार हो गए और सहारनपुर तथा देहरादून होते हुए शिमला जा पहुँचे, जोकि उनके लिए एकदम अपरिचित नगर था। किंतु एक विश्वासघाती के कारण उन्हें शिमला से गिरफ्तार कर लिया गया। जेल से छूटने के बाद शिव दयाल सिंहजी ने 'क्रांतिकारी' संगठन बनाया, जो अंग्रेजों से टक्कर ले सके, जिसमें मुख्य रूप से उनके दो सगे भाई श्री मक्खन सिंह व रामेहर तथा चचेरा भाई बलजीत सिंह एवं आसपास के गाँवों के तिलक राम, जसवंत सिंह, रामस्वरूप, भीम सिंह तथा बालक राम और अन्य बहुत से लोग उनके साथ संगठन में सक्रिय रूप से जुट गए और उन लोगों ने गोठरा में टेलीफोन के तार काटकर अंग्रेजी संचार तंत्र को बड़ा झटका दिया। जंगलों में रहकर संगठन की गतिविधियों को सुचारु रूप से चलाते रहे।

29 अगस्त, 1931 को पानी के जहाज से गांधीजी गोलमेज सम्मेलन में सम्मिलित होने चले गए। उस समय लगान वसूलने में किसानों पर घोर अत्याचार किए जा रहे थे। कुछ ताकतवर राजा और जमींदार जनता का घोर शोषण कर रहे थे। कुछ को छोड़कर बाकी किसानों से बिल्कुल हमदर्दी नहीं रखते थे और वे किसानों व मजदूरों पर मनमाने अत्याचार करते रहते थे, सन् 1930–31 में अनाज के दाम बहुत अधिक गिर गए थे। गेहूँ की कीमत रुपए की 20–22 सेर तक पहुँच गई थी। जिस कारण किसानों के लिए लगान अदा कर पाना बहुत कठिन हो गया था। संयुक्त प्रांत की कांग्रेस कमेटी ने सरकार से अनुरोध किया कि अनाज की कीमतों को देखते हुए लगान में छूट दी जाए या उसकी वसूली को स्थगित कर दिया जाए। सरकार ने इसे लगान बंदी का आंदोलन समझा और गिरफ्तारियाँ शुरू कर दीं। सैकड़ों कांग्रेसी नेता गिरफ्तार कर लिये गए, जिनमें जवाहरलाल नेहरू, पुरुषोत्तम दास टंडन और शेरवानी जैसे प्रमुख नेता भी शामिल थे। अप्रैल 1932 में सत्याग्रह आंदोलन पूरे जोरों पर था। कांग्रेस गैर–कानूनी घोषित कर दी गई थी, उनके सब नेता व कार्यकर्ता जेलों में बंद थे। कांग्रेस के वार्षिक अधिवेशन का समय निकट आ गया था। यह तो संभव ही नहीं था कि इस अधिवेशन को पूर्व की भाँति धूमधाम से किया जाता। परंतु जो कार्यकर्ता अभी जेलों से बाहर थे और नियमित रूप से सक्रिय थे, उन्होंने निश्चय किया कि दिल्ली में चाँदनी चौक में घंटाघर के समीप इस अधिवेशन को किया जाए। इस कार्य के लिए चौ. शिवदयाल सिंह के नेतृत्व में गाँव से काफी लोग पुलिस की सतर्कता के बावजूद एक–एक करके दिल्ली पहुँच गए। इस अधिवेशन में विभिन्न प्रांतों से करीब 500 के लगभग कार्यकर्ता एकत्र हो गए। अहमदाबाद के सेठ रणछोड़दास अमृत लाल को सभापति बनाया गया। पुलिस के पहुँचने से पहले ही सारी काररवाई पूरी कर ली गई। इस अधिवेशन के सभापति पं. मदनमोहन मालवीयजी को पुलिस ने रास्ते में ही गिरफ्तार कर लिया था।

सन् 1934 में केंद्रीय असेंबली के जो चुनाव हुए, उनमें उत्तर प्रदेश की सभी सामान्य सीटों पर कांग्रेसी उम्मीदवार जीत गए। इस चुनाव में उन्होंने अपने क्षेत्र में लगन व मेहनत के साथ कार्य किया। उन्होंने क्रांतिकारी संगठन की धार को और उग्र बनाने के लिए एक बैठक गाँव में नीम के पेड़ के नीचे बुलाई गई। जब वे ग्रामीणों व अपने साथियों को संबोधित कर रहे थे तो तीन–चार की संख्या में पुलिसवाले आ गए और उन्हें गिरफ्तार करना चाहा, मगर भीड़ ने पुलिसकर्मियों पर रोड़े व पत्थर फेंकने शुरू कर दिए, उस समय पुलिसकर्मियों ने भागकर अपनी जान बचाई। पुलिसकर्मियों को चोटें बहुत आई थीं। उसके बाद उनकी गिरफ्तारी का वारंट जारी हो गया, मगर उन्हें गिरफ्तार न किया जा सका। इस बीच भूमिगत रहकर छद्म नामों से पत्र लिखकर वे संगठन का मार्गदर्शन करते रहे।

कांग्रेस का उनचासवाँ अधिवेशन लखनऊ में हुआ। चौ. शिव दयाल अपने साथियों सहित अधिवेशन में सम्मिलित होने लखनऊ पहुँच गए। पं. जवाहरलाल नेहरू को सभापति चुना गया। इस अधिवेशन में कांग्रेस ने 1935 के गवर्नमेंट ऑफ इंडिया ऐक्ट के प्रति घोर असंतोष प्रकट किया। पर साथ ही यह निश्चित किया गया कि जब चुनाव हों तो उसमें कांग्रेस भाग ले। किसानों की दुर्दशा की तरफ कांग्रेस ने ध्यान दिलाने के लिए एक प्रस्ताव पास किया। लखनऊ में प्रदर्शनकारियों पर घोड़े दौड़ाए गए। चारबाग स्टेशन पर नेहरू व पंतजी पर लाठियाँ बरसाई गईं और उन अंग्रेजी लाठियों का स्वागत युवा शिव दयालजी ने भी लखनऊ के चार बाग रेलवे स्टेशन पर नेहरू व पंतजी के साथ सहर्ष 'वंदे मातरम्' की घोष के साथ किया।

15 फरवरी, 1941 से लेकर अगले छह महीने के लिए 38(5) डी.आई.आर. के अंतर्गत वे जेल भेजे गए तथा सश्रम कारावास की सजा पाई। 20 अगस्त, 1942 को चौ. साहब के नेतृत्व में गोठरा रेलवे स्टेशन फूँक दिया गया, जिसकी उस समय नामजद रिपोर्ट कराई गई थी। फखरपुर गाँव में उनके घर में हथियारों व अन्य विस्फोटक सामग्री का विशाल भंडार होने के आरोप में 26 अगस्त, 1942 को पुलिस कमांडेंट अपने दो सौ सिपाहियों को साथ लेकर शाहदरा सहारनपुर छोटी रेलवे लाइन से खेकड़ा की तरफ से रेलगाड़ी में बैठकर आए। रेलगाड़ी की गति इतनी धीमी रखी गई थी कि ग्रामीण आशंकित न हो सकें और न ही कोई कयास लगा सके। सिपाही चलती गाड़ी से उतर गए और गाड़ी उसी गति से गोठरा स्टेशन की ओर चली गई। पुलिस ने शिव दयाल सिंह के मकान को चारों ओर से घेर लिया। पुलिस ने घर में प्रवेश करते ही उनके छोटे भाई रामेहर सिंह व बलजीत को पकड़ लिया तथा पुलिस कप्तान ने उनकी चाची (जिन्होंने उनकी माँ के देहांत के पश्चात् उनका लालन-पालन माता की भाँति किया था) का हाथ पकड़कर पूछा कि बता, शिव दयाल कहाँ है? उनकी चाचीजी (श्रीमती कबूल कौर) ने पुलिस कप्तान का हाथ झिड़ककर एक चाँटा उसके गाल पर जड़ दिया। आहट सुनकर ऊपर सोए हुए शिव दयाल जाग गए, मकान के निकट, पड़ोस में एक नीम का पेड़ था, उस पर चढ़कर वे महा सिंह के मकान में कूदकर भाग गए।

फलस्वरूप श्री शिव दयाल सिंह के परिवार के 18 सदस्यों को एक साथ गिरफ्तार किया गया और उन्हें भीषण यातनाएँ दी गईं, क्योंकि पुलिस अधीक्षक का मानना था कि परिवार ने उनके फरार होने में मदद की है। गिरफ्तार होनेवाले 18 कुटुंबियों में उनके (श्री शिव दयाल सिंह के) वयोवृद्ध दादा श्री रिसाल सिंह भी शामिल थे और उनका गैर-जमानती वारंट 3000 के नकद इनामी के साथ जारी कर दिया गया।

जब देश स्वतंत्र हुआ तो 15 अगस्त, 1947 को बाबा रिसाल सिंह ने कुटुंबी हवेली में मैदान में लगे ऐतिहासिक नीम के वृक्ष पर राष्ट्रीय ध्वज फहराया। स्वतंत्रता

के पश्चात् जब वे जेल से छूटकर अपने गाँव आए, तब गाँववासियों ने अपने लाल का भव्य स्वागत किया।

स्वतंत्रता-प्राप्ति के उपरांत वे प्रथम बार 18 जनवरी, 1957 से लेकर 30 अप्रैल, 1958 तक जिला परिषद, मेरठ के अध्यक्ष रहे और दूसरी बार 3 अगस्त, 1961 से 30 जून, 1963 तक इस पद को पुनः सुशोभित किया।

लीवर में घातक ट्यूमर के कारण रविवार, 28 जून, 1970 को शाम 4:00 बजे उन्होंने लाला लाजपत राय मेडिकल कॉलेज, मेरठ में अंतिम साँस ली।

*स्रोत : साभार रुद्रांशु सिंह नाती स्व. शिव दयाल सिंह*

□

# 31

# बचई सिंह

## ( नाटकों के जरिए देश जागरण )

1930 का दशक पूर्वांचल में स्वतंत्रता संग्राम के संघर्ष का सबसे महत्त्वपूर्ण समय था। यह समय क्रांतिकारी गतिविधियों के साथ-साथ सांस्कृतिक तौर पर अपनी उपस्थिति दर्ज कराते पूर्णतया राजनीतिक संस्कृतिकर्मियों का भी था। हम एक ऐसे नाट्यकार और सेनानी का जिक्र कर रहे हैं, जिसने 1942 के दौर में नाटक खेले और फिर देश में अंतरिम सरकार बनने के बाद तक जेल की यात्राएँ कीं। गाजीपुर में जनमे नाटककार और सेनानी बचई सिंह के नाटकों को गाजीपुर, नेवादा, मोहम्मदाबाद, आजमगढ़, बनारस आदि स्थानों पर बार-बार खेला जाता रहा। कई ऐतिहासिक दस्तावेजों में बचई सिंह के हवाले से यह स्पष्ट हुआ है कि इन नाटकों का उद्देश्य भी राजनीतिक चेतना जाग्रत् करना था, धन उपार्जन करना नहीं। यह बात बचई सिंह के राजनीतिक हस्तक्षेपों को देखकर अपने आप साफ भी हो जाती है।

गाजीपुर के करंडा में 1916 में जनमे बचई सिंह के पिता सामान्य किसान थे। बहुत प्यार से पलने के बाद बचई सिंह को 1925 के आसपास पाठशाला भेजा गया। इसी बीच 1930 में कांग्रेस का 'नमक सत्याग्रह' शुरू हो गया था। उस इलाके के मुसाफिर सिंह जाने-माने कांग्रेसी थे, जिनकी सिलाई की दुकान थी। उन्हीं की दुकान में कांग्रेस दफ्तर था, जहाँ सांस्कृतिक कर्मियों का आना-जाना लगा रहता था। यहाँ नरसिंह दुबे पूर्णकालिक 'सुराजी' का आना-जाना लगा रहता था, जो छात्रों में काफी लोकप्रिय थे। बचई उस समय हिंदी में कक्षा 7 पास करने के बाद उर्दू मिडिल की पढ़ाई कर रहे थे। देश में गिरफ्तारियों का दौर जारी था। बचई बाबू में मुसाफिर सिंह की दुकान पर बैठने के कारण काम भर की राजनीतिक चेतना जाग्रत् हो चुकी थी। वहीं गिरफ्तारियों की खबर से वे और मुखर हो गए थे। उन्होंने मुसाफिर सिंह और दुबेजी की गिरफ्तारी के बाद आसपास के युवक-युवतियों और किशोरियों को संगठित किया तथा स्कूल बंद करवा दिया। पुलिस के हस्तक्षेप से जुलूस तितर-बितर हुआ और उन्हें

स्कूल से निकाल दिया गया। इसके बाद बचई गाँव चले गए और लगभग छह महीने बाद लौटकर आए।

यह वही समय था, जब मुसाफिर सिंह और दुबेजी भी जेल से छूटकर आए। उन लोगों ने बचई सिंह की हिम्मत और संगठन शक्ति से प्रभावित होकर उन्हें योजना बनाने और उसे स्वरूप देने में मदद करने के लिए तैयार किया जाने लगा। उन्हें कसरत, कुश्ती और कला तीनों की शिक्षा दी गई। आलम यह हो गया कि चार-पाँच गाँव के 40-50 नौजवान जुटने लगे, यहाँ राजनीतिक और सांस्कृतिक गतिविधियों के लिए ट्रेनिंग दी जाने लगी। इसी बीच दूसरे विश्वयुद्ध के दौरान 1939 में कांग्रेस और सरकार के बीच तनाव बढ़ने लगा। क्रांतिकारियों की गतिविधियाँ तेज हुईं, व्यक्तिगत सत्याग्रह आंदोलन छेड़े गए। मुसाफिर सिंह गिरफ्तार हो गए। दुबे फरार हुए और चरखा संघ के नौजवानों ने व्यक्तिगत सत्याग्रह के अंतर्गत खुद को गिरफ्तार करवाने का बार-बार प्रयास किया। इसी समय पं. सूरज मिश्र वैद्य वहाँ आए। वे करंडा के निवासी थे और कोलकाता प्रवास के दौरान क्रांतिकारियों से उनका संपर्क हुआ था। वहाँ पुलिस की निगाह में आने के बाद वे वापस घर लौटे और आयुर्वैदिक दवाओं की दुकान खोल ली। यहाँ दमन की यह राजनीति देखकर उन्होंने नौजवानों को एक राय दी। वे स्वयं भी मूलतः सांस्कृतिक व्यक्ति थे। वैद्यजी ने जनजागरण के लिए एक तीर से दो शिकार करने की राय देते हुए कहा, 'देश-प्रेम के नाटक खेलने से राजनीतिक शून्यता तो भरेगी ही, जनजागरण भी होगा।'

अपने दो जरूरी राजनीतिक सलाहकारों के फरारी और जेल के बाद सरजू मिश्र वैद्यजी का यह निर्णय और नेतृत्व स्वीकार किया गया। नौजवानों में बचई सिंह (निदेशक) राम सिंह, जनार्दन दुबे, नाथ सिंह, मोहम्मद सलीम-सुलेमान, हरिवंश, राजकुमार आदि प्रमुख रूप से आंदोलन में एक नया आयाम जोड़ने के लिए टीम बनाकर जुट गए। बाद में इस टीम से मोहम्मद गनी (लोकगीत गायक) जीवित राम, श्रीराम, विक्कू राम आदि अपने अदाकारी के लिए बहुत लोकप्रिय हुए। ये लोग अब गाँव-गाँव जाकर नाटक खेलने लगे, वहीं से अपनी जरूरत के सामानों को जुटाते और गाँव के लोगों को जागरूक करते हुए वे आगे बढ़ रहे थे। कार्यक्रम हाथ में लेने के पहले किसी को ऐसा अनुमान नहीं था, लेकिन बाद में ऐसा लगने लगा कि हर एक व्यक्ति ही इस कार्यक्रम का एक पात्र है। इस टीम ने सबसे पहले जो नाटक खेला, उसका नाम था 'सत्याग्रह'। यह नाटक उस समय के यथार्थ का नाट्य रूपांतरण था। लोगों ने इसे पसंद किया, इसे कई बार खेला गया। उनके कार्यक्रमों में गाए जानेवाले गीतों में सबसे प्रभावी गीत कुछ ऐसा था—

*ब्राह्मण पति होतैं तो विद्या दरशाय देतैं,*
*क्षत्रिय पति होतैं तो लैतैं कटारियाँ।*
*सिक्ख पति होतैं तो करतें ऐलान युद्ध,*

*तुर्क पति होतैं तो लेतैं बछनियाँ।*
*एक भगत बनियाँ, लिये चरखा पेउनियाँ,*
*कात-कात सूत चूनै सत्य की ओढ़नियाँ।*
*कहैं गोरवन की रनियाँ बिलखाय के बचनियाँ,*
*अरे, लंदन के हिलवलस एक ठे भारत के बनियाँ॥*

दूसरा नाटक 'जलियाँवाला बाग' और अधिक लोकप्रिय हुआ। लोगों की माँग पर इसे चार-पाँच बार खेला गया। हजारों की भीड़ इसे देखने के लिए जुटती थी। मर्मस्पर्शी दृश्यों को देखकर लोग रोने लगते थे। इसके बाद इन लोगों ने 'भगत सिंह' और 'वीर कुँवर सिंह' पर नाटक बनाए और खेलें। 'वीर कुँवर सिंह' नाटक खेला जाना था। एक रोज उनकी प्रस्तुति के ठीक पूर्व ही एक सनसनीखेज वारदात हुई। हुआ यों कि गाजीपुर के किसी गाँव में चौथे नाटक वीर कुँवर सिंह के मंचन की पूरी तैयारी हो चुकी थी और तभी 12-13 मार्च, 1941 को नंदगंज-आकुशपुर ट्रेन डकैती की सूचना आई। बचई सिंह और श्रीराम सिंह दूसरे झंझट में फँस गए। दरअसल अंग्रेजों की जिस तरह की दमनकारी नीतियाँ देखने में आ रही थीं, रंगकर्मियों को अंदेशा हो गया था कि गिरफ्तारी की नौबत आ सकती है। इसलिए उन्होंने सारा क्रांतिकारी साहित्य, पांडुलिपि या छोटे-मोटे हथियार और बम आदि बनाने के सभी सामान गाँव के बाहर दूर के खेतों में छिपा दिए। पुलिस का छापा पड़ा, कोई जरूरी दस्तावेज जब हाथ नहीं लगा तो उन्होंने सभी रंगकर्मी और कलाकारों को ही पकड़ लिया। दारोगा कुछ संवेदनशील व्यक्ति था, उसने किशोरों को डरा-धमकाकर छोड़ दिया, लेकिन नौजवानों का चालान कर दिया। मुकदमा दायर हुआ। कलाकारों के अभियोग पत्र में 21 अप्रैल, 1941 और 8 मई, 1941 को 'जलियाँवाला बाग' तथा 9 जून 27 को 'चंद्रशेखर आजाद' नामक नाटक खेलकर लोगों को भड़काने का उल्लेख था। सभी ने अभियोग को अस्वीकार किया और खुद को निर्दोष बताया। उन्होंने पुलिस के सामने कहा कि 'सत्य हरिश्चंद्र' और 'प्रह्लाद' नामक नाटक खेला गया था। संस्कृतिकर्मियों की दलील थी कि नाटक धार्मिक और सांस्कृतिक महत्त्व के हैं। लेकिन सरकारी वकील के जिरह के समय यह लोग खरे नहीं उतर सके। बचई सिंह, जनार्दन दुबे, श्रीनाथ सिंह, श्रीराम सिंह और मोहम्मद सलीम को 11 महीने की बामशक्कत कैद और बीस रुपए का जुरमाना हुआ। बाकी अभियुक्त संदेह का लाभ पाकर छूट गए।

यह देश में सर्वाधिक क्रांतिकारी परिस्थितियों का दौर था। आलम यह था कि देश-प्रेम के नाटक खेलने के जुर्म में बचई सिंह और उनके साथियों को मार्च 1942 तक जेल की सजा काटनी पड़ी। इधर व्यक्तिगत सत्याग्रह की सजा काटने के बाद मुसाफिर सिंह लगभग इसी समय जेल से छूटे। यह समय था, जब दूसरे विश्वयुद्ध में

सहयोग करने अथवा न करने के मसले पर सरकार और कांग्रेस के बीच अजीब किस्म का शीतयुद्ध चल रहा था। उधर जर्मनी से सुभाष चंद्र बोस के भाषण प्रसारित हो रहे थे, इधर जनता के बीच क्रांतिकारियों के प्रति सहानुभूति का अलग ही दौर चल पड़ा था। सहजनवा ट्रेन डकैती ने आम लोगों में एक विचित्र सा उत्साह और उमंग भरी थी। विभिन्न मुकदमों के दौरान अभियुक्तों ने जेल और कचहरी के दौरान गाए जानेवाले गीतों और नारों के द्वारा आम जनता को काम भर उद्वेलित कर दिया था। उस समय की स्थिति को देखकर ऐसा लगता है कि जनपद एक क्रांति के बारूद पर बैठा है, जिसे केवल एक चिनगारी की जरूरत है, जिसमें बचई सिंह के गाने और नाटक जन-जन की जुबान पर छा गए थे।

22 अगस्त, 1942 को अंग्रेज अफसरों के नेतृत्व में बलूची सैनिकों की एक टुकड़ी ने बनारस की ओर से गाजीपुर की सीमा में प्रवेश किया। मुसाफिर सिंह की राय पर बचई सिंह और श्रीराम भूमिगत हो गए थे। कुछ समय बाद मामला थोड़ा शांत हुआ तो मुसाफिर सिंह, बचई सिंह, श्रीराम सिंह और मोहम्मद सलीम खड़कपुर चले गए। वहाँ बसंत पट्टी के ही संपत दुबे का कारोबार था, स्थानीय लोगों में दुबेजी की अच्छी-खासी मर्यादा थी। उनके मकान में बहुत बड़ा अहाता था। चारों वहाँ नाम बदलकर रहने लगे। मुसाफिर और सलीम ने दुबे की मदद से सिलाई की दुकान खोली। श्रीराम अखबारों के 'हाकर' बन गए। बचई सिंह ने एक दुकान पर 'आना तगादा' करने की नौकरी करनी शुरू कर दी। खड़कपुर उन दिनों बंगाली क्रांतिकारियों के छिपने का अड्डा बना हुआ था।

ये चारों फिर से उनके संपर्क में आए और दीपावली की रात को एक मालगाड़ी से जुड़ी तेल की टंकी को लूटने में बंगाली क्रांतिकारियों की मदद की। फिर पुलिस ने दुबे के अहाते को घेर लिया। मुसाफिर सिंह और सलीम तो बच गए, पर बचई और श्रीराम को पुलिस ने गिरफ्तार कर लिया। उन्हें दो महीने तक मेदिनीपुर सेंट्रल जेल में रखा गया। उन्हें मुख्य अभियुक्त बनाया गया, लेकिन दुबे के सामाजिक सरोकार के चलते पुलिस को कोई गवाह नहीं मिला, इसलिए मुकदमा नहीं चल सका, लेकिन उन दोनों व्यक्तियों को हथकड़ी में जकड़कर गाजीपुर लाया गया। कुछ समय बाद यहाँ मुसाफिर सिंह गिरफ्तार होकर आए और सन् '42 की नंदगंज इलाके की करीब-करीब सभी वारदातों का उन लोगों को अभियुक्त बना दिया गया। कुछ स्थानीय ने अंग्रेजपरस्ती में उनके खिलाफ गवाही भी दी।

इसके बाद मैनपुरी के बीच गोदाम को लूटने के आरोप में मुसाफिर सिंह को तीन साल बचई और श्रीराम को दो-दो साल की कैद की सजा हुई। करंडा के पोस्ट ऑफिस को लूटने और तहसील जलाने के जुर्म में श्रीराम को 2 साल की सजा हुई। उन्हें सजा

काटने के लिए सीतापुर जेल भेज दिया गया। यहाँ उन्हें कठोर सजा दी गई। बचई और अन्य चार कैदियों को यहाँ तन्हाई में रखा गया। बचई को अपने पिता की मृत्यु की खबर जेल ही में मिली, उन्हें बीमारी की सूचना तक नहीं दी गई थी।

बचई सिंह के नाटकों को करंडा, गाजीपुर, नवादा, मोहम्मदाबाद, गोहना, कपसेठी आदि स्थानों पर बार-बार खेला गया। उम्र के आखिरी पड़ाव में आकर करंडा में ही बचई सिंह का निधन 14 जुलाई, 2006 को हो गया। वे अपने पीछे राजनीतिक, साहित्यिक और सामाजिक मर्यादाओं को निजी जीवन में उच्च स्तर का बनाए रखने को एक सुंदर नजीर दे गए।

*स्रोत : साभार बचई सिंह : एक सांस्कृतिक सेनानी : शशिकांत यादव*
*पुस्तक : 'भगत की विरासत', डॉ. अजय कुमार मिश्र*
*स्मारिका : पुष्पांजलि*
*पुस्तक : 'गाजीपुर के क्रांतिकारी', सूरज पांडेय*

□

# 32

# पं. गोपीनाथ दनादन

बुंदेलखंड में अतीत काल से ही मातृभूमि के लिए संघर्ष और बलिदान की परंपरा रही है। यह परंपरा आजादी के आंदोलन के दौरान भी बरकरार रही। बुंदेलखंड में सत्याग्रह, असहयोग और बहिष्कार के माध्यम से आजादी के लिए संघर्ष करनेवालों में प्रमुख स्वतंत्रता सेनानी थे—पं. गोपीनाथ दनादनजी महाराज।

पं. गोपीनाथ दनादन का जन्म 1901 में बाँदा में श्रीमती राजाबेटी और पं. गुलजारी लाल के घर हुआ था। गोपीनाथ पर माता के धार्मिक विचारों की गहरी छाप थी। पराधीनता उन्हें बचपन से ही सालती रही थी। गांधीजी के विचारों से प्रभावित दनादनजी जब आठवीं कक्षा के विद्यार्थी थे, तभी से कांग्रेस के सदस्य बनकर उसके कार्यक्रमों में बढ़-चढ़कर हिस्सा लेने लगे। गांधीजी के चरखा और खादी से प्रभावित दनादन खादी के वस्त्रों का ही प्रयोग करते थे। जिस समय अंग्रेजों द्वारा दमन-चक्र चलाया जा रहा था, उस समय दनादन महाराज बुंदेलखंड के सुदूर क्षेत्रों में मानस की चौपाइयों तथा राष्ट्रीय गीतों के माध्यम से ग्राम व नगरवासियों में राष्ट्रीय भावना व देश-प्रेम की अलख जगाते रहे।

गांधीजी के नेतृत्व में सन् 1929 में सारे देश में स्वदेशी प्रचार तथा विदेशी कपड़ों की होली जलाई जा रही थी। दनादन महाराज ने भी इस आंदोलन में अपना योगदान देते हुए विदेशी कपड़े की होली जलाई, जिसके कारण मौके पर ही उन्हें गिरफ्तार करके कोर्ट में पेश कर दिया गया, जहाँ से उन्हें जेल भेज दिया गया। अंग्रेजी शासन द्वारा उन्हें भयंकर यातनाएँ दी गईं, किंतु दनादनजी ने हार नहीं मानी और जेल से रिहा होकर पुनः देश-सेवा के काम में जुट गए।

12 मार्च, 1930 को महात्मा गांधीजी ने नमक सत्याग्रह की शुरुआत की। इस आंदोलन में पूरे देश ने बढ़-चढ़कर हिस्सा लिया। ऐसे में दनादनजी कहाँ पीछे रहनेवाले थे, गिरवा बाँदा के जंगलों में नमक कानून भंग करना ब्रिटिश हुकूमत को नागवार गुजरा, सो उनको गिरफ्तार कर लिया गया। उन्हें छह माह तक कारागार में रहकर यातनाएँ सहन करनी पड़ीं।

भारत छोड़ो आंदोलन में दनादनजी ने सक्रिय रूप से भाग लेते हुए बुंदेलखंड क्षेत्र में जबरदस्त प्रदर्शन किया, जिसको रोकने के लिए पुलिस ने लाठीचार्ज किया। इसमें उनकी बुरी तरह पिटाई हुई। घायल अवस्था में ही उन्हें जेल भेज दिया गया। जेल में पहले से बंद गज्जू खान और हलका लोहार ने दनादनजी का उपचार किया।

जेल में सत्याग्रहियों से जूट की रस्सी बँटवाई जाती थी तथा आटा चक्की चलवाई जाती थी, जिससे आजादी के मतवालों का मनोबल तोड़ा जा सके और घोर अपमान के साथ शारीरिक कष्ट दिया जा सके। इस कृत्य का विरोध किए जाने पर भी जब सरकार ने उन देशभक्तों से काम लेना बंद नहीं किया तो दनादनजी ने हलका लोहार के सहयोग से जेल की बैरक नंबर 10 में रखा लाखों रुपए मूल्य का जूट जला दिया। परिणामस्वरूप सत्याग्रहियों पर लाठीचार्ज किया गया। सत्याग्रहियों ने भी प्रतिक्रिया में पथराव किया, जिससे जेलर भोलानाथ के सिर पर गहरी चोट आई। उसने गोली चलाने का आदेश दे दिया, परंतु इतने में कलेक्टर के आ जाने से जेलर का आदेश तो रद्द कर दिया गया, परंतु दनादन महाराज सहित लगभग एक दर्जन सेनानियों का भयंकर उत्पीड़न कर उन्हें एकांत कोठरी में बंद कर दिया गया। इस बार उन्हें तेरह माह तक जेल में बंद रहकर यातनाएँ सहनी पड़ीं।

दनादन महाराजजी चाहे जहाँ भी रहे, वे बुंदेलखंड के क्रांतिकारियों से सदा संबंध बनाए रखते थे। 1927 में चंद्रशेखर आजाद के संपर्क में वे उस समय आए, जब आजाद भूमिगत थे और ओरछा के निकट सातार नदी के किनारे घने जंगलों में रह रहे थे। दनादनजी ने आजाद से सात दिनों तक शस्त्र-प्रशिक्षण लिया। जब आजाद बाँदा आए तो वे गुप्त रूप से आजाद के साथ सरभंगा आश्रम में रहे। इसके साथ ही सन् 1929 में गांधीजी जब कस्तूरबा गांधी तथा महादेव देसाई के साथ बाँदा पधारे, तब बाँदा से हमीरपुर तक दनादन महाराज उनके साथ रहे। 1952 में आचार्य बिनोवाजी के भूदान आंदोलन में भी भाग लिया और बाँदा से राजापुर तक पैदल यात्रा की।

जंग-ए-आजादी के साथ ही दनादन महाराज सामाजिक कार्यों में भी रुचि लेते रहे। 1930 में शहर कांग्रेस छावनी तथा हिंदुस्तानी सेवादल के अध्यक्ष पद पर आसीन रहकर कांग्रेस संगठन को सुदृढ़ और गतिशील बनाया। 1961 में नगरपालिका परिषद् तथा 1980 से कई वर्षों तक अध्यक्ष, स्वतंत्रता संग्राम सेनानी कल्याण बोर्ड में रहकर स्वतंत्रता सेनानियों की कठिनाइयों को दूर करने में संलग्न रहे। वयोवृद्ध होने के बावजूद 1992 में देश भ्रमण पर निकलकर राष्ट्रीय एकता और सांप्रदायिक सद्भाव का संदेश दिया।

दनादन महाराज का जीवन समाज देश-सेवा में ही व्यतीत हुआ। उन्होंने अपनी सेवाओं का कभी कोई मूल्य नहीं लिया। उनके रचनात्मक कार्यों और संघर्षमय जीवन

को देखते हुए श्रीमती इंदिरा गांधी, चौधरी चरण सिंह, राजीव गांधी, पी.वी. नरसिम्हा राव उनके केंद्रीय मंत्रियों ने उन्हें अनेक पुरस्कारों से सम्मानित किया। दनादन महाराज बाँदा की विभूति थे। ये स्वतंत्रता सेनानी दनादनजी महाराज 11 अगस्त, 1994 को इहलीला समाप्त कर अनंत की यात्रा पर निकल पड़े। ऐसे महापुरुष कहीं जाते नहीं हैं, बल्कि अपनी अमिट छाप छोड़कर लोगों के दिलों में बस जाते हैं।

*स्रोत : साभार डॉ. संजय द्विवेदी पुत्र स्व. गोपीनाथ दनादन, बाँदा*

□

# 33

# पं. नित्यानंद शर्मा

## ( डेढ़ खोपड़ी )

फर्रुखाबाद के नित्यानंदजी इतने बुद्धिमान थे कि देश के क्रांतिकारियों के लिए उनकी राय सदैव अहम रहती थी। उनकी बुद्धिमत्ता की वजह से उनको 'डेढ़ खोपड़ी, भी कहा जाता था। वे रामनारायण आजाद के सगे छोटे भाई थे। साहबगंज चौराहा स्थित पीपल का पेड़, जो आज भी स्वतंत्रता के पूर्व अंग्रेजों के विरुद्ध किए गए संघर्ष का गवाह है वहाँ पर शिवजी का मंदिर है। इसी परिसर में 18 जनवरी, 1903 को पं. नित्यानंद का जन्म हुआ। वे पिता ज्वालाप्रसाद दुबे व माता बादामो देवी के छोटे पुत्र थे। उनके माता-पिता ने भी स्वतंत्रता आंदोलन में सक्रिय हिस्सा लिया था। पं. नित्यानंद ने कई बार जेल यात्राएँ कीं। चूँकि वे कालांतर में महंत भी हो गए थे तो वे दुबे की जगह शर्मा लिखने लगे थे। वे अपना नाम पं. नित्यानंद शर्मा लिखते थे।

उन्होंने महात्मा गांधी द्वारा समय-समय पर किए गए आंदोलनों में बढ़-चढ़कर भाग लिया था। कुछ समय बाद उन्होंने भगत सिंह तथा सुभाष चंद्र बोस की आजाद हिंद फौज के प्रति अपनी विचारधारा को प्रतिबद्ध कर लिया था। पं. नित्यानंदजी समझौतावादी नीतियों को पसंद नहीं करते थे। उन्होंने रेलवे रोड तिलक भवन में एक सम्मेलन का आयोजन करवाया, जिसमें इटावा, आगरा, मैनपुरी, कानपुर, लखनऊ, शाहजहाँपुर, गोरखपुर आदि जनपदों के सैकड़ों क्रांतिकारी, समाजवादी प्रतिनिधियों ने भाग लिया। यह देश का बहुत बड़ा सम्मेलन था।

पं. नित्यानंद अपने बड़े भाई पं. रामनारायण आजाद की क्रांतिकारी गतिविधियों में बहुत साथ देते थे। धीरे-धीरे पं. नित्यानंद एक ऐसा नाम हो चला था, जिसकी बुद्धित्ता का लोग लोहा मानते थे। पं. नित्यानंद ही नेताजी सुभाष चंद्र बोस को फर्रुखाबाद आने का न्योता देने गए थे और उनके ही बुलावे पर सुभाष चंद्र बोस फर्रुखाबाद आए थे। उन्होंने यहाँ एक बहुत बड़ी जनसभा कराई थी, जिसकी अध्यक्षता उनके बड़े भाई पं. रामनारायण आजाद ने की थी। उन्होंने नेताजी सुभाष चंद्र बोस की आजाद हिंद फौज में

काफी लोगों को भर्ती कराया था। नेताजी उन दोनों ही भाइयों को बहुत मानते थे। सुभाष चंद्र बोस एक बार पर उनके घर पर भी आए थे और काफी समय व्यतीत किया था।

नेताजी सुभाष उनके सुझावों को बहुत महत्त्व देते थे। एक बार उनके घर में वे रामनारायण आजाद से बात कर रहे थे। किसी बात पर वे बोले, "नित्यानंद को बुलाओ, मुझे उनसे कुछ सुझाव लेने हैं।" उसके बाद वहीं बैठकर दोनों भाइयों से काफी देर तक आजादी को लेकर विचार-विमर्श किया।

नेताजी सुभाष चंद्र बोस की जब जनसभा हुई थी, उसके कुछ दिनों बाद पं. नित्यानंद को पुलिस ने गिरफ्तार कर लिया था। आजाद फरार हो चुके थे। पं. नित्यानंद देश के क्रांतिकारियों की काफी मदद किया करते थे। बहुगुणा, चरण सिंह आदि लोग उनके घर आते थे। एक बार पं. नित्यानंद ने शहर में कोतवाली पर झंडा फहराने के लिए अपने कुछ लोग भेज दिए थे, वहाँ एक दरोगा लक्ष्मीकांत मिश्रा उनको पकड़कर क्रांतिकारियों के बारे में बदतमीजी से बात की तो बाद में नित्यानंद ने उसको पकड़वाकर काफी पिटवाया था। उन्हें अनेक बार जेल जाना पड़ा, लेकिन भारतमाता की आजादी के लिए वे जेल जाने के लिए अपने आप को धन्य मानते थे।

फर्रुखाबाद में क्रांतिकारी गतिविधियों में नित्यानंद की मुख्य भूमिका रहती थी और उनकी सलाह लोगों के लिए बहुत महत्त्वपूर्ण होती थी। आजादी के बाद देश के शीर्ष कांग्रेसी नेताओं का उनके यहाँ जमावड़ा रहता था, उनको केंद्र में मंत्री बनाने के लिए कहा गया था, लेकिन उन्होंने राजनीति में कोई पद लेने से मना कर दिया और फर्रुखाबाद में ही समाज-सेवा करने की बात कही। उन्होंने कहा कि देशहित में जो कार्य किया जाएगा, वह मैं करूँगा।

पं. नित्यानंद का देहांत 14 जुलाई, 1966 को हुआ।

*स्रोत : साभार बाबी दुबे पौत्र स्व. नित्यानंद शर्मा,*
*शहीद भगत सिंह बिग्रेड समाज सुधारक समिति (राष्ट्रीय संरक्षक)*
*निवास : साहबगंज चौराहा, फर्रुखाबाद*

□

# 34

# किशनलाल जैन

स्वतंत्रता संग्राम में इटावा नगर की हिस्सेदारी की बात आती है तो स्वर्गीय किशनलाल जैन का मस्तिष्क पटल पर सबसे पहले आता है। इटावा के समृद्ध परिवार झुन्नी लालजी के पुत्र कृष्ण लाल जैन एक ऐसा व्यक्तित्व था, जो स्वतंत्रता संग्राम आंदोलन से अपने जीवन की अंतिम साँस तक जुड़े रहे। उनके जीवन का एकमात्र उद्देश्य था भारत माँ को स्वतंत्र कराना। स्कूल के समय से उनके मन में यह बात गहरे तक पैठ कर गई थी कि हमें भी आजादी की इस लड़ाई में अपना सक्रिय योगदान देना है। उनके दिलो-दिमाग में देश को आजाद कराने का जुनून था।

बचपन से साहसी, बेबाक और धुन के पक्के किशनलालजी का जन्म इटावा के समृद्ध परिवार में 4 फरवरी, 1912 को हुआ। उनके पिता झुन्नी लाल जैन जनपद के प्रसिद्ध घी व्यापारी थे। उनका नाम आसपास के प्रसिद्ध व्यापारियों में गिना जाता था।

जब वे विद्यार्थी थे तो इटावा नगर के विक्टोरिया मेमोरियल हॉल के बाहर अंग्रेजी कलेक्टर की अगुवाई में बड़ा कार्यक्रम था। शहर के विभिन्न स्कूलों से एन.सी.सी. कैडेट और स्काउट छात्र बुलाए गए थे। सब पंक्तिबद्ध होकर खड़े थे। जॉर्ज पंचम की एक बड़ी काँच की तसवीर मध्य में रखी गई थी। अंग्रेजी में एक प्रार्थना गाई जा रही थी। जिसका आशय था कि हे जॉर्ज पंचम! तुम युगों-युगों तक हम पर राज्य करो। तभी एक जोरदार आवाज के साथ एक पत्थर तसवीर पर लगा और तसवीर टूट गई। चारों तरफ भगदड़ मच गई। पता चला कि पत्थर फेंकनेवाला एक सातवीं दर्जे का स्काउट छात्र है, जिसका नाम किशनलाल जैन है। पत्थर मारने के बारे में पूछने पर जबाव मिला, 'हम नहीं चाहते कि कोई हम पर युगों-युगों तक राज करे।' इसके लिए उनको 10 बेंत की सजा मिली और फिर यहीं से हो गई किशनलाल जैन के स्वतंत्रता आंदोलनों में शुरुआत।

अठारह वर्ष की उम्र में देश की स्वतंत्रता की अलख जगाए हुए वे आंदोलन में कूद पड़े। उन्होंने उस समय जनपद के सभी युवाओं को देशभक्ति और अंग्रेजों के अत्याचार

के विरोध में आवाज उठाने के लिए प्रेरित किया। वह उनका नेतृत्व करते हुए कई बार अंग्रेजी शासकों की नींद उड़ा दी।

सन् 1930 में किशनलाल जैन ए.आई.सी.सी. के सदस्य बने। ए.आई.सी.सी. की बैठक म्युनिसिपल हॉल लखनऊ में हुई तो उस समय पं. नेहरू और शास्त्रीजी से उनकी मुलाकात हुई, जो उनके सम्मुख बैठे थे। कार्यक्रम के दौरान उनके आत्मविश्वास और साफगोई तथा उनकी सक्रियता, उत्कट देशभक्ति एवं कार्यशैली व विचारों से नेहरूजी और शास्त्रीजी प्रभावित हुए बिना नहीं रह सके। देश की आजादी के लिए समर्पित इस योद्धा की निष्ठा के कायल हो गए।

देश की स्वतंत्रता के लिए इस मतवाले ने इटावा में आजादी की मशाल लेकर जंग-ए-आजादी में कदम रखा। संगी-साथियों के साथ मिलकर शहर की गली-गली में प्रभात-फेरियों से देशभक्ति गीत और स्वतंत्रता की अलख को गा-गाकर लोगों में जनचेतना का संचार किया। अंग्रेजों के अत्याचारों से जब जनता त्राहि-त्राहि कर रही थी। उस समय इटावा का पक्का तालाब अंग्रेजों की ऐशगाह बना हुआ था। यह बात कहीं-न-कहीं उनको परेशान करती थी। एक दिन उन्होंने मन में ठान लिया कि पक्का तालाब पर यूनियन जैक की जगह तिरंगा फहराना है। अपने कुछ विश्वसनीय साथियों के साथ उन्होंने योजना बनाई और शाम होने का इंतजार किया। पूरे दिन के कार्य समाप्त करने के बाद शाम को रंगमहल की रंग गलियों में अंग्रेज अपनी इस ऐशगाह विक्टोरिया हॉल में डूबे हुए थे, तभी उन्होंने अपने साथियों के साथ विक्टोरिया हॉल की तरफ कूच किया और देखते-ही-देखते यूनियन जैक का झंडा उतारकर तिरंगा फहरा दिया। इससे अंग्रेजी प्रशासन में हड़कंप मच गया और पुलिस ने चारों ओर से उस परिसर को घेर लिया। कई लोग आपाधापी में भाग गए और अंग्रेजी प्रशासन ने क्रांतिकारी किशोर किशनलाल जैन को गिरफ्तार कर लिया।

सन् 1935 से 1937 तक 3 साल बाबू किशनलाल जैन जेल में ही रहे, तभी आजादी के नायक आजाद हिंद फौज के संस्थापक नेताजी सुभाष चंद्र बोस का प्रथम सान्निध्य प्राप्त हुआ और उनकी इस भेंट से उनके जीवन में बहुत बड़ा परिवर्तन आया। स्वतंत्रता के प्रति पहले से ही वे निष्ठावान थे। उन्होंने नेताजी से कहा, मैं तब तक शांत नहीं बैठूँगा, जब तक देश को स्वतंत्रता प्राप्त नहीं हो जाती।

सन् 1942 में जब 'अंग्रेजो भारत छोड़ो' आंदोलन प्रारंभ हुआ तो वे घर में किसी को बिना जानकारी दिए स्कूल से सीधे आंदोलन में शामिल हो गए। वे प्रदर्शन की अगुवाई कर रहे थे। अंग्रेजों ने प्रदर्शन को कुचलने के लिए पहले से ही इंतजाम कर रखा था। अंग्रेज सिपाहियों ने सभी प्रदर्शनकारियों को गिरफ्तार कर जेल में डाल दिया। कारावास के दौरान उन्होंने एक बार खतरे का सायरन बजा दिया। सारे कारावास में

तहलका मच गया। सभी कैदियों से पूछा गया कि ऐसी हरकत किसने की? आजादी के दीवाने किशनलाल ने कहा, 'सायरन मैंने बजाया है।' पुलिस ने उनको ऐसी बैरक में डाला, जहाँ पूरे कमरे में त्रिशूल गड़े हुए थे। सिर्फ खड़े रहने की जगह थी, वहाँ भी बिना डर के उन्होंने वह सजा खुशी-खुशी काटी। उन्हें ऐसी सजा टॉनिक की तरह लगने लगी। पढ़ाई-लिखाई छोड़ उन पर आजादी की धुन सवार हो गई।

एक समय ए.ओ. ह्यूम इटावा के कलेक्टर थे। वे एक विशेष रणनीति के तहत भारत के स्वाधीनता सेनानियों को भ्रमित करने की पूरी कोशिश में लगे हुए थे। लेकिन उनकी इस मंशा को किशनलाल और उनके साथियों ने भाँप लिया था। उन्होंने ठान लिया कि इस मंशा को सफल नहीं होने देंगे। लोगों में जनचेतना और देशभक्ति का तीव्र गति से संचार कर अंग्रेजी शासन के षड्यंत्रों का पर्दाफाश कर दिया। चंबल और यमुना के तटीय क्षेत्रों में बगावत फैलने लगी। राष्ट्रीय आंदोलनों ने जन-जन को प्रभावित किया। किशनलाल अपने भाषणों और कार्यों से स्वतंत्रता संग्राम की मुख्यधारा में हजारों लोगों को ले आए। एक महत्त्वपूर्ण बात यह है कि आजादी के इस मतवाले ने स्वतंत्रता संग्राम के अग्निकुंड में खुद को झौंक दिया, लेकिन अपने क्रांतिकारी साथियों पर आँच नहीं आने दी। उनके परिवारों की हर समय आर्थिक मदद करते हुए उन्हें त्रासद स्थितियों से बचाया।

अंततः 1947 में भारत आजाद हुआ और स्वतंत्रता संग्राम के इस योद्धा का सपना पूरा हुआ। देश की आजादी के बाद किशनलालजी ने नए भारत के निर्माण में भी मुख्य भूमिका निभाते हुए भिन्न-भिन्न पदों पर रहकर महत्त्वपूर्ण काम किए। उनका सरल, सहज और उदार व्यक्तित्व आज भी लोगों के मनों में बसा है।

किशनलाल जैन एक अच्छे विचारक भी थे। उन्होंने नगर में 'कर्मवीर' नामक साप्ताहिक समाचार-पत्र भी निकाला। 4 फरवरी, 2011 को वह समय आया, जब किशनलाल इस दुनिया को छोड़कर हमेशा के लिए चले गए। अपने द्वारा किए गए कार्यों में आज भी क्षेत्रवासियों के दिल में जीवित हैं।

*स्रोत : साभार श्री आकाशदीप जैन, पौत्र स्व. किशनलाल जैन*

□

# 35

# भगवती प्रसाद द्विवेदी

स्वतंत्रता संग्राम सेनानी पं. भगवती प्रसाद द्विवेदी का जन्म उत्तर प्रदेश के उन्नाव जिले के देवाराकलाँ गाँव में सन् 1902 में एक कान्यकुब्ज ब्राह्मण परिवार में हुआ था। उनके पिताजी पं. भवानी प्रसाद द्विवेदी एक किसान थे। पं. भगवती प्रसाद द्विवेदीजी बचपन से ही बहुत गंभीर एवं सौम्य स्वभाव के थे। उनकी प्राथमिक शिक्षा गाँव के विद्यालय में पूर्ण हुई। कुछ बड़े होने पर जब पिताजी के ऊपर घर का बोझ बढ़ गया तो अपने पिता की मदद करने के लिए वे उनके साथ कृषि कार्य में लग गए। इसी बीच उनका विवाह सुशील कन्या चंद्रकली देवी के साथ कर दिया गया।

कुछ ही समय बाद उनके माता-पिता का देहांत हो गया, जिसके कारण पूरे परिवार का सारा उत्तरदायित्व द्विवेदीजी के कंधों पर आ गया। वे पूरी निष्ठा के साथ अपने परिवार का भरण-पोषण करने लगे।

देश में उस समय अंग्रेजों की हुकूमत थी, वे अपनी मनमानी करते रहते थे, भारतीयों पर किए जानेवाले अत्याचारों से द्विवेदीजी का हृदय द्रवित हो गया। उनका मन अशांत रहने लगा। सन् 1930 में जब गांधीजी ने अंग्रेजों के विरुद्ध सत्याग्रह आंदोलन चलाया तो उन्होंने अपने छोटे भाई से विचार-विमर्श करने के बाद परिवार का सारा दायित्व उसके कंधों पर डालकर सत्याग्रह आंदोलन में सम्मिलित हो गए। गांधीजी के नेतृत्व में उन्होंने अंग्रेजों के विरुद्ध मोर्चा खोल दिया। इस मुहिम में उन्हें कई बार जेल जाना पड़ा, जेल के अंदर उन्हें अनेक प्रकार की कठोर यातनाएँ सहनी पड़ीं। जेल से रिहा होने के बाद वे फिर से अपनी मुहिम में जुट जाते थे। उनके कारनामों से परेशान होकर अंग्रेजी सरकार ने द्विवेदीजी के घर के बाहर पुलिस तैनात कर दी, ताकि यदि कभी भी द्विवेदीजी घर आए हैं तो उन्हें तुरंत पकड़ लिया जाए। उनके बारे में जब पुलिस को कोई खबर नहीं लगी तो उनके घर की कुर्की तक कर दी गई, जिसके कारण उनके घर में खाने तक को कुछ भी नहीं बचा। घर के सभी सदस्य, यहाँ तक कि बच्चे भूखों मरने लगे।

पुलिस से बचकर पड़ोस और मोहल्ले के लोग चुपके से द्विवेदीजी के घर खाने

के लिए कुछ-न-कुछ भिजवा देते थे। इस प्रकार से अंग्रेज अधिकारी जितनी भी यातनाएँ परिवार को दे सकते थे, देते थे। अंग्रेज अधिकारी द्विवेदीजी के परिवार से कहते थे कि यदि तुम लोग ब्रिटिश गवर्नमेंट से माफी माँग लो तो हम तुम्हें यातनाएँ देना बंद कर देंगे और ब्रिटिश गवर्नमेंट से कहकर तुम्हें बहुत सारी सुविधाएँ भी दिलवा देंगे। द्विवेदीजी का पूरा परिवार उनको जो उत्तर देता था, वह केवल देशभक्त परिवार ही दे सकता है, उनका जवाब यही होता था कि 'हमें सुविधाएँ नहीं चाहिए। हमें हमारे देश की स्वतंत्रता चाहिए। हमें भारतमाता को आजाद कराना है। भले ही इसके लिए हम सभी को अपने प्राणों की आहुति क्यों न देनी पड़े।'

अंग्रेजों के खिलाफ आंदोलन में द्विवेदीजी का पूरा परिवार उनके साथ था, जिससे उनको बल और उत्साह प्राप्त हुआ। परिणास्वरूप और अधिक उत्साह के साथ द्विवेदीजी गांधीजी के निर्देशों पर अलग-अलग आंदोलनों में बढ़-चढ़कर हिस्सा लेते रहते। वे गांधीजी के प्रति पूर्णतः समर्पित थे, वे उनके बताए आदर्शों का पालन करते हुए सत्य और अहिंसा के मार्ग पर चलकर देश के आजाद होने तक आंदोलन करते रहे। सन् 1972 में भारतमाता का यह सच्चा सूपत, महान् देशभक्त तथा वीर सेनानी भारतमाता की गोद में सदा-सदा के लिए सो गया।

*स्रोत : साभार श्री आशुतोष शुक्ला, नाती स्व. भगवती प्रसाद द्विवेदी*

□

# 36

# भैरोंप्रसाद राय

11 सितंबर, 1893 को ग्राम बार जिला ललितपुर के जमींदार श्री मूलचंद राय (महाजन) के परिवार में भैरोंप्रसाद राय का जन्म हुआ। पिता का साया बचपन में ही उनके सिर से उठ गया था। पिता का साया उठने के बाद उनकी माताजी ने उनका पालन-पोषण किया। भैरोंप्रसाद को गाँव के ही स्कूल में दाखिला कराया गया। अंग्रेजों के जुल्म और सामाजिक बोझ को बढ़ते देख उनका मन शिक्षा में नहीं लगा। स्कूल छोड़कर वे स्वराज सेना में शामिल हो गए और स्वतंत्रता-आंदोलन में कूद पड़े।

भारत की आजादी की माँग अब तेज होने लगी थी, जिसके लिए बड़े स्तर पर गांधी और नेहरू जैसे नेता भारतवासियों के मन में फिरंगियों से देश को आजाद कराने की भावना जाग्रत् कर रहे थे। ऐसे में भारतमाता का यह लाल भला कैसे पीछे रह सकता था! लिहाजा भैरोंप्रसाद राय ने स्वयं को देश-सेवा में लगा दिया। कांग्रेसी विचारधारा में रमे इस युवक ने गाँव-गाँव घूमकर भारतमाता की स्वतंत्रता की अलख जगाने के लिए नौजवानों को देश को आजाद कराने के लिए प्रेरित किया।

इसी दौरान वे झाँसी में धुलेकर, श्यामलाल आजाद (गीतकार इंदीवर), गोविंददास रिछारिया, सदाशिव मलकापुर, भगवानदास माहौर जैसे कर्मठ नेताओं के संपर्क में आए। इन महान् स्वतंत्रता सेनानियों के संपर्क में आने से उत्साहित होकर वे साथियों के साथ मिलकर अंग्रेजों के खिलाफ नई-नई योजनाएँ बनाकर उन्हें अमल में लाने लगे।

झाँसी में बढ़ती उनकी सक्रियता को देखकर वे अंग्रेजों की आँख में बुरी तरह खटकने लगे। अंग्रेज हुकूमत के खिलाफ जाने से रोकने के लिए जनता को बुरी तरह कुचलने लगे। एक अंग्रेज अफसर ने उनको कड़ी चेतावनी देते हुए कहा कि वे अंग्रेजी सरकार का विरोध न करें, नहीं तो उनकी जमींदारी कुर्क कर उन्हें जेल में डाल दिया जाएगा। किंतु उन्हें क्या मालूम था कि आजादी के इस दीवाने को इन सब चीजों से अब कोई मतलब नहीं था। आजादी के सफर में वे सबकुछ छोड़कर चलने को तैयार थे। उनके ऊपर इन सब बातों का कोई असर नहीं पड़ा और अंग्रेजों के खिलाफ आंदोलन

की धार को और तेज कर दिया। उनके व्यवहार और आजादी के लिए दीवानगी देखकर गाँव के लोग उन्हें 'गाँव के गांधी बब्बा' कहने लगे।

अंग्रेजी सरकार द्वारा बार-बार चेताए जाने के बाद भी जब उन्होंने आंदोलन करना बंद नहीं किया तो उनको पकड़कर पुलिस ने जेल में डाल दिया। उनकी जमींदारी खत्म कर तीन बार संपत्ति कुर्क कर ली। इतना सबकुछ होने के बावजूद उन्होंने जेल से रिहा होने के बाद भी माँ भारती हेतु अपने किए हुए संकल्प को पूरा करने के लिए कोई कसर नहीं छोड़ी। अपने सुख-चैन की परवाह किए बगैर आजादी की लड़ाई गरीबी में दिन गुजारते हुए लड़ते रहे और देश-सेवा में लगे रहे।

12 मार्च, 1930 को महात्मा गांधी ने अहमदाबाद के साबरमती आश्रम से दांडी गाँव तक 24 दिनों का पैदल मार्च निकाला था। यह मार्च नमक पर ब्रिटिश राज के एकाधिकार के खिलाफ था। अहिंसा के साथ शुरू हुआ यह मार्च ब्रिटिश राज के खिलाफ बगावत का बिगुल बनकर उभरा। उस दौर में ब्रिटिश हुकूमत ने चाय, कपड़ा, यहाँ तक कि नमक जैसी चीजों पर अपना एकाधिकार स्थापित कर रखा था। उस समय भारतीयों को नमक बनाने का अधिकार नहीं था। उन्होंने नमक सत्याग्रह में भाग लिया। पुलिस ने उनको पकड़ने का हरसंभव प्रयास किया, किंतु उन्हें पकड़ने में नाकाम रही।

घर-बार कुर्क हो जाने के बाद भुखमरी की नौबत आ गई, पर वे क्रांति के पथ पर अडिग रहे। अंततः दुःखों का अंत हुआ। 15 अगस्त, 1947 को भारत माँ की गुलामी की जंजीर कट गई।

भैरोंप्रसाद राय को देश-प्रेम और देश-सेवा के लिए इंदिरा गांधी प्रधानमंत्री ने ताम्रपत्र भेंट कर सम्मानित किया।

आजादी के बाद भी वे समाज-सेवा के कार्य में लगे रहे और चंदन वन की स्थापना करवाई, बालिकाओं के लिए शिक्षा का प्रबंध करवाया। प्राथमिक स्वास्थ्य केंद्र, चंदेल कालीन तालाब का जीर्णोद्धार कर नहर की सफाई कराई।

26 मार्च, 1979 को भारत माँ का यह सपूत चिरनिद्रा में लीन हो, सदैव के लिए स्वर्ग लोकवासी हो गया।

*स्रोत : साभार श्री गिरजाशंकर राय पौत्र स्व. भैरोंप्रसाद राय, सिमराहा, झाँसी*

□

# 37

# पं. बालादीन द्विवेदी

## ( माँ तुल्य भाभी ने देश )

स्वतंत्रता संग्राम सेनानी पं. बालादीन द्विवेदी का जन्म उत्तर प्रदेश के उन्नाव जनपद में देवाराकलाँ गाँव में सन् 1904 में एक कान्यकुब्ज ब्राह्मण परिवार में हुआ था। उनके पिता पं. भवानी प्रसादजी द्विवेदी एक किसान थे। बालादीनजी को बचपन से ही पढ़ने-लिखने का बहुत शौक था। वे विद्यालय में शिक्षा ग्रहण करते समय सदैव प्रथम स्थान प्राप्त करते थे, इसलिए वे सदैव सर्वश्रेष्ठ विद्यार्थियों की श्रेणी में आते थे। उन्हें शिक्षा ग्रहण करने एवं शिक्षा दान करने का बहुत शौक था, इसलिए वे अल्पायु में ही विद्यार्थियों, अल्प शिक्षितों एवं अशिक्षितों को नि:शुल्क शिक्षा देने एवं निर्धन विद्यार्थियों को नि:शुल्क पुस्तकें उपलब्ध कराने का कार्य भी करते थे। अपने उन्हीं कार्यों की वजह से वे अपने पिताजी एवं बड़े भाई पं. भगवती प्रसाद द्विवेदी का पारिवारिक कार्यों एवं कृषि कार्यों में बहुत ही कम सहयोग कर पाते थे। माता-पिता के देहांत के बाद जब बड़े भाई पं. भगवती प्रसाद द्विवेदी के कंधों पर परिवार का पूरा भार आ गया, तब बालादीनजी बड़े भाई के कार्यों में अधिक सहयोग करने लगे, लेकिन शायद वह भी पर्याप्त नहीं था। शिक्षा के प्रति बालादीन के योगदान को देखते हुए उनके बड़े भाई भगवती प्रसादजी ने उनको अध्यापन कार्य ही करते रहने की सलाह दी।

देश में अंग्रेजों अत्याचार बढ़ रहे थे। उनके बड़े भाई से लोगों की पीड़ा नहीं देखी गई, उन्होंने अपने साथियों के साथ मिलकर आजादी की जंग में कूदने की ठान ली और सन् 1930 में महात्मा गांधीजी के सत्याग्रह आंदोलन में कूद पड़े, तब परिवार का पूरा उत्तरदायित्व बालादीनजी पर आ गया। तब उन्होंने न चाहते हुए भी अपने अध्यापन कार्य को विराम दिया तथा परिवार का पूरा भार अपने कंधों पर ले लिया और परिवार की देखभाल करने लगे।

जब अंग्रेजों के खिलाफ गांधीजी का आंदोलन चरम पर था, तब बालादीन के हृदय में भी अंग्रेजों के खिलाफ विद्रोह की ज्वाला धधक उठी। वह ज्वाला इतनी प्रबल थी

कि वे अपने आप को रोक न सके और अपनी भाभी श्रीमती चंद्रकली द्विवेदीजी से देश की रक्षा के लिए अपने भाई की तरह आंदोलन में जाने की अनुमति माँगी, चूँकि उनका पूरा परिवार देशभक्त था तथा देश के प्रति पूर्ण रूप से समर्पित था, इसलिए भाभीजी ने अविलंब उन्हें देश की रक्षा हेतु आंदोलन में जाने की अनुमति दे दी और पूरे परिवार का दायित्व स्वयं सँभाल लिया।

बालादीनजी गांधीजी की आज्ञानुसार उनके दिशा-निर्देशों का पालन करते हुए आंदोलन में सम्मिलित हो गए तथा अंग्रेज सरकार के खिलाफ मुहिम तेज चलाकर दी। अंग्रेजों के खिलाफ जगह-जगह सभाएँ करना, भाषण देना तथा प्रमुख चौराहों पर तिरंगा फहराना प्रारंभ कर दिया। अंग्रेजों के खिलाफ उनका प्रदर्शन काफी तेज हो गया। जिससे अंग्रेज अधिकारी परेशान हो उठे। उन्होंने बालादीन को पकड़ने की मुहिम तेज कर दी। परिणामस्वरूप घर पर अंग्रेजी पुलिस का सख्त पहरा लगा दिया गया, ताकि यदि बालादीनजी अपने घर आएँ तो उन्हें तत्काल पकड़ लिया जाए, जवाब में वे भी बड़ी चतुराई से भेष बदलकर अंग्रेजों की आँखों में धूल झोंककर अपने घर में प्रवेश कर जाते थे, परंतु पुलिस उन्हें पकड़ नहीं पाती थी। उन्हें अंग्रेजों की आँखों से काजल चुराने की कला अच्छी तरह से आती थी।

जब बालादीनजी के रिश्तेदारों एवं पड़ोसियों ने उन पर विवाह करने का दबाव बनाया तो उन्होंने उत्तर दिया कि यदि मैं विवाह कर लूँगा तो फिर मैं पूरे मन से अपने देश की सेवा नहीं कर पाऊँगा, इसलिए उन्होंने आजीवन विवाह नहीं किया। देश-प्रेम की भावना के वशीभूत होकर उन्होंने अंग्रेजी सरकार को चुनौती दी, उसके खिलाफ जगह-जगह सभाएँ करना एवं तिरंगे को लेकर प्रदर्शन करना प्रारंभ कर दिया। कुछ समय उपरांत पुलिस ने उन्हें पकड़ लिया और उन्हें काफी यातनाएँ दी गईं। उन्हें कोर्ट में पेश किया गया, जहाँ उन्हें 6 माह कारावास की सजा सुनाकर जेल भेज दिया गया। जेल से बाहर आकर वे फिर से जनजागरण के कार्यों में व्यस्त हो जाते, जिसके कारण उन्हें कई बार जेल जाना पड़ा। वे कहते थे कि जेल तो हमारा घर है, वहाँ जाने में कैसी हिचक? कभी एक वर्ष की कैद तो कभी दो वर्षों के लिए उन्हें अकसर नजरबंद कर दिया गया।

सन् 1942 में व्यक्तिगत सत्याग्रह करने के जुर्म में पुलिस ने उन्हें गिरफ्तार कर लिया। अंग्रेज अधिकारी ने उनसे कहा, 'तुम माफी माँग लो और दोबारा ऐसा न करने का वादा करो तो मैं तुमको छोड़ दूँगा।' बालादीन ने जवाब दिया, 'मैं माफी नहीं माँग सकता, तुम मेरा देश छोड़ दो।' पुलिस ने उनकी खूब पिटाई की और कहा कि 'मुझे चोट लग रही है, मुझे छोड़ दो।' तो बालादीनजी ने बहुत सुंदर जवाब दिया। उन्होंने कहा कि जब तुम लोग मुझे चोट पहुँचाने के लिए ही मार रहे हो तो फिर मैं क्यों कहूँ कि मुझे चोट लग रही है।

देश के आजाद होने तक बालादीनजी निरंतर अंग्रेजों द्वारा दी गई यातनाएँ सहते रहे, मगर कभी झुके नहीं। वह समय भी आ गया, जिसका सभी देशवासी इंतजार कर रहे थे। 15 अगस्त, 1947 को देश आजाद हो गया तो कुछ दिनों के बाद उन्होंने अपना सबकुछ अपने बड़े भाई श्री भगवती प्रसाद द्विवेदी को सौंप दिया और फिर अपना घर छोड़कर शुक्लागंज, उन्नाव चले गए। वहाँ पर एक आश्रम बनाकर रहने लगे। वहीं पर पुनः शिक्षादान का कार्य (निःशुल्क अध्यापन कार्य) एवं निर्धन विद्यार्थियों के लिए निःशुल्क पुस्तकें एवं वस्त्रों का दान प्रारंभ कर दिया, अपना शेष जीवन अध्यापन कार्य में समर्पित कर दिया।

भारत सरकार ने जब स्वतंत्रता संग्राम सेनानियों को पेंशन के रूप में प्रति माह एक निश्चित धनराशि देने की बात कही तो बालादीनजी ने कहा कि मैंने सच्चे मन से अपने देश की सेवा की है, माँ भारती के लिए किए गए सेवा का प्रतिदान कैसा? अतः मैं देश की सेवा के बदले में कोई भी धनराशि स्वीकार नहीं करूँगा और उन्होंने जीवनपर्यंत कभी भी पेंशन नहीं ली। अंत में सन् 1965 में भारतमाता का यह सच्चा सपूत, महान् देशभक्त और वीर सेनानी भारतमाता की गोद में सदा-सदा के लिए सो गया।

*स्रोत : साभार श्री आशुतोष शुक्ला नाती,*
*स्व. पं. बालादीन द्विवेदी शुक्लागंज, उन्नाव*

□

# 38

# श्रीराम स्वरूप पांडे

भारतमाता की बलि-वेदी पर अपने प्राण उत्सर्ग करनेवाले लाखों देशभक्तों का शौर्य एवं उनके त्याग और बलिदान की गौरवगाथाएँ भारतीय स्वतंत्रता संग्राम के इतिहास में भरी पड़ी हैं, जिन्होंने अपने रक्त की अंतिम बूँद तक ब्रिटिश साम्राज्यवाद से डटकर लोहा लिया और बड़ी-से-बड़ी यातनाएँ झेलकर 15 अगस्त, 1947 को हमें दासता की बेड़ियों से मुक्त कराया। आजादी के इन दीवानों में अनेक क्रांतिकारी, देशभक्त आज भी हमारे बीच में मौजूद हैं, लेकिन उनकी अमर गाथा आज भी फिजाओं में गूँज रही है। उन्हीं में से 81 वर्षीय देशभक्त श्रीराम स्वरूप पांडेय भी हैं, जिनके पूर्वज श्री मंगल पांडे तथा श्री श्रीपति पांडे थे, जो 1857 के प्रथम स्वतंत्रता संग्राम के इतिहास में महान् विप्लवकारी के रूप में विख्यात हैं। उन्हीं की प्रेरणा पाकर रामस्वरूप पांडे आजादी की लड़ाई में कूद पड़े और अपनी त्याग व कुरबानी से अंग्रेजों के दाँत खट्टे कर दिए।

राम स्वरूप पांडेय के पिता श्री रघुनाथ पांडेय ताजपुर माँझा थाना जमुनियाँ जिला गाजीपुर के निवासी थे। उन्होंने 1914 में हिंदी मिडिल स्कूल पास किया तथा संस्कृत, व्याकरण, गणित, ज्योतिष तथा आयुर्वेद की शिक्षा ग्रहण की। शिक्षा समाप्त करने के बाद पांडेयजी बिहार से प्रशिक्षित अध्यापक के रूप में रीवा स्टेट चले गए। वहाँ शितलहा जूनियर हाई स्कूल में प्रधान अध्यापक के पद पर नियुक्त हुए। कुछ वर्षों बाद वे काशी लौट आए और यहाँ वेदों का अध्ययन करना शुरू कर दिया। यहाँ उन्होंने गीता, दर्शन और उपनिषद् का भी अध्ययन किया।

सन् 1920-21 में लोकमान्य तिलकजी से प्रभावित हुए। फलस्वरूप रीवा स्टेट के श्री नर्वदा प्रसाद सिंहजी के साथ स्वाधीनता आंदोलन में कूद पड़े। परिणामस्वरूप वे रीवा स्टेट से निष्कासित कर दिए गए। उसी दौरान बिहार के बक्सर में उनकी भेंट स्वामी सहजानंदजी से हुई, जिनका प्रोत्साहन पाकर वे गांधीजी द्वारा छेड़े गए सविनय अवज्ञा आंदोलन में शामिल हो गए और आंदोलन में शरीक होने की वजह से उन्हें

ब्रिटिश सरकार द्वारा बंदी बना लिया गया। सन् 1930 में रामस्वरूप पांडे गाजीपुर वापस आए। उसी दौरान ब्रिटिश सरकार के अधिकारियों की साजिश से देशविरोधी लोगों ने शिविर कैंप पर अपना अधिकार कर लिया। उन्होंने अपने स्वयंसेवकों की सहायता से पुनः शिविर कैंप पर कब्जा कर लिया, जिसे बाद में अंग्रेज सरकार द्वारा अवैध करार दे दिया गया और उस शिविर कैंप का सारा सामान धारा 145 के अंतर्गत कुर्क कर लिया गया! उन्हें धारा 108 में गिरफ्तार कर बंदी बना लिया गए। जेल पहुँचने के बाद उन्हें काल-कोठरी में तथा बाद में छूटने तक तन्हाई की कोठरी में रखा गया। एक माह बाद 9 मार्च, 1931 को गांधी-इरविन समझौते में वे जेल से रिहा कर दिए गए। जेल से मुक्त होने के बाद वे पुनः अपने कार्यों में संलग्न हो गए। अपनी मामी श्रीमती धन्यमानी देवी (अध्यापिका) के सहयोग से महिलाओं तथा पुरुषों के अनेक शिविर संगठनों की स्थापना की और कई आंदोलन चलाए।

सन् 1932 में गांधी-इरविन समझौते के समाप्त होने के पूर्व ही नौकरशाही ने जुल्म ढाने शुरू कर दिए थे। आंदोलनकारियों पर अत्याचार करने की नीयत से पुलिस उनके पीछे पड़ गई। 12 मार्च, 1932 को उन्हें 50 स्वयंसेवकों सहित गिरफ्तार कर रायबरेली जेल भेज दिया गया। वहाँ जेल अधिकारियों द्वारा उन्हें अनेक प्रकार की यातनाएँ दी गईं, बेंतों से बेरहमी से उनकी पिटाई की गई, जिसके विरोध स्वरूप श्री संपूर्णानंदजी के साथ, जो उस समय रायबरेली जेल में थे, श्री पांडेजी ने 14 दिनों का अनशन किया। 4 दिनों के बाद उन्हें खड़ी हथकड़ी में पेड़ पर लटकाकर रखा गया। उस समय भी वे अपने उद्देश्यों से विचलित नहीं हुए।

चौदह दिनों बाद महामना पं. मदनमोहन मालवीयजी के अनुरोध पर डॉ. संपूर्णानंदजी के साथ उन्होंने भी अनशन तोड़ दिया। इसके कुछ दिनों बाद जिला जज के सामने श्री संपूर्णानंदजी तथा पांडेजी के बयान हुए। बयान में श्री संपूर्णानंदजी ने श्री पांडेजी तथा अन्य नौजवान लड़कों के साथ जेल अधिकारियों द्वारा किए गए बर्बर दमन पर अपना जबरदस्त विरोध प्रकट किया।

आठ महीने बाद श्री पांडे रायबरेली जेल से मुक्त कर दिए गए। जेल से बाहर आने के बाद उन्होंने अपने साथियों से भेंट की तथा उन्हें लेकर अफीम कोठी पर पिकेटिंग करने लगे तथा गवर्नर को काले झंडे दिखाए। पुलिस उन्हें पकड़ने के लिए परेशान थी, परंतु वह असफल रही। इसके बाद वे कलकत्ता में होनेवाले अखिल भारतीय कांग्रेस के अधिवेशन में अपने 300 साथियों सहित शामिल होने के लिए कलकत्ता चले गए। सन् 1941 में जिला प्रभारियों की धर-पकड़ शुरू हो गई। पांडेजी उस समय जिला प्रभारी भी थे। 26 अगस्त, 1941 में धारा 129 तथा 36वीं में पुनः नजरबंद कर लिये गए और एक साल बाद सन् 1942 में उन्नाव जेल से रिहा किए गए।

सन् 1942 में वायसराय द्वारा एक ऑर्डिनेंस जारी कर दिया गया, जिसमें गांधीजी सहित अखिल भारतीय कांग्रेस कार्यकारिणी के सभी सदस्यों के नाम धारा 26ए में वारंट जारी हो गए, जिसमें उनका भी नाम था। परंतु पांडेजी गिरफ्तार न किए जा सके। उन्हीं दिनों खान चंद गौतम विद्या पीठ काशी के युवक विद्यार्थियों द्वारा नगर तथा गाँव के थानों पर कब्जा करने की एक योजना बनाई गई। इस प्रकार विध्वंस कार्यक्रम की दिशा में पश्चिम बिहार तथा पूर्वी उत्तर प्रदेश का संचालन सूत्र अपने हाथ में लेकर रामस्वरूप पांडे उक्त कार्यक्रम को सफल बनाने के कार्य में जुट गए। जिले में नंदगंज, सादात, मुहम्मदाबाद की घटनाओं के बाद गहमर, दिलदार नगर थाने पर कब्जा कर लिया। अब बारी थी, जब तहसील हेडक्वार्टर के थाने जमनियाँ की तो पांडेजी ने हजारों की संख्या में उपस्थित जनता को साथ में लेकर जो हथियारयुक्त थे। जमनियाँ थाने पर धावा बोल दिया और उनके नेतृत्व में उक्त थाने के 24 सिपाहियों से बंदूकें रखवा ली गईं। इस प्रकार जमनियाँ थाने पर भी कब्जा हो गया और तहसील का पूरा शासन पांडेजी के हाथ में आ गया। इसी बीच बक्सर से जमानियाँ के पश्चिम बीच की लाइन का डिग्री रेलवे पुल भी तोड़ दिया गया, जिससे जिले के शासन सूत्र को भी अवरुद्ध कर दिया गया।

इसके बाद जिले की संयुक्त शक्ति के साथ गाजीपुर की अफीम फैक्टरी पर आक्रमण करने की योजना बनाई गई, किंतु ब्रिटिश मिलिटरी द्वारा क्षेत्रीय आंदोलन को कुचलने का अभियान शुरू कर दिया गया, मार्शल लॉ लागू कर ब्रिटिश सैनिक लोग पूरे जिले पर छा गए। खूब अत्याचार हुआ। जिले में बहुत आदमी मारे गए। इस कारण अफीम फैक्टरी पर आक्रमण की योजना पूरी न हो सकी।

सेना द्वारा जिले का सूत्र हाथ में लेने के बाद जमनियाँ थाने के इनचार्ज राजेश्वर सिंह को पांडेजी का घर जला देने का आदेश हुआ। थानेदार राजेश्वर इनकी देशभक्ति से प्रभावित था, किंतु ब्रिटिश हुकूमत के मातहत होने के कारण दिखावे में उनके घर का कुछ हिस्सा जलाकर चला गया। पांडेजी के गाँव के श्री कपिल देव राय, जो अंग्रेजी सरकार के पिट्ठू थे, उन्होंने जबनेदरसोल तथा हार्डी नामक दो अंग्रेज अधिकारी, जो उसी गाँव में ठहरे हुए थे, उनसे इस बात की शिकायत की कि थानेदार ने आंदोलन कर्ता राम स्वरूप पांडे के प्रति सहानुभूति दिखाकर अपने कर्तव्य की अवहेलना की है। इस पर बिगड़कर उक्त हार्डी नामक अफसर ने राजेश्वर सिंह थानेदार को खूब मारा तथा मिलिटरी को आदेश दिया कि कल सुबह ही पेट्रोल छिड़ककर आंदोलनकर्ता का घर फूँक दिया जाए तथा सामान भी लूट लिया जाए। इस प्रकार दूसरे दिन सुबह 4 बजे ही मिलिटरी के लोगों ने घेरा डाल दिया और घर का सारा कीमती सामान उठा ले गए तथा घर में आग लगा दी गई। पांडेजी का परिवार इस घटना की सूचना पाकर पहले ही अपना घर छोड़कर एक अज्ञात स्थान पर चला गया था।

पांडेजी उन दिनों बिहार में क्रांतिकारी संगठन के काम में तल्लीन थे। बाद में उन्हें एक समाचार मिला कि जय प्रकाश बाबू जेल से निकल भागने तथा सुभाष चंद्र बोस द्वारा आजाद हिंद फौज संगठित कर अंग्रेजी हुकूमत के खिलाफ सशस्त्र संघर्ष की तैयारी कर रहे हैं। इससे प्रभावित होकर पांडेजी भी उक्त कार्य में व्यस्त हो गए। कलकत्ता, बनारस तथा बिहार में निरंतर क्रांतिकारी कार्यों में प्रयत्नशील रहे। उनके इस सक्रियता से क्रोधित होकर अंग्रेजी सरकार ने उनकी गिरफ्तारी के लिए तीस हजार रुपए के इनाम की घोषणा कर दी, लेकिन उत्तर प्रदेश तथा बिहार की पुलिस उन्हें पकड़ने में नाकामयाब रही।

इधर पांडेजी के बड़े लड़के श्री बंश नारायण पांडे बिहार में, जो अपने पिता पांडेजी से मिलकर वापस आ रहे थे, बक्सर में पुलिस द्वारा गिरफ्तार करके सेंट्रल जेल भेज दिए गए। बाद में उन्हें गाजीपुर जेल में लाकर नजरबंद कर दिया गया। इसी प्रकार उनके मझले पुत्र श्रीनाथ पांडे तथा छोटे पुत्र दयानाथ पांडे, जिनको पिता के क्रांतिकारी होने के कारण मलसा हाई स्कूल से निष्कासित कर दिया गया था, उन दोनों लड़कों को भी पुलिस ने गिरफ्तार कर नजरबंद कर दिया।

उन्हीं दिनों सशस्त्र पुलिस के दल ने आकर पांडेजी के घर को घेर लिया तथा फायर किया, जिसके परिणामस्वरूप उस फायर से पांडेजी की छोटी पुत्री विद्यावती की एक आँख फूट गई और घर की संपूर्ण अचल संपत्ति वायसराय के ऑर्डिनेंस द्वारा जब्त कर ली गई। ऐसी परिस्थिति में उनकी धर्मपत्नी तथा पौत्रियाँ बेघर हो गईं। सन् 1944 में उनकी पुत्री रमा के विवाह की समस्या पैदा हुई। कुछ लोगों ने यह राय दी कि यदि पांडेजी सी.आई.डी. इनचार्ज को अपनी गिरफ्तारी का आश्वासन दे दें तो वह अपने बड़े भाई से उनकी लड़की की शादी करा देगा। इस पर पांडेजी ने उन सलाहकारों को बहुत डाँटा और अपनी लड़की की शादी उसके साथ करने से इनकार करके अपनी महान् देशशक्ति का परिचय दिया।

सन् 1944 में वे पुनः गिरफ्तार कर लिये गए। उन्हें गोंडा जेल भेज दिया गया। वहाँ जेलर से झगड़ा तथा विवाद होने के कारण 15 दिन के अंदर ही उन्हें गोरखपुर जेल भेज दिया गया। पांडेजी के जेल चले जाने के बाद जब्त की गई उनकी अचल संपत्ति छोड़ दी गई। इस संबंध में बाबू संपूर्णानंदजी द्वारा एक अपील हाई कोर्ट में प्रस्तुत की गई तथा उनकी सफल पैरवी के पश्चात् उनके ऊपर से सभी दफाएँ उठा ली गईं और उन्हें जेल से मुक्त कर दिया गया।

*स्रोत : साभार साहित्यकार सिद्धेश्वर शुक्ल क्रांति*
*पता : ई-1/304, सेक्टर-एच, जानकीपुरम, कुरसी रोड*

□

# 39

# फूलबदन सिंहजी

## ( कविताओं के माध्यम से छेड़ा देश राग )

भारत की आजादी के लिए अपने आप को न्योछावर करनेवालों में फूलबदन सिंहजी का भी नाम अग्रगण्य है। फूलबदन सिंहजी का जन्म ग्राम हीरा पट्टी, जिला आजमगढ़ में एक जमींदार परिवार रामसुभग सिंहजी के घर सन् 1906 में हुआ था। उनके पिताजी की तीन संतानें थीं, जिनमें वे दूसरे नंबर पर थे। उनकी माताजी का नाम सिताराजी देवी था। उनके पिताजी एक जमींदार थे, अत: उनके घर रुपए-पैसे की कोई दिक्कत नहीं थी। उस जमाने में उन्होंने मैट्रिक तक शिक्षा हासिल की थी। यह वह दौर था, जब देश में अंग्रेजी शासन था। लोग उनकी गुलामी की बेड़ियों से जकड़े हुए थे। ऐसा लगता था कि अंग्रेजों की गुलामी से कभी मुक्ति नहीं मिलेंगी। उनको यह बात बचपन से ही खटकती थी।

वे बचपन से ही देश-सेवा के प्रति समर्पित थे। अंग्रेजी सत्ता को भारत से उखाड़ फेंकने के लिए उनके दिल और दिमाग पर एक जुनून था। वे गांधीजी के विचारों से काफी प्रभावित थे। देश की आजादी के प्रति लोगों के मन में अलख जगाने का काम वे लगातार करते थे, जिससे लोगों को देश-सेवा के लिए प्रेरणा मिलती थी। इसी दौरान उनका विवाह सहोदरा देवी नामक एक कन्या से हो गया।

वे स्वतंत्रता संग्राम सेनानी के साथ-साथ एक अच्छे साहित्यकार व कवि भी थे। उनकी रचनाएँ लोगों को बहुत प्रभावित करती थीं। कविता के माध्यम से फूलबदन ने देश की आजादी में लोगों को प्रेरित करना शुरू कर दिया। गाँव-गाँव जाकर अपनी रचनाओं के माध्यम से देशभक्ति के गीत गाकर लोगों को प्रेरित करने का काम करने लगे। जिस गाँव में वे जाते, देशभक्ति के गीत गा-गाकर लोगों को उत्साहित करते। आंदोलनों में उन्होंने लगातार बढ़-चढ़कर हिस्सा लिया।

सन् 1932 के दौरान आंबेडकर नगर में गोविंद साहब का मेला लगा हुआ था, जहाँ हजारों की संख्या में दूर-दूर से लोग मेला देखने और खरीदारी करने आए हुए थे। वे उस

मेले में लोगों को आजादी के प्रति जागरूक करने के उद्देश्य से परचे बाँटकर कांग्रेस का प्रचार-प्रसार कर रहे थे। तभी अंग्रेजों की नजर उन पर पड़ी और उन्हें गिरफ्तार कर लिया गया, जिसमें उन्हें डेढ़ महीने की सजा हुई और जौनपुर की जेल में रखा गया। इसके बाद उन्हें फैजाबाद जेल भेज दिया गया।

जेल से रिहाई के बाद वे रुके नहीं। लगातार लोगों से संपर्क बनाए रखा, खासतौर पर युवाओं को आजादी के लिए प्रेरित करते रहे। लोगों के घर-घर जाना गांधीजी के विचारों के बारे में सभी को उत्साहित करना उनका रोज का कार्य बन चुका था। लोगों को अंग्रेजों के खिलाफ लगातार उकसाने के कारण वे अंग्रेजों की नजरों में चढ़ गए थे।

सन् 1942 में गांधीजी के भारत छोड़ो आंदोलन के दौरान देश के कोने-कोने में अंग्रेजी हुकूमत के खिलाफ बगावत का माहौल बन गया था। अंग्रेजों को भारत से बाहर खदेड़ने के लिए जगह-जगह लोग संगठित होकर आंदोलन के लिए तैयार होने लगे थे। उस समय वे भी अपने क्षेत्र के लोगों को संगठित करके अंग्रेजी हुकूमत के खिलाफ आंदोलन कर रहे थे। उसी दौरान अंग्रेजी पुलिस आंदोलनकरियों को चारों तरफ से घेर और उन पर लाठियाँ व कोड़े बरसाने लगी, साथ ही लोगों को पकड़-पकड़कर जेल भेजने लगी। लेकिन उस समय वे अपनी बुद्धिमत्ता व चतुराई का परिचय देते हुए वहाँ से भाग निकलने में सफल रहे।

फूलबदन सिंह उस आंदोलन में एक सक्रिय युवा स्वतंत्रता संग्राम सेनानी थे और क्षेत्र में सबसे आगे होने के कारण अंग्रेज जगह-जगह उनको खोज रहे थे। एक दिन हीरा पट्टी गाँव स्थित चित्रगुप्त मंदिर में वे अपने 12 साथियों के साथ भोजन कर रहे थे। किसी विश्वासघाती ने यह सूचना अंग्रेजों को दे दी, जिसके चलते पुलिस ने तत्काल ही मंदिर में दबिश डाल दी। जैसाकि पहले होता था, इस बार भी वही हुआ, वे लोग वहाँ से भाग निकले। अंग्रेजी पुलिस ने खाने के 12 पत्तलों को गिनकर जान लिया कि ये वही लोग थे, जो आंदोलन में शामिल थे। इसके बाद अंग्रेजों ने सभी के घरों पर दबिश देना शुरू कर दिया और घरों में जो भी महिला-पुरुष मिलता, उन्हें मारने-पीटने व प्रताड़ित करने लगे। इतना ही नहीं, जब बार-बार दबिश देने के बाद भी वे पकड़ में नहीं आए तो फिर अंग्रेजों ने उनका घर फूँक दिया। वे किसी तरह 10 माह तक अंग्रेजों से छुप-छुपकर बचे रहे और बाद में गिरफ्तार कर लिये गए, जिसमें उन्हें छह माह की जेल हुई।

जेल से रिहा होने के बाद भी उनके अंदर देशभक्ति की भावना कम नहीं हुई। वे पुनः सक्रिय हुए और देश की आजादी का सपना सजाए एक बार फिर अंग्रेजी हुकूमत के विरुद्ध संघर्ष करने में जुट गए। वह दिन आ ही गया, जब 15 अगस्त, 1947 को अंग्रेजों को भारत छोड़कर यहाँ से भागने पर विवश होना पड़ा और भारत अंग्रेजों की

गुलामी से मुक्त हो गया। स्वतंत्रता सेनानियों द्वारा आजादी के लिए किए गए संघर्ष व मेहनत रंग लाई।

15 अगस्त, 1972 को देश की स्वतंत्रता के पच्चीसवें वर्ष के अवसर पर तत्कालीन प्रधानमंत्री इंदिरा गांधीजी ने उन्हें ताम्रपत्र देकर सम्मानित किया। 18 दिसंबर, 1981 में अपने पैतृक स्थान पर उनकी मृत्यु हो गई। वे चले गए, लेकिन उनके द्वारा लिखी गई कुछ रचनाएँ उनकी याद हमेशा दिलाती रहेंगी।

कश्मीर के लिए उनका प्रेम उनकी रचना में यों झलकता है—

*यों तो भारत भर की मिट्टी, तिलक लगानेवाली है।*
*पर उसमें कश्मीरी धरती, हृदय लुभानेवाली है॥*
*सुंदरता में अनुपम न्यारी, कुमकुम केसर वाली है।*
*फूल-फलों से सदा सोहागिन, माँग सिंदूरी लाली है॥*

चूँकि वे एक सच्चे देशभक्त और कवि होने के साथ-साथ एक अच्छे साहित्यकार भी थे। इसलिए उन्होंने सन् 1976 में 'आजमगढ़ का स्वाधीनता संग्राम' नाम से एक पुस्तक भी लिखी थी, जिसमें कई महान् क्रांतिकारियों का पूरा इतिहास उनके द्वारा दरशाया गया।

*स्रोत : साभार श्री अभय कुमार सिंह, पुत्र स्व. फूलबदन सिंहजी*

□

# 40

# विक्रमा राय

भारत में अंग्रेजी राज का इतिहास उनके छल और बल की कथा है, मगर उनको देश से भगाने के लिए भारत माँ के वीरों ने जो त्याग और बलिदान दिया, उसका विश्व इतिहास में कोई सानी नहीं है। एक तरफ महात्मा गांधी ने सत्याग्रह और असहयोग के रास्ते पर चलकर अहिंसा का रास्ता दिखाया, वहीं दूसरी ओर क्रांतिकारी मार्ग पर चलकर सेनानियों ने अंग्रेजों के दाँत खट्टे कर स्वराज की स्थापना के लिए अग्रणी भूमिका निभाई। संकल्प सभी का एक ही था—भारतमाता की आजादी।

स्वतंत्रता सेनानी विक्रमा राय भी ऐसे ही महापुरुष थे, जिन्होंने इस कार्य के लिए अपना तन-मन-धन समर्पित कर दिया। उनका जन्म 20 अक्तूबर, 1916 को जनपद गाजीपुर के मुहम्मदाबाद तहसील के राजापुर गाँव में एक साधारण किसान परिवार में हुआ था। उनके पिता का नाम श्री तिलेश्वर राय था। अपने तीन भाइयों में वे सबसे छोटे थे। उस समय पूरे देश में अंग्रेजी शासन के खिलाफ आंदोलन चल रहा था, जिसका प्रभाव उनके बालमन पर पड़ा और अंग्रेजों के जुल्मों से लोगों को बचाने के लिए वे स्वतंत्रता आंदोलन में कूद पड़े।

14 नवंबर, 1932 को सत्याग्रहियों के साथ सबसे पहले वे छपरा पहुँचे। इस तरह उनके जीवन का सफर आंदोलन के रास्ते पर चल पड़ा। अगले दो दिन बाद बलिया जिले के हल्दी नामक जगह पर एक सभा हो रही थी, जिसकी जानकारी मुखबिर द्वारा अंग्रेजी पुलिस को लग गई। पुलिस ने मौके पर पहुँचकर उनको घेर लिया, पुलिस ने वहीं लोगों को तितर-बितर करने के लिए लाठीचार्ज कर दिया और जो लोग लाठीचार्ज के बाद भी नहीं भागे, उन्हें गिरफ्तार कर लिया गया। मात्र 16 वर्ष की आयु में उनकी पहली गिरफ्तारी हुई। उनको कोर्ट में पेश किया गया, जज ने उन्हें 6 माह के कठोर कारावास की सजा दे दी। बलिया से जिला जेल जौनपुर में उन्हें भेजा गया। उस समय उस जिले से जेल जानेवालों में वे सबसे कम उम्र के सेनानी थे।

जेलों में स्वतंत्रता सेनानियों को दिया जानेवाला भोजन काफी खराब होता था और भोजन का विरोध करने पर पुलिसवाले बहुत मारते। ऐसे ही एक विरोध-प्रदर्शन में पुलिस की पिटाई की वजह से विक्रम राय का बायाँ हाथ टूट गया था। जेल में सही भोजन न मिलने के कारण उनका स्वास्थ्य बिगड़ने लगा। जेल से छूटने के बाद उनका शरीर बहुत कमजोर हो गया था। घर पर दवा हुई और कुछ दिनों के बाद स्वास्थ्य में सुधार होते ही घर में किसी को बताए बिना ही फिर से आंदोलन से जुड़ गए।

आंदोलनों में सक्रिय भागीदारी निभाने के कारण पुलिस ने 27 नवंबर, 1934 को गाजीपुर से उन्हें गिरफ्तार कर जिला जेल गाजीपुर में सश्रम कारावास में डाल दिया। जेल से छूटने के बाद सन् 1937 में उनका विवाह प्यारी देवी के साथ हो गया। वे दो पुत्रों के पिता बने। कुछ समय बाद वे वाराणसी चले आए और अपना नाम बदलकर लक्ष्मी कॉटन मिल में नौकरी करने लगे। एक दिन उनके दो साथी मिर्जापुर से गिरफ्तार हुए और पुलिस की मार से उन लोगों ने उनका पता बता दिया, लेकिन बदले हुए नाम के कारण पुलिस उनको ढूँढ़ती रही, पर उन तक नहीं पहुँच पाई। वाराणसी में लगभग 5 वर्ष रहते हुए वे गुप्त रूप से आंदोलन में सक्रिय भागीदारी निभाते रहे।

1941 में एक दिन अचानक अपने एक साथी वाराणसी निवासी परशुराम के साथ लाहौर चले गए। चूँकि कपड़ा बुनना दोनों लोग जानते ही थे, इसलिए वहाँ भी काम मिल गया। कुछ दिनों बाद वहाँ की कांग्रेस कमेटी के लोगों से भी संपर्क हुआ और उसी समय भारत छोड़ो आंदोलन शुरू हुआ तो वे उसमें सक्रिय हो गए। एक दिन लाहौर कांग्रेस कमेटी ने निश्चय किया कि सभी सरकारी भवनों पर एक ही दिन में पोस्टर लगाए जाएँगे। सभी कार्यकर्ताओं को पोस्टर दिए गए। चारों तरफ पुलिस सतर्क थी, लेकिन जान की बाजी लगाकर भी रणबाँकुरे तैयार थे। विक्रमा राय एवं परशुरामजी को उप-डाकघर लाहौर पर पोस्टर लगाने का काम मिला।

रात को सभी लोग पुलिस से बचते-छिपते अपने-अपने निर्धारित जगह की ओर निकले। डाकघर के पास कड़ा पहरा था, फिर भी किसी तरह वहाँ पहुँचकर पोस्टर चिपकाने में वे सफल हो गए, लेकिन पोस्टर चिपकाने के बाद जब वे अँधेरी गली से निकल रहे थे कि अचानक कुत्तों ने हमला कर दिया, वे लोग भागकर एक घर में घुस गए। संयोग से वह घर एक देशभक्त का था, जिसके परिवार के दो सदस्यों ने जलियाँवाला बाग में अपनी शहादत दी थी। उन लोगों ने उन्हें सारी व्यवस्था मुहैया कराई। परशुरामजी को कुत्तों ने ज्यादा काट लिया था, इसलिए वे अगले दिन बनारस के लिए चले गए और विक्रम राय लाहौर से कराची चले गए। पुलिस उन्हें पागल कुत्तों की तरह खोजती रही, लेकिन उन्हें गिरफ्तार नहीं कर सकी और कराची शहर से दूर नौगढ़ गाँव में एक देशभक्त सरदार के यहाँ वे रहने लगे, जो होम्योपैथी चिकित्सक भी थे। वे

अपने मरीजों से फीस के रूप में एक गांधी टोपी लेते थे, जो दूसरे मरीजों को बाँटते थे और आंदोलन का समर्थन करने के लिए कहते थे।

एक दिन पुलिस को पता लगा कि इस गाँव में एक डॉक्टर लोगों को गांधी टोपी बाँट रहा है और लोगों को अंग्रेजों के खिलाफ भड़का रहा है। पुलिस ने छापा मारा, लेकिन इस बात की जानकारी उन्हें मिल चुकी थी कि पुलिस आएगी, इसलिए डॉक्टर साहब को वहाँ से उन्हें सुरक्षित निकालकर कलकत्ता भेज दिया, खुद कराची से दिल्ली होते हुए लखनऊ आ गए और वहाँ आंदोलन को सफल बनाने में फिर से जुट गए।

काफी सालों से घर से दूर रहने के कारण घरवालों को उनके बारे में कुछ भी पता नहीं था। जब देश आजाद हुआ तो वे भी घर लौट आए। और बरसों बाद उन्हें वापस अपने बीच पाकर पूरे गाँव में खुशी की लहर छा गई। स्वतंत्रता प्राप्ति के बाद समाज-सेवा के लिए होम्योपैथी कॉलेज लखनऊ से सर्टिफिकेट प्राप्त कर होम्योपैथी से समाज की सेवा करने लगे और यह कार्य उन्होंने जीवन के आखिरी समय तक किया। अंत में 23 जनवरी, 1986 को वाराणसी में उन्होंने जीवन की अंतिम साँस ली।

*स्रोत : साभार श्री संतोष राय, पौत्र विक्रमा राय*

□

# 41

# संत कुमार राय

लखनऊ शहर के वरिष्ठ स्वतंत्रता संग्राम सेनानी एवं समाज-सेवी बाबू संत कुमार रायजी ने नेताजी सुभाष बाबू के विचारों से प्रभावित होकर आजादी के संग्राम में अपना अतुलनीय योगदान दिया एवं जीवनपर्यंत सघंर्ष करते रहे। राष्ट्र ऐसे अपराजित योद्धाओं का हमेशा ऋणी रहेगा।

संत कुमार राय का जन्म लखनऊ जनपद में सन् 1920 को पिता सीताकांत राय एवं माता ओमियो बाला राय के घर हुआ था। उनकी शिक्षा हाई स्कूल तक ही हो सकी। वे अल्पवय में ही भारतमाता की सेवा में जुट गए। वे शुरू से ही काफी निडर स्वभाव के थे। क्रांतिकारियों की मदद के लिए वे हर समय तत्पर रहा करते थे। इस कार्य को करने में उन्हें प्रकार का कोई डर नहीं लगता था।

एक दिन संत कुमार अंग्रेजी हुकूमत के खिलाफ क्रांतिकारियों को कुछ बम और पैंफलेट देने के लिए जा रहे थे। उस समय उनकी आयु मात्र 15 वर्ष की थी। आई.टी. कॉलेज चौराहे के पास हजरतगंज का अंग्रेज कोतवाल, जो वहाँ से गुजर रहा था, उसे उन्हें देखकर कुछ शक हुआ और उसने उनकी तलाशी करवाई। तलाशी में बम और पैंफलेट मिलने से कोतवाल के होश उड़ गए। कोतवाल उन्हें पकड़कर हजरतगंज कोतवाली ले आया और उनके ऊपर अमानवीय अत्याचार किए। उसने उन्हें बर्फ की सिल्ली पर लिटाकर उनके दोनों हथेली में लंबी कीलें ठोंक दीं, जिसके कारण उनको इतना दर्द हुआ कि वे 48 घंटे तक बेहोश रहे। अंग्रेज कोतवाल उनसे उनके अन्य साथियों के बारे में जानकारी चाहता था, किंतु उन्होंने यातना स्वीकार की, पर अपनी जुबान नहीं खोली।

उन्हें लखनऊ के सेंट्रल जेल के एकांत कोठरी में दोनों हाथों और पैरों में जंजीरों वाली हथकड़ी के साथ एक वर्ष के लिए सश्रम कारावास की सजा दी गई। उनके बगल की काल-कोठरी में चाँदगंज के रहनेवाले क्रांतिकारी मान सिंह आजाद थे। यह इतिहास सेंट्रल जेल लखनऊ के रिकॉर्ड में आज भी सुरक्षित है।

महात्मा गांधी के नमक सत्याग्रह में 26 जुलाई, 1934 में झंडे वाले पार्क अमीनाबाद में ओजस्वी भाषण देते हुए उन्होंने लोगों को अंग्रेजों के खिलाफ एकजुट

होने का आह्वान किया। पुलिस को जब इसकी भनक लगी तो उन्हें फौरन गिरफ्तार कर लिया गया। कोर्ट ने उन्हें 3 माह की सजा सुनाकर जेल भेज दिया।

एक बार श्रीराम रोड अमीनाबाद में हजरतगंज का अंग्रेज कोतवाल, जो एरियल मोटरसाइकिल से जा रहा था, अपने दो क्रांतिकारी साथियों के साथ संत कुमार राय ने टायर को निशाना बाँधकर अंग्रेज कोतवाल के गले में इस प्रकार फँसाया कि वह मोटरसाइकिल से नीचे गिर पड़ा। उसे नीचे गिराकर उसकी अंग्रेजी पिस्तौल उन्होंने लूट लिया। उस समय शस्त्र बहुत मुश्किल से प्राप्त होता था। सरकारी हथियार लूटने की घटना बहुत बड़ी बात थी। पूरे लखनऊ में तहलका मच गया।

अंग्रेजों से निरंतर लड़ाई करने के कारण अंग्रेजी हुकूमत ने उनका मकान कुर्क कर लिया था। मुखबिर की सूचना पर पुलिस ने संत कुमार को गिरफ्तार कर लिया। इस बार उनको कठोर कारावास की सजा हो गई। उल्लेखनीय है कि राय भवन अलीगंज बाजार में ऐसा ऐतिहासिक भवन था, जिसे अंग्रेजों ने तीन बार कुर्क किया, क्योंकि यहाँ क्रांतिकारियों की गुप्त बैठकें होती थीं, बम आदि शस्त्र बनाए जाते थे एवं अंग्रेजों से लड़ने की योजनाओं पर विचार किया जाता था।

संत कुमार राय के पुराने साथी मानसिंह आजाद, चेत राम आजाद, मन्मथनाथ गुप्त, हीरालाल गांधीजी (बापूजी के सुपुत्र) लीलाधर शर्मा पर्वतीय, राम अवतार अग्रवाल, कृष्ण कुमार द्विवेदी, बचनेश त्रिपाठी, गिरजादत्त तिवारी, सभी सेनानी को कारावास की सजा हो गई। प्रसिद्ध काकोरी केस के विख्यात क्रांतिकारी शचींद्रनाथ बक्शी उनके परिवार के सदस्य थे, जिन्होंने चंद्रशेखर आजाद को रिवॉल्वर चलाना सिखाया था। बक्शीजी को अंडमान में 20 वर्ष कालापानी की सजा हो गई थी।

देश को आजादी मिलने के बाद उनका विवाह 1951 में प्रोनोति राय के साथ हो गया। उनके दो पुत्र और एक पुत्री थी। संत कुमार रायजी का नाट्य-कला से काफी लगाव था। जिंदगी के आगामी दस वर्ष कलकत्ता प्रवास में नाट्य-कला की विविध शिक्षा लेते हुए कलकत्ता मिनर्वा थिएटर में निर्देशक एवं अभिनव के रूप में उन्होंने कार्य किया और सम्मानित हुए।

एक वर्ष सोहराब मोदी के केरेंथियन थिएटर में काम किया, फिर मून लाइट में कार्य किया, जिसमें उनको बहुत प्रसिद्धि मिली। 'सरस्वती थिएटर ऑफ मुंबई' में अभिनय करते हुए मुंबई कोलकात्ता, कानपुर, बनारस, जहाँ भी गए लोगों ने उन्हें सिर-आँखों पर बैठाया।

लखनऊ शहर का यह क्रांतिवीर सेनानी 23 मार्च, 1990 को अपने निवास स्थान राय भवन अलीगंज बाजार में हमेशा के लिए सभी को छोड़कर अनंत की यात्रा पर निकल पड़ा।

*स्रोत : साभार श्री पी.के. राय, पुत्र स्व. संत कुमार राय, जानकीपुरम, लखनऊ*

□

# 42

# राम हर्ष सिंह

दिलों में आजादी की मशाल जलाए, न जाने कितने वीर सपूतों ने भारत माँ को अंग्रेजों की गुलामी से आजाद कराने के लिए अपना सबकुछ न्योछावर कर दिया। उनमें से एक नाम राम हर्ष सिंहजी का भी है, जिन्होंने कई बार अंग्रेजों की लाठियाँ व कोड़े खाए और कई बार जेल भी गए। लेकिन अंग्रेजी हुकूमत के आगे कभी हार नहीं मानी। अंग्रेजों के अंदर इतना भय पैदा कर दिया था कि वे उनके नाम से ही भय खाने लगे थे।

भारत माँ के लाल राम हर्ष सिंह का जन्म 28 फरवरी, 1912 को ग्राम ओघनी, तहसील लालगंज, जिला आजमगढ़ में एक किसान उदित सिंहजी के घर हुआ था। वे अपने माता-पिता की छठी संतान थे। सन् 1937 में उन्होंने मैट्रिक परीक्षा पास की थी। हिंदी के साथ-साथ अंग्रेजी और उर्दू भाषा का भी उन्हें अच्छा ज्ञान था।

देश को आजाद कराने के जुनून में उन्होंने मैट्रिक परीक्षा पास करने के बाद सन् 1938 में मऊ में कांग्रेस सेवा दल के कैंप में जाकर कांग्रेस की सदस्यता ग्रहण की। इसके बाद अपनी माता इंदिरा देवी से आशीर्वाद प्राप्त करके वे अंग्रेजी हुकूमत के खिलाफ बिगुल फूँककर देश-सेवा में कूद पड़े।

उन्हें उस समय कोई सही मार्गदर्शन नहीं मिल रहा था, तब उन्होंने स्वयं आंदोलन की रूपरेखा तय की और 24 मार्च, 1941 को नौरसिया गाँव के जलभरथ सिंह के दरवाजे पर सत्यग्रह पर बैठ गए। उनके तेवर की खबर अंग्रेजी हुकूमत को पहले ही लग गई थी, इसलिए अंग्रेजों ने उन्हें गिरफ्तार कर 6 माह के लिए जेल भेजा और 10 रुपए जुरमाना भी लगाया।

9 अगस्त, 1942 को गांधीजी के भारत छोड़ो आंदोलन के आह्वान पर अंग्रेजों को भारत से कैसे बाहर भगाया जाए, इसके लिए मुंबई में एक कॉन्फ्रेंस बुलाई गई, जिसमें देश के कई जगहों से स्वतंत्रता सेनानी शामिल हुए थे। जिसमें अरुणा आसफ अली भी उस कॉन्फ्रेंस में शामिल थीं, जिसने कॉन्फ्रेंस के दौरान मुंबई स्थित अंग्रेजी

हुकूमत के मुख्यालय पर तिरंगा झंडा फहरा दिया था। जब अंग्रेजों को इसकी खबर मिली तो वे कॉन्फ्रेंस में शामिल सभी क्रांतिकारियों को मारने-पीटने लगे और गिरफ्तार करके जेल में डाल दिया। इधर जब यह बात देश के अन्य क्रांतिकारियों को पता चली तो जगह-जगह तोड़-फोड़ व अंग्रेजी हुकूमत का विरोध होने लगा। उस समय वे अपने घर पर ही बच्चों को पढ़ा रहे थे। चूँकि वे उस समय युवा थे और जब उनके कानों में अंग्रेजी हुकूमत के करतूतों की खबर लगी तो उनका खून खौल उठा। उन्होंने अपने गाँव के आसपास के लोगों को घर-घर जाकर इकट्ठा करना शुरू कर दिया और लोगों से बोले कि अंग्रेजों ने हमारे नेताओं को बंदी बना लिया है, इसलिए हमें एक साथ मिलकर अंग्रेजी हुकूमत का विरोध करना चाहिए। उनकी यह बात लोगों की समझ में आने लगी और क्षेत्र के लोगों ने उनके नेतृत्व में संगठित होना शुरू कर दिया। यही वह समय था, जब 1942 में गांधीजी के भारत छोड़ो आंदोलन से उन्हें एक नई ऊर्जा प्राप्त हुई।

14 अगस्त, 1942 को डूभांव स्कूल के लड़कों को लेकर उन्होंने आजमगढ़ जिले के तरवां थाने पर तिरंगा झंडा फहरा दिया। 17 अगस्त, 1942 को नागपंचमी के दिन डूभाव के वराहजी मंदिर पर मेला लगा हुआ था। एक ओर नौजवान कुश्ती लड़ रहे थे, वहीं वे एक कमरे में बैठकर अपने साथियों के साथ थाना तरवां को फूँकने की रणनीति बना रहे थे।

18 अगस्त, 1942 को उन्होंने अपने कुछ साथियों और हजारों की संख्या में गाँव के लोगों को लेकर थाना तरवां को फूँक दिया। उनका यह काम अंग्रेजों को छेड़ने जैसा था, वे तिलमिला उठे। जिसका नतीजा यह हुआ कि उनकी तलाश में पुलिस ने हर जगह, जहाँ पर उनके होने की उम्मीद थी, वहाँ दबिश डालना शुरू कर दिया। पुलिस को जब उनका कोई सुराग नहीं मिला तो खिसियानी बिल्ली की तरह अंग्रेजों ने उनका घर फूँक दिया।

अंग्रेजों की नाक में दम करने का उनका सिलसिला यहीं नहीं थमा। उन्होंने 4 फरवरी, 1943 को फूलपुर रेलवे स्टेशन को फूँक दिया। उनका यह काम अंग्रेजी हुकूमत के मुँह पर जोरदार तमाचा था। वे जगह-जगह घूमकर युवाओं को आंदोलन के प्रति प्रेरित करने लगे।

सन् 1943 में बिलरियागंज कांड हुआ, जिसमें उरौना पार्क अंतर्गत थाने का एक दरोगा, जो फरार चल रहे क्रांतिकारी लक्ष्मी पांडे के घर जाकर उनकी माताजी से रोज बदतमीजी से पूछताछ करता था और जानकारी न मिलने पर उनकी माताजी को डराता-धमकाता, उनके साथ मार-पीट करता था। उसे उन्होंने सबक सिखाने की ठानी।

इस बात की जानकारी होने पर राम हर्षजी से यह बर्दाश्त नहीं हुआ और उस

दरोगा को सबक सिखाने के लिए अपने 18-20 क्रांतिकारियों के साथ वहाँ के लिए वे कूच कर गए। रास्ते में बिलरियागंज बाजार में मेला लगा हुआ था, अतः वहाँ पर काफी भीड़ जमा थी। उस भीड़ में देश के कुछ गद्दार, जो अंग्रेजों के चाटुकार थे, ने शोर मचाकर राम हर्ष सिंह और उनके साथियों को चारों तरफ से घेरकर पकड़ने का प्रयास किया, जिसमें सभी क्रांतिकारी भाग निकले, लेकिन वे और उनके साथी केदारनाथ दीक्षित वहाँ फँस गए। गद्दारों की भीड़ ने उन दोनों क्रांतिकारियों को बड़ी बुरी तरह से पीटा और लहूलुहान करके एक अँधेरी कोठरी में बंद कर दिया। अंग्रेजों को अपनी वफादारी दिखाते हुए इसकी सूचना कर दी। उन दिनों अंग्रेजों राम हर्ष सिंहजी का इतना भय व्यप्त था कि जब अंग्रेज वहाँ आए तो कोठरी का दरवाजा खोलने की हिम्मत न जुटा पाए। अंग्रेजों ने छत पर जाकर चुपके से झाँका और जब देखा कि दोनों क्रांतिकारी खून से लथपथ अचेत पड़े हुए हैं तो अंग्रेजी पुलिस उन्हें पकड़ने की हिम्मत दिखा पाई।

पुलिस को उन दोनों के पास से तरवा थाने से लूटी हुई 2 बंदूकें, 10 कारतूस, 6 बम तथा 1 चाकू बरामद हुआ। अंग्रेज अफसर ने दोनों की हालत देखकर उनके साथी को इलाज के लिए जिला अस्पताल भेजने और उनको मृतक समझकर नदी में फेंकने का आदेश दिया। जिले के मुख्य चिकित्सा अधिकारी ने उनकी नाड़ी जाँच करके देखी तो वे जीवित थे। अतः उन्हें अस्पताल में 2 माह इलाज के लिए रखा गया और फिर 5 वर्ष की सजा हुई। उन पाँच वर्षों में उन्हें बनारस सेंट्रल जेल, फैजाबाद और नैनी जेल इलाहाबाद में रखकर अनेक प्रकार की यातनाएँ दी गईं।

आखिरकार वह दिन भी आ गया, जब उनके और अन्य महान् क्रांतिकारियों द्वारा किए गए त्याग, बलिदान व अथक प्रयासों से 15 अगस्त, 1947 को देश आजाद हो गया और जेल में बंद सारे कैदियों को रिहा कर दिया गया। मगर उनकी यह बदनसीबी रही कि उन्हें उस समय किन्हीं कारणों से आजादी नहीं मिल पाई। वे शायद एक ऐसे क्रांतिकारी थे, जिन्होंने देश आजाद होने के बाद भी 6 माह से ऊपर तक जेल में ही सजा काटी।

29 मार्च, 1948 को तत्कालीन गृहमंत्री लालबहादुर शास्त्रीजी स्वयं उनसे मिलने इलाहाबाद की नैनी जेल में आए, जिसके बाद उसी दिन उनकी जेल से रिहाई हुई, लेकिन आजादी के बाद भी उनकी लड़ाई जारी रही। अन्याय के विरुद्ध वे हमेशा आवाज उठाते रहे।

इन सब घटनाओं के बाद 9 अगस्त, 2009 को राष्ट्रपति प्रतिभा पाटिलजी ने उन्हें राष्ट्रपति भवन बुलाकर उनको सम्मानित किया। 9 अगस्त, 2012 को तत्कालीन राष्ट्रपति प्रणब मुखर्जी द्वारा पुनः उन्हें राष्ट्रपति सम्मान से सम्मानित किया गया। 28

जुलाई, 2014 को वाराणसी के अस्पताल में उन्होंने अंतिम साँस लिया।

ऐसे साहसी और क्रांतिकारी पुरुष कहीं जाते नहीं। वे हमेशा हमें असत्य के खिलाफ आवाज उठाने और लड़ाई लड़ने की प्रेरणा देते रहते हैं।

*स्रोत : साभार स्व. राम हर्ष सिंहजी के परिजनों के परिजन,*
*श्री एस.बी. सिंहजी (स्व. राम हर्ष सिंहजी के पुत्र),*
*श्री कमलेश सिंहजी (स्व. राम हर्ष सिंहजी के पुत्र)*

□

# 43

# श्री हीरा सिंह

## ( जिन्होंने जेलर की नाक थाली से काट दी )

'आज चाहे जो हो जाए, नेताजी को पकड़ने आनेवाली अंग्रेज फौज को उन तक पहुँचने नहीं देंगे, चाहे उसके लिए हमें अपनी जान की बाजी ही क्यों न लगानी पड़ जाए।' यह कहते हुए उस महान् क्रांतिकारी ने रेल की पटरियाँ उखाड़ दीं, जिससे अंग्रेजी फौज को लानेवाली ट्रेन पलट जाए। मगर उनकी किस्मत ने उनका साथ नहीं दिया। अंग्रेज फौज को ला रही ट्रेन से पहले एक मालगाड़ी उस रेल पटरी से गुजर गई और आगे चलकर वह मालगाड़ी पलट गई। मालगाड़ी के पलट जाने से अंग्रेज बौखला गए और मामला दर्ज होकर पटरी उखाड़नेवालों की तलाश शुरू हो गई। अदालत ने क्रांतिकारियों को फाँसी की सजा सुनाई, मगर पुलिस उन क्रांतिकारियों की तलाश करती रही, मगर उनका कोई सुराग नहीं मिल सका। उस क्रांतिकारी का नाम, जिसको अंग्रेज फाँसी देना तो दूर पकड़ तक नहीं पाए, हीरा सिंह था।

हीरा सिंह जैसे क्रांतिकारी अपनी मातृभूमि के लिए कुछ भी करने के लिए हमेशा तत्पर रहते हैं, इसके लिए न तो उन्होंने परिवार और न ही जमीन-जायदाद का मोह किया। मोह तो केवल अपनी मातृभूमि से था। जब तक देश आजाद नहीं हो गया, वे चुप नहीं बैठे। इस महान् सेनानी का जन्म 26 अगस्त, 1914 को ग्राम बलरई, जनपद मथुरा में एक जाट परिवार में हुआ था। उनके पिता का नाम श्री लाला राम और माता का नाम श्रीमती गया देवी था। वे तीन भाई और बहन में दूसरे नंबर पर थे। बालकाल में वे बड़े जिद्दी स्वभाव के थे, जो एक बार ठान ली, उसे करते ही करते थे। उनकी शिक्षा कक्षा 8 तक ही हो सकी। यही आदत सकारात्मक रूप में देश-सेवा के रूप में फली-फूली और वे देश की आजादी के लिए पूरे तन-मन-धन से जुट गए।

हीरा सिंहजी के चाचा प्रेम सिंह खुद एक क्रांतिकारी थे। वे उन्हें क्रांतिकारियों की बातें, अंग्रेजों के जुल्म की कहानियाँ सुनाया करते थे, जिससे बालमन पर इसका गहरा प्रभाव पड़ा। वहीं उनके गुरु आचार्य आनंद भिक्षु क्रांति की बातें कक्षा में बताया करते

थे। गुरु और चाचा से वे इतना ज्यादा प्रभावित हुए कि अपनी पढ़ाई को बीच में छोड़कर देश की स्वतंत्रता के लिए स्वाधीनता के संग्राम में छलाँग लगा दी।

वे छोटी सी उम्र में ही महात्मा गांधी और सुभाष चंद्र बोस के आदर्शों पर चलने लगे। सन् 1939 में वे 'कांग्रेस सेवा दल' के सदस्य बन चुके थे। वे अपने क्षेत्र में क्रांति का परचम हाथ में लिये घूमते रहते और लोगों को अंग्रेजों का सिर कुचलने के लिए प्रेरित करते रहते। गाँव-गाँव घूमते, बैठकें करते। कांग्रेस के संकल्पों को जन-जन तक पहुँचाना, लोगों से मिलना उनका रोजमर्रा का कार्य हो गया था। उ.प्र. कांग्रेस का जब सम्मेलन हुआ तो वे उसमें शामिल हुए।

25 मई, 1941 में व्यक्तिगत सत्याग्रह करने के जुर्म में पुलिस ने उन्हें गिरफ्तार कर एक वर्ष के लिए कठोर कारावास की सजा दी। उन्हें लखनऊ जेल में डाल दिया गया। जेल में स्वतंत्रता सेनानियों के साथ अच्छे व्यवहार की आशा किसी को नहीं थी। कारावास का जेलर रोज ही इन सेनानियों को परेशान करने के बहाने ढूँढ़ा करता था। जेल में खराब खाना खाने से सेनानी मना करते थे तो वह लात-जूतों से पिटाई कर देता था। जेलर की हरकतों से परेशान हीरा सिंह और उनके दो साथी मथुरा के राम सिंह और भरतपुर के धर्मानंद ने एक दिन जेलर को पकड़कर जमीन में पटक दिया और लात-जूतों से खूब मारा, फिर खाने की थाली की धार को जेलर की नाक पर रखकर पैर से ठोकर मार दी, जिससे जेलर की नाक कट गई। जेलर की नाक कटने की घटना से हड़कंप मच गया। हीरा सिंह और उनके दोनों साथियों को पकड़कर कोर्ट में पेश किया गया। जहाँ हीरा सिंह और उनके साथियों को बेंतों की मार की सजा मिली।

जेल से रिहा होने के बाद वे फिर जनजागरण के कार्यों में जुट गए। सन् 1942 में उनको खबर मिली कि सुभाष चंद्र बोस को मथुरा से गिरफ्तार करने के लिए अंग्रेजी फौज ट्रेन से आ रही है। उन्होंने अपने साथियों के साथ रेल लाइन को उखाड़ दिया, किंतु जो ट्रेन फौज को लेकर आ रही थी, उससे पहले मालगाड़ी आ गई, रेलवे लाइन टूटी होने की वजह से मालगाड़ी पलट गई। अंग्रेजों की नाक के नीचे इतनी बड़ी घटना घट जाने से वे तिलमिला गए। पुलिस ने दबिश मारनी शुरू कर दी, परंतु वे अपने साथियों के साथ फरार हो गए। कोर्ट ने सभी लोगों के खिलाफ फाँसी की सजा का फरमान जारी कर दिया, किंतु पुलिस उन लोगों तक नहीं पहुँच पाई। जिसके कारण पुलिस उनके परिवार जनों को बहुत परेशान करती थी, ताकि वे हीरा सिंह का पता बता दे, किंतु हर बार उन्हें खाली हाथ ही लौटना पड़ता था। लिहाजा उनकी कुर्की का आदेश जारी हो गया, किंतु हीरा सिंह साथियों के साथ फरार ही रहे। उनके घर की कुर्की हो गई। दो वर्षों तक वे पुलिस से छुपते-छुपाते रहे। उसके बाद वे बाहर ही बाहर पार्टी की कार्य-योजनाओं को अंजाम देते रहे। इसके बावजूद कभी पुलिस के हाथ नहीं आए।

सन् 1942 में उनका विवाह द्रौपदी देवी से हो गया, जिनसे उन्हें तीन पुत्र और एक पुत्री की प्राप्ति हुई।

15 अगस्त, 1947 को जब देश आजाद हुआ, तब वे अपने घर वापस आ सके। आजादी के बाद बच्चों को अच्छी शिक्षा देने के लिए अध्यापन का कार्य शुरू कर दिया, साथ ही वे लगातार समाज-सेवा भी करते रहे। क्षेत्र में लोगों की समस्याओं के निदान के लिए वे लगातार प्रयत्नशील रहे। उनका देहांत 9 अगस्त, 1987 को हो गया। उनके शौर्य की गाथा आज भी बलरई के लोग गाते नहीं थकते हैं।

*स्रोत : साभार श्री देवेंद्रपाल चौधरी, पौत्र स्व. हीरा सिंह*
*निवासी : ग्राम बलरई, पोस्ट-अरारी, जनपद मथुरा*

□

# 44

# पं. मदनमोहन मिश्र

स्वतंत्रता सेनानियों एवं जनपद वासियों के प्रति अटूट स्नेह एवं प्रेम रखनेवाले, सामाजिक कुरीतियों के प्रति सदैव लड़ाई लड़नेवाले, जनपदीय विकास की दिशा में अग्रणी भूमिका निभानेवाले प्रख्यात स्वतंत्रता संग्राम सेनानी, पूर्व विधायक, 'जनता राज' समाचार-पत्र के संपादक संस्थापक पं. मदनमोहन मिश्र रायबरेली जनपद के प्रमुख क्रांतिकारी, राजनीतिज्ञ एवं लोकप्रिय समाज-सेवी थे।

उनका जन्म 16 जनवरी, 1917 को रायबरेली जिले के बेहटाकला ग्राम में बड़े घराने में पं. चंद्रनाथ मिश्र के घर में हुआ था। परिवार में उनका लालन-पालन बड़े लाड़-प्यार से किया गया था। पढ़ने के लिए उन्हें पहले कानपुर के राष्ट्रीय विद्यालय में भेजा गया। यह विद्यालय अमर शहीद गणेश शंकर विद्यार्थी द्वारा संचालित होता था और इसका प्रबंध न व देखरेख गुरु रघुबर दयाल द्वारा किया जाता था। राष्ट्रीय आंदोलन से दोनों विभूतियों के जुड़े होने के कारण यहाँ दी जानेवाली शिक्षा राष्ट्रीय भावना से ओतप्रोत होती थी।

कानपुर से प्रारंभिक शिक्षा प्राप्त कर श्री मिश्र अपने बड़े भाई श्री काशी प्रसाद मिश्र के साथ इलाहाबाद चले गए। उन्हें कर्नलगंज मिडिल स्कूल में कक्षा 7 में प्रवेश मिला। वे अभी कक्षा 8 में पढ़ ही रहे थे कि 27 फरवरी, 1932 को अल्फ्रेड पार्क में शहीद चंद्रशेखर आजाद दिवस मनाया जा रहा था, उसमें शामिल होने के कारण उन्हें बंदी बना लिया गया। डिस्ट्रिक्ट मजिस्ट्रेट बम्फोर्ड ने वहीं थार्न हिल रोड पर ताबड़तोड़ दो-तीन बेंत सिर पर मारे और फिर इकराम हुसैन नामक दुष्ट प्रकृति के कोतवाल ने उसी के सामने तीन-चार हाथ मारकर पुलिसवालों को आदेश दिया कि ले जाओ इस बदमाश को मारते हुए कर्नलगंज थाने, हम लोग अभी वहाँ आते हैं। दरअसल उनको छोड़कर अन्य लोग खाई व तारों को फाँदकर पार्क के उत्तर म्योर सेंट्रल कॉलेज के खेल मैदान की ओर भाग निकले थे। परिणामत: वे अकेले ही अंग्रेजों के हाथ आए, जिससे वहाँ एकत्र अधिकारी खीझ से भरे थे तथा वह सारी-की-सारी खीझ उनके ऊपर ही उतारने

की नाकाम कोशिशों में जुट गए। नाना प्रकार की पैशाचिक यातनाओं के बाद दूसरे दिन 27 फरवरी, 1932 को प्रात:काल एक परदेदार इक्के पर बैठाकर उनको आनंद भवन के सामनेवाली सड़क से जिला जेल मलाका भेज दिया गया। वहाँ पर जेल में ही मुकदमा चलाकर सजा दे दी गई। उक्त मुकदमे की पैरवी (मलाका जेल में) श्रीमती श्यामा कुमारी नेहरू ने की थी। काफी पीटे जाने और नाबालिग होने के कारण सजा तो एक दिन की ही दी गई, परंतु विद्यालय से निष्कासित कर दिया गया। किंतु वे कहाँ रुकनेवाले थे, दूसरे वर्ष दारागंज हाई स्कूल में प्रवेश लेकर वे राजनीतिक गतिविधियों में पहले से अधिक सक्रिय हो गए।

उन्हीं दिनों श्रीमती विजय लक्ष्मी पंडित ने 'वानर सेना' बनाई थी, जिसमें इंदिरा गांधी के साथ रहकर कांग्रेस कार्यक्रमों में वे सक्रिय भूमिका निभाने लगी। 1936 में कांग्रेस के राष्ट्रीय सम्मेलन लखनऊ में शामिल होने के बाद गृह मोह का त्याग कर वे आगरा चले गए और वहाँ हरिजन विद्यालयों में अध्यापन कार्य करने लगे। समय का कालचक्र बढ़ता गया। थोड़े ही दिनों में वे रिवोल्यूशनरी पार्टी के कई क्रांतिकारियों के संपर्क में आ गए, जिनमें सर्वश्री झारखंडे राय, मोनू मुकर्जी, केशव शर्मा तथा भूपेंद्रनाथ सान्याल प्रमुख रहे। धीरे-धीरे बंगाल की क्रांतिकारी पार्टी 'अनुशीलन समिति' एवं एच.एस.आर.ए.के. तक उनकी अच्छी पहुँच बन गई। इस प्रकार से क्रांतिकारियों की टोली में शरीक हो वतन के लिए सिर पर कफन बाँधकर वे निकल पड़े। जैसाकि सुप्रसिद्ध क्रांतिकारी श्री झारखंडे राय ने अपनी पुस्तक 'भारतीय क्रांतिकारी आंदोलन—एक विश्लेषण' के पृष्ठ 79 पर लिखा है—"इलाहाबाद के दारागंज हाई स्कूल में रायबरेली जिले के एक उत्साही छात्र मदनमोहन मिश्र पढ़ते थे। आजकल वे कांग्रेस की ओर से उत्तर प्रदेश विधानसभा में विधायक हैं। उनका संपर्क अनुशीलन समिति से था और यह उसके सदस्य भी थे। एक बार सन् 1936 में उनके निवास स्थान में प्रयाग स्टेशन के पास खुफिया पुलिस ने तलाशी ली। उसे कुछ आपत्तिजनक साहित्य और हथियारों के मिलने की बड़ी आशा थी। परंतु कुछ मिला नहीं, पुलिस को खाली हाथ लौटना पड़ा। पुलिस उन दिनों 'अंतरप्रांतीय षड्यंत्र' के सूत्र बटोर रही थी। उन दिनों मैं भी इलाहाबाद में ही ईविंग क्रिश्चियन कॉलेज का छात्र था। ऐसे क्रांतिकारियों की तलाश मुझे भी थी। कुछ प्रयासों के बाद मदनमोहन मिश्र का और मेरा संपर्क हो गया। इस तरह उस अंतिम चरण में अनुशीलन और हिसप्रस (हिंदुस्तान सोशलिस्ट रिपब्लिकन आर्मी) वालों के बीच की कड़ी मदन मोहन बन गए।"

उनका विवाह उनके गाँव बेहटाकला से तीन मील की दूरी पर स्थित ग्राम हथनासा के एक प्रमुख कपड़ा व्यवसायी पं. शिवमंगल अग्निहोत्री की पुत्री भगवती देवी के साथ निश्चित हुआ था। 12 जून, 1938 को बारात ग्राम हथनासा पहुँची। लड़कीवालों ने वर

समेत सभी बारातियों का स्वागत-सत्कार किया। रात्रि भर शादी की सारी रस्में, जैसे पूजन, भाँवर, साखोच्चार आदि पूरे होते-होते भोर हो गया और ज्यों ही मदनजी जनवासे, जहाँ पर बारात टिकी थी, जाने के लिए पालकी पर आकर बैठे ही थे कि सशस्त्र पुलिस के एक दल ने उनकी अगवानी की और पालकी को सरेनी थाने की ओर ले चलने का आदेश दिया। उन दिनों क्रांतिकारी लोग जेल को ही ससुराल मानने लगे थे, जिसका उदाहरण उनके सामने प्रत्यक्ष था। पं. मदनमोहन मिश्र को सरेनी थाने में दोपहर लौटने तक रखने के पश्चात् शाम को रायबरेली कोतवाली भेज दिया गया, जहाँ पर उनके नाखूनों में सुइयाँ चुभोने से लेकर तरह-तरह की यातनाएँ दी गईं, इसके बावजूद उनसे कुछ भी उगलवाने में पुलिस असमर्थ रही। अंत में ऊबकर दूसरे दिन यानी 14 जून, 1938 को जिला जेल भेज दिया गया, जहाँ पर पैरों में बेड़ियाँ डालकर उनको काल-कोठरी में रखा गया। यहाँ तीन महीनों तक उन्हें कठोर से कठोर यातनाएँ दी गईं।

स्मरण रहे कि श्री मदनमोहन मिश्र की उपरोक्त गिरफ्तारी गाजीपुर जिले के 'पिपरीडीह रेलवे षड्यंत्र केस' में एक रेलगाड़ी को रोककर सरकारी खजाने को लूटने के प्रकरण में हुई थी। उक्त गिरफ्तारी आगरा के सी.आई.डी. इस्पेक्टर श्री लाखन सिंह एवं हेड अजमेरी सिंह तथा लखनऊ व रायबरेली के तमाम पुलिस अधिकारियों के संयुक्त प्रयासों से ही संभव हो सकी थी, जिन्होंने एक योजनानुसार सरेनी थाने की मदद से हथिनासा गाँव की रात्रि में ही घेराबंदी कर एकदम से सुबह धावा बोलकर पिपरीडीह पॉलिटिकल ट्रेन डकैती के फरार अभियुक्त मदनमोहन मिश्र को विवाह मंडप में ही गिरफ्तार कर लिया। शादी में मौजूद लोगों का कहना था कि यदि कुछ समय और मिल जाता तो पुलिस को खाली हाथ वापस लौटना पड़ता।

सन् 1940-41 में व्यक्तिगत सत्याग्रह शुरू हुआ, जिसमें भाग लेने के फलस्वरूप उनको गिरफ्तार कर एक वर्ष की कठोर सजा व 50 रुपए जुरमाना न देने पर तीन माह का अतिरिक्त कठोर कारावास भुगतना पड़ा। इस सजा के दौरान उन्हें रायबरेली जिला जेल एवं चुनार कैंप जेल में रखा गया।

सन् 1942 के 'करो या मरो' आंदोलन में भी उनकी भूमिका काफी तीव्र रही। परिणामतः वे पुलिस की आँखों की किरकिरी बने रहे। परंतु अनेक प्रयासों के बावजूद वे पुलिस के हाथ न लग सके और हथियार एकत्र करने के अपने मिशन में लगे रहे तथा उनकी सप्लाई अपने सहयोगियों, विशेषतया दादा महाबीर पांडेय एवं कालीशंकर भारती को करते रहे, इसके साथ-ही-साथ लोगों के अंदर क्रांतिकारी भावना का प्रचार एवं प्रसार करने में अपनी सक्रिय भूमिका निभाते रहे। आखिरकार 15 अगस्त, 1947 को वह शुभ घड़ी आ गई, जब देश में तिरंगा फहराने लगा।

आजादी के पश्चात् देश के प्रति प्रेम एवं सेवा की भावना को सृजित करते हुए

जब भी जहाँ-जैसे अवसर मिला, उन्होंने कंधे-से-कंधा मिलाकर राष्ट्रीय भावनाओं को ध्यान में रखते हुए राजनीति में सक्रिय भूमिका निभाई। 1953 से 1971 तक नगरपालिका रायबरेली के सदस्य तथा कुछ समय तक वाइस चेयरमैन भी रहे। सन् 1967 से 1969 और 1969 से 1974 तक उत्तर प्रदेश विधानसभा सदस्य के रूप में रायबरेली सदर के विधायक रहे। भारत सेवक समाज के जिला अध्यक्ष के रूप में, पत्रकार के रूप में तथा अनेक शैक्षिक एवं गैर-शैक्षिक कल्याणकारी संस्थाओं से जुड़े रहकर देश-सेवा के व्रत को पूरा करने की दिशा में अंतिम समय तक सक्रिय रहे।

स्वाधीनता संग्राम से ही संबंधित 7 जनवरी, 1921 का मुंशीगंज गोलीकांड, जोकि दूसरे जलियाँवाले बाग कांड से कम महत्त्वपूर्ण न था, जिसमें अनेकानेक स्वतंत्रता सेनानी शहीद हो गए थे, की स्मृति में एक भव्य शहीद स्मारक का निर्माण कराने में उनका महत्त्वपूर्ण योगदान रहा। जिसका उद्घाटन तत्कालीन प्रधानमंत्री मा. राजीव गांधी ने 12 सितंबर, 1987 को किया था। काल के क्रूर हाथों ने 20 जनवरी, 1994 को उन्हें चिर निद्रा में सुला दिया।

*स्रोत : साभार अनिल कुमार मिश्र पुत्र स्व. पंडित मदनमोहन मिश्र;*
*अध्यक्ष जिला स्वतंत्रता संग्राम सेनानी उत्तराधिकारी संगठन, रायबरेली*

□

# 45

# सरजू पांडेय

पूर्वांचल में देश की आजादी की अलख जगानेवाले स्वतंत्रता सेनानियों में और गाजीपुर के प्रारंभिक कम्युनिस्ट नेताओं में अग्रणी सरजू पांडेय का जन्म 19 नवंबर, 1917 को एक साधारण किसान परिवार में हुआ था। धार्मिक ब्राह्मण एवं रिवाजों वाले सरजू पांडेय के पिता महावीर पांडेय गाजीपुर के कासिमाबाद में खेती-किसानी करते थे। अपनी सातवीं तक की शुरुआती शिक्षा 1935 में कासिमाबाद मिडिल स्कूल से पूरी करने के बाद वे 1937 में उर्दू मिडिल की परीक्षा में बैठे। यह वह समय था, जब नमक सत्याग्रह की असफलता के बाद राजनीतिक गतिविधियों ने हिंसक जोर पकड़ लिया था। सन् 1935 में ब्रिटिश संसद् ने भारतीयों की मदद से प्रांतीय सरकार गठित करने का नियम पारित कर दिया था। कांग्रेस ने कुछ प्रावधानों का विरोध तो किया, लेकिन अंग्रेजी सरकार ने जब चुनाव की घोषणा कर दी तो कांग्रेसियों ने चुनाव में भाग लेने का कौशल दिखला दिया। इधर गांधीजी के प्रयास हरिजन कल्याण के कार्यों और हिंदू-मुसलिम एकता पर केंद्रित थे। देशभर में 'कौमी सेवादल' के शिविर और हरिजन मंदिर प्रवेश के कार्यक्रम चलाए जा रहे थे। गाजीपुर सरीखे इलाकों में यह थोड़ा आक्रामक रूप से जारी था। सरजू पांडे उस समय अठारह-उन्नीस वर्ष के हट्टे-कट्टे जवान थे। वे गांधीजी से प्रभावित हुए और उनके प्रशंसक बन गए।

सन् 1940 आते-आते सरजू पांडे जनपद भर में एक कर्मठ, ईमानदार और गांधीवादी कांग्रेसी के रूप में पहचाने जाने लगे। इसी बीच अंग्रेज सरकार ने भारत को द्वितीय विश्वयुद्ध में झोंक दिया था। इस निर्णय के खिलाफ विरोध जताने के लिए कांग्रेस ने व्यक्तिगत सत्याग्रह शुरू किया। इसमें सभी कांग्रेसियों को भाग लेने की अनुमति नहीं थी। कुछ चुने हुए कांग्रेसियों को ही इसमें शामिल किया गया था। जिला कांग्रेस से सरजू पांडेय को इस कार्य के लिए चुना गया था। नियत तिथि को निर्धारित गाँव से सत्याग्रह जुलूस निकला। सरकार पहले से ही तैयार थी। सरजू पांडे को गिरफ्तार कर लिया गया। उन पर देशद्रोह का मुकदमा हुआ और 12 मार्च, 1941 को 6 महीने की कठोर कैद के

साथ 25 रुपए जुरमाने की सजा मुकर्रर की गई। सजा भुगतने के लिए उन्हें 23 अप्रैल, 1941 को जिला कारागार भेज दिया गया। जेल में अच्छे चाल-चलन के लिए उन्हें 11 दिन की छूट मिली। 30 अगस्त, 1941 को उन्हें रिहा कर दिया गया। उस समय क्रांतिकारी जिलों में भी जेल की व्यवस्था और दुर्व्यवस्था के खिलाफ आवाज बुलंद करते थे। जेल के कर्मचारियों से प्राय: मार-पीट तक हो जाती थी। इन सबके बीच सरजू पांडे ने गांधीवादी तरीका अपनाया और अपने अच्छे चाल-चलन के कारण जेल से समय के पूर्व ही रिहा हो गए।

कांग्रेस ने 8 अगस्त, 1942 को 'भारत छोड़ो' प्रस्ताव पारित किया। गांधीजी ने 'करो या मरो' का नारा दिया और सरकार ने सुबह होते-होते लगभग सभी बड़े कांग्रेसी नेताओं को गिरफ्तार कर लिया। 9 अगस्त की सुबह भारत और सरजू पांडे के लिए एक नई सुबह थी।

गाजीपुर के लगभग सभी क्रांतिकारी उस समय तक गिरफ्तार कर लिये गए। सरजू पांडे के नेतृत्व में कुछ लोग भूमिगत हो गए। जनक्रांति की ज्वाला में थाना फूँकने, रेलवे लाइन उखाड़ने, टेलीफोन व टेलीग्राफ के तार काटने तथा खंभे उखाड़ने और डाकघर जला देने की अनगिनत घटनाएँ सामने आने लगीं। 15 अगस्त, 1942 को सरजू पांडे के नेतृत्व में तीन-चार हजार लोगों की भीड़ ने कासिमाबाद थाने को फूँक दिया। कुछ लोगों ने मौका पाकर हथियार भी लूट लिये। थाना प्रांगण में तिरंगा लहराने लगा। बाद में सरजू पांडे सहित 51 लोगों पर थाना लूटने और आगजनी के आरोप में मुकदमा चला। 32 लोग शिनाख्त के समय छूट गए, सरजू पांडे सहित 16 लोगों को 6 महीने के कठोर कारावास की सजा हुई।

सरजू पांडे उनमें से एकमात्र ऐसे अभियुक्त थे, जिन्होंने थाना फूँकने में अपनी भूमिका को स्वीकार किया था, लेकिन लूटने के आरोप से इनकार कर दिया था। उनकी विशेषता थी कि हर घटना में अपनी भूमिका को बड़ी ईमानदारी से स्वीकार करते रहे। सत्य के प्रति उनकी यह धारणा चर्चा का विषय बन गई। इसमें भी गांधीजी की नीतियों के प्रति उनका पूर्ण समर्पण साफ झलकता है। उनके एक मुकदमे में न्यायाधीश की टिप्पणी गौर करने लायक है। न्यायाधीश ने कहा, "अभियुक्त की सत्यवादिता पर अविश्वास करने का कोई कारण नहीं है।" सरजू पांडे पर अगस्त 1942 की क्रांति के अलग-अलग करीब आधा दर्जन से अधिक मुकदमे चले। इनकी सजा में गुंजाइश के नाम पर सिर्फ इतनी सहूलियत थी कि सभी मुकदमे एक साथ चले थे। जिला कारागार गाजीपुर में सजा काटने के बाद जनवरी 1943 में उन्हें फिर सजा भुगतनी पड़ी। नवंबर 1943 को उन्हें केंद्रीय कारागार वाराणसी भेज दिया गया और अगस्त 1945 को आदर्श कारागार लखनऊ। जेल के तमाम विवरणों में वे बहुत ही शालीन और गांधीवादी नीतियों

का पालन करनेवाले कैदी के रूप में वर्णित हैं। झुकाव पढ़ाई-लिखाई की तरफ हुआ, उपलब्ध पुस्तकों को पढ़ते हुए उन्होंने मार्क्सवाद सहित तमाम कम्युनिस्ट साहित्य पढ़ा।

इधर 1946 के आम चुनाव के बाद यू.पी. में फिर कांग्रेसी मंत्रिमंडल का हस्तक्षेप बढ़ा। राजनीतिक बंदियों की आम रिहाई का आदेश पारित हुआ। सरजू पांडे को भी लखनऊ जेल से मई 1946 को रिहा कर दिया गया। गाजीपुर पहुँचने पर उनका भव्य स्वागत हुआ। धीरे-धीरे सभी नेताओं के छूट जाने के बाद कांग्रेस सोशलिस्ट पार्टी फिर से सक्रिय हो गई। सरजू पांडे को अहसास होने लगा कि जमींदारों और पुलिस की साँठगाँठ के खिलाफ किसानों की जुझारु लामबंदी कांग्रेस की गांधीवादी नीतियों के साथ-साथ क्रांतिकारी तरीके से मजबूत की जा सकती है। उन्होंने जेल से छूट कर आने के बाद 1946 में ही कम्युनिस्ट पार्टी की गाजीपुर शाखा का गठन किया।

सरजू पांडे और उनके सहयोगियों का पूरा जोर छोटी घटनाओं को हवा देने की बजाय व्यवस्था परिवर्तन के लिए जनजागरण की तरफ था। सरजू पांडे और उनके साथियों ने गाँव-गाँव में जाकर जनसभाएँ आयोजित कीं। अपने जुझारुपन और कर्मठता के कारण सरजू पांडे शीघ्र ही लोकप्रियता के शिखर पर पहुँच गए। जमींदारों की राह में रोड़े अटकने शुरू हो गए। संघर्ष का वातावरण बनने लगा और सरजू पांडे का कद भी बढ़ने लगा। 15 अगस्त, 1947 आते-आते कम्युनिस्ट पार्टी जिले की प्रमुख पार्टी बन गई। गांधीजी का मानना था कि आजादी की लड़ाई में कांग्रेस के अलावा दूसरे लोगों का भी महत्त्वपूर्ण योगदान है।

गाजीपुर के लोकमानस में उन्हें शंकर का अवतार तक कहा जाने लगा। 1962, 1967 और 1971 का आम चुनाव वे आसानी से जीत गए। 1978 में उत्तर प्रदेश विधान परिषद् के सदस्य चुन लिये गए थे, अन्य राजनीतिक दलों के सहयोग से लंबे समय तक विधान परिषद् के सदस्य रहे।

जनसेवा के प्रति दीवानगी के कारण वे अपने स्वास्थ्य को लेकर बहुत लापरवाही अपनाते थे। जीवन के आखिरी पड़ाव में अधिक शारीरिक श्रम और असमय भोजन को उनका शरीर बर्दाश्त नहीं कर सका। 1982 में पहली बार उनको दिल का दौरा पड़ा। कई महीनों तक अस्पताल में रहने के बाद जब वहाँ से निकले तो फिर काम में जुट गए, पर कमजोर शरीर यह दबाव झेल नहीं सका। कुछ ही समय बाद कई तरह के रोगों के लक्षण स्पष्ट हुए और 1989 आते-आते शरीर और भी कमजोर हो गया। अंततः 25 अगस्त, 1989 को मास्को में उनकी दुःखद मृत्यु हो गई।

*स्रोत : साभार सरजू पांडेय; व्यक्तित्व एवं कृतित्व, मांधाता राय, पुस्तक— 'भगत की विरासत', डॉ. अजय कुमार मिश्र, पुस्तक 'गाजीपुर के क्रांतिकारी', सूरज पांडेय*

□

# 46

# ठाकुर नवाब सिंह चौहान

इतिहास में ऐसे तमाम नायकों की गौरवगाथाएँ दर्ज हैं, जिन्होंने अंग्रेजों के जुल्म के सामने सिर झुकाना कभी स्वीकार नहीं किया। जब तक जिए, सिर उठाकर जिए। ऐसे ही क्रांतिकारी थे—अलीगढ़ के ठाकुर नवाब सिंह चौहान, जिन्होंने सारा जीवन इसी प्रयास को समर्पित कर दिया कि कैसे सभी भारतीयों को स्वाभिमान से जीने का हक मिले।

ठाकुर नवाब सिंह भले ही गांधीवादी विचारधारा से प्रभावित थे, लेकिन स्वाधीनता की प्रेरणा उन्हें शहीद भगत सिंह द्वारा स्थापित 'नौजवान भारत सभा' की गतिविधियों से मिली थी। 1930 में अलीगढ़ शहर के विभिन्न भागों में नौजवान भारत सभा के स्वयंसेवकों के लिए सत्याग्रह आश्रम खोले गए थे। अलीगढ़ के धर्म समाज (डी.एस.) कॉलेज के सामने अचलताल के पास 'मढ़ी' नामक स्थान पर आश्रम संचालित था। आश्रम में अंग्रेजों की क्रूरता की कहानियाँ सुनाई जातीं। यहाँ स्वयंसेवक स्वाधीनता के लिए गोपनीय रूप से चिंतन-मनन करते थे। यहाँ ठाकुर नवाब सिंह कई बार गए। धीरे-धीरे यह आश्रम अंग्रेजों की नजर में गया। आश्रम के संचालक राधाचरन को डाकू घोषित कर मौत के घाट उतार दिया गया। अंग्रेजों के इस जुल्म से नवाब सिंह व उनके साथियों का हृदय धधक उठा। इसके बाद उनके जीवन का एकमात्र उद्देश्य देश की स्वतंत्रता रह गया। बदले में पीठ पर लाठियाँ मिलीं और गोरों द्वारा भारतीय होने का ताना। जेल भी जाना पड़ा, लेकिन सम्मान और स्वाभिमान के लिए अंग्रेजों के सामने वे डटे रहे।

16 दिसंबर, 1909 को अलीगढ़ में जनमे ठाकुर नवाब सिंह के जमींदार पिता ठाकुर बलवंत सिंह चौहान का अंग्रेज सम्मान तो करते थे, मगर मानसिकता वही थी, जो आम भारतीयों के प्रति थी। अंग्रेजों की हरकतों से नवाब सिंह के दिल में उनके प्रति नफरत और देश की स्वतंत्रता का जुनून बढ़ता रहा। छात्र जीवन में ही नवाब सिंह जनपद के सभी क्रांतिकारियों के संपर्क में आ गए। यह वही समय था, जब महान् क्रांतिकारी शहीद भगत सिंह अंग्रेजों से बचने के लिए अलीगढ़ के गाँव 'शादीपुर' में शिक्षक बनकर

रह रहे थे। क्रांतिकारी टोडरमल ने उनकी मदद की थी। संयोग से नवाब सिंह टोडरमल व अन्य क्रांतिकारियों के संपर्क में आ गए। ठाकुर नवाब सिंह को जनपद ही नहीं, देशभर में क्रांतिकारियों को सूचनाएँ पहुँचाने, रात में नुक्कड़ सभाएँ आदि करके लोगों को जागरूक करने का काम मिला था। 1940 में जब सुभाष चंद्र बोस जिले के हरदुआगंज में सम्मेलन को संबोधित करने आए तो ठाकुर नवाब सिंह ने उनसे मुलाकात की। बाद में ठाकुर नवाब सिंह महात्मा गांधी के संपर्क में आए और उनके सत्याग्रह आंदोलन से जुड़ गए। मुंबई में क्रांतिकारी गतिविधियों में संलिप्त रहने के संदेह में ठाकुर मलखान सिंह के साथ ठाकुर नवाब सिंह, मोहनलाल गौतम, टोडरमल, मास्टर अनंतराम वर्मा, तसद्दुक अहमद शेरवानी को गिरफ्तार कर लिया गया।

स्वाधीनता की लड़ाई में ठाकुर नवाब सिंह ने लेखन से लोगों को जागरूक करने का काम किया। नवाब सिंह की आजादी की कविताओं से युवा सीधे प्रभावित होते थे। एक कविता के कुछ अंश इस प्रकार हैं—

*"भारतमाता तेरी जय हो।*
*है तेरे आँगन में बहती, सरिताओं की निर्मल धारा।*
*हरा-भरा आँचल है तेरा, सुंदर सुखकर प्यारा-प्यारा।*
*तेरे प्रिय पावन प्रकाश से, सुभग शांति का सूर्य उदय हो।*
*भारतमाता तेरी जय हो।"*

ठाकुर नवाब सिंह 'कंज' उपनाम से कविताएँ लिखते थे। कई बार तो युवा उनकी कविता सुनते-सुनते 'इनकलाब जिंदाबाद' के नारे लगाने शुरू कर देते। नवाब सिंह ने महसूस किया कि कविताओं का आम जनमानस पर गहरा प्रभाव पड़ता है तो वे गाँव-गाँव जाकर लोगों में कविता के जरिए क्रांति की अलख जगाने लगे। फिर 'संग्राम' नामक पत्रिका भी निकाली। सामूहिक आयोजन, जलसों व अन्य आयोजनों में नवाब सिंह इस पत्रिका की प्रतियाँ लोगों को बाँटते। इसमें स्वतंत्रता सेनानियों पर अंग्रेजों के जुल्म संबंधी समाचार व लेख प्रकाशित होते थे, जिन्हें पढ़कर स्वाधीनता पसंद करनेवाले हर व्यक्ति की भृकुटियाँ तन जातीं, मुट्ठियाँ भिंच जाती थीं। उनकी कविताओं और पत्रिका ने खूब जन-जागृति पैदा की। कॉलेज में क्रांतिकारी गतिविधियाँ तेज हो गई थीं। इसकी भनक अंग्रेजों को लग गई। तब नवाब सिंह समेत 32 छात्रों को निष्कासन के नोटिस दिए गए। अधिकांश छात्र केवल अध्ययनरत रहने का आश्वासन देकर मुहिम से अलग हो गए, लेकिन नवाब सिंह व उनके कुछ साथी (त्रिलोकीनाथ, रामगोपाल आजाद, लज्जाराम आदि) ने ठान लिया कि देश को उनकी ज्यादा जरूरत है, जिसके बाद वे कॉलेज का परित्याग कर स्वाधीनता संग्राम में कूद पड़े।

उन्होंने लोगों में यह भावना पैदा की कि यदि एकजुट होकर संघर्ष करेंगे तो निश्चित

ही आजादी मिल सकती है। उनके एक इशारे पर क्षेत्र के लोगों का रेला उमड़ पड़ता था। 1940 में सत्याग्रह हुआ तो ठाकुर नवाब सिंह काफी संख्या में ग्रामीणों के साथ नेशनल एसोसिएशन के रेलवे रोड स्थित कार्यालय (अब कांग्रेस दफ्तर) के सामने इकट्ठा हुए। यहाँ हाथरस के छेदालाल, नगला पद्म के खेम सिंह नागर, साहब सिंह, अधिवक्ता फारूकी समेत अनेक स्वतंत्रता सेनानी भी मौजूद थे। सभी को गिरफ्तार कर नजरबंद कर दिया गया। देश की आजादी के बाद ठाकुर नवाब सिंह सक्रिय राजनीति में शामिल हुए। 1948 में हाथरस जिले के सिकंदराराऊ से विधायक चुने गए। फिर वे 1952 में राज्यसभा पहुँचे और करीब 11 साल तक उच्च सदन के सदस्य रहे। 5 अप्रैल, 1981 को इस सेनानी ने दुनिया से विदा ली।

□

# 47

# शंकर दयालजी श्रीवास्तव

शंकर दयाल श्रीवास्तव का जन्म 3 मार्च, 1921 को अकबरपुर, जिला कानपुर देहात में महाशिवरात्रि के पुनीत पर्व पर शिवभक्त श्री अशर्फी लाल श्रीवास्तव के घर हुआ था। उनकी माताजी का नाम श्रीमती बृषभानु दुलारी था, जो धार्मिक एवं सुशील गृहिणी थीं। उनके पिता एक वकील तथा जमींदार घराने के ख्यातिप्राप्त व्यक्तियों में गिने जाते थे। वे अपने पिता की दूसरी संतान थे। पंडितों तथा ज्योतिषियों के मतानुसार शिवभक्त पिता ने भगवान् 'शंकर' को अत्यंत दयालुता का प्रतीक मानकर ही उनका नाम शंकर रखा, जिन्होंने अंग्रेजी हुकूमत के विरुद्ध तांडव किया। अपनी संपूर्ण युवा शक्ति के साथ भारतमाता की स्वाधीनता हेतु एक सच्चे सत्याग्रही के रूप में वे अनेक बार जेल गए। 'अंग्रेजो भारत छोड़ो', 'करो या मरो' के प्रणेता महात्मा गांधी के आह्वान पर अपना सक्रिय सहयोग देने हेतु घर-बार त्याग कर आजादी के दीवानों के साथ जुट गए।

उनकी प्रारंभिक शिक्षा कस्बे में ही स्थित प्राइमरी पाठशाला में हुई, जो स्थानीय टाउन स्कूल मिडिल स्कूल परिसर में एक खपरैल के भवन में स्थापित थी। वहीं स्थित मिडिल स्कूल अकबरपुर में मिडिल परीक्षा उत्तीर्ण की। अपने शिक्षण काल में उनका रुझान खेल-कूद के साथ-साथ देश की आजादी के लिए किए जानेवाले क्रांतिकारी कार्यों की ओर विशेष रूप से था। अतः अवसर मिलने पर अपनी क्रियाशील भूमिका निभाने में वे कभी नहीं चूकते थे, जिससे उनकी शिकायतों से पारिवारिक लोगों को कभी-कभी परेशानियाँ उठानी पड़ जाती थीं। शंकर दयालजी को अन्यत्र शिक्षा दिलाने हेतु उन्हें उन्नाव में एक परिवार के पास रखा गया। परंतु वहाँ उनका पढ़ने में मन कम लगता था। देश-सेवा के लिए वहाँ भी ये क्रांतिकारी गतिविधियों में जुड़ गए। उनकी माताजी ने उनका साथ दिया। उन्होंने देश-सेवा तथा मातृभूमि की स्वतंत्रता हेतु शंकर दयाल को महात्मा गांधीजी द्वारा छेड़े गए सत्याग्रह आंदोलन में भाग लेने की स्वीकृति दी।

अंग्रेजों द्वारा भारतीयों के स्वतंत्रता की लालसा को ज्यों-ज्यों कुचला, त्यों-त्यों

आजादी के इस दीवाने में स्वतंत्रता का दीवानापन और बढ़ता गया और वह समय-समय पर अनेक आंदोलनों के रूप में सामने आया। शंकर दयाल ने 18 मार्च, 1941 ई. को जिला सत्याग्रह कानपुर के आह्वान पर जिला जेल कानपुर में अपने अन्य साथियों के साथ गिरफ्तारी दी। उस समय जिला जेल कानपुर में श्री जे.एम. रेना, जो जिला जेल मजिस्ट्रेट था, ने उन्हें दस माह के सश्रम जेल की सजा कानपुर जिला जेल में देने के पश्चात् इलाहाबाद मलाका जेल में स्थानांतरित कर दिया। इस जेल में उस समय लगभग एक सौ सत्याग्रही बंद थे और उन्हें बहुत यातनाएँ दी गईं। जनवरी 1942 ई. की सरकारी नीति के अनुसार उन्हें जेल से रिहा कर दिया गया, किंतु बहुत से लोग कानपुर में ही भूमिगत हो गए।

शंकर दयालजी गांधीजी द्वारा 'करो या मरो' के नारे को सार्थक बनाने के लिए तोड़-फोड़ में सक्रिय हो गए। भाई जगत नारायण पुत्र पं. लक्ष्मी नारायण निवासी कस्बा अकबरपुर के सक्रिय सहयोग और अनेक कार्यकर्ताओं के साथ उन्होंने रेलवे स्टेशन मंधना 'कानपुर' में आग लगाकर अंग्रेजों को करारा जवाब दिया। जनवरी 1943 ई. में शंकर दयालजी ने अपने अन्य साथियों के साथ दफा 25/35 डी.आई.आर. में ग्राम बाढ़ापुर में गिरफ्तारी दी, जहाँ से उनको लगभग तीन माह पश्चात् छोड़ा गया। एक बार फिर 1943 में ही सदर बाजार अकबरपुर के चौक से दफा 29 में गिरफ्तार किए गए तथा इसके बाद उन्हें दफा 26 के अंतर्गत नजर कैद भी रखा गया।

उन्नाव जेल में शंकर दयालजी को महान् स्वतंत्रता सेनानी श्री लालबहादुर शास्त्री के साथ बैरक नं. 09 में लगभग छह माह तक एक साथ रहने का सौभाग्य प्राप्त हुआ और उनकी यही निकटता तथा आत्मीयता उन्हें उच्च सोपान पर ले गई।

कानपुर जनपद के ग्राम कठारा निवासी प्रसिद्ध समाज-सेवी तथा संगठन कार्यकर्ता ठा. जंगबहादुर सिंह के नेतृत्व में गठित मिनिस्ट्री, जिसका मुख्य कार्य सभी साथियों हेतु जेल में भोजन व्यवस्था देखने का था, कार्यभार उन्होंने बखूबी सँभाला।

सरकार के निर्देश पर जिला जेल उन्नाव में उन्हें तन्हाई की सजा भुगतनी पड़ी। उस समय जेल में सुपरिंटेंडेंट ए.एस. राज थे और किसी बात से गुस्सा होकर उसने शंकर दयाल को तन्हाई की कठोर सजा दे दी तथा चिकित्सा सुविधा भी समाप्त कर दी, जिससे चिकित्सा के अभाव में उनका बायाँ पैर सदा-सदा के लिए खराब हो गया।

*स्रोत : साभार शिवकुमार श्री वास्तव पुत्र, स्व. शंकर दयाल श्रीवास्तव, वार्ड-15, अयोध्या नगर, अकबरपुर, कानपुर देहात*

□

# 48

# क्रांतिकारी श्री पब्बर राम

क्रांतिकारी श्री पब्बर रामजी गाजीपुर के इतिहास में अमर नाम है। बिना उनके जिक्र के इस जिले का इतिहास पूरा नहीं होता। क्रांतिकारी श्री पब्बर राम सन् 1941 की गाजीपुर आकुसपुर ट्रेन डकैती के सूत्रधार, पूर्वांचल के एक सम्मानित साम्यवादी नेता, गाजीपुर नगरपालिका के प्रथम अध्यक्ष और सन् 1957 और 1967 में दो बार विधायक रहे थे।

गाजीपुर जिले की सदर तहसील के अंतर्गत बवांडे गाँव में सन् 1911 में श्री पब्बर रामजी का जन्म हुआ। माता जलेबी देवी गृहिणी थीं। पिता ॠतुराज लदानी का कारोबार करते थे और एक छोटी सी दुकान चलाते थे। छोटा सा परिवार था, जिसमें पढ़ाई-लिखाई का बहुत माहौल नहीं था। ग्यारह वर्ष की उम्र में खालिसपुर के एक प्राइमरी स्कूल में दाखिला कराया गया। कक्षा चार पास करने के बाद गाजीपुर के मिडिल स्कूल में दाखिला कराया। कक्षा सात में आते-आते वे हट्टे-कट्टे नौजवान की कदकाठी पा चुके थे। स्वभाव से अक्खड़ और स्वावलंबी पब्बर राम के आखिरी दौर के बारे में अपनी पुस्तक 'गाजीपुर के गौरव बिंदू' में लिखते हुए डॉ. पी.एन. सिंह ने कहा है, "गांधीजी के संपर्क में आने के बाद उन पर जो स्वाधीनता का जुनून सवार हुआ, वह कभी नहीं उतरा, क्योंकि उनके लिए स्वाधीनता का माने जितना राजनीतिक था, उतना ही देश का आर्थिक स्वावलंबन भी था।"

सन् 1928 में श्री पब्बर राम गाजीपुर के सिटी हाई स्कूल में दाखिल हुए। पारिवारिक एवं कई अन्य कारणों से उनकी पढ़ाई-लिखाई जारी नहीं रह सकी। अव्वल तो वे शरीर से काफी हट्टे-कट्ठे थे तो अपने साथ के लड़कों से काफी बड़े लगते थे। इसी बीच घर के लदानी का काम भी उनको मिल जाता था। कभी लदनी के घोड़े अथवा बैल को आढ़त तक हाँककर ले आना तो कभी आढ़त के बोरों का वजन कराना। इसी बीच सन् 1922 से 1928 तक रचनात्मक कार्यों में समय देने के बाद गांधीजी की सक्रियता चरम पर थी। ऐसे में गाजीपुर कैसे पीछे रहता! यहाँ भी नेताओं

के दौरे होने लगे। 2 अक्तूबर, 1929 को गांधीजी का गाजीपुर आगमन हुआ।

गाजीपुर में लंका के मैदान में उनका वक्तव्य सुनने के बाद पब्बर राम ने पढ़ाई और लदनी दोनों छोड़ दी। वे पहले तो कांग्रेस के स्वयंसेवक बने और बाद में गजानंद मारवाड़ी तथा इंद्रदेव त्रिपाठी के सान्निध्य में पूर्णकालिक कांग्रेस कार्यकर्ता बन गए। वे स्वभाव से थोड़ा गरम थे ही, लगे हाथ मौका देखकर कांग्रेस के सदस्य रहते हुए ही वे स्वामी भगवान् की क्रांतिकारी टोली में क्रांतिकारी गतिविधियाँ करने लगे। इसी बीच सन् 1932 में संयुक्त प्रांत के गवर्नर मैल्कम हेली को काला झंडा दिखाते समय पब्बर राम को रँगे हाथों गिरफ्तार कर लिया गया। जेल में शारीरिक अत्याचार के बाद उन्हें छह माह की सजा सुनाई गई। इसी बीच कांग्रेस अवैध संस्था घोषित कर दी गई। इसकी परवाह किए बगैर संयुक्त प्रदेश का प्रांतीय अधिवेशन लखनऊ में बुलाया गया था। जेल से छूटते ही पब्बर राम को यहाँ जाने के लिए कहा गया। पब्बर राम अपने कुछ युवा साथियों के साथ जब लखनऊ पहुँचे तो वह अधिवेशन नहीं हुआ, किंतु इसमें आनेवाले कांग्रेस के कार्यकर्ताओं को गिरफ्तार करके नौ माह के लिए सख्त करावास की सजा दी गई। हालाँकि यह सजा नौ महीने काटनी नहीं पड़ी। दरअसल सन् 1933 तक कांग्रेस का नमक सत्याग्रह और सविनय अवज्ञा आंदोलन कमजोर पड़ चुका था। 8 मई, 1933 को इसे छह माह के लिए स्थगित कर दिया गया था।

अंग्रेजी हुकूमत ने भी गांधी-इरविन पैक्ट के प्रवाधानों के तहत जेल में बंद कांग्रेसियों समेत राजनीतिक बंदियों को छोड़ना शुरू कर दिया। समय की नजाकत को देखते हुए सन् 1938 में कांग्रेस के अंदर ही कांग्रेस सोशलिस्ट पार्टी का गठन किया गया। गाजीपुर में इसका नेतृत्व मिला दलसिंगार दूबे को। पब्बर राम इसके सक्रिय कार्यकर्ता बन गए। सन् 1936 में जब 'अखिल भारतीय किसान सभा' गठित की गई तो स्वामी सहजानंद इसके अध्यक्ष चुने गए। स्वामी सहजानंद के आग्रह पर किसान सभा का झंडा कांग्रेस के तिरंगे से अलग कर दिया गया। हँसिया-हथौड़ी वाले इस लाल झंडे को देखकर प्रतीत होता है कि स्वामी सहजानंद और उनके सहयोगियों का झुकाव कम्युनिस्ट दलों की तरफ हो रहा था। इसी बीच गाजीपुर की कांग्रेस सोशलिस्ट पार्टी ने खुद को किसान सभा घोषित कर दिया।

दलसिंगार दूबे और पब्बर राम तो थे ही, अब बेनी माधव राय, धर्मराज सिंह, राजवंश लाल, सूर्यनारायण, शिवमूर्ति सिंह वगैरह इसके सक्रिय कार्यकर्ता बनकर उभरे। राजनीतिक गतिविधियाँ तेज हुईं तो और लोग भी जुड़ने लगे। कांग्रेस और किसान महासभा में मात्र झंडे का फर्क ही नहीं था, बल्कि किसान सभा के लाल झंडे के नीचे अहिंसा की बाध्यता नहीं थी। लाठी-डंडा या दूसरे हथियारों के प्रयोग से ज्यादा दिक्कत नहीं थी। पर ऐसा करना कांग्रेस के तिरंगे के नीचे संभव नहीं था।

उन दिनों गांधीजी का निर्देश आया कि देश भर में कांग्रेसी चरखा चलाएँ और उससे होनेवाली आमदनी को कांग्रेस कोष में जमा कराएँ। पब्बर राम इस निर्देश के अनुपालन में लग गए। हफ्तों के प्रशिक्षण के बाद जब कोई आमदनी नहीं हुई तो उन्होंने अपने लदानी का काम पुनः शुरू कर दिया। इस कारोबार से होनेवाली आमदनी को कांग्रेस कोष में जमा करने की अनुमति मिल गई। वे गाँव-गाँव जाने लगे और लोगों के बीच में गांधीजी के अनुयायी के रूप में स्थापित होते गए। इस सब के बीच सन् 1937 में कांग्रेस में धारा सभाओं का चुनाव हुआ। उत्तर प्रदेश में कांग्रेस का मंत्रिमंडल पदारूढ़ हुआ। प्रांतीय सरकार ने सिकमी कानून पास कर दिया। इस कानून के अंतर्गत जमीन जोतनेवालों की थी। पटवारी को उसका पट्टा देने का आदेश निर्गत हो गया।

पब्बर राम में राष्ट्रवाद और क्रांतिकारिता का कमाल का समन्वय था। गांधीवादी गजानंदजी ने उन्हें राजनीति में प्रवेश दिलाया, लेकिन जैसाकि ऊपर बताया, वे भीतर-भीतर ही क्रांतिकारी संगठनों में सक्रिय रहे और तमाम गतिविधियों में पूर्वांचल के सूत्रधार रहे। इसी बीच सन् 1940 के आसपास नेताजी सुभाष चंद्र बोस ने कांग्रेस से अलग हो गए। गाजीपुर के क्रांतिकारियों की टोली सुभाष बाबू के पक्ष में लामबंद हो गई। इधर इस टोली के स्वामी सहजानंद के साथ बेहतर संबंध पहले से ही थे। सन् 1940 में रामगढ़ कांग्रेस में भाग लेने के लिए पब्बर राम, रामनगीना सिंह, रामसुंदर शास्त्री आदि ने साइकिल से कार्यक्रम स्थल का रुख कर दिया और चौथे दिन वहाँ पहुँचे। यहाँ स्वामी सहजानंद सरस्वती की मदद से तमाम युवा क्रांतिकारियों की सुभाष बाबू से गुप्त मंत्रणा हुई। इसके बाद तो उनका मनोबल और फौलादी हो गया। इसके कुछ समय बाद ही अंकुशपुर ट्रेन डकैती की योजना बनी। रेवतीपुर के किसी पंडितजी के शिष्य ने उन्हें आसाम की रिवॉल्वर लाकर दी थी।

पब्बर राम के नेतृत्व में देवकी कसेरा ने कारतूस का एक खोखा तैयार किया। दो दिन के अंदर दर्जनों खोखे तैयार कर लिए गए और अति उत्साह में आकर सभी कारतूसों पर गाजीपुर लिख दिया गया। वारदात के लिए कालिका राय, रामराज राय, रामसुंदर दास शास्त्री, रामनगीना चौधरी, सुखदेव गोंड, मुक्तिनाथ शाही समेत करीब एक दर्जन क्रांतिकारियों की टीम चुनी गई।

12-13 मार्च की रात बलिया से इलाहाबाद जानेवाली डाकगाड़ी में सभी क्रांतिकारी गाजीपुर घाट स्टेशन से सवार हुए। अंकुशपुर में ट्रेन का चेन खींची गई और वर्तमान के सहेड़ी हाल्ट पर ट्रेन रुकी। दो क्रांतिकारियों ने उतरकर हवाई फायरिंग की। यात्रियों को अवगत कराया कि क्रांतिकारी ट्रेन लूट रहे हैं। सारा काम पंद्रह से बीस मिनट में निपट गया। लेकिन काकोरी कांड से सबक लेते हुए पब्बर राम ने जो किया, वह बताता है कि एक क्रांतिकारी और नेतृत्व से भरे हुए व्यक्तित्व को चतुर भी होना चाहिए। जिस समय

क्रांतिकारी ट्रेन लूट रहे थे, ठीक उसी समय गाँव में होलिका जल रही थी। पब्बर राम वहाँ से अपने गाँव आ गए और एक होलिका दहन के सिलसिले में जानबूझकर हंगामा कर दिया। गाँव में हल्ला मचा तो खुद ही मुकदमा लिखाने चले गए। देर रात एफ.आई. आर. दर्ज हो गई। इससे यह तय हो गया कि लूट के इस कांड में पब्बर राम और उनके सहयोगी थे ही नहीं।

श्री पब्बर रामजी आजादी मिलने के बाद सन् 1953 में गाजीपुर नगरपालिका के अध्यक्ष बने। 1957 और सन् 1967 में गाजीपुर विधानसभा से विधायक रहे। गांधी के विचारों के आसपास चलते हुए पब्बर रामजी की मृत्यु 27 मार्च, 2006 को हो गई। वे तो इस दुनिया से चले गए, लेकिन उनका व्यक्तित्व और काम इतना प्रभावी रहा कि उनके साहस की गाथा को पढ़कर पूर्वांचल ही नहीं, आजादी की लड़ाई को समझनेवाला हर नागरिक कौतूहल और आश्चर्य से भर जाता है।

*स्रोत : साभार 'गाजीपुर के गौरव बिंदु : राजनीति' (वैभव लक्ष्मी प्रकाशन, वाराणसी), डॉ. पी.एन. सिंह, 'गाजीपुर के क्रांतिकारी' (जिला स्वतंत्रता सेनानी संघ, गाजीपुर) सरजू तिवारी, 'भगत की विरासत' (दीक्षा प्रकाशन, दिल्ली) डॉ. अजय कुमार मिश्र*

□

# 49

# जुगल किशोर सक्सेना

स्वतंत्रता सेनानी भारतभूमि के वे बहादुर और साहसी लोग थे, जिन्होंने ब्रिटिश शासन से अपने देश की स्वतंत्रता-प्राप्ति के लिए अपना जीवन समर्पित कर दिया था। उन्होंने अंतहीन बलिदान दिए, ताकि हम स्वतंत्र देश में जी सकें और खुशियों का जीवन जी सकें। इसके लिए उन महापुरुषों ने अंग्रेजों द्वारा दी गई यातनाओं को हँसते-हँसते झेला। उनके समर्पण का ही फल है कि आज हम आजाद भारत में चैन की साँस ले पा रहे हैं। ऐसे ही महापुरुषों में एक थे—उत्तर प्रदेश के कन्नौज जनपद के जुगल किशोर सक्सेना।

स्वतंत्रता संग्राम सेनानी जुगल किशोर सक्सेनाजी का जन्म सन् 1924 में ग्राम डडौनी, जिला कन्नौज में पिता बटेश्वर दयाल और माताजी धनकुँवरजी के यहाँ हुआ था। वे बड़े होने लगे तो क्रांतिकारियों की कहानियाँ, देश को आजादी दिलाने के लिए उनके बलिदान की गाथाओं को सुनते तो उनके मन में अंग्रेजों के प्रति क्रोध बढ़ने लगा। देश को अंग्रेजों की दासता से मुक्त करने के लिए स्वाधीनता संग्राम के हवन कुंड में वे अपनी आहुति देने के लिए आतुर हो गए। क्रांतिकारी रामस्वरूप व मन्मथनाथ गुप्त से प्रभावित होकर वे क्रांतिकारियों की टोली में शामिल हुए।

जुगल किशोर क्रांतिकारियों के साथ मिलकर विभिन्न आंदोलनों में अपना योगदान देने लगे, जिसके लिए उन्होंने सरकारी डाक लूटी और बाद में उसको नष्ट कर दिया, जिसके कारण वे अंग्रेजों की आँख में खटकने लगे और उनके खिलाफ वारंट जारी हो गया। सूचना मिलने के बाद वे फरार हो गए। अंग्रेजों ने उनकी गिरफ्तारी के लिए जाल बिछाया, किंतु वे लगातार अपने ठिकाने बदलते रहते थे, जिसके कारण वे अंग्रेजों की पकड़ से दूर रहे। जंगल को छुपने की सही जगह मानकर वे हफ्तों वहाँ छुपे रहे। वहाँ खाने-पीने की कोई व्यवस्था नहीं होने के कारण उन्हें कभी-कभी हफ्तों भूखे-प्यासे या आधे पेट खाकर रहना पड़ा। अपने प्राणों की रक्षा के लिए अंत में वे नमक चाटकर रहे, लेकिन पुलिस के हाथ नहीं लगे।

सन् 1941 में गांधीजी के नेतृत्व में व्यक्तिगत सत्याग्रह आंदोलन प्रारंभ हो गया। गांधीजी का नारा था कि सारी जेलें सत्याग्रहियों से भर दी जाएँ, पर शेष सत्याग्रहियों का दिल्ली की ओर कूच बंद न हो। कानून तोड़ते हुए सभी सत्याग्रही दिल्ली की ओर बढ़ते रहे। युवा जुगल किशोरजी को पुलिस ने गिरफ्तार कर लिया। उनको थाना कुर्रा, मैनपुरी ले जाया गया। वहाँ से जिला जेल मैनपुरी में रखा गया। गिरफ्तार किए गए सभी सत्याग्रहियों पर जेल में अत्याचार किए गए। गरमियों में उन्हें लोहे की टीन से बने गरम जेल में रखा गया। जली रोटियाँ, अधपकी दाल खाने से कैदी बीमार हो गए। जुगल किशोर को सत्याग्रहियों पर होनेवाले अत्याचार और उनके साथ किया जा रहा दुर्व्यवहार बरदाश्त नहीं हुआ। जुगल किशोर ने जेल में बेड़ी बजाकर, थाली बजाकर सामूहिक प्रदर्शन किया। जिसका समर्थन जेल में बंद दूसरे क्रांतिकारियों ने भी किया, जिससे आजिज आकर अंग्रेजों ने उन्हें दंड स्वरूप जिला जेल बस्ती (उत्तर प्रदेश) में स्थानांतरित कर दिया व तन्हाई में रखा, जिससे वे गंभीर बीमार हो गए। उन पर बार-बार दबाव बनाकर अंग्रेजों ने उनसे माफी माँगने को कहा, किंतु उन्होंने अंग्रेजों के अत्याचारों के आगे घुटने नहीं टेके और माफी नहीं माँगी। एक समय वह भी आया, जब देश अंग्रेजों की गुलामी से मुक्त हो गया और उनको जेल से आजाद कर दिया गया।

देश की आजदी के बाद भी उन्होंने समाज-सेवा से अपना नाता नहीं तोड़ा और क्षेत्रवासियों की लगातार मदद करते रहे। 22 मई, 2001 को वह समय भी आ गया, जब उन्होंने अंतिम साँस ली। जुगल किशोर आज भी कन्नौज के लिए प्रातः वंदनीय हैं।

*स्रोत : साभार हिमांशु सक्सेना, पौत्र स्व. जुगल किशोर सक्सेना, उपाध्यक्ष मातृभूमि सेवा संस्थान, उत्तर प्रदेश*

□

# 50

# राम दरश पांडे

जब दिल में अपनी मातृभूमि के प्रति चाहत व सच्ची लगन हो तो ऐसे लाल कुछ भी कर-गुजरने से हिचकते नहीं हैं। ऐसा ही कर दिखाया श्री राम दरश पांडेजी ने, जिन्होंने देश की आजादी के लिए अंग्रेजी हुकूमत के खिलाफ बगावत की, उनकी लाठियाँ खाईं और दो बार जेल भी जाना पड़ा। लेकिन वे हिम्मत नहीं हारे और अंग्रेजी शासन के आगे कभी भी झुके नहीं।

राम दरश पांडेजी का जन्म ग्राम मछुआरी, जिला कुशीनगर में एक साधारण किसान श्री मालिक पांडे के घर सन् 1909 में हुआ था। उनके पिताजी की पाँच संतानें थी, जिनमें वे तीसरे नंबर पर थे। अपने जन्मस्थान पर ही रहकर उन्होंने मिडिल परीक्षा पास की। उसके बाद वे पडरौना से करीब तीन किलोमीटर दूर बेलवा जंगल गाँव में आकर रहने लगे। मिडिल परीक्षा पास करने के बाद वे बच्चों की अशिक्षा को दूर करने के लिए बच्चों को पढ़ाना चाहते थे, इसलिए पडरौना के पास ही कंठीछापर नामक गाँव के एक विद्यालय में वे बच्चों को पढ़ाने लगे।

उस दौरान देश पूरी तरह से अंग्रेजों की गुलामी में जकड़ा हुआ था। अंग्रेजों का अत्याचार व प्रताड़ना चरम सीमा पर थी। बात न मानने पर लोगों को मारना-पीटना व झूठे केस में फँसाकर हवालात में डाल देना, महिलाओं की इज्जत छिन्न-भिन्न कर देना, उनका घर-खलिहान फूँक देना आदि तरह-तरह के जुल्म करना अंग्रेजों का हर रोज का कार्य बन चुका था।

उधर शिक्षा काल के समय से ही देश को अंग्रेजों की गुलामी से आजाद कराने के विचार रामदरश पांडे के मन में आने लगे थे। देशभक्ति की बातें व आजादी के विचार उनके मन-मस्तिष्क में छा चुके थे। तभी वे गांधीजी के स्वतंत्रता आंदोलन से गहरे तक प्रभावित हो गए। सन् 1930 में उन्होंने कांग्रेस की सदस्यता ग्रहण की और सक्रिय राजनीति में प्रवेश करते हुए देश की आजादी के लिए स्वतंत्रता संग्राम में कूद पड़े। उसके बाद गोरखपुर में उनकी मुलाकात बाबा राघव दासजी से हुई और उन्हीं के

सान्निध्य में रहकर अनेक आंदोलनों में बढ़-चढ़कर हिस्सा लेने लगे। बताते चलें कि बाबा राघव दासजी उस जमाने के बड़े ही प्रसिद्ध क्रांतिकारी थे। इतना ही नहीं, गोरखपुर व आसपास के जिलों के लोग उन्हें 'गोरखपुर का गांधी' कहते थे। गोरखपुर का बी.आर. डी. मेडिकल कॉलेज आज उन्हें के नाम पर है।

क्षेत्र के कुछ क्रांतिकरियों ने अंग्रेजों का पिट्ठू बनने से मना कर दिया और अंग्रेजी हुकूमत के खिलाफ बगावत पर उतर आए। उस समय क्रांतिकारियों ने पडरौना के निकट रेलवे लाइन को उखाड़ दिया था, उसके साथ ही पुलों को भी तोड़ दिया। क्रांतिकारी उस समय पडरौना के जंगलों में छिपकर अंग्रेजों को देश से खदेड़ने की तरह-तरह की योजनाएँ बनाया करते थे।

वे उन क्रांतिकारियों के लिए गाँवों में जाकर घर-घर मुठिया (एक मुट्ठी अनाज) माँगकर उन्हें भिजवाने का काम कर रहे थे। वे क्षेत्र के गाँव-गाँव व घर-घर जाकर लोगों को आजादी के प्रति उत्साहित करने में जुट गए थे। वे हर रोज कई गाँवों में जाते और वहाँ के लोगों को गाँव की चौपालों में संगठित कर अंग्रेजी हुकूमत के खिलाफ आवाज उठाने के लिए जागरूक करने लगे। चूँकि वे एक युवा स्वतंत्रता संग्राम सेनानी व प्रखर वक्ता भी थे, इसलिए उनकी वाणी से लोग जल्दी प्रभावित हो जाते थे और उनकी एक आवाज पर ही घरों से निकल पड़ते थे। इसी बीच लोग उन्हें 'जंगलहवा बाबा' के नाम से भी पुकारने लगे।

आजादी के प्रति उनके द्वारा किए गए कार्यों के परिणामस्वरूप धीरे-धीरे उनकी लोकप्रियता बढ़ती गई और वे अंग्रेजों की निगाह में गड़ने लगे। सन् 1941 में व्यक्तिगत सत्याग्रह आंदोलन के दौरान जब बड़ी संख्या में क्षेत्र के लोगों को संगठित कर वे आंदोलन कर रहे थे, तभी अंग्रेजी पुलिस ने उन्हें गिरफ्तार कर लिया और एक वर्ष गोरखपुर की जेल में कठोर कारवास तथा 100 रुपए जुरमाने की सजा दी।

एक वर्ष बाद जब वे जेल से रिहा हुए तो उनके दिल में देशभक्ति की भावना और बलवती हो गई। सन् 1942 में वे पहले से अधिक ऊर्जा के साथ भारत छोड़ो आंदोलन में कूद पड़े। आजादी के प्रति उनकी ऊर्जा व लगन को देखते हुए उन्हें कांग्रेस कमेटी का संगठन मंत्री बनाया गया। उसके बाद वे अपने जिले में बड़ी संख्या में लोगों को संगठित कर गांधीजी के भारत छोड़ो आंदोलन को हवा दे रहे थे। उसी वक्त अंग्रेजों ने सभी स्वतंत्रता संग्राम सेनानियों को घेरकर लाठीचार्ज कर दिया, जिसमें वे बुरी तरह से घायल हो गए और फिर पुलिस ने उन्हें गिरफ्तार कर लिया।

सन् 1942 में उन्हें तीन वर्ष के लिए गोरखपुर जेल में नजरबंदी की सजा दी गई। जहाँ उनको अनेक असहनीय प्रताड़ना झेलनी पड़ी। रामधारी पांडे, जगन्नाथ मल्ल, गुरु प्रसाद सिंह तथा रामजी वर्मा आदि स्वतंत्रता आंदोलन के दौरान जेल में उनके प्रमुख

साथी रहे। तीन वर्ष बाद जेल से रिहा होने के बाद जब वे घर वापस आए तो सन् 1945 में उनका विवाह श्रीमती सुमित्रा देवी से हुआ। विवाहोपरांत उनकी पत्नी ने अंग्रेजी हुकूमत को भारत से मिटा देने के लिए उन्हें यथेष्ट सहयोग दिया। देश को आजादी मिलने तक वे लगातार संघर्षरत रहे।

आजादी की पच्चीसवीं वर्षगाँठ के अवसर पर तत्कालीन प्रधानमंत्री श्रीमती इंदिरा गांधीजी ने 15 अगस्त, 1972 को उन्हें दिल्ली बुलाया और ताम्रपत्र देकर सम्मानित किया। उसके बाद उन्होंने जीवन के अंतिम समय तक सामाजिक कार्यों में व्यस्त रहते हुए लोगों की खूब सेवा की। स्वतंत्रता सेनानी परिषद् के जिला अध्यक्ष रहते हुए 8 मार्च, 2002 को 92 वर्ष की अवस्था में अपने निवास पर ही उनका निधन हो गया।

*स्रोत : साभार श्री विजय प्रकाश पांडे पुत्र स्व. राम दरश पांडे*

□

# 51

# राम बचन त्रिपाठी

भारत को आजाद हुए पूरे 75 साल हो जा रहे हैं। हर साल 15 अगस्त के दिन देश अपना स्वतंत्रता दिवस मनाता है। यह दिन होता है उन वीरों जवानों को याद करने के लिए, जिन्होंने देश को अंग्रेजों की गुलामी से आजादी दिलाने के लिए अपना सर्वस्व न्योछावर कर दिया था। उन्होंने अंग्रेजों की गुलामी स्वीकार नहीं की तो उनको अंग्रेजों के कोड़े व लाठियाँ खानी पड़ीं, अनेक बार जेल भी जाना पड़ा। यही नहीं, उनके घरवालों को प्रताड़ित किया और उनका घर-द्वार सब फूँक दिया गया। फिर भी उन्होंने हार नहीं मानी और संघर्ष करते रहे। ऐसा ही एक नाम गोरखपुर के राम बचन त्रिपाठी का है, जिन्होंने देश की आजादी के लिए अंग्रेजी हुकूमत के खिलाफ बगावत कर दी थी।

श्री राम बचन त्रिपाठी का जन्म ग्राम नारायणपुर खुर्द, जिला गोरखपुर में एक गरीब किसान श्री विक्रम त्रिपाठीजी के घर अक्तूबर 1921 में हुआ था। उनके पिताजी की तीन संतानें थीं, जिनमें वे सबसे बड़े थे। उन्होंने एम.ए., एल.टी. एवं साहित्य रत्न तक शिक्षा प्राप्त की थी। जब वे 12 वर्ष के थे, तभी उनके पिताजी का देहांत हो गया। अपनी माताजी व छोटे भाई-बहन की देखभाल के लिए वे खेतों में मेहनत-मजदूरी करने लगे, साथ ही पढ़ाई भी करते रहे। शिक्षा के प्रति उनकी विशेष रुचि थी। उस समय मैट्रिक की परीक्षा में उन्होंने पूरे गोरखपुर जिले में टॉप किया।

उन दिनों महात्मा गांधी के नेतृत्व में असहयोग आंदोलन चलाया जा रहा था। गांधीजी का मानना था कि ब्रिटिश हुकूमत के हाथों उचित न्याय मिलना असंभव है, इसलिए उन्होंने ब्रिटिश सरकार से राष्ट्र के सहयोग को वापस लेने की योजना बनाई और इस प्रकार असहयोग आंदोलन की शुरुआत कर दी थी। आगे की पढ़ाई के साथ-साथ केशव राय व राम लखन शुक्ल के सान्निध्य में आकर उनसे प्रेरणा लेकर राम बचन त्रिपाठी भी असहयोग आंदोलन में कूद पड़े।

राम बचन त्रिपाठीजी ने किशोरावस्था में ही टेलीफोन के तार काटना जैसे कार्य करके अंग्रेजों के खिलाफ बगावत शुरू कर दी। धीरे-धीरे अंग्रेजी हुकूमत के खिलाफ

बगावत करते हुए वे 20 वर्ष के हो चुके थे। सन् 1941 में जिला गोरखपुर के गोला थाने पर उन्होंने अंग्रेजी झंडा उतारकर तिरंगा झंडा फहरा दिया। जिसके बाद अंग्रेजी पुलिस उनको ढूँढ़ने लगी, तभी वे रात के अँधेरे में छुप-छुपकर सरजू नदी पार कर नेपाल निकल गए। इस दौरान पुलिस उनको हर जगह तलाश करने में जुटी हुई थी, पुलिस उनके घर जाती और उनके बारे में घरवालों से पूछताछ करती, साथ ही उन्हें प्रताड़ित भी करती थी। इतना ही नहीं, बौखलाई पुलिस जब उन्हें पकड़ नहीं पाई तो उनका घर ही जला दिया।

अंग्रेजों साथ आँख मिचौली खेलते हुए 2 माह के पश्चात् बढ़नी बॉर्डर पर अंग्रेजी पुलिस ने उन्हें गिरफ्तार कर लिया, जिसके बाद उन पर राजद्रोह का मुकदमा दर्ज करते हुए 2 साल 6 माह की सजा सुनाई गई और गोरखपुर, बस्ती तथा नैनी जेल रखा गया। उन्हें जेल में अनेक असहनीय प्रताड़ना भी दी जाती थी। वे सबकुछ सहते रहे, किंतु देश-प्रेम के जज्बे में कोई कमी नहीं आई।

सन् 1944 में जेल से रिहा होने के बाद उनकी शिक्षा जारी रही, वहीं ककरही पड़ौली स्कूल में पढ़ाने लगे, साथ ही अपनी पढ़ाई भी करते रहे। इसी बीच उनका विवाह भी हो गया था, लेकिन विवाह ने उनके अंदर देशभक्ति का जुनून कम नहीं होने दिया। चूँकि वे एक प्रखर वक्ता भी थे, इसलिए आसपास के जिलों के लोगों को संगठित कर वे पुनः सक्रिय हुए और देश की आजादी का सपना सजाए एक बार फिर अंग्रेजी हुकूमत के विरुद्ध संघर्ष में जुट गए। 15 अगस्त, 1947 को अंग्रेजों को भारत छोड़कर भागने पर विवश होना पड़ा और भारत अंग्रेजों की गुलामी से मुक्त हुआ।

सेवानिवृत्ति के बाद भी सामाजिक कार्यों में उनकी हिस्सेदारी बढ़-चढ़कर रही। वे ऐसे स्वतंत्रता संग्राम सेनानी थे, जिनके अंदर अंतिम साँस तक देशभक्ति की मशाल जलती रही। वे गरीब बच्चों को अपने घर पर निःशुल्क पढ़ाते थे। देश-सेवा के लिए युवाओं को प्रेरित करते थे। 15 अगस्त, 1972 को प्रधानमंत्री श्रीमती इंदिरा गांधी ने उन्हें दिल्ली बुलाया और ताम्रपत्र देकर सम्मानित था।

इस महान् स्वतंत्रता संग्राम सेनानी एवं प्रखर वक्ता का 4 फरवरी, 2014 को अपने निवास स्थान दाऊद नगर, गोरखपुर में देहांत हो गया।

*स्रोत : साभार राकेश त्रिपाठीजी (एडवोकेट), पुत्र स्व. राम बचन त्रिपाठी*

□

# 52

# देवी सहाय बाजपेयी

## ( अंग्रेजी हुकूमत को होली के रंग के बहाने नीचा दिखाया )

कानपुर के प्रतिष्ठित स्वतंत्रता संग्राम सेनानी देवी सहाय बाजपेयी का जन्म सन् 1901 में जनपद उन्नाव के ग्राम भैंसौरा में एक साधारण किसान परिवार में हुआ था। उनके पिता का नाम श्री भैरव प्रसाद बाजपेयी तथा माता का नाम श्रीमती बुधाना देवी था। गाँव में रहकर ही उन्होंने कक्षा चार तक की शिक्षा प्राप्त की और फिर अपने पिता के किसानी के काम में हाथ बँटाने लगे। उनका विवाह उन्नाव जनपद के ग्राम रंजीत पुरवा निवासी सरस्वती देवी से हुआ। परिवार की जिम्मेदारी बढ़ने के कारण वे रोजगार की तलाश में कानपुर शहर आ गए। यहाँ डिप्टी पड़ाव में रहकर उन्होंने दराने का काम शुरू किया।

कानपुर प्रवास के दौरान उनकी मुलाकात सत्याग्रहियों से होने लगी। उन लोगों के मुख से आजादी की बातें सुनकर उनका मन स्वाधीनता संग्राम में कूदकर देश को अंग्रेजों की दासता से मुक्त कराने के लिए मचलने लगा। यद्यपि वे घर से बहुत सबल नहीं थे, परंतु अंतरात्मा की आवाज को सुनकर वे देश-सेवा के लिए निकल पड़े। देश में महात्मा गांधी द्वारा चलाए जा रहे स्वतंत्रता आंदोलन में वे सक्रिय रूप से भागीदारी करने लगे। कानपुर में कांग्रेस के सेवादल के कार्यकर्ता के रूप में उनका नाम जल्द शोहरत पाने लगा।

देवी सहाय कानपुर शहर में अंग्रेजों के खिलाफ लगातार आवाज उठाते रहे, जिससे वे अंग्रेजों की नजर में चढ़ गए। सन् 1941 में व्यक्तिगत सत्याग्रह करने के कारण पुलिस ने उन्हें गिरफ्तार किया, उन्हें एक वर्ष के कड़े कारावास की सजा मिली। जेल में उन्हें भयंकर यातनाओं का सामना करना पड़ा, किंतु ये अत्याचार उनके संकल्पों को डिगा नहीं सके।

तब तक द्वितीय विश्वयुद्ध शुरू हो गया था, जिसके बाद महात्मा गांधी ने भारत छोड़ो आंदोलन की योजना बनाई। इसके लिए 8 अगस्त, 1942 की तारीख तय की गई।

भारत माँ को अंग्रेजों की गुलामी से आजाद कराने के लिए और अंग्रेजों को भारत छोड़ने पर मजबूर करने के लिए एक सामूहिक नागरिक अवज्ञा आंदोलन 'करो या मरो' आरंभ करने का निर्णय लिया गया। इस आंदोलन से देश के हर कोने का आदमी जुड़ गया था। यही वह दौर था, जब अंतिम रूप से भारत छोड़ो की बात सामने आई। महात्मा गांधी ने जब 'करो या मरो' का नारा दिया तो उन्होंने ठान लिया कि भले ही जान चली जाए, पर देश को आजाद कराए बिना चुप नहीं बैठेंगे। इस दौरान गांधीजी ने कहा था कि मैं पूर्ण स्वतंत्रता से कम किसी भी चीज पर संतुष्ट होनेवाला नहीं हूँ। हम करेंगे या मरेंगे। आंदोलन की शुरुआत होते ही अंग्रेजों ने गिरफ्तारियाँ शुरू कर दीं। 8 अगस्त को आंदोलन शुरू हुआ और 9 अगस्त, 1942 को दिन निकलने से पहले ही कांग्रेस वर्किंग कमेटी के सभी सदस्य गिरफ्तार हो चुके थे और कांग्रेस को गैर-कानूनी संस्था घोषित कर दिया गया था। सरकारी आँकड़ों के अनुसार इस जनांदोलन में 940 लोग मारे गए थे और 1,630 घायल हुए थे, जबकि 60,229 लोगों ने गिरफ्तारी दी थी। अंग्रेजों ने गांधीजी को अहमदनगर किले में नजरबंद कर दिया था।

कानपुर से देवी सहाय बाजपेयी ने राजाराम शास्त्री के साथ सभासद पद से इस्तीफा दे दिया था। भारत छोड़ो आंदोलन में जुट गए। अंग्रेजों ने प्रदर्शन के दौरान उनको मौके पर से गिरफ्तार कर किया। अदालत ने उन्हें ढाई वर्ष के कठोर कारावास की सजा सुनाई। जहाँ उन्हें तरह-तरह की यातनाएँ भोगनी पड़ीं।

अंग्रेजी हुकूमत ने होली पर रंग खेलने पर प्रतिबंध लगा दिया। हटिया (रज्जन बाबू पार्क) में होली खेलते हुए गुलाब चंद्र सेठ सहित बुद्धू लाल मेहरोत्रा, इकबाल कृष्ण कपूर, देवी सहाय बाजपेयी, हामिद खाँ, जागेश्वर प्रसाद त्रिवेदी, पं. मुंशी राम शर्मा, रघुवर दयाल भट्ट, बाल कृष्ण शर्मा, पीतांबर लाल अग्रवाल सहित 43 नवयुवकों को गिरफ्तार कर लिया गया। इसकी प्रतिक्रिया में पूरे शहर में प्रतिबंध के तौर पर कई दिनों तक रंग खेला गया, जिसका अंग्रेजी सरकार पर इतना दबाव बना कि उन्हें मजबूरी में गिरफ्तार नवयुवकों को छोड़ना पड़ा। संयोगवश उस दिन अनुराधा नक्षत्र में रंग खेलकर गंगा किनारे एक-दूसरे को गले लगाया कालांतर में कानपुर में अनुराधा नक्षत्र तक रंग खेलने की परंपरा पड़ी, जो आज भी जारी है। 5 दिसंबर, 1973 को वे जीवन की आखिरी साँस लेकर सदा-सदा के लिए अनंत यात्रा पर निकल पड़े।

*स्रोत : साभार राजेश बाजपेयी, पुत्र स्व. देवी सहाय बाजपेयी*

□

# 53

# अवध राम मिश्रा

*जिन्हें देखकर डोल गई हिम्मत दिलेर मर्दानों की।*
*उन मौजों पर चली जा रही किश्ती कुछ दीवानों की।*
*बेफिक्री का समा की तूफान में भी एक तराना है।*
*दाँतों उँगली धरे खड़ा अचरज से भरा जमाना है।*

सैकड़ों वर्षों से गुलाम भारत को आजाद कराने के लिए देश के लाखों सपूतों ने अपने प्राण भारत माँ पर न्योछावर कर दिए। उनके त्याग और तपस्या के कारण ही भारतमाता को आजादी मिल सकी। आज आजाद भारत का प्रत्येक नागरिक उन महान् सपूतों का ऋणी है। भारतमाता के वे सच्चे सपूत हम सब के आदर्श और प्रेरणास्रोत हैं। उनकी जीवनी हमें उनके महान् संघर्षों की याद दिलाती है कि गरीबी और भुखमरी होते हुए भी देश के प्रति जुनून उनकी सारी मुसीबतों पर भारी था। ऐसे ही एक महान् स्वतंत्रता संग्राम सेनानी थे अवध राम मिश्रा। जो पारिवारिक गरीबी की पराकाष्ठा को झेलते होते हुए, सबकुछ भूलकर माँ भारती की सेवा में जुट गए।

अवध राम मिश्रा का जन्म श्रावस्ती जिले के ग्राम बलदेहरा में एक अति गरीब परिवार में श्री रामपदारथजी के घर सन् 1911 में हुआ। उनके पिता एक गरीब किसान थे, इसलिए उन्हें चौथी कक्षा से ज्यादा शिक्षा नहीं मिल पाई। उनके घर की स्थिति इतनी दयनीय थी कि एक वक्त की रोटी भी मिल पाना बड़ा मुश्किल था। घर की गरीबी व लाचारी को देखते हुए उनके पिता ने उनसे कुछ रोजी-रोटी कमाने के लिए कहा। चूँकि वे कम पढ़े-लिखे थे, इसलिए उनको कोई ढंग का काम भी नहीं मिल पा रहा था।

रोजी-रोटी की चिंता अपनी जगह थी, पर देश-सेवा के प्रति उनका जुनून बढ़ता ही जा रहा था। अंग्रेजी सत्ता को भारत से उखाड़ फेंकने के लिए उनके दिल और दिमाग में एक जबरदस्त जुनून था। वे गांधीजी के विचारों से काफी प्रभावित थे। सो वे देश के राष्ट्रीय आंदोलन में लगातार बढ़-चढ़कर हिस्सा लेने लगे। गाँव-गाँव जाकर देशभक्ति के गीत गाकर देश की आजादी के लिए लोगों को प्रेरित करने लगे। अपने परिवार की

गरीबी को भूलकर देशभक्ति के गीत गाने लगे। जिस गाँव में वे जाते, देशभक्ति गीत गा-गाकर लोगों को उत्साहित करते।

सन् 1941 में भारत छोड़ो आंदोलन के समय लोगों के घर-घर जाकर गांधीजी के विचारों के बारे में बताना उनका रोज का कार्य बन चुका था। यही कारण था कि वे अंग्रेजी पुलिस की आँखों में चुभने लगे। अंग्रेज पुलिस ने आजादी के तराने गाने के लिए उन्हें कई बार बुरी तरह पीटा।

जब-जब आंदोलनों में वे जाते, पुलिस उन्हें पहचान लेती और पकड़कर उन पर कोड़े बरसाती। इतना ही नहीं, उन्हें पकड़कर हवालात में बंद कर उन पर लाठियाँ भी बरसाई गईं। चूँकि वे एक सच्चे और निर्भीक स्वतंत्रता सेनानी थे, इसलिए वे अंग्रेजों के कोड़े और लाठियों की मार से कभी भी डरे और झुके नहीं। कोड़े व लाठियों की मार खाते समय भी उनके मुँह से 'भारतमाता की जय' और 'इनकलाब जिंदाबाद' में नारे निकलते थे। इतना सबकुछ सहने के बाद भी उन्होंने अंग्रेजों के सामने सिर नहीं झुकाया और आंदोलन में डटे रहे। 28 मई, 1941 को जिला बहराइच में एक विरोध-प्रदर्शन के दौरान उन्हें गिरफ्तार कर लिया गया, जिसमें धारा 38/5 ई.आई.आर. के अंतर्गत भारत रक्षा कानून के तहत 9 माह का कठोर कारावास और 25 रुपए जुरमाना लगाते हुए सजा सुनाई गई। चूँकि वे पहले से ही निर्धन थे। पैसा उनके पास था नहीं, इसलिए 25 रुपए जुरमाने की रकम न जमा कर सके। यही कारण था कि उन्हें दो माह के अतिरिक्त कारावास की सजा सुनाई गई। उनको गोंडा और बहराइच की जेलों में रखा गया। जेल के अंदर उन्हें यातनाएँ दी जाने लगीं।

जेल से रिहा होकर भी उनके अंदर देशभक्ति का जुनून थमा नहीं था। वे पुनः सक्रिय हुए और देश की आजादी का सपना सजाए एक बार फिर अंग्रेजी हुकूमत के विरुद्ध संघर्ष करने में जुट गए।

देश की आजादी के बाद इंदिरा गांधी व कल्याण सिंह की सरकार में उनको ताम्रपत्र व वीरता पुरस्कार से सम्मानित किया। जीवन भर वे समाज कल्याण के लिए प्रयासरत रहे। 22 मई, 1991 को पैतृक स्थान पर उनकी मृत्यु हो गई।

*स्रोत : साभार श्याम सुंदर मिश्रा (अवध राम मिश्राजी के पुत्र),*
*रमेश मिश्रा (सचिव, स्वतंत्रता संग्राम सेनानी समिति, बहराइच)*

□

# 54

# डॉ. हवलदार सिंह

सन् 1942 की अगस्त क्रांति के अग्रदूत रहे स्वतंत्रता संग्राम सेनानी डॉ. हवलदार सिंह के राष्ट्र के प्रति योगदान को भुलाया नहीं जा सकता। राष्ट्र के प्रति उनका समर्पण एवं दृढ़ता का अंदाजा इसी से लगाया जा सकता है कि एक नाबालिग लड़का स्वाधीनता की लड़ाई में कई दिन तक भूखा रहा, 20 बेंत खाने की सजा भुगत ली, लेकिन अंग्रेजी हुकूमत से माफी नहीं माँगी।

जनपद चंदौली के धानापुर ब्लॉक के अमादपुर (तिनमोकरम) गाँव में 23 जुलाई, 1925 को एक बालक का जन्म हुआ और नामकरण हुआ 'हवलदार'। वे अपनी माता राधिका देवी और पिता भगवान् सिंह की चौथी संतान थे। वे शारीरिक रूप से बलि, कुशाग्र बुद्धि और दृढ़ निश्चयी व्यक्तित्व के थे। पढ़ाई-लिखाई में उत्कृष्ट होने के साथ-साथ खेल-कूद एवं कुश्ती में भी बढ़-चढ़कर हिस्सा लेते थे। उर्दू मिडिल की शिक्षा पूर्ण करने के बाद गाजीपुर जनपद के नेशनल हाई स्कूल, सैदपुर में आगे की पढ़ाई करने के लिए उनका दाखिला कराया गया।

9 अगस्त, 1942 को जब देश को अंग्रेजों की दासता से मुक्त कराने के लिए महात्मा गांधी ने नारा दिया—'करो या मरो' तो देशवासियों में एक अजीब सा साहस और उन्माद भर गया। देश के हर हिस्से में जगह-जगह आंदोलन शुरू हो गए। इसी कड़ी में नेशनल हाई स्कूल के शिक्षक बलदाऊ और सूर्यनाथ के नेतृत्व में लगभग 300 छात्रों का दल तैयार हो गया। बलदाऊ ने छात्रों में जोश भरते हुए उद्घोष किया—

*वह खून कहो किस मतलब का, जिसमें उबाल का नाम नहीं,*
*वह खून कहो किस मतलब का, जो देश के काम नहीं।*
*वह खून कहो किस मतलब का, जिसमें जीवन, न रवानी हो,*
*जो परवश होकर बहता है, खून नहीं वह पानी है।*

उनके इस जोशीले भाषण ने हवलदार सिंह में ऐसा जोश भरा कि देश को स्वतंत्र

कराने के लिए वे कुछ भी कर-गुजरने के लिए तैयार हो गए। परिणाम यह हुआ कि सहयोगी छात्रों के साथ हवलदार सिंह ने सैदपुर की तहसील पर तिरंगा झंडा फहरा दिया। यहीं पर छात्रों का यह कारवाँ नहीं रुका। इस दल ने राजवाड़ी की तरफ कूच किया और वहाँ निर्माणाधीन हवाई अड्डे में तोड़-फोड़ कर आग के हवाले कर दिया। उस समय वहाँ 'भारतमाता की जय' और 'वंदे मातरम' के नारे गुंजायमान हो रहे थे। इसके बाद आगे का कार्यक्रम उन्हीं शिक्षकों के नेतृत्व में गाजीपुर कलेक्ट्रेट पर तिरंगा झंडा फहराने का बना। गाजीपुर में दूसरे दल का नेतृत्व श्री सरजू पांडेय ने किया, जिसमें जनपद के किसानों, मजदूर और नौजवानों ने भाग लिया। इसकी भनक ब्रिटिश हुकूमत को लग गई और प्रशासन ने सेना को बुला लिया।

श्री सिंह के ग्रुप को जब स्थानीय पुलिस ने गाजीपुर स्टेशन से आगे नहीं जाने दिया, तब उस स्टेशन में आग लगा दी गई। अंग्रेजी सेना छात्रों को चारों तरफ से घेरकर अपनी बंदूकें तान दीं। छात्र नारा लगाते रहे। दूबेजी अपनी वाणी से छात्रों में जोश भरते रहे। कलेक्टर का आदेश आया कि छात्रों पर गोली न चलाई जाए। उन्हें हिरासत में लेकर भूखा-प्यासा रखा जाए। सजा पूरी होने के बाद जब वे रिहा हुए तो अगले दिन नंदगंज रेलवे स्टेशन से डेढ़ किमी. दूर मालगाड़ी को रोक दिया। एक डिब्बे में आम तथा दूसरे डिब्बे में रखे कपड़ों को लूटकर आसपास के चरवाहों में बाँट दिए। इस घटना से क्रुद्ध होकर उस समय के अंग्रेज कमिश्नर 'नेदरसोल' ने उस स्कूल में ही आग लगवा दी, जिसमें वे पढ़ते थे। स्कूल बंद हो गया। पुलिस धर-पकड़ करने लगी। हवलदार सिंह अपने 14 साथियों सहित भूमिगत होकर स्वाधीनता संग्राम के संचालन में जुट गए।

लखनऊ विधानसभा घेरने की खबर मिलते ही अपने साथियों के साथ हवलदार सिंह लखनऊ पहुँच गए। प्रदर्शन के दौरान बड़ा डाकखाना (जी.पी.ओ.) जाते समय पोस्टमैन से एक घड़ी और 375 रुपए लूट लिए। उसी समय पुलिस ने उन्हें व उनके साथियों को गिरफ्तार कर लिया। मुकदमा दायर कर कारागार में डाल दिया। 45 दिन बाद विशेष मजिस्ट्रेट ने उनके खिलाफ दफा 147, 332, 392 आई.पी.सी. एवं 14 डी.आई.आर. के तहत खुली अदालत में 20 बेंत की सजा अथवा सरकार से माफी माँगने की शर्त रखी। हवलदार सिंह ने निर्भीक स्वर में मजिस्ट्रेट से कहा, '20 बेंत की सजा मंजूर है, परंतु माफी नहीं मागूँगा।' माफी नहीं माँगने पर 20 बेंत की सजा दी गई। तीन पसलियाँ टूट गईं, पर उन्होंने उफ तक नहीं किया।

15 अगस्त, 1947 को देश आजाद हो गया। हवलदार सिंह भी अध्ययन-अध्यापन के कार्य में लग गए। वे पूरे जनपद में 'गुरुजी' के नाम से जाने जाते रहे।

डॉ. हवलदार सिंह के अथक प्रयासों से धानापुर में शहीद स्मारक पार्क का निर्माण हुआ। आज वह स्थल इतना भव्य और सुंदर बन गया है कि एक पर्यटन के रूप में विकसित हो गया।

*स्रोत : साभार डॉ. वीरेंद्र प्रताप सिंह पुत्र स्व. हवलदार सिंह निवासी-ग्राम अमादपुर, पोस्ट-धानापुर, जनपद चंदौली (उत्तर प्रदेश)*

□

# 55

# पं. दयाशंकर तिवारी

भारत को मिली आजादी किसी एक के प्रयास का परिणाम नहीं है, इस महायज्ञ में अनेक महापुरुषों ने अपनी आहुति दी है। किसी के बलिदान को कम करके नहीं आँका जा सकता है। सभी का एकमात्र ध्येय था कि देश अंग्रेजों की दासता से मुक्त हो जाए। इसी तरह के एक स्वतंत्रता सेनानी थे—पं. दयाशंकर तिवारी।

पं. दयाशंकर तिवारी का जन्म जनपद जौनपुर के ग्राहलाई में वर्ष 1926 में एक साधारण किसान परिवार में हुआ था। उनके पिता का नाम राजनारायण तिवारी था एवं माँ हुबराजी एक गृहस्थ महिला थीं। बचपन से ही भारत की परतंत्रता के दुःख की कहानी अपने दादा पं. सुखदेव तथा चाचा पं. महेश तिवारी से सुन-सुनकर वे काफी भाव-विह्वल हो गए। उनका मन भारत की आजादी की लड़ाई में उत्सर्ग देने को मचल उठा। परिणामतः वे अपनी पढ़ाई बीच में छोड़कर छात्रों की टोली बनाकर गांधीजी द्वारा चलाए गए सत्याग्रह में हिस्सा लेने लगे। आजादी की लड़ाई में उनकी इस सहभागिता में घर की दीवारें कभी बेड़ियाँ नहीं बनीं, बल्कि उनकी पत्नी ललिता देवी निरंतर उनको गुलामी के खिलाफ संघर्ष तेज करने के लिए उत्साहित करती रहीं। इसी क्रम में उन्होंने रेलवे स्टेशनों को लूटकर स्वाधीनता आंदोलन को शक्ति प्रदान की। उनकी क्रांतिकारी गतिविधियों से ब्रिटिश हुकूमत की नींद हराम हो गई। अतः वर्ष 1942 में सर्वश्री वंशराज यादव, सीताराम राय, विशुन राय, रमाशंकर राय, सालिक राम राय, हृदयनारायण सिंह, मुक्तिनाथ उपाध्याय, सूर्यनाथ उपाध्याय, उदराज सिंह शिवव्रत सिंह, देजनाथ सिंह तथा उदारन मौर्य के साथ बनारस में उन्हें गिरफ्तार कर उन पर मुकदमा चलाया गया। इस दौरान मजिस्ट्रेट को उनकी कम उम्र देखकर उन पर रहम आ गया तो उसने कहा कि लिटिल ब्वाय, माफी माँग लो तो तुम्हें छोड़ दिया जाएगा। 'माफी' शब्द सुनते ही आजादी का यह बाल सिपाही उद्विग्न हो बोला, 'वंदे मातरम्...मेरी माँ गुलाम है और मैं माफी माँग लूँ, थू।'

उनके ये बोल सुनकर मजिस्ट्रेट अपने क्रोध पर नियंत्रण नहीं रख सका और बाबू

दयाशंकर को नौ वर्ष की सजा सुनाकर बरेली जेल भेज दिया। बरेली जेल में उन्हें मद्रास के वीरू, वीर, पासी, कागडी व पंजाब के रणजीत सिंह नामक बहादुर क्रांतिकारियों के साथ गड्ढा बैरक में रखा गया। इस दौरान उन्हें घोर यातनाएँ दी गईं, जिनका विरोध करने पर आजादी के इस दीवाने को बीस बेंत तथा नाक से दूध पीने की सजा दी गई। इन सजाओं से वे तनिक भी विचलित नहीं हुए तथा जेल में ही उन्होंने अदम्य साहस का परिचय देते हुए स्वतंत्रता की रणभेरी की आवाज तेज कर दी।

इसके कारण जेल प्रशासन को विवश होकर उन्हें खतरनाक कैदी घोषित कर केंद्रीय कारागार फतेहगढ़ भेजना पड़ा, जहाँ वे जौनपुर के ही प्रख्यात स्वाधीनता सेनानी राजदेव सिंह के साथ रहे। उनकी व अन्य जंगे आजादी के दीवानों की दीवानगी जल्द ही रंग लाई, नतीजतन आजादी की लड़ाई का प्रवाह गोरी सरकार को भारत से इंग्लैंड तक बहा ले गया और मजबूर होकर ब्रिटिश हुकूमत को भारत को आजाद करने का निर्णय लेना पड़ा। आजादी की घोषणा के पूर्व ही पं. दयाशंकर तिवारी एवं जेल में निरुद्ध अनेक स्वाधीनता सेनानी मुक्त कर दिए गए।

हालाँकि देश की आजादी की घोषणा एक अपार हर्ष की बात थी, लेकिन स्वतंत्रता प्राप्ति के बाद भारतवासियों को शिक्षा के माध्यम से सशक्त करना एक चुनौती थी। उन्होंने महसूस किया कि देश की निरक्षरता दूर करने में उनकी अहम भूमिका हो सकती है। अत: उन्होंने आगे की शिक्षा पूर्ण कर बंबई विश्वविद्यालय से परास्नातक की परीक्षा उत्तीर्ण की तथा शिक्षा क्षेत्र में पदार्पण कर सेवानिवृत्ति तक एक अध्यापक के रूप में पूरी एकाग्रता एवं समर्पण के साथ लोगों को शिक्षित करते रहे। इस मध्य उन्होंने भारतीय नागरिकों को राजनैतिक, सामाजिक एवं आर्थिक न्याय दिलाने की लड़ाई को जारी रखा।

सेवानिवृत्ति के पश्चात् तिवारीजी स्वतंत्र लेखन एवं पत्रकारिता से जुड़ गए तथा अनेक स्तरीय पत्र-पत्रिकाओं में उनके तमाम विचारोत्तेजक एवं भाव-प्रवण लेख प्रकाशित हुए। पंडितजी के त्याग एवं काम का यह घूमता चक्र आखिर 11 अप्रैल, 2000 को तब रुक गया, जब उनकी आत्मा ने उनका पार्थिव शरीर छोड़ दिया।

पं. दयाशंकर तिवारी एक जीवित मना के रूप में भले ही हमारे बीच में न हों, किंतु राष्ट्र के प्रति भक्ति के जो आदर्श उन्होंने प्रस्तुत किए, देशवासियों में वे क्षण-प्रति-क्षण राष्ट्रीय भावना को जाग्रत् कर उन्हें राष्ट्रहित में काम करने को प्रेरित करते रहे हैं, करते ही रहेंगे!

*स्रोत : साभार पं. कृष्ण मोहन तिवारी, पुत्र स्व. दयाशंकर तिवारी*

□

# 56

# श्री पारसनाथ मिश्र

श्री पारसनाथ मिश्र का जन्म 16 अगस्त, 1923 को बलिया जनपद स्थित बिल्थरा रोड के मिश्रौली गाँव में हुआ था। स्वतंत्रता संग्राम के शुरुआती दिनों के बाद तीस के दशक में जब पूर्वांचल में गरम दल की गतिविधियाँ तेज हुईं तो बलिया का बिल्थरा रोड गरम दल के क्रांतिकारियों का अहम हिस्सा बन गया। सनातनी वैष्णव परिवार में जनमे पारसनाथ मिश्र हिंदू-मुसलिम भाईचारे से भरे हुए माहौल में बड़े हुए। पिता पं. जगदेव मिश्र रचना मिडिल स्कूल में हेडमास्टर थे और शिव के उपासक भी। गाँव के आसपास 40 परिवार अंसार के थे। इलाके के जमींदार मुसलिम थे। क्षेत्र में हिंदू और मुसलमानों के बीच सौहार्दपूर्ण संबंध थे। ऐसे वातावरण में श्री पारसनाथजी ने अपनी प्रारंभिक शिक्षा जुलाई 1936 में पूरी की। इसके बाद एडी मिनिस्टर हाई स्कूल में प्रवेश किया।

1931 में सविनय अवज्ञा आंदोलन समाप्त हुआ। भगत सिंह, चंद्रशेखर आजाद सरीखे क्रांतिकारी शहीद हो गए। चंद्रशेखर आजाद के हिंदुस्तान सोशलिस्ट रिपब्लिकन आर्मी को भंग किया जा चुका था। संयुक्त प्रांत के पूर्वांचल के लगभग सभी जिलों में अलग-अलग संगठनों द्वारा अलग-अलग क्रांतिकारी आंदोलन चलाए जा रहे थे। स्वदेशी आंदोलनों का अंग्रेजी हुकूमत के द्वारा बराबर दमन किया जा रहा था। बलिया में भी एक क्रांतिकारी संगठन जोर-शोर से आवाज बुलंद कर रहा था। महानंद मिश्र उसके प्रमुख सदस्य थे, संगठन का नाम था—'उत्थान संघ'। उत्थान संघ के संविधान की सबसे प्रमुख शर्त थी कि इस संस्था के सदस्य को कांग्रेस सोशलिस्ट पार्टी का भी सदस्य होना पड़ेगा। हाई स्कूल में पढ़ाई के दौरान ही पारसनाथजी को उत्थान संघ की गतिविधियों का पता चला तो वे इसके सदस्य बन गए। पारसनाथजी बलिया के कांग्रेसी कार्यक्रमों में सक्रिय रूप से भाग लेने लगे।

पं. जवाहरलाल नेहरू कुछ ही साल बाद 1937 में संयुक्त प्रांत लेजिस्लेटिव असेंबली के चुनावी दौरे पर बलिया आए। पारसनाथ मिश्र ने उस सभा में भाग लिया।

चुनाव के परिणाम में कांग्रेस सत्तारूढ़ हुई। उसके बाद प्रांत के तत्कालीन मुख्यमंत्री गोविंद बल्लभभाई पंत की सरकार ने सभी राजनीतिक बंदियों को रिहा किया। कालापानी की सजा भुगतनेवाले शचींद्र सान्याल, मन्मथनाथ गुप्त, शचींद्रनाथ बख्शी ने लौटकर प्रांत के पूर्वांचल का दौरा शुरू कर दिया। पारसनाथ ने बलिया में शचींद्र बाबू की एक सभा आयोजित कराई। सभा के आयोजन के बाद पारसनाथ मिश्र का जिले में राजनीतिक कद भी बढ़ता गया।

इसके बाद उन्होंने 1940 में साँवरा गोपालपुर में कांग्रेस के कौमी सेवा दल में प्रशिक्षण प्राप्त किया। शिक्षण के दौरान उनकी मुलाकात पूर्वांचल के प्रमुख कमल स्वेता विश्वनाथ मर्दाना से हुई। लगातार संपर्क में रहने और बातचीत के दौरान श्री पारसनाथजी मार्क्सवाद-वैज्ञानिक समाजवाद से प्रभावित होकर कम्युनिस्ट आंदोलन की ओर आकर्षित हुए।

1942 के भारत छोड़ो आंदोलन के दौरान वे काशी हिंदू विश्वविद्यालय के छात्र थे। यहाँ भी उनकी प्रगतिशील सोच ने अंग्रेजी राज के लिए मुश्किलें खड़ी कर दीं। रविवार 9 अगस्त, 1942 को बी.एच.यू. के गीता हॉल में धर्म आदि विषयों पर भाषण के साप्ताहिक कार्यक्रम के दौरान महामना मदनमोहन मालवीय के स्थान पर उप-कुलपति डॉ. सर्वपल्ली राधाकृष्णन गीता हॉल में भाषण देनेवाले थे। उस दिन प्रात: के अखबारों में यह छपा था कि गांधीजी गिरफ्तार कर लिये गए हैं और उन्होंने 'अंग्रेजो भारत छोड़ो' का नारा दिया है। हॉल में घुसते वक्त राधाकृष्णनजी ने यह बात साथ के लोगों से कह दी। उनका कहने का तात्पर्य था कि शांति बनी रहे, लेकिन वहाँ तो अफरा-तफरी मच गई, हवा देनेवालों में पारसनाथ मिश्र और उनके साथी थे। वहाँ मीटिंग हुई और शाम तक शहर भर में खबर फैल गई कि अगले दिन कचहरी पर यूनियन जैक उतारकर तिरंगा फहराया जाएगा। इन अफवाहों के बीच पारसनाथ मिश्रजी के बनारस के नरिया स्थित किराए के मकान पर पुलिस की दबिश होने लगी। इस सब से बचने के लिए पारसनाथजी सीताराम राय समेत कई साथियों के साथ गाँव आकर क्रांति की धार तेज करने लगे।

14 अगस्त, 1942 को उन्होंने उत्थान संघ के साथियों के साथ बेल्थरा रोड स्टेशन और डाकघर को लूट लिया; 22 अगस्त को उभांव थाने पर भी आक्रमण कर दिया। क्रांतिकारियों पर काररवाई के लिए फौज के पहुँचने पर वे भूमिगत हो गए। भूमिगत रहने के बाद 28 नवंबर, 1942 को उन्हें बनारस में गिरफ्तार कर नजरबंद कर दिया गया। उन पर स्टेशन और डाकघर लूटने का मुकदमा बनारस गाजीपुर और बलिया में चला। मई 1943 में उन्हें दो वर्ष के कठोर कारावास की सजा दी गई। फरवरी 1945 में रिहा किए गए श्री पारसनाथ मिश्र जेल में ही डॉ. संपूर्णानंद, पं. कमलापति त्रिपाठी जैसे कांग्रेसी

नेताओं के संपर्क में आ गए थे। इधर बलिया में जेल में फरारी काटने के दौरान वे चित्तू पांडे के संपर्क में रहे थे।

क्रांतिकारी जीवन और सजा काटने के बाद उन्होंने इलाहाबाद विश्वविद्यालय में प्रवेश किया, इस दौरान राजर्षि पुरुषोत्तम दास टंडन, लालबहादुर शास्त्री, आचार्य नरेंद्र देव आदि के प्रभाव में आए। इलाहाबाद विश्वविद्यालय में 1947 में स्नातक की डिग्री लेने के बाद उनकी नियुक्ति उत्तर प्रदेश पुलिस में डिप्टी एस.पी. के पद पर हो गई। 3 अप्रैल, 2020 को पारसनाथ मिश्रजी का देहांत हो गया।

*स्रोत : साभार सरजू पांडेय के साथ साक्षात्कार*

*'भगत की विरासत' : डॉ. अजय कुमार मिश्र*

*पुस्तक—'कर्मयोगी महानंद मिश्र : व्यक्तित्व एवं कृतित्व'—पारसनाथ मिश्र, पुस्तक—'भगत की विरासत', डॉ. अजय कुमार मिश्र, स्मारिका—'पुष्पांजलि'। स्व. पारसनाथ मिश्र स्मारिका समिति गोमती नगर, लखनऊ, स्मारिका—डॉ. प्रमोद कुमार, लेखक पाश्चात्य इतिहास विभाग, लखनऊ विश्वविद्यालय*

□

# 57

# सीताराम राय

गाजीपुर के जिंदा शहीद कहे जानेवाले सीताराम राय का जन्म 1921 में जीवित्पुत्रिका के दिन हुआ। पूर्वांचल के लोक में यह त्योहार 'जिउतिया' कहा जाता है। परिवार में सीतारामजी को संतान की चाह एवं लंबी उम्र के लिए किया जानेवाले निर्जला व्रत 'जिउतिया' का फल माना जाने लगा, लेकिन शहीदी जिला गाजीपुर के शेरपुर नामक विख्यात गाँव में जन्म लेने के बाद क्रांति की हवा ऐसी लगी कि सीतारामजी को जिंदा शहीद कहा जाने लगा। पिता देवमुनि राय उस समय असहयोग आंदोलन में स्वाधीनता सेनानी थे। गाँव के ही प्राइमरी स्कूल में पढ़े सीताराम राय पढ़ने में कुशाग्र थे। 1932 में कक्षा चार की परीक्षा में जिले में प्रथम स्थान अर्जित करनेवाले सीताराम राय को आगे की पढ़ाई के लिए स्कॉलरशिप मिलने लगी। इसके बाद हाई स्कूल तक स्कॉलरशिप मिलती रही। वे शुरू से ही त्यागमयी थे। दसवीं में तो उन्होंने द्वितीय स्थान प्राप्त करनेवाले अपने सहपाठी भोला श्रीवास्तव के लिए अपनी छात्रवृत्ति ही छोड़ दी।

प्रारंभिक पढ़ाई के बाद जब गाजीपुर मुख्यालय में पढ़ाई करने की बारी आई तो पिता के संपर्क से गाजीपुर निवासी मोहन सिन्हा की पैतृक हवेली में रहने का ठिकाना मिला। मोहन सिन्हा उस समय झाँसी के कलेक्टर थे। 1938 के दौरान हिंदुस्तान सोशलिस्ट रिपब्लिकन एसोसिएशन के महामंत्री और मुख्य संगठक झारखंडे राय किसान सभा के दफ्तर में चीनाथ घाट में रहते थे। उन्हें एच.एस.आर.ए. के लिए नए और निर्भीक लड़कों की जरूरत थी। जाड़े के ही मौसम में एक दिन शाम को सीताराम राय अपने मित्र शिवराम राय के साथ गंगा में स्नान कर रहे थे। यह देख झारखंडे राय ने उन्हें कौतूहलवश बुलाया। बात हुई और क्रांति के लिए नए रास्ते खुल गए। अब सीताराम राय ने अपने साथी शिवराम राय के साथ मिलकर क्षत्रिय छात्रावास के छात्रों को समेटकर एच.एस.आर.ए. की स्थानीय शाखा का गठन किया। तय हुआ कि छात्रों को क्रांतिकारी गतिविधियों के लिए तैयार किया जाएगा। अब मोहन सिन्हा का पैतृक निवास धीरे-धीरे क्रांतिकारियों के छिपने का अड्डा बन गया। अब तक कक्षा में प्रथम

आ रहे सीताराम राय की शिक्षा प्रभावित होने लगी, फलतः 1940 में हाई स्कूल की परीक्षा में द्वितीय श्रेणी से पास हुए। इसके बाद बनारस के क्वींस कॉलेज में एडमिशन हुआ। यह सरकारी कॉलेज था, इसलिए राजनीति के लिए जगह कम ही थी। लेकिन बगल के काशी विद्यापीठ और काशी हिंदू विश्वविद्यालय में राजनीति की खुली छूट ही नहीं, बल्कि स्वतंत्रता आंदोलन में सीधा हस्तक्षेप था। सीतारामजी की दोस्ती यहाँ के कई सक्रिय छात्रनेताओं और क्रांतिकारियों से हो गई। जुनूनी स्वभाव ने उन्हें यहाँ के लड़कों में सबसे आगे लाकर खड़ा करा दिया।

1942 में बारहवीं पास करने के बाद उनका दाखिला बी.एच.यू. में हो गया। द्वितीय विश्वयुद्ध चल रहा था। जापानी फौज के भारत में घुस आने से पूरा देश आशंकित था। क्रिप्स मिशन एकाएक लौट गया। सरकार और कांग्रेस के बीच यकायक संवाद की गुंजाइशें भी बंद हो गईं। रंगून, बर्मा, सिंगापुर, मलय आदि से लाखों शरणार्थियों के आने से पूरा देश उद्वेलित था। इसी बीच 8 आगस्त, 1942 को कांग्रेस ने बंबई में विख्यात 'भारत छोड़ो' प्रस्ताव पारित किया। गांधीजी के बहुप्रतीक्षित 'करो या मरो' के नारे ने देश के नौजवानों में क्रांति की नई ज्वाला भर दी। सीताराम राय इससे अछूते नहीं थे। भारत छोड़ो प्रस्ताव के दो दिनों बाद बी.एच.यू. में कुलपति डॉ. राधाकृष्णन की अध्यक्षता में एक विराट् सभा आयोजित की गई। कुलपति समेत अध्यापकों, विद्यार्थियों सबको एक ही निर्देश हुआ। कहा गया, 'गांधी की अपेक्षा के अनुसार अंग्रेजी हुकूमत को उखाड़ फेंकने के काम में जी-जान से जुट जाओ। अपने-अपने जनपदों में जाकर लोगों को इस तरह जागरूक करो कि अंग्रेजों को अंदाजा लग जाए।' ऊर्जा भरने के बाद आसपास के जिलों में आंदोलन तेज हो गए। टेलीग्राफ और टेलीफोन के तार काट लिए गए। रेल लाइनों को उखाड़ने तक का निर्देश हुआ। कुल मिलाकर तय हुआ कि अंग्रेजी हुकूमत का पुरजोर विरोध होगा।

बी.एच.यू. की अपनी टीम का निर्देश पाकर सीतारामजी कुछ बड़ा कर-गुजरने की योजना बनाने लगे। 17 अगस्त की शाम को शेरपुर से सीताराम के नेतृत्व में एक दूसरी बड़ी टोली ने मुहम्मदाबाद के लिए कूच किया। बीच में कुंडेसर आया। वहाँ का डाकघर फूँक दिया गया। मुंसफी कचहरी जला दी गई। कुछ और तोड़-फोड़ हुई और इतने में ही भोर हो गई। उसके बाद आई घटना की तारीख। 18 अगस्त, 1942 को सुबह एक टोली ने शिवपूजन राय के नेतृत्व में मोहम्मदाबाद की तरफ कूच किया। उस समय कोलकाता विश्वविद्यालय में होम्योपैथी की पढ़ाई कर रहे प्रशिक्षु डॉक्टर मरीजों की मुफ्त चिकित्सा करते थे। उनके ऊपर मोहम्मदाबाद तहसील में तिरंगा झंडा फहराने का जुनून सवार हो गया। सीताराम को सोता देख उन्होंने उन्हें फटकारकर कहा, 'तुम अभी तक सो रहे हो, तुम्हें आज तहसील पर तिरंगा फहराना है।' दरअसल सीतारामजी ऐसे कार्यक्रमों के पक्ष

में नहीं थे, किंतु उन्हें जाना जरूरी लगा। एच.एस.आर.ए. से जुड़ने के बाद वे छापामार लड़ाई में विश्वास करते थे। जुलूस ज्यों ही आगे बढ़ा, अगल-बगल के गाँव के लोग उसमें शामिल हो गए। शहनिंदा पहुँचते-पहुँचते जुलूस ने विशाल रूप धारण कर लिया। वहाँ सड़क के बगल में ही डॉ. शिवपूजन राय ने भीड़ को संबोधित किया और तहसील पर तिरंगा झंडा फहराने के लिए सबके भीतर नया जोश भर दिया।

इसी बीच सीतारामजी के क्रांतिकारी गुट को गुप्त सूचना मिली कि तहसील पर सत्तर बंदूकधारी गोली चलाने की मुद्रा में तैनात हैं। डॉक्टर राय को सूचना दी गई कि सत्तर हजार निहत्थे लोग इसका सामना नहीं कर सकते हैं। डॉ. राय ने इस बात को अनसुना कर दिया और तिरंगा फहराने तहसील के अंदर की तरफ बढ़ने लगे। क्रांतिकारी नौजवानों ने सत्तर लोगों की टीम बनाकर पीछे से घुसने और पुलिस की बंदूकें छीन लेने की योजना भी बना ली थी। यह टोली चरी और बाजरे के खेतों में से होते हुए तहसील के पीछे झुरमुटों में छिप गई। थोड़ी ही देर में तहसील भवन के सामने से गोलियों की आवाज आई। इतने में भगदड़ की आवाज भी सुनाई देने लगी। टोली उत्तेजित हो गई। ऋषेश्वर राय खुद को रोक नहीं पाए। उन्होंने आगे बढ़कर पुलिस के हाथ से बंदूक छीन ली। दूसरे ने तुरंत उनके सीने पर गोली मार दी। ऐसी परिस्थिति के बारे में इतिहासकार और क्रांतिकारी पारसनाथ मिश्र के पौत्र डॉ. अजय बताते हैं—"उस समय तक आम जनमानस में यह भावना थी कि गांधीजी के आशीर्वाद से गोली भी फूल की तरह लगेगी।" क्रांतिकारी छात्र और गांधी में श्रद्धा रखनेवाले गोलियों की परवाह नहीं करते थे। इस मुठभेड़ में श्री राय, वंशनारायण राय, राजनरायण राय और वशिष्ठ नारायण राय वहीं शहीद हो गए। सीताराम राय, वंशनारायण राय और राम बदन उपाध्याय तीन-तीन गोलियाँ खाकर वहीं बेहोश हो गए। पुलिस ने समझा कि वे भी मर चुके हैं। शामूदादा ने बंदूक का मुँह पकड़ने की बार-बार कोशिश की। उनके दाहिने हाथ के अँगूठे समेत सभी उँगलियाँ उड़ गईं। आलम यह था कि पुलिस की फायरिंग और दहशत के कारण जीवित या मृत पड़े क्रांतिकारियों के बीच कोई नहीं जा रहा था। शाम से देर रात और फिर भोर हो गई। दर्जनों लाशों के बीच कुछ बेहोश युवा पड़े हुए थे, जिनमें सीताराम राय भी थे। उन्हें तीन गोलियाँ लगी थीं, मगर वे अभी जिंदा थे। दूसरे दिन सुबह यानी 19 अगस्त, 1942 की भोर में जिला मजिस्ट्रेट मुनरो और पुलिस अधीक्षक पोलक बलूची सेना की एक टुकड़ी के साथ वहाँ पहुँचे। जिला मजिस्ट्रेट मुनरो आयरिश मूल का व्यक्ति था। वहीं पोलक बलूची उग्र और क्रूर था। सभी घायलों को जल्दी-से-जल्दी जेल पहुँचाने का आदेश दिया गया। डॉ. शिवपूजन राय का शव अन्य छह शहीदों के साथ ट्रक में भरा गया। उसमें सीताराम राय को भी मृत समझकर रख लिया गया। इन शवों को गाजीपुर के कठवा मोड़ पर उफनाई हुई नदी में फेंकने की योजना बनी। सीतारामजी ने ऐन मौके पर

हाथ के इशारे से जीवित होने के संकेत दिए। तब उन्हें अस्पताल ले जाया गया। तभी से उन्हें 'जिंदा शहीद' कहा जाने लगा।

अस्पताल में अलग जद्दोजहद की स्थिति आ गई। सहायक सिविल सर्जन डॉ. मोइनुद्दीन फारूकी मानवीय रिश्तों के प्रति सहज और सजग थे। यद्यपि यह डर था कि उनकी सेवा का अनर्थ न निकाला जाए, तथापि सीताराम का इलाज उन्होंने किया। सरजू पांडेय ने अपनी पुस्तक में इस घटना का जिक्र करते हुए लिखा है—"फारूकी साहब ने जिस निष्ठा और लगन से सीतारामजी की सेवा और देखभाल की, जीवन के आखिरी दौर तक सीतारामजी इस प्रसंग का जिक्र करते समय भावुक हो उठते थे।" डॉ. फारूकी इलाज भर नहीं करते थे। सीतारामजी ने अपने कई साक्षात्कारों में इस बात का जिक्र भी किया है कि वे नमाज में अल्लाह से दुआ भी माँगते थे। पैर की हड्डियों में गोली फँसे होने के कारण सीतारामजी को लंबे समय तक अस्पताल में रहने की जरूरत थी, मगर प्रशासन को पता था कि उनका बाहर रहना ब्रिटिश हुकूमत के लिए ठीक नहीं है।

उन्हें फिर से जेल में डाल दिया गया। धीरे-धीरे स्वस्थ हो रहे सीतारामजी पर अभी और अत्याचार होने बाकी थे।

जेल में आते ही उन्हें नंदगंज-अंकुशपुर ट्रेन डकैती का अभियुक्त बनाकर बनारस सेंट्रल जेल भेज दिया गया। वहाँ उन्हें तन्हाई में रखा गया। एक छोटे से बैरक में उन्हें स्थान दिया गया। रोशनी और हवा के लिए दीवार में एक छोटा सा छेद था। यहाँ रहना कहीं से भी कालापानी से कम न था। यहाँ के बाद उन्हें बरेली के गड्ढा बैरक में भेज दिया गया। यहाँ उन पर झूठे आरोप लगाकर कई तरह के गैर-कानूनी काम करने के आरोप में जेल में रखा गया। वह जेल से छूटकर घर आए तो मालूम हुआ कि शेरपुर के हरेक घर में अंग्रेजी हुकूमत ने लूटपाट मचाई हुई है। पूरे गाँव पर बीस हजार रुपए का जुरमाना लगाया गया था, जिसका उन्होंने पुरजोर विरोध किया और जुरमाना न देकर अंग्रेजी राज को करारा झटका दिया।

*स्रोत : साभार गाजीपुर के गौरव बिंदु—पी.एन. सिंह*
*सरजू पांडेय के साथ साक्षात्कार*
*भगत की विरासत : डॉ. अजय कुमार मिश्र*

□

# 58

# पं. गयाप्रसाद शुक्ल 'निर्भीक'

स्वतंत्रता संग्राम सेनानियों के कारण ही आज हमारा देश आजाद हुआ और हम सब एक आजाद देश के नागरिक के रूप में साँस ले पा रहे हैं। स्वतंत्रता सेनानियों द्वारा देश के लिए किए गए त्याग, बलिदान से वे आजादी मिली। उनके खून के बदले ही हमें आजादी प्राप्त हुई है। उनमें कुछ स्वतंत्रता सेनानियों के नाम तो प्रसिद्ध हो गए, पर कुछ सेनानियों को लोग जानते तक नहीं हैं। उन्हीं में से एक है पं. गयाप्रसाद शुक्ल।

उनका जन्म 14 अक्तूबर, 1907 को ग्राम मेथीटीकूर, तहसील सफीपुर, जनपद उन्नाव में हुआ था। उनके पिता का नाम श्री शिवप्रसाद शुक्ल और माताजी का नाम श्रीमती कौशल्या देवी था। वे अपने माता-पिता के इकलौते पुत्र थे। उनकी शिक्षा कक्षा 7 तक ही हो सकी। बचपन से ही उनके मन में देशवासियों पर अंग्रेजों द्वारा किए जा रहे अत्याचारों को लेकर रोष था। देश को अंग्रेजों से मुक्ति दिलाने के लिए वे अपने स्तर पर जुट गए।

आजादी के लिए महात्मा गांधी से प्रेरित होकर तेरह साल की अल्पायु में नमक सत्याग्रह से जुड़े और 40 गाँव के मंडलाध्यक्ष के रूप में कार्य करने हेतु नियुक्त हुए। सरकार के खिलाफ गांधीजी के नमक सत्याग्रह के अनुसार गाँव-गाँव जाकर नमक बनवाने का कार्य करते थे। कई बार पकड़े भी गए। कई बार अंग्रेजों ने उन्हें अज्ञात स्थान पर निर्वासित कर दिया, परंतु उन्होंने हिम्मत नहीं हारी।

गांधीजी के शराब बंदी आंदोलन का नेतृत्व किया। शराब ठेकों के सामने अपने सहयोगियों को ले जाकर लेट जाते थे, जिससे शराब खरीदने वाले ठेकों तक न पहुँच सकें, बदतमीज वेश्याएँ अंग्रेजों के लिए शराब लेने सेनानी की छातियों पर पैर रखकर वहाँ जाती थीं। इस अपमान से वे और उनके साथी सेनानी विचलित नहीं हुए। उनका आंदोलन बदस्तूर जारी रहता, पुलिस द्वारा पकड़े जाने पर ही आंदोलन को बंद करते थे।

सन् 1937 में जर्मन सेना के असहयोग आंदोलन में अपने फुफेरे भाई सोनेश्वर के बुलाने पर आंदोलन हेतु कानपुर गए और वहाँ पर भी गिरफ्तार हुए।

महात्मा गांधी द्वारा 'अंग्रेजो भारत छोड़ो' आंदोलन के दौरान उन्होंने उन्नाव का प्रतिनिधित्व किया। सन् 1942 में जिला मजिस्ट्रेट उन्नाव को आठ दिन का नोटिस देकर ग्राम के ही मेथीटीकुर बाजार में जनसभा को संबोधित करते हुए 'अंग्रेजों भारत छोड़ो' के नारे लगाए, जिसकी सूचना मिलते ही पुलिस ने उन्हें मौके पर ही गिरफ्तार कर लिया। उनके ऊपर मुकदमा चला, जिसमें कई वर्षों का कारावास व पाँच रुपए का अर्थदंड हुआ। अर्थदंड न जमा कर पाने पर घर की कुर्की हो गई थी।

अंग्रेजों के कुशासन में तालुकेदारों व जमींदारों द्वारा लगान वसूली के नाम पर किसानों से जबरदस्त लूट-खसोट की जा रही थी। यहाँ तक कि उनकी रोटी तक छीनी जाने लगी। लगान के नाम पर जानवरों का चारा-भूसा भी वे उठा ले जाते थे। बाद में डेढ़ गुना अनाज वसूली के नाम पर जानवरों को भूसा व अनाज आदि देते थे। आजीवन ऋण न चुका पाने की स्थिति में किसान बरबाद होता जा रहा था। तालुकेदारों को जमींदारों एवं अंग्रेजों का संरक्षण प्राप्त था।

उन्हीं ज्यादतियों को लेकर अंग्रेजों के खिलाफ आंदोलन करने का जज्बा युवा स्वतंत्रता सेनानी के रगों में दौड़ पड़ा। अंग्रेजों के मातहत जुर्म ढानेवाले चौकीदारों एवं कारिंदों को बंधक बनाकर तथा रेल पटरियाँ को उखाड़कर आंदोलन को गति देने का काम इन युवा क्रांतिकारियों का था।

महात्मा गांधीजी जब उन्नाव आए थे, तब सैकड़ों नौजवानों को गयाप्रसादजी ने अपने साथ ले जाकर उनका स्वागत किया। गांधीजी को जो सहयोग राशि बड़े लोगों द्वारा आंदोलन हेतु दी गई थी, वह नाकाफी थी, तो उन्होंने खड़े होकर भाषण दिया कि गांधी टोपी लगाने से पुलिस उन लोगों को परेशान करती है, जेलों में ठूस देती है। बैठक में जो भी खादी टोपी लगाए हैं, उसे हाथ में लेकर जनता के बीच में जाएँ, दोनों हाथों से टोपी पकड़कर सहयोग राशि माँगें। सभी लोगों ने यह काम किया। जनता ने धन की वर्षा कर दी, तब गांधीजी ने कहा था कि जब ऐसे कार्यकर्ता हैं तो देश अवश्य आजाद होगा, इसमें जनता के खून-पसीने का सहयोग है।

स्वतंत्रता संग्राम सेनानी पं. गयाप्रसाद शुक्ल 'निर्भीक' जब जेल में थे तो अंग्रेजी हुकूमत के अफसर ने सभी आंदोलनकारियों को परेशान करने के लिए एकत्र करके कहा कि जेल का जो जमादार पाखाना साफ करता है, उससे कल खाना बनवाएँगे। इससे जेल में हलचल मच गई। सभी सेनानियों में पं. गयाप्रसार शुक्ल 'निर्भीक' खड़े हुए और कहा कि मैं ब्राह्मण हूँ, मैं सबसे पहले खाना खाऊँगा। दूसरे दिन खाना खानेवाले सेनानियों में 'निर्भीक' प्रथम पंक्ति में थे। तब अंग्रेज जेलर ने उनकी देशभक्ति देखकर कहा, 'ऐसे देशभक्तों के सहारे भारत अवश्य आजाद होगा।'

न्याय पंचायत अटवा में वे नौ वर्ष निर्वाचित सरपंच रहे, उस समय सरपंच को

अर्थदंड देने का भी अधिकार था। अपने गाँव के ही 14 स्वतंत्रता संग्राम सेनानियों को तैयार किया व उनके साथ जेल भी गए। स्वतंत्रता आंदोलन व आर्थिक अभाव के कारण उनकी शिक्षा उनके अनुरूप पूर्ण नहीं हो पाई। लेकिन वे शिक्षा की महत्ता से अवगत थे, इसलिए उन्होंने जूनियर हाई स्कूल मेथीटीकुर की स्थापना की तथा उनको कुछ दिन मंदिर पर चलवाया, उनके बाद तालुकेदार का हाता खरीद लिया, जो ग्राम में ही स्थित था, जिसमें आज भी जूनियर हाई स्कूल मेथीटीकुर चल रहा है। काफी दिनों तक प्राइवेट तरीके से विद्यालय चलाते रहे। जिसके वे स्वयं प्रबंधक थे। इसी नाम से तालुकेदार का हाता खरीदा था, जो आज भी उनके नाम से है। जब वह विद्यालय आर्थिक संकट से ग्रसित हो गया, तब उसे जिला परिषद् बोर्ड को दे दिया। बोर्ड के चेयरमैन पं. बाल गंगाधर त्रिपाठीजी उन्नाव के प्रथम सांसद पं. विशंभर दयाल त्रिपाठीजी के भाई थे। 'निर्भीक' जी पं. विशंभर दयाल त्रिपाठीजी से मिले और स्कूल मंजूर हो गया।

जीवनपर्यंत देश-प्रेम से ओतप्रोत रहे, गरीबों को न्याय दिलाना, गाँव-जवार की बड़ी-बड़ी पंचायतों को वे बड़ी निपुणता से निपटा देते थे। इसी कारण स्वतंत्रता संग्राम सेनानी पं. गयाप्रसाद शुक्ल 'निर्भीक' ख्याति प्राप्त जनसेवक कहे जाते थे। जनता की सेवा करते-करते 30 जून, 2003 को वे इस संसार को छोड़कर परलोक सिधार गए।

*स्रोत : साभार अनुभव शुक्ल पुत्र स्व. गयाप्रसाद शुक्ल 'निर्भीक'*

□

# 59

# छेदीराम यादव

जिस समय भारत अंग्रेजों की गुलामी में जकड़ा हुआ था। उस समय अनेक क्रांतिकारी अंग्रेजी हुकूमत के खिलाफ बगावत कर आजादी के लिए प्राणों की आहुति दे रहे थे। सन् 1942 में महात्मा गांधीजी ने भारत छोड़ो आंदोलन की शुरुआत की। गांधीजी शहर-शहर जाकर देश की आजादी के लिए लोगों को उत्साहित करने में लगे हुए थे। उस दौरान गांधीजी का दौरा आंबेडकर नगर के गांधी आश्रम में भी हुआ, जिसमें जिले के तमाम स्वतंत्रता संग्राम सेनानियों ने गांधीजी के विचारों को सुना, समझा तथा उनसे बहुत प्रभावित भी हुए। उनमें से एक नाम छेदी राम यादवजी का भी है, जिन्होंने देश की आजादी के लिए अंग्रेजी हुकूमत के खिलाफ आवाज उठाई, अंग्रेजों की लाठियाँ व कोड़े खाए तथा जेल भी गए।

छेदीराम यादव का जन्म ग्राम नासिरपुर बरवां, जिला आंबेडकर नगर में एक गरीब किसान गयादीन यादव के घर सन् 1903 में हुआ। उनके पिताजी के 3 पुत्र थे, जिनमें वे सबसे बड़े थे। जीवनयापन के लिए उनके पिताजी किसानी का कार्य करते थे, खेती-किसानी करके ही परिवार का पालन-पोषण करते थे। अत: पारिवारिक गरीबी के कारण उनकी शिक्षा-दीक्षा ज्यादा नहीं हो पाई। अपने पिताजी के सबसे बड़े पुत्र होने के कारण परिवार के खर्च का बोझ वहन करने के लिए वे अपने पिता के साथ किसानी में उनका हाथ बँटाने लगे। कुछ समय बाद अकबरपुर, आंबेडकर नगर के गांधी आश्रम में उनकी नौकरी लग गई। गांधी आश्रम के मैनेजर, सत्य नारायण वर्मा उर्फ मंत्रीजी के नेतृत्व में वे देश के लिए कार्य करने लगे। गांधीजी के अनेक आंदोलनों, जैसे असहयोग आंदोलन, नमक सत्याग्रह आंदोलन तथा भारत छोड़ो आंदोलन में बढ़-चढ़कर हिस्सा लिया।

सन् 1941 में भारत छोड़ो आंदोलन के समय उनके दिल और दिमाग पर ऐसा जुनून सवार हुआ, मानो अंग्रेजी हुकूमत का अंत कर के ही मानेंगे। घर-घर जानकर गांधीजी के विचारों के से सभी को उत्साहित करना उनका रोज का कार्य बन चुका था। यही कारण था कि वे अंग्रेजी पुलिस की आँखों में चुभने लगे।

जब-जब आंदोलनों में वे जाते, अंग्रेज उन्हें पहचान लेते और उन्हें पकड़कर कोड़े बरसाते। इतना ही नहीं, कभी-कभी उन्हें पकड़कर हवालात में बंद कर उन पर लाठियाँ भी बरसाते और फिर छोड़ देते थे। वे एक सच्चे और निर्भीक स्वतंत्रता संग्राम सेनानी थे, इसलिए वे अंग्रेजों के कोड़े और लाठियों की मार से कभी डरे नहीं।

सन् 1942 में जब वे और उनके साथी बद्री सिंह, बलराज वर्मा, राम मनोरथ वर्मा, बलकरण वर्मा तथा राममूर्ति शुक्ला आदि स्वतंत्रता सेनानी अकबरपुर हवाई अड्डे पर आंदोलन कर भारत छोड़ो आंदोलन को हवा दे रहे थे, तभी अंग्रेजों ने उन्हें और उनके साथियों को आंदोलन करने से रोका। लेकिन वे और उनके साथी नहीं माने, डटे रहे, तब पुलिस ने लाठीचार्ज करके लोगों को गिरफ्तार कर दिया, जिसमें उन्हें भी चार महीने की जेल हुई।

उस समय अंग्रेजी हुकूमत चाहती थी कि भारत में विदेशी वस्तुओं का खूब आयात हो, जिससे सभी भारतीयों को विदेशी वस्तु इस्तेमाल करने की आदत पड़ जाए। यही कारण था कि अंग्रेजी हुकूमत गांधी आश्रम में काम कर रहे स्वतंत्रता सेनानी से जलती थी। उस समय किसी भी घर में यदि खादी का एक भी वस्त्र मिल जाता था तो अंग्रेज उन्हें बहुत मारते-पीटते व प्रताड़ित करते थे, साथ ही जुरमाने के तौर पर उनके खेतों में जो भी आलू व सूरन (जिमीकंद) या अन्य अनाज उगता था, उसे खेतों से खुदवा लेते थे। बगैर इन बातों से घबराए जयराम यादव अपने स्वयंसेवकों के साथ खादी के प्रचार-प्रसार में जुटे रहे।

जेल से सजा काटने के बाद जब वे रिहा हुए तो देश आजादी को लेकर उनके अंदर देशभक्ति का जुनून और बढ़ चुका था। वे पुनः सक्रिय हुए और देश की आजादी का सपना सजाए एक बार फिर अंग्रेजी हुकूमत के विरुद्ध संघर्ष करने लगे। वह दिन आ ही गया, जब 1947 में अंग्रेजों को भारत छोड़कर यहाँ से भागने पर विवश होना पड़ा और भारत अंग्रेजों की गुलामी से मुक्त हो गया। स्वतंत्रता सेनानियों और उनके द्वारा आजादी के लिए किए गए संघर्ष व मेहनत रंग लाई। देश आजाद होने के बाद इंदिरा गांधी की सरकार में उनको ताम्रपत्र देकर वीरता पुरस्कार से सम्मानित गया।

देश के आजाद होने के बाद भी उन्होंने समाज-सेवा से कभी मुँह नहीं मोड़ा, जितना हो सका, लोगों की मदद की। लोगों की सेवा करते हुए 95 वर्ष की उम्र में 10 जुलाई, 1998 में अपने पैतृक आवास पर उनकी मृत्यु हो गई।

*स्रोत : साभार जयराम यादवजी, पुत्र स्व. छेदी राम यादव*

□

# 60

# रमेश चंद्र श्रीवास्तव

रमेश चंद्र श्रीवास्तवजी का जन्म एक छोटे से ग्राम ठाकुर देवरिया, जिला देवरिया में शिक्षक ठाकुर जमुना प्रसाद श्रीवास्तव के घर 12 जुलाई, 1922 को हुआ था। वे अपने पिताजी के दो पुत्र व पाँच पुत्रियों में चौथी संतान थे। बचपन में जब छोटी डुमरी गाँव के रहनेवाले रामसूरतजी को उन्होंने अपने गाँव में आकर चुटकी माँगते हुए देखा तो उन्हें कौतूहल हुआ। उनसे चुटकी माँगने का कारण पूछने पर रामसूरतजी ने उन्हें प्यार से समझाया कि गांधीजी के आदेशानुसार लोग अपने भोजन में से नमक का थोड़ा सा अंश निकालकर रख देते हैं, उसे इकट्ठा कर वे कांग्रेस के मंडल कार्यालय में ले जाकर जमा कर देते हैं। इस प्रकार बातों-बातों में ही रामसूरतजी ने चुटकी से लेकर स्वराज्य आंदोलन तक का सारा किस्सा उन्हें समझा दिया। उनके द्वारा बताई गई सारी बातें उनके दिलोदिमाग में छा गईं और मन-ही-मन स्वराज्य प्राप्ति को उन्होंने अपना लक्ष्य बना लिया। इसके बाद वे रामसूरतजी के कार्य में उनकी सहायता करने लगे।

सन् 1937 में उनके पिताजी ने उनकी शिक्षा के लिए टेकुआटार में रामकोला के नजदीक प्राइमरी स्कूल में दाखिला करवा दिया, जहाँ उनके पिताजी अध्यापक थे। सन् 1940 में प्राइमरी की शिक्षा ग्रहण करने के बाद वे अपने घर वापस आ गए। तब मिडिल स्कूल देवरिया में पिताजी ने उनका दाखिला करवा दिया। स्कूल के सामने ही पं. कमलाकर त्रिपाठी (गुरुजी) का घर था, जो उस समय कांग्रेस के बड़े नेताओं में गिने जाते थे और ठाकुर देवरिया के नजदीक के गाँव के ही रहनेवाले थे। गाँव के निकट होने के नाते उनके घर पर उनका आना-जाना शुरू हो गया। पं. कमलाकर त्रिपाठीजी के घर बाबा राघवदासजी का आना-जाना था। उनकी कम उम्र और शारीरिक फूर्ति को देखकर बाबा राघवदासजी ने उन्हें 'बाँके बाबू' का नाम दिया और उनसे संदेशवाहक का कार्य लेने लगे।

'बाँके बाबू' नाम मिलने के बाद वे लगातार कांग्रेस की मीटिंगों में आने-जाने लगे, साथ ही जुलूसों में झंडा लेकर आगे-आगे चलने लगे। कांग्रेस को बाँके बाबू के

रूप में इस क्षेत्र में एक नौजवान चेहरा मिल गया। थोड़े दिन ही बाद कांग्रेस ने स्वराज्य आंदोलन की धार को और तेज कर दिया। 9 अगस्त, 1942 को मुंबई की मीटिंग में कांग्रेस के नेताओं और अंग्रेजी शासन के बीच कोई बात न बन सकी, जिससे गांधीजी निराश हो गए। 9 अगस्त, 1942 के बाद सारे नेता जेल में बंद कर दिए गए। जो बचे थे, वे आम लोगों में छिपकर आंदोलन को नई ऊँचाई देने में लगे हुए थे।

उस समय देवरिया, जोकि गोरखपुर की एक बड़ी तहसील थी, उमराव सिंह वहाँ के उपजिलाधिकारी थे। वे रामलीला मैदान के पास हेल्थ ऑफिस की बिल्डिंग में बैठते थे और कचहरी का काम भी करते थे। उस समय वहाँ का डी.एस.पी. बिग्गी नाम का एक अंग्रेज था, जो बहुत ही क्रूर व जालिम था।

वह कई बार कांग्रेस के जुलूसों पर लाठीचार्ज करवा चुका था। उस समय जो स्वतंत्रता सेनानी जेल से बाहर थे, वे 14 अगस्त, 1942 को बहुत बड़ी संख्या में संगठित होकर तहसील पर झंडा गाड़ने के लिए निकल पड़े। उनके साथ विद्यार्थी भी थे, जो झंडा गाड़ने के लिए बिल्डिंग पर चढ़ गए। उनमें बसंतपुर घुसी के रामचंदरजी सबसे आगे होकर झंडा गाड़ने लगे। इतने में अंग्रेजी पुलिस ने हवाई फायर कर दिया। लेकिन रामचंदरजी नहीं माने और झंडा गाड़ दिया। इसके बाद उस अंग्रेज डी.एस.पी. के आदेश पर अंग्रेजी पुलिस ने रामचंदरजी को निशाना बनाते हुए अन्य सभी स्वतंत्रता सेनानियों पर गोलियाँ चलाना शुरू कर दिया, जिससे रामचंदरजी समेत कुल पाँच लोग मौके पर ही शहीद हो गए तथा काफी संख्या में घ्रायल हो गए। इस घटना में उनके कंधे में एक गोली लगी, जिसके बाद वे बिल्डिंग से नीचे गिर पड़े और उन्हें गंभीर चोटें आईं।

उसके बाद सभी बालिग व नाबालिग स्वतंत्रता सेनानियों को पुलिस ने गिरफ्तार कर गोरखपुर जेल में बंद कर दिया। जेल के अंदर सभी घायल स्वतंत्रता सेनानी का बिना किसी दवा-इलाज के उन्हें अनेक प्रकार की यातनाएँ दी गईं। उस दौरान रमेश चंद्र श्रीवास्तव भी करीब 8 माह तक बिना किसी इलाज के जेल में ही रहे। उन्हें जेल में इतनी यातनाएँ दी गईं कि रिहा होने के पश्चात् वे चोटें उन्हें आजीवन सताती रहीं।

सन् 1943 में घरवालों ने किसी तरह उनको मिडिल की परीक्षा पास कराई और फिर आगे की शिक्षा के लिए एस.एस.बी.एस. इंटर कॉलेज में उनका दाखिला करा दिया। इसके बाद वे किशोर चंद आजादजी के संपर्क में आ गए और उनके साथ कांग्रेस भवन आने-जाने लगे। इसके साथ ही उन्होंने 'विद्यार्थी कांग्रेस' के गठन का कार्य शुरू कर दिया। धीरे-धीरे उनके पुराने साथी भी जेल से रिहा होकर उनसे मिलते गए और फिर आजादी के लड़ाई तेज करने लगे। देश की आजादी को लेकर उनके अंदर देशभक्ति के जुनून ने ऐसी उड़ान भरी कि अपने पुराने साथियों को संगठित कर एक बार फिर अंग्रेजी हुकूमत को जड़ से उखाड़ने के काम में प्राणपण से लग गए।

उस समय एस.एस.बी.एस. इंटर कॉलेज के प्रिंसिपल अंग्रेजों के उपासक थे। वे उनसे बहुत ईर्ष्या करते थे। चूँकि उस समय वे विद्यार्थी कांग्रेस के जनरल सेक्रेटरी थे, इसलिए प्रिंसिपल साहब उनको कॉलेज से निकालने के लिए हरसंभव प्रयास करने लगे। अंत में उनकी साजिश से उन्हें कॉलेज से निकाल दिया गया। यह सुनकर बाबा राघवदासजी ने बाबू संपूर्णानंदजी से प्रिंसिपल की शिकायत की। बाबू संपूर्णानंदजी ने जिला विद्यालय निरीक्षक को प्रिंसिपल के खिलाफ काररवाई करने का आदेश दिया। लेकिन प्रिंसिपल ने जिला विद्यालय निरीक्षक को गलत-सही समझा दिया। उपरोक्त घटना से वे काफी दुःखी हुए। इसके बाद वे अपने भाई के पास बस्ती आ गए और गोविंदराम सक्सेरिया इंटर कॉलेज से हाई स्कूल की परीक्षा पास करने के बाद वे देवरिया लौट गए।

देवरिया के बाबा राघवदास इंटर कॉलेज से उन्होंने इंटर की परीक्षा पास की। उस दौरान श्रीरामजी वर्मा, उग्रसेन सिंह, बाबू गोदा सिंह और रामेश्वर लाल आदि लोगों से उनकी मुलाकात हुई। चूँकि उपरोक्त लोग कांग्रेस के पुराने कार्यकर्ता थे और उनके बीच समाजवादी पार्टी के गठन की चर्चा चल रही थी। सन् 1949-50 में ये सब लोग लोहियाजी के साथ कांग्रेस से अलग हो गए। उनको 'विद्यार्थी समाजवादी पार्टी' के गठन के कार्य का जिम्मा दिया गया और फिर बाद में उन्हें उसका जनरल सेक्रेटरी चुना गया। इस बीच देवरिया एक जिला बन चुका था। वे लोहियाजी के नेतृत्व में उनके हर कार्यक्रम में शामिल होने लगे। शासन द्वारा कई बार पकड़े गए और फिर विद्यार्थी होने के नाते छोड़ दिए गए। सन् 1954 में उनका विवाह उर्मिला देवीजी से हो गया। उसके बाद भी वे लगातार समाज-सेवा के कार्यों से जुड़े रहे।

सेनानी सदन मोहल्ला बभनगावां जिला बस्ती में 21 दिसंबर, 2011 को उनका देहांत हो गया। इस प्रकार स्वतंत्रता आंदोलन में जनपद देवरिया के एक स्वर्णिम अध्याय का अंत हो गया।

*स्रोत : साभार श्री विवेक कुमार श्रीवास्तव पुत्र स्व. रमेश चंद्र श्रीवास्तव*

□

# 61

# नंद लाल तिवारी

देश को आजादी दिलानेवाले ऐसे बहुत से सेनानी हुए हैं, जिनको आज कोई नहीं जानता है। उनमें से एक है नंद लाल तिवारी। उनका जन्म 10 दिसंबर, 1912 में ग्राम रामपुर, जिला फैजाबाद में एक गरीब किसान पं. मुसई तिवारीजी के घर हुआ। उनकी माता का नाम लक्ष्मी देवी था। वे अपने माता-पिता की इकलौती संतान थे। उनके पिता बहुत गरीब किसान थे। गरीबी इतनी थी कि पत्नी का इलाज करवाने के लिए उनको अपना खेत गाँव के साहूकार के पास गिरवी रखना पड़ा। जब उनकी आयु मात्र दो वर्ष की थी, तभी उनकी माताजी का गंभीर बीमारी में देहांत हो गया था। जिसके बाद उनका पालन-पोषण पड़ोस में रहनेवाले एक ठाकुर परिवार द्वारा किया गया।

गरीबी के कारण उनकी शिक्षा-दीक्षा मात्र प्राइमरी तक ही हो पाई। वे अपने पिताजी के साथ खेतों में मेहनत-मजदूरी करके उनका हाथ बँटाने लगे।

सन् 1921-22 में गांधीजी के आह्वान पर वे राष्ट्रीय आंदोलन में शामिल हो गए। उन दिनों अवध प्रांत में इलाहाबाद एवं वाराणसी कांग्रेस के आंदोलनों के मुख्य केंद्र बन गए थे।

18 सितंबर, 1927 में महात्मा गांधीजी का आगमन जनपद में अकबरपुर नामक कस्बे में हुआ। तभी यह निश्चित किया गया कि राष्ट्रीय आंदोलन को मूर्त रूप देने के लिए खादी का प्रचार-प्रसार आवश्यक है, जिसे केंद्र बनाकर ही जन-आंदोलन को सफल बनाया जा सकता था। इसके बाद यह जिम्मेदारी राम नारायण वर्मा, यानी मंत्रीजी, बलराज वर्मा, बद्री सिंह, राम मनोरथ वर्मा, बलकरण वर्मा, राम मूर्ति शुक्ला, छेदी लाल वर्मा पर डाली गई। गांधीजी के सहयोगी जे.बी. कृपालानी को अकबरपुर में गांधी आश्रम स्थापित करने की जिम्मेदारी सौंपी। उस समय मात्र 8-10 लोगों के प्रयासों से गांधी आश्रम की शुरुआत की गई। चूँकि ब्रिटिश हुकूमत के अत्याचारों से लोग बहुत परेशान हो चुके थे, इसलिए अपनी समस्याओं को लेकर लोग गांधी आश्रम पहुँचने लगे। एक प्रकार से राष्ट्रीय पुनरुत्थान एवं आजादी की लड़ाई का यह केंद्र बन गया था। जिसके

बाद इस गांधी आश्रम में धीरे-धीरे हजारों की संख्या में स्वतंत्रता सेनानी जुड़ने लगे। इसी बीच उनकी शादी गुलाब देवी से हो गई।

1937 एवं 1942 के भारत छोड़ो आंदोलन के दौरान गांधी आश्रम के सभी कार्यकर्ताओं को प्रताड़ित किया जाने लगा और इसे गैर-कानूनी घोषित कर दिया गया। महात्मा गांधी ने 'स्वराज' पत्र में लिखा कि खादी का प्रचार-प्रसार करनेवाले अपनी गिरफ्तारी न दें और अपने कार्य में लगे रहें। उनका भी योगदान स्वतंत्रता संग्राम में राजनैतिक बंदियों की तरह तथा उनके समकक्ष ही होगा।

उनकी संगठनात्मक क्षमता को देखते हुए संस्था ने इसके विस्तार की जिम्मेदारी उन्हें सौंप दी। उन्होंने अथक परिश्रम कर मेरठ, मगहर, बिजनौर एवं बुलंदशहर में संस्था के उत्पत्ति-केंद्रों की स्थापना की।

अंग्रेजी हुकूमत चाहती थी कि भारत में विदेशी वस्तुओं का खूब आयात हो, जिससे भारतीयों को विदेशी वस्तुओं इस्तेमाल की आदत पड़ जाए। लेकिन इन तमाम बंदिशों के बावजूद देखते-ही-देखते अकबरपुर गांधी आश्रम प्रदेश स्तर का सबसे बड़ा खादी उद्योग केंद्र बन गया। जहाँ पर हर जिले से सैकड़ों की संख्या में हर रोज स्वतंत्रता सेनानी आते थे और नंदलाल तिवारी के नेतृत्व में अंग्रेजी हुकूमत के खिलाफ आंदोलन को परवान चढ़ाते थे।

यही कारण था कि अंग्रेजी हुकूमत गांधी आश्रम में काम कर रहे व वहाँ आने-जानेवाले स्वतंत्रता संग्राम सेनानियों पर शक करने लगी। यह वह दौर था, जब किसी भी घर में यदि खादी का एक भी वस्त्र मिल जाता था तो अंग्रेज उन्हें बहुत मारते-पीटते व प्रताड़ित करते थे।

सन् 1942 में जब वे और उनके साथी बद्री सिंह, बलराज वर्मा, राम मनोरथ वर्मा, बलकरण वर्मा तथा राममूर्ति शुक्ला आदि स्वतंत्रता संग्राम सेनानी अकबरपुर हवाई अड्डा पर आंदोलन करके भारत छोड़ो आंदोलन को हवा दे रहे थे, तो अंग्रेजों ने उन्हें और उनके साथियों को आंदोलन करने से रोका। लेकिन वे और उनके साथी नहीं माने, डटे रहे, तब अंग्रेजों ने लाठियाँ व कोड़े मारते हुए गिरफ्तार कर लिया, जिसमें नंद लालजी सबसे आगे थे। उन्हें काफी चोटें आईं। जब आंदोलनकरियों गिरफ्तार किया जा रहा था तो उस समय उनकी भी गिरफ्तारी हुई थी, लेकिन वे इतने गोरे और सुंदर थे कि अंग्रेज अफसर ने उनकी सुंदरता और कोमल काया को देखते हुए उन्हें छोड़ दिया और बाकी साथियों को जेल भेजने का हुक्म दिया। लेकिन उन्होंने अपने साथियों के साथ जेल जाना बेहतर समझा।

वे अंग्रेजी हुकूमत के जुल्मों से कभी नहीं डरे और अंग्रेजी हुकूमत के विरुद्ध संघर्ष करने में जुटे रहे।

देश को आजादी मिलने के बाद सन् 1960 में उन्होंने अपना कार्यक्षेत्र स्थायी रूप से अकबरपुर गांधी आश्रम में बनाया और सघन रूप से जनपद के सभी स्थानों पर चरखे व खादी उत्पादन पर जोर दिया। उस समय तत्कालीन मुख्यमंत्री श्रीमती सुचेता कृपलानी ने अपने चुनाव क्षेत्र में श्री तिवारीजी को प्रबंधन का कार्य सौंपा, जिसे उन्होंने बखूबी निभाया। उनकी ईमानदारी की यह पराकाष्ठा थी कि चुनाव संपन्न होने के पश्चात् वे चुनाव कार्य के लिए प्राप्त चार जीपों व 45,000 रुपए नकद वापस देने उन्हें लखनऊ गए। लेकिन मुख्यमंत्री ने पैसा तो वापस पार्टी फंड में जमा कर दिया, परंतु जीपें उन्हें वापस कर दीं। सादगी, पसंद एवं लो प्रोफाइल में रहने के कारण अपने पार्टी कार्यकर्ताओं को जीपें देकर वे आजीवन स्वयं साइकिल पर चलते रहे। ऐसे सादे विचार वाले थे नंद लाल तिवारी।

आजीवन खादी का प्रचार-प्रसार करते हुए महात्मा गांधीजी के सिद्धांतों पर चलनेवाले इस महान् स्वतंत्रता सेनानी का देहांत 6 जनवरी, 1982 को हुआ।

*स्रोत : साभार श्री शिव सहाय तिवारी, पुत्र स्व. नंद लाल तिवारी*

□

# 62

# रामनाथ सोनी

*राष्ट्र ऋणी है, जिनका¨*
*कफन को बाँधकर निकले, जुनूनी था सफर यारो*
*वतन के उन शहीदों को, झुका है अपना सर यारो॥*
*लगाकर जान की बाजी, वतन की आबरू रख ली।*
*जिये आजाद होकर के, हुए मरकर अमर यारो॥*

श्री रामनाथ सोनी का जन्म कस्बा लखनऊ जिला इटावा में एक धनाढ्य परिवार में 30 जनवरी, 1920 को हुआ था। उनकी माताजी का नाम श्रीमती कौशल्या देवी एवं पिता का नाम श्री गया दीन था।

वे बचपन से ही परिवार के आर्थिक व सामाजिक संस्कारों की प्रेरणास्वरूप अपने साथियों एवं जरूरतमंदों की सहायता करते रहते थे। किसी निर्दोष पर अत्याचार होते देखकर उनका खून खौल उठता था। उन्होंने आजीवन खादी वस्त्रों एवं गांधी विचारधारा से उत्प्रेरित रहकर कई राजनैतिक एवं सामाजिक पदों का निर्वहन कुशलतापूर्वक किया।

उस समय अंग्रेजी शासन के अत्याचार उन्हें बहुत नागवार गुजरते थे। महात्मा गांधी के आह्वान 'करो या मरो' पर वे अपने साथियों के साथ स्वतंत्रता के महासंग्राम में कूद पड़े। अंग्रेजों को मजा चखाने के लिए अपने साथियों के साथ मिलकर लखनऊ नहर के पास स्थित अंग्रेजों की कोठी पर हमला कर उसे आग के हवाले कर दिया। लेकिन मानवता का परिचय देते हुए अंग्रेजों की स्त्रियों एवं बच्चों को सकुशल आग से बाहर निकालकर नाव द्वारा यमुना नदी पार कराकर सुरक्षित स्थान पर भेज दिया। वे यहीं पर नहीं रुके, डाकघर एवं पुलिस थाने के साथ-साथ अन्य सरकारी दफ्तरों और इमारतों को भी जला दिया गया। उनकी इस काररवाई से अंग्रेज आग-बबूला हो गए। पुलिस ने उनकी खोजबीन शुरू कर दी। सरकारी इमारत को जलाते समय पुलिस ने उनको साथियों समेत घेर लिया, कुछ साथी मौके पर पकड़े गए, लेकिन वे फरार हो गए। अंग्रेज सरकार द्वारा परिवारीजनों पर किए गए भयंकर अत्याचारों के

कारण उन्हें पुलिस अधीक्षक के सामने हाजिर होना पड़ा। पुलिस की गाड़ी से जेल जाते समय कुछ छात्रों को यह भनक लगी कि इस गाड़ी में क्रांतिकारी है तो उन्होंने पुलिस पर पथराव करके पुलिसकर्मियों को भागने पर मजबूर कर दिया।

लखनऊ कांड में मुखिया की हैसियत से उनके विरुद्ध पक्षद्रोही गवाहों ने बयान दिया कि रामनाथ के आदेश पर ही यह घटना हुई और प्रभुदयाल उर्फ पंडा ने आग लगाई, जिसके तहत उन्हें दो वर्ष का सश्रम कारावास और अर्थदंड की सजा सुनाई गई। लेकिन उनकी इन काररवाइयों से अंग्रेजी सरकार बुरी तरह हिल गई।

उन्होंने नमक आंदोलन में दांडी यात्रा में साथ रहकर जेल यात्राएँ कीं। जेल में सभी सत्याग्रहियों, जिनमें प्रमुख रूप प्रभुदयाल उर्फ पंडा, रामदास गुप्ता, रामसिंह आदि के साथ तसला बजा-बजाकर देशभक्ति के गीत गाते हुए वे लगातार हुड़दंग मचाते हुए जेल प्रशासन की नाक में दम किए रहते थे।

जेल में सत्याग्रहियों के मनोरंजन के लिए पत्र-पत्रिकाएँ, बैडमिंटन और फुटबॉल नहीं आती थीं। इसके लिए उन्होंने आंदोलन किया। एक बार जेलर ने परेशान होकर प्रशासन से उनकी शिकायत कर दी। अधिकारियों ने उनकी माँगों को ठुकराते हुए हथकड़ी-बेड़ियों से जकड़कर उन्हें कोड़ों से खूब पिटवाया। लेकिन उन्होंने हार नहीं मानी।

विरोध स्वरूप आंदोलनकारियों के साथ उन्होंने जेल में ही आमरण अनशन शुरू कर दिया। लेकिन स्वास्थ्य खराब होने के कारण जेल प्रशासन ने जबरदस्ती उनका अनशन तुड़वा दिया। संयुक्त सोशलिस्ट पार्टी में भी डॉ. राममनोहर लोहियाजी के नेतृत्व में श्रीकृष्ण प्रसाद चौधरी, बलराम दुबे, सूरज प्रसाद शर्मा, कन्हैया लाल दौहरे, कमांडर अर्जुन सिंह भदौरिया, सरला भदौरिया के वे सन्निकट रहे। लखनऊ की गलियों में सुबह-सुबह साथियों के साथ भ्रमण करते हुए वे जनजागरण का कार्य किया करते थे।

*जिसमें उनका प्रिय भजन था—*

*उठ जाग मुसाफिर भोर भई, अब रैन कहाँ तू सोवत है।*
*जो सोवत है सो खोवत है, जो जागत है सो पावत है॥*
*उठ नींद से आँखियाँ खोल जरा ओ पापी प्रभु से ध्यान लगा।*
*यह प्रीति करन की रीति नहीं, रवि जागत है तू सोबत॥*

जेल में उन पर तरह-तरह के अत्याचार किए गए। हथकड़ी-बेड़ियों में जकड़कर कोड़ों की मार, घंटों बर्फ की सिल्ली पर लिटाना, सीलन भरी कोठरी, जिसमें खड़ा होना भी मुश्किल था, तन्हाई की सजा देकर उनके मनोबल को तोड़ने का प्रयास किया जाता था, लेकिन भारत माँ के इस रण-बाँकुरे ने कभी हार नहीं मानी।

सन् 1972 में भारत की प्रधानमंत्री श्रीमती इंदिरा गांधी द्वारा ताम्रपत्र, सम्मान निधि एवं मानव संसाधन मंत्री श्री अर्जुन सिंह द्वारा सम्मानित किए गए। 5 जुलाई, 1994 को एक कार्यक्रम के संबोधन के पूर्व ही अचानक हुए हृदयाघात से उनका निधन हो गया।

*स्रोत : साभार श्री अशोक सोनी निडर पुत्र स्व. रामनाथ सोनी*
*निवासी : फूप, भिंड, मध्य प्रदेश*

□

# 63

# बाबूलाल दुबे

भारत की आजादी के लिए हजारों देशभक्तों ने अपना जीवन कुरबान कर दिया, उनमें से कुछ ऐसे थे, जो नामी-गिरामी और कुछ ऐसे थे, जो गुमनामी के अँधेरे में खो गए। उनके त्याग और बलिदान को इतिहास के पन्नों पर पर्याप्त जगह नहीं मिली। उन्हीं में से एक थे—झाँसी निवासी बाबूलाल दुबे।

स्वतंत्रता संग्राम सेनानी पं. बाबूलाल दुबे का जन्म झाँसी के बड़ा बाजार (शहर) के मोहल्ला हजरयाना में श्री मोतीलाल दुबे के परिवार में 4 जुलाई, 1923 को हुआ था। उस समय अंग्रेजों का निरंकुश शासन था। वे आजादी के दीवानों पर अत्याचार करते थे, जिसकी कहानी उन तक पहुँचती रहती थी। झाँसी में उस जमाने के मशहूर कांग्रेसी नेता पं. रघुनाथ विनायक धुलेकर और आत्माराम गोविंद खेर की वाणी देश की आजादी के लिए सत्याग्रह आंदोलनों और जनसभाओं में धुआँधार सुनाई दे रही थी। झाँसी में स्वतंत्रता संग्राम आंदोलनों में पं. कृष्णचंद्र शर्मा, सुदामा प्रसाद गोस्वामी, प्रेमचंद्र जैन, मोतीलाल भी गांधीजी से प्रेरणा लेकर सत्याग्रह कर रहे थे।

पं. बाबूलाल दुबे व अन्य सत्याग्रहियों के ओजस्वी भाषण सुन-सुनकर उनका खून खौलने लगा और देश की आजादी के लिए हो रहे आंदोलनों में वे सक्रिय भागीदारी निभाने लगे। वे वरिष्ठ नेताओं के साथ कंधे-से-कंधा मिलाकर आजादी का अलख जगाने लगे, जिसके कारण वे जल्द ही अंग्रेजों की आँख की किरकिरी बन गए थे। पुलिस उनकी खोजबीन में जुट गई और उनकी धर-पकड़ के लिए दिन-रात उनके घर पर दस्तक देने लगी थी। घर पर उनका कोई सुराग नहीं मिलने पर उनके माता-पिता को भी तरह-तरह से प्रताड़ित करने लगी।

नेताजी सुभाष चंद्र बोस से वे अत्यधिक प्रभावित थे। जब सुभाष बाबू हार्डीगंज (अब सुभाष गंज) में भाषण देने आए तो पं. बाबूलाल दुबे ने उनका स्वागत करते हुए उनके पदचिह्नों पर चलने का संकल्प लिया। बाबूलाल दुबे घर से संपन्न व्यक्ति थे। उनके घर पर लक्ष्मी बरसती थी। वे जमींदार थे, किंतु उनके हृदय में गरीबों के प्रति स्नेह

था, इसलिए वे नेताजी सुभाष से प्रेरणा लेकर स्वातंत्र्य आंदोलन में संघर्षरत हो गए। परिवारीजन सदैव उन्हें प्रोत्साहित करते रहे। इसी से शक्ति पाकर देश-सेवा करते हुए वे जेल में रहकर भी निर्दोष बंदियों की सेवा करते रहे और जेल से रिहा होकर गरीबों की बस्तियों में अलख जगाते रहे। नेताजी से प्रेरणा पाकर दुबेजी सशस्त्र संघर्ष में भाग लेना चाहते थे, किंतु वे किन्हीं कारणों से ऐसा न कर सके और तब गांधीजी की सत्याग्रही सेना में शामिल हो गए।

9 अगस्त, 1942 ई. को संपूर्ण भारत में महात्मा गांधी के आह्वान पर 'अंग्रेजो भारत छोड़ो आंदोलन' प्रारंभ हुआ। समस्त देशवासियों के मन में इस आंदोलन ने एक ऐसी चिनगारी सुलगाई कि हर जगह आंदोलन और प्रदर्शन का जोर शुरू हो गया। अंग्रेजों ने इस आंदोलन को दबाने के लिए हरसंभव प्रयास किए। झाँसी भी इससे अछूती नहीं रही। दुबेजी नेतृत्व में जबरदस्त प्रदर्शन किया गया तो पुलिस ने उन्हें और समस्त प्रदर्शनकारियों को गिरफ्तार करके जेल भेज दिया। अंग्रेज इतने पर भी शांत नहीं हुए, उन्होंने उनके घर की कुर्की कर दी, जिससे उनके परिवार पर घोर संकट छा गया। उनके घरवालों को तब ज्यादा दुःख हुआ, जब उनके जेल जाने के बाद रिश्तेदारों ने घरवालों से मुँह फेर लिया। उनको भला-बुरा कहते हुए बहिष्कार कर दिया। उन्हीं दिनों उनकी शादी भी हुई थी, जिसमें उनके रिश्तेदार तक भी शरीक नहीं हुए। पर वे हिम्मत नहीं हारे।

बाबूलाल दूबे आजन्म खद्दरधारी बने रहे। उन्होंने कभी भी मिलों के कपड़ों को इस्तेमाल नहीं किया। वे देशभक्ति में इतने डूबे थे कि आजादी के पूर्व और बाद में किसी के द्वारा नमस्कार करने पर वे 'जय हिंद' कहकर ही अभिवादन करते थे।

देश आजाद हो गया, पर बाबूलाल दुबेजी रुके नहीं और सामाजिक क्रांति के लिए नागरिकों के हर कार्यक्रम में भाग लेने लगे। यद्यपि वे पक्के गांधीवादी थे, परंतु क्रांतिकारियों के त्याग और बलिदान को भी वे किसी के त्याग से कम नहीं मानते थे। आजाद हिंद फौज के सुप्रीम कमांडर सुभाष चंद्र बोस उनके प्रेरणास्रोत बने रहे।

उनकी राष्ट्र की सेवाओं देशभक्ति को देखते हुए उत्तर प्रदेश के तत्कालीन मुख्यमंत्री पं. कमलापति त्रिपाठीजी ने 1972 में उन्हें ताम्रपत्र देकर सम्मानित किया था। 11 जून, 2003 को झाँसी के इस राष्ट्रभक्त सेनानी का स्वर्गवास हो गया। स्वतंत्रता सेनानी पं. बाबूलाल दुबेजी अब हमारे बीच नहीं हैं, पर उनके आदर्श, त्याग और देशभक्ति की भावना आज भी जनमानस को आगे बढ़ने की प्रेरणा दे रही है।

*स्रोत : साभार श्री आदित्य नारायण दूबे, पुत्र स्व. बाबूलाल दुबे*

□

# 64

# श्री मुमताज अली

सैकड़ों वर्षों से गुलामी की जंजीरों में जकड़ा हुआ भारतवर्ष 15 अगस्त, 1947 में आजाद हुआ। यह आजादी लाखों लोगों के त्याग और बलिदान के कारण संभव हो पाई। उन महान् लोगों ने अपना तन-मन-धन त्यागकर देश की आजादी के लिए सबकुछ न्योछावर कर दिया। अपने परिवार, घर-बार और आराम-सुख को भूल, देश के कई महान् सपूतों ने अपने प्राणों की आहुति दे दी, ताकि आनेवाली पीढ़ी स्वतंत्र भारत में चैन की साँस ले सके। स्वतंत्रता आंदोलन में समाज के हर तबके, हर मजहब और देश के हर भाग के लोगों ने हिस्सा लिया। ऐसे ही महान् सपूतों में से एक हैं श्री मुमताज अली।

श्री मुमताज अली का जन्म ग्राम लुधियानी, जिला इटावा में सन् 1923 में हुआ था। उनके पिताजी का नाम श्री जाहर अली एवं माताजी का नाम श्रीमती शंकूरन बाई था। उनका बचपन भयंकर गरीबी में गुजरा, जिसके कारण उनकी शिक्षा-दीक्षा ज्यादा नहीं हो सकी। किंतु वे बचपन से ही कुशाग्र बुद्धि के थे।

उस दौरान देश में ब्रिटिश हुकूमत थी, उनकी मनमानी और दमनकारी नीतियों के कारण उनका मन क्रोध से भर जाता था। अपने देशवासियों को अंग्रेजों की दासता एवं जुल्म से मुक्त कराने के लिए वे प्राणपण से तैयार हो गए। अपने साथियों के साथ मिलकर लोगों को जागरूक करने का कार्य करने लगे। स्वतंत्रता-प्राप्ति के लिए होनेवाले आंदोलनों में बढ़-चढ़कर हिस्सा लेने लगे।

सन् 1942 को महात्मा गांधी द्वारा 'अंग्रेजो भारत छोड़ो' की बात सामने आई। महात्मा गांधी ने जब 'करो या मरो' का नारा दिया, तो वे देश की आजादी के लिए सिर पर कफन बाँधकर तैयार हो गए। इस दौरान गांधीजी ने कहा था कि मैं पूर्ण स्वतंत्रता से कम किसी भी चीज पर संतुष्ट होनेवाला नहीं हूँ, 'हम करेंगे या मरेंगे'। आंदोलन की शुरुआत होते ही अंग्रेजों ने गिरफ्तारियाँ शुरू कर दीं। 8 अगस्त को आंदोलन शुरू हुआ और 9 अगस्त, 1942 को दिन निकलने से पहले ही कांग्रेस वर्किंग कमेटी के सभी सदस्य गिरफ्तार हो चुके थे। कांग्रेस को गैर-कानूनी संस्था घोषित कर दिया गया था। सरकारी आँकड़ों के अनुसार इस जनांदोलन में 940 लोग मारे गए थे और 1,630 घायल

हुए, जबकि 60,229 लोगों ने गिरफ्तारी दी थी। अंग्रेजों ने गांधीजी को अहमदनगर किले में नजरबंद कर दिया था।

1942 के स्वतंत्रता संग्राम की चिनगारी और अंग्रेजों के अत्याचारों से व्यथित होकर जाति-धर्म से ऊपर उठकर राष्ट्र हेतु अपना बलिदान देने के लिए वे भी घर से निकल पड़े। अपने साथियों के साथ जगह-जगह अंग्रेजों पर गुरिल्ला हमला करके उनकी इमारतों को नुकसान पहुँचाना शुरू कर दिया। इटावा जिले में भी 'भारत छोड़ो आंदोलन' एवं 'करो या मरो' नारे को सार्थक करते हुए देश को स्वतंत्र कराने व स्वयं को बलिदान करने की भावना के साथ ये दीवाने इटावा में पक्के तालाब पर स्थित अंग्रेजी इमारत, जिसे विक्टोरिया हॉल कहा जाता था, उस पर से यूनियन जैक उतारकर तिरंगा झंडा फहराने एवं गोरों के विरुद्ध पोस्टर लगाने का संकल्प लेकर आगे बढ़े। वे अपने काम में सफल होने ही वाले थे कि तभी ब्रिटिश फौज ने स्वतंत्रता सेनानियों पर हमला बोल दिया और इस हमले में मुमताज अली एक गहरी खाई में गिर गए, जिसमें किसी पत्थर से चोट लगने के कारण उनकी एक आँख की रोशनी चली गई।

अंग्रेजी पुलिस ने घायल अवस्था में उन्हें गिरफ्तार कर जेल भेज दिया। उनको छह माह के कारावास की सजा हो गई। जेल में उन्हें कई प्रकार की यातनाओं को झेलना पड़ा, परंतु उनके हौसला डिगा नहीं। जेल से रिहा होते ही एक बार फिर अपनी गतिविधियों में संलग्न हो अंग्रेजों से लोहा लेने के लिए गुप्त मंत्रणाएँ करने लगे। परचे छपवाकर जनता में बाँटे जाने लगे। अपने साथियों के साथ वे गुप्त रूप से एक आश्रम में रहकर अपने कार्य को अंजाम देते थे। उनके सच्चे साथी ग्राम लुधियानी के ही निवासी चौ. मंगलसिंह थे, जो उन सबकी मदद किया करते थे।

ये क्रांतिकारी कभी-कभी लिसुआ (एक फल) खाकर, कभी सूखी चटनी-रोटी खाकर तो कभी भूखे पेट रहकर ही मस्त रहते थे। महात्मा गांधी के साथ रहे, जेल में भी गए, अंग्रेजों के अत्याचारों को भी सहा, लेकिन माँ भारती को आजाद कराने में अंततः सफल हुए। जेल की भयानक यातनाएँ, जिनमें कोड़ों की मार, गरम पानी डालना, बर्फ पर लिटाना, यहाँ तक कि कभी-कभी हाथ-पैरों में कीलें ठोंककर घायल किया जाता था, लेकिन जिन्होंने कफन को ही अपना वस्त्र और मौत को अपना साथी मान लिया हो, वे अपने कर्मपथ से भला विचलित कैसे हो सकते थे! देश पर मिटनेवाले ये वीर सेनानी गुनगुनाते रहते थे—

*दरिया अब तेरी खैर नहीं, बूँदों ने बगावत कर दी है।*
*नादां न समझ बुजदिल हमको, लहरों ने बगावत कर दी है॥*
*हम परवाने हैं मौत शमा, मरने का किसको खौफ यहाँ।*
*तलवार तुझे झुकना होगा, गरदन ने बगावत कर दी है।*

उनका एक ही सपना था कि हर व्यक्ति को शिक्षा, स्वास्थ्य एवं रोजगार प्राप्त हो, ताकि वह स्वतंत्र रूप से अपना जीवनयापन कर सके। वे कहते थे—

*यहीं पर राम बसता है, यहीं रहमान बसता है।*
*यहीं हर जाति का, हर कौम का उनसान बसता है॥*
*यहाँ न कोई हिंदू हैं, न मुसलिम सिख ईसाई।*
*यहाँ हर शख्स की धड़कन में हिंदुस्तान बसता है॥*

भारत की पूर्व प्रधानमंत्री श्रीमती इंदिरा गांधी ने ताम्रपत्र एवं सम्मान निधि प्रदान कर उनका सम्मान किया। भारत के राष्ट्रपति श्री प्रणब मुखर्जीजी ने भी उन्हें सम्मानित किया। इसके अलावा अन्य कई सम्मानों से उनको नवाजा गया। अंत में 22 सितंबर, 2016 को माँ भारती का यह सपूत अनंत की यात्रा पर निकल पड़ा।

*स्रोत : साभार अंजुम निशा 'अंजुम', पौत्री स्व. मुमताज अली*

□

# 65

# डॉ. प्रह्लाद प्रसाद प्रजापति

स्वतंत्रता संग्राम सेनानी डॉ. प्रह्लाद प्रसाद प्रजापति का जन्म 3 फरवरी, 1925 को ग्राम बनकटा बाजार, तहसील-कसया, जनपद कुशीनगर, उत्तर प्रदेश में हुआ था। उनके पिता का नाम श्री अयोध्या प्रसाद और माता का नाम श्रीमती शनिचरी देवी था। उनकी प्रारंभिक शिक्षा ग्यारह वर्ष की आयु में लाला लाजपत राय परिगणित पाठशाला में एवं गांधी उद्योग मिडिल स्कूल बसंतपुर धूसी थाना तरकुलवा जिला देवरिया में प्रारंभ हुई थी। यह ऐसा विद्यालय था, जहाँ गुप्त रूप से स्वतंत्रता संग्राम एवं देशभक्ति की भावना बच्चों में जाग्रत् की जाती थी। सन् 1942 में जब भारत छोड़ो आंदोलन चल रहा था, तब वे कक्षा 6 के छात्र थे।

चूँकि विद्यालय में देशभक्ति की भावना बच्चों को दी जाती थी, जिसके कारण देश के लिए कुछ कर-गुजरने का जुनून उनमें अल्पायु में ही आ चुका था। पूर्ण स्वराज्य पाने के लिए महात्मा गांधीजी द्वारा जब भारत छोड़ो आंदोलन शुरू किया गया था, उसका प्रभाव पूरे देश में दिखने को मिल रहा था। देश में जगह-जगह धरना-प्रदर्शन का दौर चल रहा था। बालक प्रह्लाद भी इससे भला कैसे अछूता रह सकता था। विद्यालय के प्रधानाध्यापक श्री जमुना प्रसाद रावत के नेतृत्व में उन्होंने भी आंदोलन में भाग लिया। 14 अगस्त, 1942 को छात्रों की टीम चौधरी उमराव सिंह ज्वॉइंट मजिस्ट्रेट देवरिया की कचहरी पर तिरंगा झंडा फहराने के उद्देश्य से वहाँ पहुँचीं। वहाँ संपूर्ण सुरक्षा को धत्ता बताते हुए लहरी प्रसाद शाही के साथ पिरामिड बनाकर अपने सहपाठी 14 वर्षीय रामचंद्र प्रजापति को छत पर चढ़ा दिया, जहाँ उसने तिरंगा झंडा फहराकर जयघोष किया। जिसके बाद पुलिस द्वारा रामचंद्र एवं अन्य पर गोली चला दी गई। जिससे आक्रोशित छात्रों द्वारा पत्थरबाजी शुरू हो गई, इसके बदले में पुलिस ने कई चक्र गोलियाँ चलाईं, जिससे मौके पर बंधु मिश्रा, सोना सोनार एवं सहदेव भी शहीद हो गए। गोली कांड में अनेक घायल हुए, किंतु प्रह्लाद प्रसाद वहाँ से किसी तरह बच निकले।

28 अगस्त, 1942 को श्री रामवृक्ष कुँवर के नेतृत्व में उन्होंने अपने साथियों के साथ मिलकर मलवावर बन रही थाना तरकुलवा, जिला देवरिया में पुलिस एवं पटवारी को बंदी बना लिया। थानेदार तरकुलवा ने स्वतंत्रता सेनानियों को तितर-बितर करने के लिए गोली चलाई थी। इस फायरिंग में रामनंद एवं रामलगन शहीद हो गए, जिसके बाद बाकी सभी सेनानी वहाँ से फरार हो गए।

24 सितंबर, 1942 को भूलन मिश्र के नेतृत्व में प्रह्लाद प्रसाद प्रजापति, मल्लूडीह में थाना कसया जिला कुशीनगर में तमकुही राजमार्ग स्थित घाघी नदी पर बना लकड़ी का पुल अपने साथियों सहित तोड़ रहे थे, जिसकी सूचना मिलते ही पुलिस मौके पर पहुँच गई। सभी को गिरफ्तार करके कोर्ट में हाजिर कर दिया। ज्वॉइंट मजिस्ट्रेट श्री संकटा चरण पांडेय ने धारा-35 डी.आई.आर. में 25 सितंबर, 1942 को उन्हें गोरखपुर जेल भेज दिया। जहाँ उन्होंने 23 अप्रैल, 1943 तक सख्त सजा भोगी। जेल जाने की वजह से उनकी शिक्षा बाधित हो गई।

वतन के लिए कुछ कर-गुजरने का जज्बा उनके खून में था। क्योंकि वे डॉ. प्रह्लाद प्रसाद प्रजापति के परिवार के वंशज थे, जो स्वतंत्रता संग्राम सेनानियों का परिवार है। सन् 1920 में उनके दादा हेमराज ने अंग्रेजों एवं जमींदारों के जुर्म के विरुद्ध आवाज उठाई तो उन्हें बुरी तरह प्रताड़ित किया गया था और उन्हें एक सप्ताह तक बिना भोजन के हाथी के पैर में बाँधे रखा गया था। उसके बावजूद वे झुके नहीं थे। प्रख्यात कांग्रेसी श्री रामफल उनके चाचा थे, जिन्हें अवज्ञा आंदोलन और व्यक्तिगत सत्याग्रह आंदोलनों में प्रदर्शन करने के दौरान गिरफ्तार किया गया था और 1940-41 में लखनऊ कैंप जेल में एक वर्ष तक सजा भोगनी पड़ी थी। तत्पश्चात् कानूनगो फाजिलनगर का रिवॉल्वर छीनकर वे फरार हो गए। उनके साथियों ने पटवारियों का रिकॉर्ड जला दिया था। इसके बाद रामफलजी फरार हो गए, तो कोर्ट ने उन्हें जिंदा या मुर्दा पकड़ने का आदेश दिया। काफी खोजबीन के बाद जब उनका कोई सुराग नहीं मिला तो गुस्से में पुलिस ने उनका घर जला दिया, जिसका विरोध करने पर किशोर प्रह्लाद के बड़े भाई राज मंगल प्रसाद को गिरफ्तार कर लिया गया और उन्हें थाने में बुरी तरह प्रताड़ित किया गया।

स्वतंत्रता प्राप्ति के उपरांत प्रह्लाद प्रसाद ने विविध सामाजिक सेवाओं में अपने उनको समर्पित कर दिया। अनेक शिक्षण संस्थाओं की स्थापना एवं प्रबंधन का कार्य भी उन्होंने किया। उन्होंने गन्ना एवं कोऑपरेटिव आंदोलन में भी सक्रिय भागीदारी निभाई।

राज्य सरकार द्वारा ताम्रपत्र, गोल्डन मेडल एवं विविध संस्थाओं द्वारा उन्हें सम्मान एवं प्रशस्ति-पत्र प्रदान किए गए हैं। 14 अप्रैल, 2017 को पटना में आयोजित

महात्मा गांधी के चंपारण भ्रमण के शताब्दी समारोह के अवसर पर राष्ट्रपति डॉ. प्रणब मुखर्जी ने उन्हें सम्मानित किया। 9 अगस्त, 2017 एवं 9 अगस्त, 2019 को राष्ट्रपति भवन में राष्ट्रपति डॉ. रामनाथ कोविंद ने उन्हें सम्मानित किया है।

*स्रोत : साभार डॉ. प्रह्लाद प्रसाद प्रजापति से प्राप्त साक्षात्कार, स्वतंत्रता संग्राम सेनानी*
*वर्तमान पता : 2 /171, विनम्र खंड, गोमती नगर, लखनऊ*

□

# 66

# माधवप्रसाद पस्तोर

माधवप्रसाद पस्तोर का जन्म 1 सितंबर, 1924 को ग्राम बिजना, जिला झाँसी, उत्तर प्रदेश के एक ब्राह्मण परिवार पं. मथुरा प्रसाद पस्तोर के घर हुआ था। बिजना उस समय एक रियासत हुआ करती थी। उनकी शिक्षा प्राइमरी स्कूल कक्षा चार तक रही। उस वक्त बिजना में कक्षा चार के आगे शिक्षा ग्रहण करने का अधिकार किसी को भी नहीं था और न रियासत बिजना में कक्षा 4 के आगे कोई स्कूल था। रियासत के पाँच ग्रामों के बीच केवल विजना में ही कक्षा चार तक का एक प्राइमरी स्कूल था। घर की गरीबी के कारण एवं रियासत के नियम के मुताबिक पस्तोरजी की भी शिक्षा कक्षा 4 तक ही सीमित रही।

सन् 1936 में अपने मामा से ग्राम टहरौली में यह गाना बालक पस्तोर ने सुना—

*'लेंगे स्वाराज्य लेंगे, हरगिज नहीं रुकेंगे।*
*गोली की चोट तन पर हम शौक से सहेंगे।'*

यह गाना उनके दिल-दिमाग पर छा गया। बिजना में आकर पस्तोर ने लड़कों की एक टोली बना, इस गाने को गा-गाकर जन-गीत बना दिया। उसी दौरान बिजना में श्री शीतलानंद त्यागी व श्री प्रेमनारायण खरे टीकमगढ़ बिजना आए और कांग्रेस का प्रचार किया। बिजना के राजा के डर से उन लोगों को कोई खाना नहीं देता था। उन्हें भोजन देने का कार्य पस्तोर ने लिया। वे अपने घर से अपनी माताजी से माँगकर रोटी ले जाकर उन कांग्रेस कार्यकर्ताओं को चोरी-छिपे खिलाते थे। इस बात की शिकायत जब राजा साहब के पास हुई तो उन्होंने गाना गाने के अपराध व उस गाने को लड़कों में प्रचारित करने के अपराध में तथा शीतलानंद त्यागी व खरेजी आदि कांग्रेसियों को भोजन देने के अपराध में पस्तोर को किले में बुलाकर उस बाल्यावस्था में सुन्ने हवलदार नाम के सिपाही से बहुत पिटवाया था। इस पिटाई की वजह से उनके पाँव-हाथ की हड्डी टूट गई थी। यही नहीं, राजा ने किले से यह

प्रचार करवाया कि यह लड़का माधव बहुत शैतान है।

लेकिन जनता को असलियत पता चल गई और बिजमा रियासत में उसी समय से स्वतंत्रता आंदोलन का शुभारंभ हो गया। कांग्रेस के प्रचार व आंदोलन को नई गति मिली। शीतलानंद त्यागी व श्री प्रेमनारायण खरे के साथ-साथ रियासत में श्री यानलालजी साहू, श्री लालारामजी बाजपेयी, श्री चतुर्भुज पाठक आदि नेताओं का भी आना शुरू हो गया और यह क्रम बढ़ता गया। देखते-देखते कांग्रेस के इस आंदोलन ने भयंकर रूप ले लिया। अब बिजना के अलावा अन्य पड़ोसी राज्य दुरबई आदि रियासतों में कांग्रेस का आंदोलन बाढ़ की मानिंद बढ़ने लगा। अंग्रेजी हुकूमत इससे घबरा उठी। अत: रियासतों के पॉलिटिकल एजेंट नौगाँव सी.आई. ने बिजना, दुरबेई, दोडी फतेहपुर इत्यादि रियासतों का एक संघ बनाया, जिसको 'बुंदेलखंड वेस्टर्न ग्रुप' कहा जाता था और इसका प्रबंध मिस्टर पो.ए. नौगाँव सी.आई. ने खुद अपने हाथ में रखा। एजेंसी की ओर से एक दीवान नियुक्त कर दिया गया। कुछ समय के लिए आंदोलन की गति बिल्कुल धीमी हो गई, लेकिन पस्तोर साहब ने बिजना राज्य के पड़ोस के नौजवानों की एक टोली बना ली और बिजना में आंदोलन को मजबूत बनाने के लिए कांग्रेस के बड़े नेताओं को आमंत्रित करने लगे। पस्तोर साहब के आग्रह पर इस क्षेत्र में आंदोलन में भाग लेने व काम करने के लिए उस समय के बड़े कांग्रेसी नेता, जैसे श्री श्यामलालजी साहू तत्कालीन सदस्य प्रादेशिक देशीय राज्य लोक परिषद् इंदौर व सभापति ओरछा सेवा संघ टीकमगढ़ व साविक एम.एल.ए. जिला टीकमगढ़ व श्री लालारामजी बाजपेयी, प्रधानमंत्री मध्य भारत प्रादेशिक देशीय राज्य लोक परिषद् इंदौर, प्रधानमंत्री, ओरछा राज्य सरकार टीकमगढ़ व गृहमंत्री विंध्य प्रदेश सरकार रीवा तथा श्री लक्ष्मीनारायणजी नायक एम.एल.ए. निवाडी, जिला-टीकमगढ़ व श्री हीरालालजी दाऊ स्वतंत्रता संग्राम सेनानी उल्दन (झाँसी) इत्यादि नियमित रूप से आने लगे। इसका परिणाम यह हुआ कि बुंदेलखंड के इस क्षेत्र में बिजना स्वतंत्रता आंदोलन की धुरी बन गया।

रियासत बिजना के आंदोलन की मुख्य माँगें उत्तरदायी शासन, नागरिक स्वतंत्रता व भारतीय संघ में शामिल होना थीं, जिसमें जनता ने जंगल सत्याग्रह, लगान बंदी सत्याग्रह को अपना मुख्य औजार बनाया था। पस्तोर ने इन सभी आंदोलनों को सफल बनाने का जिम्मा अपने ऊपर लिया। इसलिए रियासत की पुलिस द्वारा पस्तोर पर बहुत जुल्म ढाए गए। कई बार घाव पर नमक का पानी छिड़ककर तो कभी खजूर के काँटेदार बेंतों से पिटाई की गई और कभी थाने के पास बनी हुई कोठरी में, जिसको रियासत के लोग जेल कहा करते थे, में चम्मक यानी लकड़ी की बनी हुई (डुडिया)

में पैर फँसाकर छोड़ दिया जाता था। एक बार उन्हें लकड़ी की बनी हुई चम्मक (जेल वाली कोठरी) में आठ माह तक रखा गया। यही नहीं, रियासत द्वारा पस्तोरजी की सारी चल और अचल संपत्ति छीन ली गई। उनका निधन 14 अगस्त, 2008 को हुआ था।

*स्रोत : साभार श्री राघवेंद्र पस्तोर, पुत्र स्व. माधवप्रसाद पस्तोर*
*निवास : ग्राम-पोस्ट बिजना, तहसील टहरौली, झाँसी*

□

# 67

# राम धीरज सिंह

सैकड़ों वर्षों से गुलामी की जंजीरों में जकड़ा हुआ भारत सन् 1947 में आजाद हुआ। लेकिन यह आजादी हमें विरासत में नहीं मिली, इसके लिए लाखों देशभक्तों ने अपने प्राणों की कुरबानियाँ दीं, तब जाकर हमारा देश अंग्रेजों की गुलामी की बेड़ियों से आजाद हो पाया। ऐसे वीर महापुरुष हुए, जिन्होंने किसी बंधन में बँधने के बजाय देश के लिए अपने प्राणों की आहुति देना ज्यादा जरूरी समझा। भारतमाता के एक ऐसे ही वीर सपूत का नाम है राम धीरज सिंह, जिन्होंने सन् 1942 में द्वितीय विश्वयुद्ध के दौरान मात्र 16 वर्ष की आयु में भारतमाता पर अपने प्राण न्योछावर कर दिए। उनका नाम गोंडा जनपद के ग्राम हड़ियागाड़ा के शहीद स्मारक की पटशिला पर आज भी सुनहरे अक्षरों में लिखा हुआ है।

राम धीरज सिंह का जन्म सन् 1926 में, ग्राम हड़ियागाड़ा, जिला गोंडा के एक किसान त्रिभुवन सिंह के घर हुआ। उनकी माता का नाम सूरज कुमारी था। धन के अभाव के करण उनकी शिक्षा मैट्रिक तक ही हो पाई थी, लेकिन भारतमाता के प्रति उनके दिल में असीम देशभक्ति की भावना थी। किशोरावस्था से ही उनके दिल में देशभक्ति की ज्वाला दहकने लगी थी। अपने माता-पिता की कुल 5 संतानों में वे सबसे बड़े थे। परिवार का खर्च चलाने के लिए मात्र 13 साल की आयु में काम की तलाश में वे गोंडा से कानपुर चले गए और वहीं मेहनत-मजदूरी करने लगे।

लेकिन काम के दौरान भी उनके दिल में देशभक्ति भी कूट-कूटकर भरी हुई थी। वे मन-ही-मन दिन-रात भारतमाता की सेवा के बारे में सोचते रहते थे और योजना बनाते रहते थे कि भारत को अंग्रेजों से कैसे आजादी दिलाई जाए। यह भावना दिन-प्रति-दिन इतनी बढ़ती गई कि उसी बीच घरवालों को बिना सूचना दिए कानपुर से 14 वर्ष की आयु में वे आजाद हिंद फौज में भर्ती हो गए। कुछ समय बाद उन्होंने घरवालों को पत्र द्वारा फौज में भर्ती होने की सूचना दी।

उनका विवाह परिजनों द्वारा पहले से तय कर दिया गया था। जब वे सेना में तैनात

थे, उसी बीच घरवालों द्वारा विवाह करने के लिए उन पर दबाव डाला जाने लगा। तब उन्होंने विवाह के प्रस्ताव को ठुकराते हुए घरवालों को एक पत्र लिखा, जिसमें लिखा था—"मेरा जन्म वैवाहिक बंधन में बँधने के लिए नहीं हुआ है, मैं पैदा हुआ हूँ भारतमाता की सेवा करने के।" ऐसा कहते हुए उन्होंने विवाह के लिए मना कर दिया। कितना प्यार था उस महान् वीर सपूत को अपनी मातृभूमि से, जिन्होंने वैवाहिक जीवन को ठुकराते हुए, अपने परिवारजन से दूर रहकर देश पर अपना जीवन न्योछावर करने का दृढ़ संकल्प लिया था। उनके कार्य और बहादुरी को देखते हुए आजाद हिंद फौज में उनको एक मेडल भी मिला था। जो आज भी उनकी अंतिम निशानी मानी जाती है, जिसको आज भी उनके परिजन द्वारा घर में सँभालकर रखा गया। कुछ समय बाद उनका प्रमोशन हो गया और फौज में लांस नायक के पद की जिम्मेदारी दे दी गई।

सन् 1942 में द्वितीय विश्वयुद्ध के दौरान जिस समय उनकी उम्र मात्र 16 वर्ष की थी, वे वीरता से लड़े और अंतिम साँस तक देश के लिए युद्ध लड़ते रहे। आखिर में अपने देश के लिए प्राण न्योछावर करते हुए वीरगति को प्राप्त हो गए। उनके गाँव में एक पत्र आया, जिससे जानकारी मिली कि लांस नायक राम धीरज सिंहजी 1942 के द्वितीय विश्वयुद्ध में शहीद हो गए हैं। पिता त्रिभुवन सिंह उस वक्त घर पर नहीं थे। जब पिता को राम धीरज सिंहजी की मौत की खबर मिली तो उन्हें दिल का दौरा पड़ गया, जिससे कुछ समय बाद पिताजी की भी मृत्यु हो गई। परिवार में गरीबी तो पहले से ही थी, अब तो ईश्वर ही मालिक था। ऐसी गरीबी और लाचारी थी कि अंतिम क्रिया-कर्म के लिए परिवार ने 10 बिस्वा खेत बेचकर शहीद राम धीरज सिंहजी और पिताजी त्रिभुवन सिंह की अंतिम-क्रिया (दसवाँ, तेरहवीं) संपन्न कराई।

*स्रोत : साभार राम धीरज सिंहजी के छोटे भाई राम तीरथ*
*व उनके परिजन कुँवर बहादुर सिंह*

□

# 68

# लाला राम गुप्ता

स्वतंत्रता संग्राम में देश के कोने-कोने से सेनानियों ने अपने प्राणों की बाजी लगाकर जो बलिदान दिए, उसके लिए पूरा देश उनका कृतज्ञ है। उनके लिए कुछ कहना सूरज को दीपक दिखाने के समान है। ऐसे वीरों को सलाम है। उन्हीं महापुरुषों में से एक हैं ग्राम बर्रा, तहसील सैफई, जनपद इटावा के लाला राम गुप्ताजी। जिन्होंने क्रांति की मशाल लेकर अंग्रेजों की नाक में दम कर दिया था और गाँव-गाँव में लोगों को प्रेरित किया।

उनका जन्म सन् 1890 में श्री गणेश प्रसाद गुप्ता के यहाँ दूसरी संतान के रूप में हुआ था। लाला रामजी के बड़े भाई का नाम छोटे लाल गुप्ता था। उनके पिताजी एक कृषक थे। उसी से अपने परिवार का भरण-पोषण किया करते थे। उनकी प्रारंभिक शिक्षा गाँव के प्राथमिक विद्यालय में कक्षा पाँचवीं तक हुई। घर की आर्थिक हालत ठीक नहीं होने के कारण वे आगे की पढ़ाई नहीं कर सके। पिता पर बढ़ती जिम्मेदारियों को देखते हुए वे कृषि के कार्यों में उनकी मदद करने लगे। सन् 1912 में उनका विवाह लीलावती देवी से हो गया।

उन दिनों उनके कानों में अंग्रेजों की ज्यादतियों की बाहें लगातार पड़ती रहती थीं, जो उन्हें व्यथित कर देती थीं। रात-रात भर उन्हें नींद नहीं आती थी। पिताजी कई बार उनसे पूछा भी करते थे, किंतु हर बार वे टाल जाते थे। उन्हें लगता था, जैसे भारतमाता अपने बच्चे को बुला रही है, माँ की आवाज बेटा कब तक नजर-अंदाज करता। एक दिन मन में अंग्रेजों के प्रति अपनी नफरत को लेकर उन्होंने घर छोड़ दिया और स्वतंत्रता आंदोलन में कूद पड़े।

उन्होंने अंग्रेजों की ईंट-से-ईंट बजाने के लिए सबसे पहले हेवरा कोठी डाकघर को आग लगा दी। यहाँ से निकलकर वे बलरई स्टेशन गए, जहाँ उन्होंने सरकारी संपत्ति को काफी नुकसान पहुँचाया। उनके इन कृत्यों से खफा अंग्रेजों ने उनकी तलाश में कई जगह दबिश डाली, किंतु उनका कोई सुराग नहीं लगा। लाला राम का पता जानने के लिए

पुलिस उनके परिवार को परेशान करने लगी। उनके बड़े बेटे को कुएँ में उलटा लटका दिया और उनका पता पूछने लगी। घरवालों ने कुछ भी नहीं बताया। इस घटना के बाद उनके बेटे की तबीयत काफी खराब हो गई और आखिरकार उसकी मृत्यु हो गई, किंतु वे राष्ट्र-कर्तव्य से नहीं डिगे।

वे यहाँ से भागकर बिहार चले गए। वहाँ पर जीवनयापन के लिए बीड़ी पत्ता कारखाने का कारोबार करने लगे, जिसके साथ ही स्वतंत्रता संग्राम सेनानियों के परिवार को आर्थिक सहयोग भी करते थे। वहाँ वे डाल्टन गंज में निवास करते थे। वहाँ भी अंग्रेजों के विरुद्ध कार्य करते थे, जिसके कारण पुलिस जब उन्हें पकड़ने आई तो सूचना मिलते ही वे वहाँ से भागकर अपने गाँव आ गए। यहाँ भी मुसीबत उनका इंतजार कर रही थी। देशद्रोही मुखबिर के जरिए पुलिस को पता चल गया कि वे गाँव वापस आ गए हैं। तीन थानों की पुलिस ने पूरा गाँव घेर लिया और उन्हें घर से गिरफ्तार कर लिया। अदालत से उन्हें 9 माह का कठोर कारावास और 10 रुपए का अर्थदंड दिया। उन्हें इटावा जेल में बंद कर दिया गया और अर्थदंड न देने की सूरत में एक माह के अतिरिक्त कारावास की सजा उन्हें भोगनी पड़ी।

जेल से रिहा होने के बाद एक बार फिर वे अपने साथियों—ठाकुर देशराज सिंह, मंगली प्रसाद, रामचरण आदि को लेकर फिर आंदोलन में कूद पड़े। यहाँ से एक बार बिहार पहुँच गए, वहाँ फिर से सरकारी संपत्ति को नुकसान पहुँचाने लगे। रात में रेल पटरी उखाड़ देते, जिससे रेलों का आवागमन रुक जाता था। पुलिस जब उनके पीछे पड़ी तो पुलिस को चकमा देकर वे नदी को पार कर दूसरे ठिकाने पर पहुँचने ही वाले थे कि पुलिस ने उन्हें उनके साथी कमांडर अर्जुन सिंह भदौरिया सहित कई क्रांतिकारियों सहित गिरफ्तार कर लिया, किंतु एक बार फिर वे वहाँ से फरार हो गए।

आजादी मिलने तक वे पुलिस को लगातार चकमा देते रहे, कभी उसके हाथ नहीं लगे। आजादी मिलने के बाद भी उन्होंने समाज-सेवा के कार्यों में बढ़-चढ़कर हिस्सा लिया। 105 वर्ष की आयु में 8 अक्तूबर, 1995 को इस दुनिया से उन्होंने प्रयाण किया।

*स्रोत : साभार निर्मल चंद्र गुप्ता, पुत्र स्व. लाला राम गुप्ता*
*निवासी : सैफई रोड, वैद्यपुरा, इटावा*

□

# 69

# वफाउर रहमान जामई

वफाउर रहमान जामई टांडा जिला रामपुर के एक प्रसिद्ध और प्रतिष्ठित परिवार के प्रकाशस्तंभ थे, जिन्होंने अपनी विशिष्ट सेवाओं से हिंदुस्तान का नाम रोशन किया। उनके कार्य इतिहास में सुनहरे अक्षरों में लिखे जाने योग्य हैं।

वफाउर रहमान जामई के पिता मौलाना अब्दुल रहमान टांडा मौलाना महमूद हसन साहब के शिष्य थे। देवबंद के मौलाना कासिम नानोतवी के परिवार से उनके खास संबंध थे। वफाउर जामई ने भारत की स्वतंत्रता की लड़ाई को रुहेलखंड क्षेत्र में नया मुकाम दिया।

शेख-उल-इस्लाम सैयद हुसैन अहमद मदनी, जो आजादी की लड़ाई में मुसलिम राष्ट्रीय नेताओं के साथ संघर्ष कर रहे थे, उनके साथ वफाउर रहमान जामई ने होश सँभालने के बाद कंधे-से-कंधा मिलाकर अंग्रेजों के खिलाफ आजादी की जंग में बढ़-चढ़कर हिस्सा लिया। जिसके कारण उन्होंने अनगिनत बार पुलिस की लाठियाँ भी खाईं, कई बार उन्हें जेल भी जाना पड़ा और जेलों में भयंकर यातनाएँ भी झेलीं।

वफाउर रहमान जामई का जन्म 10 मार्च, 1915 को हुआ था। बचपन में ही उनके सिर से पिता का साया उठ चुका था। बड़े भाई हकीम अताउर रहमान की देखरेख में शैक्षिक उपलब्धि हासिल की, जिसकी शुरुआत मदरसा जामिया रहमनिया टांडा से हुई। उसके बाद दारुल उलम देवबंद भी गए, मगर वहाँ वे अपनी पढ़ाई पूरी नहीं कर सके।

इसके बाद इलाहाबाद विश्वविद्यालय से कामिल की परीक्षा उत्तीर्ण की और दिल्ली कॉलेज के मदरसा आलिया फतेहपुर में प्रवेश लिया तथा दिल्ली विश्वविद्यालय से आदिब फाजिल की परीक्षा उत्तीर्ण की।

स्वतंत्रता संग्राम के साथ-साथ 1937 से 1947 तक डॉ. जाकिर हुसैन के संरक्षण में उन्होंने जामिया मिलिया इस्लामिया दिल्ली में प्रौढ़ शिक्षा विभाग का प्रबंधन सँभाला। डॉ. जाकिर हुसैन के साथ काम करने के अपने अनुभवों का वर्णन करते हुए उन्होंने एक जगह लिखा है कि मुझे लगभग 10 वर्षों तक डॉ. जाकिर हुसैन के मार्गदर्शन में काम करने का सौभाग्य प्राप्त हुआ। शफीकुल-उर-रहमान किदवई ने दिल्ली के करोल बाग में एक वयस्क शिक्षा केंद्र की स्थापना की थी, जिसे 1947 के दंगों के दौरान समाप्त कर

दिया गया था। यहाँ मुझे डॉ. जाकिर हुसैन के अच्छे व्यवहार, करुणा और विवेक के सुंदर अनुभव प्राप्त हुए। उस समय डॉ. जाकिर हुसैन साहब यूनिवर्सिटी के वाइस चांसलर थे।

1939 में सेवा ग्राम वर्धा शिक्षा में महात्मा गांधी के संरक्षण में सामाजिक सेवा का प्रशिक्षण प्राप्त किया। 10 अगस्त, 1942 से भारत छोड़ो आंदोलन का ऐलान हुआ था, 9 अगस्त को कांग्रेस के बड़े नेताओं और आंदोलनकारियों के साथ उन्हें गिरफ्तार कर जेल भेज दिया गया। रिहा होने के बाद भारत छोड़ो आंदोलन के तहत करोल बाग कांग्रेस कमेटी के महासचिव के रूप में जुलूस का नेतृत्व किया। खारी बावली दिल्ली में अंग्रेजों की अंधाधुंध फायरिंग में उनके पैर में गोली लग गई। इस गोलीबारी में उनके कई साथी मौके पर ही शहीद हो गए। वफाउर रहमान जामई के लिए गिरफ्तारी वारंट भी जारी किया गया था, लेकिन वे तीन महीने तक वहाँ से गायब हो गए। फिर कांग्रेस और जमीयत उलेमा के नेताओं की देखरेख में आठ महीने दिल्ली और यूपी में अंडरग्राउंड रहे। उन्हें एक बहुत अहम कार्य सौंपा गया। वह था—दूसरे आंदोलनकारियों और क्रांतिकारियों तक गुप्त सूचना पहुँचाना। इसमें बहुत खतरा था, पर उन्होंने खुशी-खुशी यह काम स्वीकार किया। वे नेताओं के गुप्त कार्यक्रम और संदेश एक जगह से दूसरी जगह भेष बदलकर पहुँचाते रहे। आजादी के बाद अपने पैतृक घर टांडा जिला रामपुर में आकर राहत की साँस ली।

भारत की आजादी के बाद उन्होंने कांग्रेस के टिकट पर टांडा से विधानसभा का चुनाव लड़ा और कामयाबी हासिल की। उसके बाद लगातार 25 वर्षों तक म्युनिसिपल बोर्ड के चेयरमैन भी रहे। वफाउर रहमान जामई अपने जीवन भर कांग्रेस और राष्ट्रधर्मी गतिविधियों से जुड़े रहे। जिला कांग्रेस कमेटी रामपुर महा सचिव भी रहे। उन्होंने कई सामाजिक अध्ययन समूहों का नेतृत्व किया। लगभग 30 वर्षों तक प्रदेश अंजुमन तारकी उर्दू उत्तर प्रदेश के महासचिव एवं कोषाध्यक्ष रहे। वे बहुत हँसमुख, विनम्र और मेहमान-नवाज व्यक्ति थे। लिखने में भी उन्हें महारत हासिल थी। उनके लेख अखबारों और पत्रिकाओं की शान हुआ करते थे। उनकी अनेक पुस्तकें भी प्रकाशित हुईं।

टांडा के इतिहास में वफाउर रहमान जामई सर्वाधिक प्यारे इनसान के रूप में जाने जाते हैं। मदरसा जामिया इस्लामिया रहमानिया को उनका विशिष्ट संरक्षण प्राप्त था। उनका अधिकांश जीवन राजनीतिक गतिविधियों में बीता। शेख-उल-इस्लाम हुसैन अहमद मदनी के प्रति उनकी बहुत भक्ति और प्रेम था।

स्वतंत्रता संग्राम के सिलसिले में उन्हें भारत सरकार द्वारा मेडल ऑफ ऑनर से नवाजा गया और स्वतंत्रता संग्राम सेनानी का खिताब एवं वजीफा भी मिला। 5 जून, 1990 की सुबह उनका देहांत हो गया।

*स्रोत : साभार डॉ. असदुज्जफर रहमान पुत्र महमूदुज्जफर रहमानी पौत्र वफाउर रहमान जामई, टांडा, जनपद रामपुर*

□

# 70

# पं. बंशीधर पांडेय

पं. बंशीधर पांडेय उत्तर प्रदेश के एक प्रसिद्ध स्वतंत्रता संग्राम सेनानी एवं गांधीवादी नेता थे। वे भारत की भूतपूर्व प्रधानमंत्री इंदिरा गांधी एवं उत्तर प्रदेश की भूतपूर्व मुख्यमंत्री सुचेता कृपलानी के बेहद विश्वसनीय माने जाते थे। वे संसदीय मामलों के बहुत ही जानकार एवं विद्वान् रहे थे। विधानसभा में निर्भीकता एवं बेबाकी से अपना पक्ष रखते थे। वे भारत के उत्तर प्रदेश प्रांत की तीसरी विधानसभा में विधायक रहे। वंशीधर पांडेयजी ईमानदारी की प्रतिमूर्ति थे, बहुत ही सादा जीवन व्यतीत करते थे।

पं. बंशीधर पांडेयजी का जन्म 8 सितंबर, 1925 को ग्राम बेरवां पहाड़पुर, तहसील ज्ञानपुर, जिला भदोही में हुआ था। उनके पिता का नाम श्री रुद्र नारायण पांडेय तथा माताजी का नाम कमला देवी था। उनकी प्रारंभिक शिक्षा गाँव में ही हुई। आगे की शिक्षा के लिए वे इलाहाबाद चले गए। वे पढ़ाई में बहुत तेज थे, इसी के चलते इलाहाबाद विश्व विद्यालय से उन्होंने मिलिटरी साइंस से एम.ए. किया, जिसमें वे वहाँ पर टॉपर थे। शिक्षा अध्ययन करते समय वे महात्मा गांधी के विचारों से काफी प्रभावित हो गए, गांधीजी के आदर्शों को अपने जीवन में डालने का प्रयास करते हुए देश को अंग्रेजों की दासता से मुक्त कराने का संकल्प उन्होंने युवावस्था से ही ले लिया था।

महात्मा गांधी के आह्वान पर 9 अगस्त, 1942 को 'अंग्रेजो भारत छोड़ो' आंदोलन की शुरुआत की गई, जिसे अगस्त क्रांति भी कहा जाता है। इस आंदोलन का लक्ष्य भारत से ब्रितानी साम्राज्य को समाप्त करना था। यह आंदोलन महात्मा गांधी द्वारा अखिल भारतीय कांग्रेस समिति के मुंबई अधिवेशन में शुरू किया गया था। यह भारत को तुरंत आजाद करने के लिए अंग्रेजी शासन के विरुद्ध एक सविनय अवज्ञा आंदोलन था। 'भारत छोड़ो' का नारा यूसुफ मेहर अली ने दिया था। 9 अगस्त, 1942 की सुबह ही कांग्रेस के अधिकांश नेता गिरफ्तार कर लिये गए और उन्हें देश के अलग-अलग भागों में जेल में डाल दिया गया, इसके साथ ही कांग्रेस पर प्रतिबंध लगा दिया गया। देश में हड़तालों और प्रदर्शनों का आयोजन किया गया। सरकार द्वारा पूरे देश में गोलीबारी, लाठीचार्ज

और गिरफ्तारियाँ की गईं। लोगों का गुस्सा भी हिंसक गतिविधियों में बदल गया था। लोगों ने सरकारी संपत्तियों पर हमले किए, रेलवे पटरियों को उखाड़ दिया और डाक व तार व्यवस्था को अस्त-व्यस्त कर दिया। अनेक स्थानों पर पुलिस और जनता के बीच संघर्ष हुआ। सरकार ने आंदोलन से संबंधित समाचारों के प्रकाशित होने पर रोक लगा दी। अनेक समाचार-पत्रों ने इन प्रतिबंधों को मानने की बजाय स्वयं बंद करना ही बेहतर समझा। 1942 के अंत तक लगभग 60,000 लोगों को जेल में डाल दिया गया और कई हजार मारे गए। मारे गए लोगों में महिलाएँ और बच्चे भी शामिल थे।

इस आंदोलन की आग जब इलाहाबाद पहुँची तो वहाँ इसने उग्र रूप धारण कर लिया, जगह-जगह प्रदर्शन हो रहे थे। ऐसे में किशोर वंशीधर पांडेय कैसे पीछे रह सकते थे। वे तो गांधीवादी थे, उन्होंने अपने संगी-साथियों के साथ हाथ में तिरंगा लेकर छात्रों की टोली के प्रदर्शन की अगुवाई की, जिसके कारण अंग्रेजों की दमनकारी नीति के चलते प्रदर्शन को छिन्न-भिन्न करते हुए पुलिस ने उन्हें उनके साथियों के साथ गिरफ्तार कर लिया। इलाहाबाद की मलाका जेल में उन्हें 10 माह के कठोर कारावास की सजा दी गई।

जेल से रिहा होने के बाद उनके मन में देश की आजादी के अतिरिक्त कोई दूसरा संकल्प नहीं था, जिसके लिए उन्होंने कांग्रेस कार्यकर्ताओं के साथ मिलकर गाँव-गाँव जनजागरण का अभियान चलाया। युवाओं को देश के स्वाधीनता संग्राम में कूदने के लिए प्रेरित किया। प्रदेश भर में घूम-घूमकर संघर्ष को गति प्रदान की। बंशीधर पांडेयजी की बढ़ती सक्रियता को देखते हुए अंग्रेजों ने एक बार फिर से 1944 में उन्हें गिरफ्तार कर लिया और कठोर कारावास की सजा भोगने के लिए जेल में डाल दिया। जेल से रिहा होने के बाद वे फिर से अपने संकल्पों को साथ लेकर चल पड़े।

आखिर वह दिन भी आ गया, जिसका हर भारतीय को इंतजार था। 15 अगस्त, 1947 को देश आजाद हो गया। देश की आजादी के बाद भी वे समाज-सेवा के कार्यों में लगे रहे। वे उत्तर प्रदेश की विधानसभा में विधायक चुने गए। वे उत्तर प्रदेश सरकार में संसदीय सचिव व पंचायत राज मंत्री रहे। वे 1984 से 2003 तक उत्तर प्रदेश संसदीय संस्थान के अध्यक्ष रहे। 15 दिसंबर, 2003 को लखनऊ के सिविल अस्पताल में उनका देहावसान हो गया था। सादगी भरे जीवन के चलते उन्हें आज भी पूर्वांचल के लोग 'पूर्वांचल के गांधी' के रूप में याद करते हैं।

*स्रोत : साभार श्री राजेश पांडेय, पुत्र स्व. बंशीधर पांडेय*

□

# 71

# श्रीमती कलावती मिश्रा

## ( एक लड़की क्या ऐसी हजार लड़कियाँ मेरे पास होतीं, तो मैं देश के लिए उन्हें कुरबान कर देती )

देश की स्वाधीनता के लिए समर्पित, साहसी सेनानी श्रीमती कलावती का जन्म 24 अक्तूबर, 1924 को सरायं अकिल, ग्राम वसुहार, जिला इलाहाबाद में पं. इंद्रजी शुक्ल के घर हुआ था। पंडितजी भारतीय राष्ट्रीय कांग्रेस के पक्के समर्थक थे। उनकी पत्नी श्रीमती विश्वनाथा एक धार्मिक, साहसी और कर्तव्य निष्ठ महिला थीं। श्रीमती कलावतीजी के जन्म के कुछ ही दिनों पश्चात् उनके पिताजी का देहांत हो गया। उनकी माताजी अत्यधिक कठिनाइयों का सामना कर कलावतीजी एवं अन्य दो बच्चों का पालन-पोषण किया।

उनका विवाह 7 वर्ष की आयु में पं. छोटे लाल मिश्र के साथ हुआ, जो उम्र में उनसे काफी बड़े थे। रीवा निवासिनी श्रीमती विष्णुकांता उषाजी उनके घर आया-जाया करती थीं। श्रीमती कलावती मिश्रा की दुर्दशा देखकर उन्हें बहुत पीड़ा हुई। उन्होंने श्रीमती कलावती मिश्रा की सास को इस बात के लिए राजी कर लिया कि वे अपनी बहू को पढ़ने के लिए स्कूल भेजें। उसका खर्चा वे स्वयं वहन करेंगी। उन्होंने कलावतीजी का नाम सन् 1939-40 में महिला सेवा सदन में (जो साउथ मलाका में था) कक्षा एक में लिखवा दिया। उनकी फीस भी माफ हो गई। थोड़े ही दिनों में अपने परिश्रम और योग्यता के बूते पर वे समस्त अध्यापिकाओं की कृपापात्र बन गईं।

स्कूल राष्ट्रवाद की भावना से ओतप्रोत था, फलतः सामाजिक और राजनैतिक गतिविधियों में उनकी रुचि बढ़ती गई। श्रीमती पूर्णिमा बनर्जी, श्रीमती चिंता मालवीय, श्रीमती विमला वर्मा के संपर्क से उन्हें प्रेरणा मिली और वे राष्ट्रधर्म की राह पर अपने जीवन को बड़े संयम और सुचारु रूप से चलाने लगीं। बुद्धि के विकास के साथ-ही-साथ धैर्य और साहस बढ़ता गया।

सन् 1942 के आंदोलन के सिलसिले में वे 30 सितंबर, 1942 को जुलूस में भाग

लेने के लिए घर से निकलते ही पकड़ी गईं। उन्हें कोतवाली में रखा गया। वे अपनी दो माह की पुत्री को घर पर ही छोड़ गई थीं, ताकि घर के लोग उसका पालन-पोषण कर सकें। उस समय जेल के बारे में उन्हें अनेक प्रकार की भयावनी बातें सुनने को मिलती थीं। परंतु उनका जोश इतना ऊँचा था कि उन्होंने निश्चय किया कि जो होगा, देखा जाएगा। उनकी सास को जब पता चला कि वे गिरफ्तार हो गई हैं तो वे बहुत नाराज हुईं और लड़की को लेकर कोतवाली पहँचीं। वे लड़की को चुटकी काटकर रुलाने लगीं और स्वयं भी रोते-रोते कहने लगीं कि तुम माफी माँग लो, नहीं तो लड़की मर जाएगी। मेरी बड़ी बदनामी भी होगी। उनके एक रिश्तेदार पं. राधाकांत शुक्ला भी कहने लगे कि लड़की की हालत बहुत खराब हो रही है, उसका गला सूख गया है। जल्दी से माफी माँग लो, नहीं तो लड़की मर जाएगी। बेटी के लिए उनके मन में पीड़ा तो थी, किंतु देश की आजादी का इतना तूफानी जोश था कि लड़की के लिए ममता दब गई और उन्होंने शुक्लाजी से कहा, 'आप कांग्रेसी होने का दम भरते हैं और मर्द हैं, मुझ औरत को विवश कर रहे हैं। एक लड़की क्या, ऐसी हजारों लड़कियाँ मेरे पास होतीं तो मैं उन्हें कुरबान करने को तैयार हूँ। आप जाइए, लड़की मरती है तो उसे मर जाने दीजिए। ब्रिटिश सरकार का नाश हो।' इस पर शुक्लाजीने कहा, 'शाबाश! मैं तुम्हारी परीक्षा ले रहा था, तुम बहादुर हो।' छोटी बच्ची, जिसे कि वे घर छोड़ आई थीं, उन्हें अपने साथ रखने की अनुमति उन्हें मिल गई। शाम पाँच बजे वे नैनी जेल पहुँचाई गईं। उस समय वहाँ इंदिरा गांधी, विजय लक्ष्मी पंडित, पूर्णिमा बनर्जी, चिंता मालवीय, दुबासी, लक्ष्मीबाई बापटे भी थीं। जेल में इंदिरा गांधी कुछ महिला कैदियों को पढ़ाती थीं, उनमें से कलावती मिश्रा भी एक थीं। वे 1 जनवरी, 1943 को जेल से रिहा की गईं। जेल से रिहा होने के बाद उन्होंने शिक्षा के क्षेत्र में उल्लेखनीय कार्य किया।

समाज-सेवा के क्षेत्र में उन्होंने हरिजन बस्तियों में जाकर वहाँ की स्त्रियों को शिक्षित करने का कार्य किया। उनके बच्चों को पढ़ाई-लिखाई हेतु स्कूलों में भर्ती करवाया। हरिजन समाज कल्याण विभाग की ओर से गर्भवती महिलाओं और बच्चों के बीच दूध वितरण का कार्य करवाया। वे सदैव अध्यापन के अपने उत्तरदायित्व का निर्वहन करते हुए सामाजिक गतिविधियों के साथ-साथ राजनीतिक गतिविधियों में भी सक्रिय रहीं।

*स्रोत : साभार श्रीमती कलावती मिश्रा; 86 खलासी लाइंस, कीडगंज, इलाहाबाद से साक्षात्कार पर; स्वतंत्रता संग्राम के सैनिक, इलाहाबाद डिवीजन, पृ. 323*

□

# 72

# पं. प्यारेलाल पाठक

बुंदेलखंड में अतीत काल से ही आजादी की रक्षा करनेवाले वीर योद्धाओं की शानदार परंपरा रही है। इस गौरवशाली परंपरा को वीरांगना झाँसी लक्ष्मीबाई ने फिरंगियों से आजादी की रक्षा के लिए अपने-अपने प्राणों का उत्सर्ग कर उसे और अधिक प्रज्वलित और प्रखर बनाए रखा। इसी माटी के ऐसे ही वीरों में एक नाम है प्यारेलाल पाठक का, जिन्होंने इस धरती की शानदार परंपराओं को बनाए रखा।

पं. प्यारेलाल पाठक का जन्म 1 जनवरी, 1911 को जनपद झाँसी, तहसील मऊ, रानीपुर के ग्राम हांसपुरा में पं. भगवान दास उर्फ भगोले पाठक के यहाँ हुआ था। वे दो भाई और 4 बहन थे। उनके पिता ग्राम हांसपुरा के जमींदार थे। जमींदार होने के कारण उनके घर में धन की कोई कमी नहीं थी।

वर्ष 1925 में पिता की मृत्यु के पश्चात् परिवार के संचालन का भार उनके किशोर कंधों पर आ गया, जिसके चलते उनकी आगे की पढ़ाई नहीं हो सकी। वर्ष 1935 में उनका विवाह श्रीमती राज लक्ष्मी उर्फ लल्ला बाई मिश्रा से हो गया। इसी बीच अंग्रेजों द्वारा की जा रही ज्यादतियों को देखकर उनका मन उद्विग्न हो उठा। उनको लगने लगा कि माँ भारती उन्हें पुकार रही हैं। अपनी अंतरात्मा की आवाज को सुनकर स्वाधीनता संग्राम की यज्ञवेदी में उन्होंने अपने आप को पूरी तरह समर्पित कर दिया।

श्री रामेश्वर प्रसाद शर्मा, झाँसी; श्री श्याम लाल साहू, निवासी ग्राम सकरार, थाना कटेरा, तहसील मऊ, रानीपुर; श्री गोकुल प्रसाद बबेले, निवासी ग्राम बंगरा; श्री स्वामी स्वराजा नंद, निवासी ग्राम घुरया तथा अन्य स्वतंत्रता संग्राम सेनानियों के साथ मिलकर उन्होंने अंग्रेजी शासन एवं देशी रियासतों के विरुद्ध स्वतंत्रता संग्राम का युद्ध छेड़ दिया। अंग्रेज सरकार के खिलाफ षड्यंत्रों और आंदोलनों में वे अपना कुशल नेतृत्व प्रदान करने लगे। कुछ समय बाद वे चंद्रशेखर आजाद के संपर्क में आए। जब उत्तर प्रदेश एवं मध्य प्रदेश की पुलिस चंद्रशेखर आजाद का पकड़ने हेतु खोज करती थी तो वे कपिल नाथ ग्राम हांसपुरा जंगल में अज्ञात वास के लिए उन्हें शरण देते थे।

उस समय उस घने जंगल के पास उनका ही आवास था। वे और उनके चचेरे भाई पं. चतुर्भुज एवं रघुवर दयाल पाठक उन्हें भोजन देने जाते थे। उस समय उस भयानक जंगल में शेर तथा तेंदुओं का बोलबाला थे, जिनके डर से कोई उधर जाने की हिम्मत नहीं करता था। एकांत स्थान होने के कारण उस समय पं. रामेश्वर प्रसाद शर्मा, राजानंद, लक्ष्मण राम कदम, बाबूराव उदैनि, पं. गोविंद दस रिछारिया, गज्जूराम चौधरी, सुडला प्रसाद गोस्वामी, पं. बृजनाथ शर्मा, ललितपुर एवं पंगेरियया श्याम बाबू साहू निवाड़ी, लालाराम बाजपेई आदि स्वतंत्रता सेनानियों की गुप्त मीटिंग उनके ही घर हांसपुरा में होती थी। वे कठिन परिस्थितियों में ग्राम हांसपुरा के जंगल में कपिल मुनि की गुफा में, छुपते एवं ठहरते थे इस गुप्त अड्डे क्रांतिकारियों का संचालित करते थे।

यहीं से योजनाएँ बनती थीं तथा कार्यान्यवयन के लिए स्वतंत्रता संग्राम सेनानियों को भेजी जाती थीं। इसमें प्यारेलाल पाठक उनके भाई रघुवर दयाल पाठक एवं पत्नी श्रीमती राजलक्ष्मी पूर्ण रूप से सक्रिय भाग लेती थीं। कुछ देश द्रोहियों को जब यह बात पता चली तो अंग्रेजों के ज्यादा हिमायती बनने के लिए उन लोगों ने सारी जानकारी अंग्रेजों को दे दी। कुछ समय बाद ही स्थानीय पुलिस ने छापा डाला तो अन्य क्रांतिकारी उनके हाथ नहीं लगे, किंतु प्यारेलाल पाठक को गिरफ्तार कर लिया गया। 30 अप्रैल, 1946 को 38 डी.आई.आर. ऐक्ट में जिला जेल टीकमगढ़ (तत्कालीन विंध्य प्रदेश) में निरुद्ध कर दिया, जहाँ वे 10 माह 6 दिन तक निरुद्ध रहे एवं 5 मार्च, 1947 को जमानत पर रिहा किए गए।

बेरहम अंग्रेजी सरकार उनसे इतनी घबराई हुई थी कि प्यारेलाल और उनके भाई रघुवर दयाल पाठक की हिस्टरी शीट खोलकर उनकी निगरानी करने लगी। 15 अगस्त, 1947 को स्वतंत्रता प्राप्ति के पश्चात् तत्कालीन गृहमंत्री श्री लालबहादुर शास्त्री एवं उत्तर प्रदेश शासन के आदेश पर उन दोनों की निगरानी बंद की गई। स्वतंत्रता प्राप्ति के पश्चात् श्री प्यारेलाल पाठक निर्विरोध ग्राम सभा भटा (ग्राम लारौन नायच भटा पटगवां एवं हांसपुरा) के प्रधान चुने गए। उन्होंने अपने ग्राम की जमीन में 22 हरिजनों के परिवारों को भूमि देकर ग्राम भरत नगर (आंबेडकर ग्राम) बसाया है। मात्र 44 वर्ष की आयु में 4 नवंबर, 1955 को अल्प बीमारी के पश्चात् उनका निधन हो गया।

*स्रोत : साभार राम प्रकाश पाठक पुत्र स्व. प्यारेलाल पाठक*
*निवासी : ग्राम हांसपुरा, तहसील मऊरानीपुर, झाँसी*

□

# 73

# सूर्यदेव शर्मा

देश की आजादी के लिए यों तो अनेक देशभक्तों ने त्याग और बलिदान का अनुपम उदाहरण पेश किया, किंतु बहुत कम ही ऐसे सेनानी थे, जिनको पहचान मिल सकी, ज्यादातर गुमनाम ही रह गए। उनको याद करनेवाला कोई नहीं है, उन्हीं में से एक हैं जौनपुर निवासी श्री सूर्य देव शर्माजी।

स्वतंत्रता संग्राम सेनानी सूर्यदेव शर्मा का जन्म ग्राम-औंका, जनपद-जौनपुर (उत्तर प्रदेश) में 12 मार्च, 1908 को एक सामान्य परिवार में हुआ था। उनके पिता एक धार्मिक, समाज-सेवी, सुधारवादी, देशभक्त के साथ ही जातिवाद और छुआछूत के प्रबल विरोधी थे। उनकी माता श्रीमती धर्मा देवी एक उदार एवं धर्म-सहिष्णु गृहिणी थीं। सूर्यदेव शर्माजी के संस्कारों में बचपन से ही माता-पिता की छाप अमिट रूप से पड़ी। श्री सूर्यदेव शर्मा की शिक्षा बक्शा के मिडिल स्कूल में हुई। मिडिल पास करने के बाद आसपास कोई स्कूल नहीं होने के कारण उनकी शिक्षा आगे नहीं हो सकी।

उसी समय गांधीजी द्वारा देश में अंग्रेजों के विरुद्ध चलाए गए 'नमक सत्याग्रह' आंदोलन से प्रेरित होकर वे गाँव में ही नमक बनाने लगे तथा इस ओर नवयुवकों को भी प्रेरित करने लगे। इसी मध्य उनकी शादी श्रीमती प्रभावती देवी से हो गई, जिन्होंने उनके विचारों को अपना भरपूर सहयोग और समर्थन दिया। अंग्रेजों के विरुद्ध चलाए गए आंदोलन में वे सक्रिय भूमिका निभा ही रहे थे कि पुलिसवालों की नजरों में चढ़ गए, जिसके चलते उनके पिता श्री परमेश्वर दत्तजी ने रोजी-रोटी कमाने के लिए उनको बंबई भेज दिया।

देशभक्ति के रंग में रँगा देश का यह सपूत वहाँ स्वतंत्रता आंदोलन में शामिल हो गए। अपनी सांगठनिक क्षमता के कारण उन्हें एक क्षेत्र का प्रमुख बना दिया गया। 1 जनवरी, 1943 को जब वे अपने सहयोगियों के साथ नववर्ष के अवसर पर बैठक कर अंग्रेजों के विरुद्ध कार्य-योजना तैयार कर रहे थे, उसी समय पुलिस ने छापा डालकर सहयोगियों सहित उन्हें गिरफ्तार कर नाना प्रकार की यातनाएँ देकर आंदोलनकारियों के

विषय में जानकारी चाही। अंग्रेजों द्वारा दी गई यातनाओं को उन्होंने हँसते-हँसते झेल लिया, पर अपना मुँह नहीं खोला। अंत में पुलिस ने डी.आई.आर. के अंतर्गत उन्हें जेल भेज दिया। जेल के अंदर राजनीतिक बंदियों पर हो रहे अत्याचार के विरुद्ध उन्होंने जेल में अनशन शुरू कर दिया। फलस्वरूप जेल प्रशासन द्वारा उन्हें वहाँ से महाराष्ट्र की यरवदा जेल में स्थानांतरित कर दिया गया। न्यायालय से आरोप सिद्ध न होने के कारण उन्हें 14 मई, 1944 को रिहा कर दिया गया।

जेल के अंदर बड़े नेताओं के निकट संपर्क में आकर उनके विचारों को सुन वे गहरे तक प्रभावित हुए। जेल से छूटने के बाद जब वे बंबई में थे, तभी अपने पिता श्री परमेश्वर दत्त के निधन का समाचार उन्हें मिला। सूचना पाकर वे अपने गाँव वापस आ गए। गाँव आकर नई पीढ़ी को गति एवं दिशा देते हुए शिक्षा और देश-प्रेम की ओर जागरूक किया। नेतृत्व क्षमता के धनी होने के कारण उन्होंने गाँव के लोगों की सहायता से 'युवक मंगल दल' की स्थापना करते हुए रामलीला समिति तथा एक पुस्तकालय की भी स्थापना की। गाँव की विभिन्न जातियों में एक जुटता पैदा कर छुआछूत एवं जातिवाद का समूल नाश करने की दिशा में पहल की और सफल भी हुए। गांधीजी के विचारों एवं सादगी से प्रभावित होकर उन्होंने उसे अपने चरित्र एवं व्यवहार में उतारकर क्षेत्र के विवादों का निपटारा करते हुए लोगों में देश-प्रेम व भाईचारा का भाव भरा। इसके लिए वे प्रतिदिन गाँव के किसी एक घर में लोगों के साथ बैठकर रामचरित मानस, स्वामी विवेकानंद और महात्मा गांधी के विचारों की व्याख्या करते थे। साहित्य, दर्शन, राजनीतिक विषयों, देश एवं प्रकृति-प्रेम में उनकी गहरी रुचि थी। वे जीवनपर्यंत स्वाध्याय करते हुए क्रियाशील एवं गतिशील रहे। स्वतंत्रता संग्राम में जेल जाने के कारण उन्हें तत्कालीन प्रधानमंत्री श्रीमती इंदिरा गांधी द्वारा ताम्रपत्र से अलंकृत किया गया। लगभग एक शतक की लंबी उम्र के पश्चात् 28 जुलाई, 2009 को उनका देहावसान हुआ और राष्ट्रीय सम्मान के साथ उनकी अत्येष्टि संपन्न हुई। इस दुनिया से विदा हुए वे आज भी लोगों के लिए प्रेरणास्रोत हैं।

*स्रोत : साभार श्री इंद्र भूषण शर्मा*
*निवासी : ग्राम औंका, जनपद-जौनपुर*

□

# 74

# पं. राजाराम मिश्रजी

जिस समय हमारा भारत देश अंग्रेजी गुलामी की जंजीरों में जकड़ा हुआ था, उस वक्त हजारों ऐसे स्वतंत्रता सेनानी थे, जिन्होंने अंग्रेजी हुकूमत को जड़ से उखाड़ फेंकने की सौगंध खाई थी। आजादी का सपना लिए उन हजारों देशभक्तों को अपना घर-परिवार, मित्र और न जाने कितने अपनों की कुरबानियाँ देनी पड़ीं, तब जाकर भारत देश स्वतंत्र हो पाया। ऐसा ही एक नाम है पं. राजाराम मिश्रजी का राजाराम मिश्र ने देश की आजादी के लिए अंग्रेजी हुकूमत के खिलाफ बगावत की। अंग्रेजों की लाठियाँ व कोड़े खाए और अनेक बार जेल भी गए। इतना ही नहीं, जब वे जेल से छूटने के बाद अपनी पत्नी का इलाज करवाने एक सरकारी अस्पताल में गए तो अंग्रेजी हुकूमत में बैठे उन डॉक्टरों ने उनकी पत्नी का इलाज करने से मना कर दिया। यह बोलकर कि आप अंग्रेजी हुकूमत के खिलाफ बगावत करते हो और फिर उन्हीं के सरकारी अस्पताल में इलाज करवाने आए हो। भाग जाओ, नहीं होगा इलाज। उसके बाद उनकी पत्नी ने इलाज के अभाव में तड़प-तड़पकर अपने प्राण त्याग दिए, लेकिन अंग्रेजी हुकूमत के उन डॉक्टरों को तनिक भी तरस नहीं आया।

पं. राजाराम मिश्रजी का जन्म 23 दिसंबर, 1903 को ग्राम शीतल पंडित का पुरवा, जलालुद्दीन नगर पूरा बाजार जिला फैजाबाद में एक साधारण ब्राह्मण परिवार में नंद कुमार मिश्र के घर हुआ था। उनके पिता एक किसान थे और खेती-किसानी करके अपने परिवार का पालन-पोषण करते थे। वे चार भाई-बहन थे, जिनमें वे दूसरे नंबर पर थे। वे बचपन से पढ़ाई-लिखाई में बड़े ही तेज थे, साथ ही उनके अंदर देशभक्ति की भावना कूट-कूटकर भरी हुई थी। चूँकि उस समय अंग्रेजी शासन था, इसलिए लोगों की शिक्षा-दीक्षा पर ज्यादा ध्यान नहीं दिया जाता था। लेकिन उनकी पढ़ाई-लिखाई में रुचि अधिक थी।

वे गांधीजी की विचारधारा से काफी प्रभावित थे, इसलिए असहयोग आंदोलन में बढ़-चढ़कर हिस्सा लेने लगे। गाँव-गाँव जाकर लोगों को एकत्र करके वे उनको असहयोग आंदोलन के प्रति जागरूक करने लगे। आंदोलनकारियों के रुकने-ठहरने

व खाने-पीने की व्यवस्था करने लगे तथा जेल में बंद आंदोलनकारियों के घरवालों की भी जिम्मेदारी में सहयोग करने लगे। अंग्रेजी हुकूमत को जब उनके द्वारा किए जा रहे क्रियाकलापों की भनक पड़ी, तब सन् 1921 में पहली बार उन्हें जेल की सलाखों के पीछे भेज दिया। उस समय वे 12वीं की परीक्षा पास कर चुके थे। जेल जाने से उनकी पढ़ाई बाधित हो गई। आगे स्नातक की पढ़ाई के लिए उन्होंने कानपुर डी.ए.वी. कॉलेज दाखिला लिया और सन् 1924 में बी.ए. की डिग्री हासिल की। उसके बाद सन् 1927 में लखनऊ विश्वविद्यालय से एल-एल.बी. प्रथम श्रेणी में पास किया।

उनकी पत्नी ने सन् 1941 में एक पुत्री को जन्म दिया, जिसका नाम विद्यावती मिश्रा रखा गया। जिस समय उनकी पत्नी प्राण देवी ने पुत्री को जन्म दिया, वे गंभीर बीमारी से ग्रसित हो गईं। राजा रामजी उस समय जेल में ही थे। जब वे जेल से रिहा होकर घर वापस आए, तब पत्नी का इलाज कराने के लिए उन्हें लखनऊ के क्वीन मेरी अस्पताल ले गए।

अंग्रेजी हुकूमत में बैठे उन डॉक्टरों ने उनकी पत्नी का इलाज करने से मना कर दिया। यह बोलकर कि आप अंग्रेजी हुकूमत के खिलाफ बगावत करते हो और फिर उन्हीं के अस्पताल में इलाज करवाने आए हो। भाग जाओ, नहीं होगा इलाज। उसके बाद उनकी पत्नी ने इलाज के अभाव में वहीं तड़प-तड़पकर अपने प्राण त्याग दिए, लेकिन अंग्रेजी हुकूमत के उन डॉक्टरों को तनिक भी तरस नहीं आया।

पत्नी के देहांत के बाद वे एक बार फिर भारतमाता की सेवा में जुट गए। भारत छोड़ो आंदोलन में उन्होंने बढ़-चढ़कर हिस्सा लिया। लोगों को एकत्र करके अंग्रेजों के खिलाफ रैलियाँ निकालीं और प्रदर्शन किया। यह बात अंग्रेजों को बुरी तरह खटक गई और उनको गिरफ्तार कर उन पर मुकदमा चलाया और जेल भेज दिया। सन् 1941 में फैजाबाद और सन् 1942 में बनारस की जेलों में क्रमश: दो बार उन्हें बंद किया गया। सजा के दौरान उनके मनोबल को तोड़ने के लिए उनको तरह-तरह की यातनाएँ दी गईं, किंतु वे उनके जोश और आजादी के जज्बे को नहीं तोड़ सके।

जेल से रिहा होने के बाद पुन: और जोश से अंग्रेजी हुकूमत के खिलाफ संघर्ष करने लगे। आखिर वह समय भी आ गया, जिसके लिए अनेक क्रांतिकारियों ने त्याग और बलिदान दिया 15 अगस्त, 1947 को भारत अंग्रेजी हुकूमत से मुक्त हो गया।

देश की आजादी के तुरंत बाद लगातार दो बार एम.एल.ए. बने और फिर सन् 1957-62 में एम.पी. तथा सन् 1962-67 में पुन: एम.एल.ए. का चुनाव जीते। इस प्रकार उन्होंने लगातार 20 वर्षों तक जनसेवा की। 30 दिसंबर, 1984 को उनकी मृत्यु हो गई।

*स्रोत : साभार विद्यावती मिश्रा (स्व. पं. राजाराम मिश्रजी की पुत्री), विनीत मिश्रा (स्व.पं. राजाराम मिश्रजी के बड़े नाती), आशीष मिश्रा (स्व.पं. राजाराम मिश्रजी के छोटे नाती)*

□

# 75

# जगत नारायण दूबे

भारतमाता को अंग्रेजी दासता से मुक्ति दिलाने के लिए पूरे देश से वीर सपूतों ने बहुत सी कुरबानियाँ दीं, जिसके परिणामस्वरूप हमें 1947 में आजादी मिली। अंग्रेजों के खिलाफ यों तो लाखों सेनानी उठ खड़े हुए थे, उनमें ऐसे बहुत से लोग थे, जिनको आम जनमानस ठीक से नहीं जानता और जब जानता नहीं तो उनकी कुरबानियों को कैसे याद रखेगा। उन्हीं में से एक हैं उत्तर प्रदेश के श्रावस्ती जनपद के पं. जगत नारायण दूबे।

पं. जगत नारायण दूबे का जन्म 10 अगस्त, 1908 में जमींदार परिवार में हुआ था। प्राइमरी स्कूल तक ही उनकी शिक्षा हो सकी थी। उनका विवाह बाल्यकाल में हो गया था। जब वे कुछ बड़े हुए तो अंग्रेजों के अत्याचार की कहानियाँ सुनकर उनका खून उबाल मारने लगता था। यही कारण रहा कि उम्र बढ़ने के साथ ही देश को अंग्रेजों की दासता से मुक्त कराने के लिए उनके दिल की चिनगारी ज्वाला का रूप लेने लगी, जिसके लिए उन्होंने बड़ी कुरबानियाँ दीं। वे कई बार जेल गए, भयंकर यातनाओं को झेला, किंतु कोई भी यातना उनके इरादों को तोड़ नहीं सकी। यहाँ तक कि उनकी जमींदारी भी छीन ली गई, जिससे उनके सामने आर्थिक संकट आया, परंतु उन्होंने उसकी परवाह नहीं की।

सन् 1930 में जब महात्मा गांधी ने बहराइच का दौरा किया और पं. वैद्य भगवानदीन मिश्र उनके प्रमुख कार्यकर्ता बने, उसी समय वैद्यजी के नेतृत्व में पं. जगत नारायण कांग्रेस के सक्रिय कार्यकर्ता बने और सुरुहूरी मंडल के मंत्री बनाए गए। चूँकि पं. श्री दूबेजी के बाबा काली दल दूबे मयामपुर स्टेट के जमींदार थे, इसलिए शुरुआती दिनों में वे प्रत्यक्ष रूप से खुलकर ब्रिटिश हुकूमत का विरोध न कर सके, किंतु कुछ ही समय पश्चात् रियासतदारों एवं तालुकेदारों द्वारा किसानों और मजदूरों को तरह-तरह से परेशान करता देख जगत नारायण दूबेजी ने सक्रिय रूप से ब्रिटिश हुकूमत और जमींदारों के खिलाफ आवाज बुलंद करना शुरू कर दिया। किसानों और मजदूरों पर होनेवाले अत्याचार की सूचना प्रांतीय कांग्रेस तक पहुँचाई तो 6 अक्तूबर, 1931 को पं. जवाहरलाल नेहरू ने सोनवा का दौरा किया और जनसमूह के सामने जो जोशीला भाषण दिया, उससे दूबेजी का मनोबल और

बढ़ गया। तत्पश्चात् प्रत्यक्ष रूप से ब्रिटिश सरकार के खिलाफ आंदोलन में कूद पड़े। कांग्रेस समिति द्वारा सत्याग्रह समिति बनाए जाने पर उनको प्रमुख दायित्व सौंपा गया।

श्रावस्ती जिले से लगभग 345 स्वतंत्रता सेनानियों ने 1941 में सत्याग्रह में भाग लिया। पं. जगत नारायण दूबे 16 सितंबर 1941 को भिनगा में व्यक्तिगत सत्याग्रह आंदोलन करते हुए पकड़े गए और उन्हें दो माह की कैद व 25 रुपए जुरमाना हुआ, किंतु जुरमाना अदा न होने पर 6 सप्ताह की सश्रम कैद की सजा बढ़ा दी गई। बहराइच जिला कारागार में सजा भोगकर 14 जून, 1941 को वे रिहा हुए। जेल से छूटने के बाद सभी सत्याग्रहियों ने आपस में एक बार फिर से संपर्क स्थापित कर आंदोलन तेज किया। महायुद्ध के कारण जनता पर 'कर' बढ़ता जा रहा था। युद्ध के लिए जबरन चंदा वसूला जा रहा था और बाजार में वस्तुओं के दाम बढ़ने लग गए थे। प्रांतीय कमेटी के अध्यक्ष श्रीकृष्णदल पालीवाल की अध्यक्षता में 7 और 8 मार्च, 1942 इकौना तहसील में कॉन्फ्रेंस करने का निर्णय लिया गया।

इस कॉन्फ्रेंस में श्री केशव देव मालवीय, महावीर त्यागी, गोपीनाथ श्रीवास्तव, गोपाल नारायन सक्सेना, पं. भगवानदीन मिश्र 'वैद्य', पं. जगत नारायण दूबे आदि ने विचार-विनिमय में भाग लिया। कॉन्फ्रेंस में तय किया गया कि आसन्न युद्ध की स्थिति को देखते हुए गाँव व नगर सभी जगह रक्षा दल बनाए जाएँ और छह मास के लिए भोजन-सामग्री एकत्र कर ली जाए। युद्ध की बिगड़ती हुई स्थिति को देखकर 23 मार्च, 1942 को 'क्रिप्स मिशन' भारत आया। क्रिप्स ने नेताओं से बात की, पर कोई हल निकलता न देख यह कमीशन असफल होकर लौट गया। क्रिप्स से बातचीत के दौरान यह भी स्पष्ट हो गया कि ब्रिटेन भारत की रक्षा करने में असमर्थ है। 14 जुलाई, 1942 को सेवाग्राम में गांधीजी ने 'भारत छोड़ो आंदोलन' के संबंध में कांग्रेस कार्यसमिति से परामर्श किया। इसमें एक प्रस्ताव द्वारा एक व्यापक अनिवार्य संघर्ष का संकेत दिया। इसी क्रम में 7 और 8 अगस्त, 1942 को बंबई में महासमिति का अधिवेशन हुआ। इसमें 'अंग्रेजो भारत छोड़ो' प्रस्ताव पारित हुआ। बापू ने सभी सत्याग्रहियों को एक मंत्र दिया कि 'भारत को आजाद करेंगे या उसकी कोशिश में मर जाएँगे' (करो या मरो)। पं. जगत नारायण दूबे ने इस मंत्र को अपनाया और अपने साथियों के साथ जी-जान से आंदोलन में कूद पड़े।

आंदोलन में सक्रिय भागीदारी निभाने के कारण 10 अगस्त, 1942 को धारा 129/126 भा.द.सं. के अंतर्गत बहराइच जिला कारागार में उन्हें नजरबंद कर दिया गया।

स्वतंत्रता प्राप्ति के बाद तत्कालीन प्रधानमंत्री श्रीमती इंदिरा गांधी एवं उत्तर प्रदेश के मुख्यमंत्री पं. कमलापति त्रिपाठी द्वारा उन्हें ताम्रपत्र देकर सम्मानित किया गया था। उनकी मृत्यु 14 फरवरी, 2001 को सेनानी भवन, बहराइच में हुई।

*स्रोत : साभार रमेश कुमार मिश्र, नाती स्व. जगत नारायण दूबे*

□□□